Vladimir Nabokov

LOLITA

Vladimir Nabokov nació en San Petersburgo, Rusia, el 23 de abril de 1899. Su familia huyó a Crimea en 1917, durante la Revolución Bolchevique, y más tarde a Europa. Nabokov estudió en el Trinity College de Cambridge, graduándose en Literatura Francesa y Rusa en 1922. Vivió en Berlín y París las dos décadas siguientes, escribiendo prolíficamente bajo el seudónimo Sirin. En 1940 llegó a Estados Unidos donde alcanzó fama y prestigio como novelista, poeta, crítico y traductor, al tiempo que ejercía de profesor de Ruso, Escritura Creativa y Literatura en las universidades de Stanford, Wellesley, Cornell y Harvard. El monumental éxito de su novela *Lolita* (1955) le permitió dejar la enseñanza y dedicarse plenamente a la escritura. En 1961 se trasladó a Montreux, Suiza, donde murió en 1977.

LOLITA

LOLITA

Vladimir Nabokov

VINTAGE ESPAÑOL
Una división de Random House, Inc.
Nueva York

A Vera

ÍNDICE

PRÓLOGO

Lolita, o *Las confesiones de un viudo de raza blanca:* tales eran los dos títulos con los cuales quien escribe estas líneas recibió las extrañas páginas que prologa. «Humbert Humbert», su autor, había muerto de trombosis coronaria, en la prisión, el 16 de noviembre de 1952, pocos días antes de la fecha fijada para el comienzo de su proceso. Su abogado, mi buen amigo y pariente Clarence Choate Clark, un caballero, ex juez de paz, que en la actualidad ejerce la abogacía en el Distrito de Columbia, me pidió que revisara el original; justificaba esta petición en una cláusula del testamento de su cliente que daba a mi eminente primo facultades para obrar según su propio criterio en cuanto se relacionara con la publicación de *Lolita*. Es posible que la decisión del señor Clark se debiera al hecho de que el revisor que había escogido acababa de obtener el Premio Poling por una modesta obra *(¿Tienen sentido los sentidos?)* en la que se discuten ciertas perversiones y estados morbosos.

Mi tarea resultó más simple de lo que ambos habíamos previsto. Salvo la corrección de algunos solecismos y la cuidadosa supresión de unos pocos, pero tenaces, detalles que, a pesar de los esfuerzos de «H. H.», aún subsistían en su texto como postes indicadores y lápidas sepulcrales (que señalaban lugares o personas que el buen gusto hubiera debido evitar y la compasión suprimir), estas notables memorias se presentan intactas. El curioso apellido de su autor es invención suya; y, desde luego, esa máscara –a través de la cual parecen brillar dos ojos hipnóticos– no se ha levantado, de acuerdo con los deseos de su portador. Mientras que «Haze» sólo rima con el verdadero apellido de la heroína, su nombre está demasiado implicado en la trama íntima del libro para que nos hayamos permitido alterarlo; por lo demás (como advertirá por sí mismo el lector) no había necesidad de hacerlo. El curioso puede encontrar referencias al crimen de «H. H.» en los periódicos de septiembre y octubre de 1952; la causa y el propósito de ese crimen habrían seguido siendo un misterio de no haberse permitido que estas memorias fueran a parar bajo la luz de mi lámpara de trabajo.

En provecho de esos lectores anticuados que desean rastrear los destinos de las personas «reales» más allá de la historia «verdadera», cabe suministrar unos pocos detalles recibidos del señor «Windmuller», de «Ramsdale», que desea ocultar su identidad a fin de que «las largas sombras de esta historia dolorosa y sórdida» no lleguen hasta la comunidad a la que se enorgullece de pertenecer. Su hija, «Louise», está ahora en el segundo curso de la universidad. «Mona Dahl» estudia en París. «Rita» se ha casado recientemente con el dueño de un hotel de Florida. La señora de «Richard F. Schiller» murió al dar a luz a una niña que nació muerta, en la Navidad de 1952, en Gray Star, una población del más remoto Noroeste. «Vivian Darkbloom» ha escrito una biografía, *Mi Cue,* que se publicará próximamente, y los críticos que han leído el original lo declaran su mejor libro. Los encargados de los diversos cementerios mencionados informan de que no se ven fantasmas deambulando por ellos.

Considerada sencillamente como una novela, *Lolita* presenta situaciones y emociones que el lector encontraría exasperantes por su vaguedad si su expresión se hubiese diluido mediante insípidas evasivas. Por cierto que no se hallará en todo el libro un solo término obsceno; en verdad, el filisteo de mente más bien *sucia* a quien las convenciones modernas han constreñido para que acepte, sin excesivos aspavientos, una profusa ornamentación de palabras consideradas malsonantes en cualquier novela trivial, sentirá no poco asombro al comprobar que aquí están ausentes. Pero si, para alivio de esos paradójicos mojigatos, un revisor intentara disimular o suprimir determinadas escenas que cierto tipo de mentalidad llamaría «afrodisíacas» (véase en este sentido la monumental decisión judicial tomada el 6 de diciembre de 1933 por el Honorable John M. Woolsey con respecto a otro libro, considerablemente más explícito[1]), habría que desistir por completo de la publicación de *Lolita*, puesto que esas escenas a las que, llevados de su cortedad intelectual, algunos podrían acusar de poseer una sensualidad gratuita son las más estrictamente funcionales en el desarrollo de un trágico relato que apunta, sin desviarse ni un ápice de su objetivo, nada más y nada menos que a una apoteosis moral. El cínico alegará tal vez que la pornografía comercial también afirma tener esa pretensión; en cambio, el intelectual quizás objete que la apasionada confesión de «H. H.» es una tempestad en un vaso de agua; que, por lo menos, el doce por ciento de los varones adultos norteamericanos –estimación harto «moderada», según la doctora Blanche Schwarzmann (comunicación verbal)– pasan anualmente de un modo u otro por la peculiar experiencia descrita con tanta desesperación por «H. H.», y que si nuestro obseso narrador hubiera consultado, en el fatal verano de 1947, a un psicopatólogo competente, no habría ocurrido el desastre. Claro que tampoco existiría este libro.

Este comentarista pide excusas por repetir algo en lo que ha hecho hincapié en sus libros y conferencias, es decir, que lo «ofensivo» no suele ser más que un sinónimo de lo «insólito»; que una obra de arte es, en esencia, siempre original, por lo cual su naturaleza misma hace que se presente como una sorpresa más o menos escandalosa. No tengo la intención de glorificar a «H. H.». Sin duda, es un hombre horrible, abyecto, un ejemplo flagrante de lepra moral, una mezcla de ferocidad y jocosidad que acaso revele una suprema desdicha, pero que no puede resultar atractiva. Es afectado hasta rayar en lo ridículo.

1. Según dicha sentencia, *Ulysses*, de James Joyce, no era un libro obsceno y, por consiguiente, podía venderse en los Estados Unidos. *(N. del T.)*

Muchas de las opiniones que expresa aquí y allá acerca de las gentes y los paisajes de este país son ridículas. Cierta desesperada honradez que vibra en su confesión no le absuelve de pecados de diabólica astucia. Es anormal. No es un caballero. Pero ¡con qué magia su violín armonioso conjura en nosotros una ternura, una compasión hacia Lolita que hace que nos sintamos fascinados por el libro al mismo tiempo que abominamos de su autor!

Como exposición de un caso clínico, *Lolita* habrá de ser, sin duda, una obra clásica en los círculos psiquiátricos. Como obra de arte, trasciende sus aspectos expiatorios; y más importante aún para nosotros que su trascendencia científica y su dignidad literaria es el impacto ético que el libro tendrá sobre el lector serio; pues en este punzante estudio personal se encierra una lección general; la niña descarriada, la madre egotista, el anheloso maníaco no son tan sólo los protagonistas vigorosamente retratados de una historia única: nos previenen contra peligrosas tendencias, señalan males potenciales. *Lolita* hará que todos nosotros –padres, trabajadores sociales, educadores– nos consagremos con interés y perspectiva mucho mayores a la tarea de lograr una generación mejor en un mundo más seguro.

JOHN RAY, JR.
Doctor en Filosofía
Widworth, Massachusetts, 5 de agosto de 1955

Primera parte

1

Lolita, luz de mi vida, fuego de mis entrañas. Pecado mío, alma mía. Lo-li-ta: la punta de la lengua emprende un viaje de tres pasos paladar abajo hasta apoyarse, en el tercero, en el borde de los dientes. Lo. Li. Ta.

Era Lo, sencillamente Lo, por la mañana, cuando estaba derecha, con su metro cuarenta y ocho de estatura, sobre un pie enfundado en un calcetín. Era Lola cuando llevaba puestos los pantalones. Era Dolly en la escuela. Era Dolores cuando firmaba. Pero en mis brazos fue siempre Lolita.

¿Tuvo Lolita una precursora? Naturalmente que sí. En realidad, Lolita no hubiera podido existir para mí si un verano no hubiese amado a otra niña iniciática. En un principado junto al mar. ¿Cuándo? Aquel verano faltaban para que naciera Lolita casi tantos años como los que tenía yo entonces. Pueden confiar en que la prosa de los asesinos sea siempre elegante.

Señoras y señores del jurado, la prueba número uno es lo que los serafines, los mal informados e ingenuos serafines de majestuosas alas, envidiaron. Contemplen esta maraña de espinas.

2

Nací en París en 1910. Mi padre era una persona amable y tolerante, una ensalada de orígenes raciales: ciudadano suizo de ascendencia francesa y austríaca, con un toque del Danubio en las venas. Revisaré en un minuto algunas encantadoras postales de azulado brillo. Poseía un lujoso hotel en la Riviera. Su padre y sus dos abuelos habían vendido vino, alhajas y seda, respectivamente. A los treinta años se casó con una muchacha inglesa, hija de Jerome Dunn, el alpinista, y nieta de dos párrocos de Dorset, expertos en temas insólitos: paleopedología y arpas eólicas, respectivamente. Mi madre, muy fotogénica, murió a causa de un absurdo accidente (un rayo durante un picnic) cuando tenía yo tres años, y, salvo una bolsa de calor en mi pasado más remoto, nada subsiste de ella en las hondonadas y valles del recuerdo sobre los cuales, si aún pueden ustedes sobrellevar mi estilo (escribo bajo vigilancia), se puso el sol en mi infancia: sin duda, todos ustedes conocen esos fragantes resabios de días suspendidos, como moscas minúsculas, en torno de algún seto en flor o súbitamente invadido y atravesado por las trepadoras, al pie de una colina, en la penumbra estival, llenos de sedosa tibieza y de dorados moscardones.

La hermana mayor de mi madre, Sybil, casada con un primo de mi padre que la abandonó, servía en mi ámbito familiar como gobernanta gratuita y ama de llaves. Alguien me dijo después que estuvo enamorada de mi padre y que él, despreocupadamente, sacó provecho de tal sentimiento en un día lluvioso y se olvidó de ella cuando el tiempo aclaró. Yo le tenía mucho cariño; a pesar de la rigidez —la profética rigidez— de algunas de sus normas. Quizás lo que ella deseaba era hacer de mí, si llegaba el caso, un viudo mejor que mi padre. Tía Sybil tenía ojos azules, ribeteados de rosa, y una piel como la cera. Escribía poemas. Era poéticamente supersticiosa. Estaba segura de morir no bien cumpliera yo los dieciséis años, y así fue. Su marido, destacado viajante de artículos de perfumería, pasó la mayor parte de su vida en Norteamérica, donde, andando el tiempo, fundó una fábrica de perfumes y adquirió numerosas propiedades.

Crecí como un niño feliz, saludable, en un mundo brillante de libros ilustrados, arena limpia, naranjos, perros amistosos, paisajes marítimos y rostros sonrientes. En torno a mí, el espléndido Hotel Mirana giraba como una especie de universo privado, un cosmos blanqueado dentro del otro más vasto y azul que resplandecía fuera de él. Desde la fregona que llevaba delantal hasta el potentado vestido con traje de franela, a todos caía bien, todos me mimaban. Maduras damas norteamericanas se apoyaban en sus bastones y se inclinaban hacia mí como torres de Pisa. Princesas rusas arruinadas que no podían pagar a mi padre me compraban bombones caros. Y él, *mon cher petit papa*, me sacaba a navegar y a pasear en bicicleta, me enseñaba a nadar y a zambullirme y a esquiar en el agua, me leía *Don Quijote* y *Les Misérables*, y yo le adoraba y le respetaba y me enorgullecía de él cuando llegaban hasta mí los comentarios de los criados sobre sus numerosas amigas, seres hermosos y afectuosos que me festejaban mucho y vertían preciosas lágrimas sobre mi alegre orfandad.

Iba a una escuela diurna inglesa a pocos kilómetros de Mirana; allí jugaba al tenis y a la pelota, sacaba muy buenas notas y mantenía excelentes relaciones con mis compañeros y profesores. Los únicos acontecimientos inequívocamente sexuales que recuerdo antes de que cumpliera trece años (o sea, antes de que viera por primera vez a mi pequeña Annabel) fueron una conversación solemne, decorosa y puramente teórica sobre las sorpresas de la pubertad, sostenida en la rosaleda de la escuela con un alumno norteamericano, hijo de una actriz cinematográfica por entonces muy celebrada y a la cual veía muy rara vez en el mundo tridimensional; y ciertas interesantes reacciones de mi organismo ante determinadas fotografías, nácar y sombras, con hendiduras infinitamente suaves, en el suntuoso *La beauté humaine*, de Pinchon, que había encontrado debajo de una pila de *Graphics*, encuadernados en papel jaspeado, en la biblioteca del hotel. Después, con su estilo deliciosamente afable, mi padre me suministró toda la información que consideró necesaria sobre el sexo; eso fue justo antes de enviarme, en el otoño de 1923, a un *lycée* de Lyon (donde habría de pasar tres inviernos); pero, ay, en el verano de ese año mi padre recorría Italia con Madame de R. y su hija, y yo no tenía a nadie a quien recurrir, a nadie a quien consultar.

3

Annabel era, como este narrador, de origen híbrido; medio inglesa, medio holandesa. Hoy recuerdo sus rasgos con nitidez mucho menor que hace pocos años, antes de conocer a Lolita. Hay dos clases de memoria visual: mediante una de ellas recreamos diestramente una imagen en el laboratorio de nuestra mente con los ojos abiertos (y así veo a Annabel: en términos generales, tales como «piel color de miel», «brazos delgados», «pelo castaño y corto», «pestañas largas», «boca grande, brillante»); con la otra evocamos de manera instantánea, con los ojos cerrados, tras la oscura intimidad de los párpados, nuestro objetivo, réplica absoluta, desde un punto de vista óptico, de un rostro amado, un diminuto espectro que conserva sus colores naturales (y así veo a Lolita).

Permítaseme, pues, que, al describir a Annabel, me limite, decorosamente, a decir que era una niña encantadora, pocos meses menor que yo. Sus padres eran viejos amigos de mi tía y tan rígidos como ella. Habían alquilado una villa no lejos del Hotel Mirana. El calvo y moreno señor Leigh, y la gruesa y empolvada señora Leigh (de soltera, Vanessa van Ness). ¡Cómo los detestaba! Al principio, Annabel y yo hablábamos de temas periféricos. Ella cogía puñados de fina arena y la dejaba escurrirse entre sus dedos. Nuestras mentes estaban afinadas según el común de los preadolescentes europeos inteligentes de nuestro tiempo y nuestra generación, y dudo mucho que pudiera atribuirse a nuestro genio individual el interés por la pluralidad de mundos habitados, los partidos de tenis, el infinito, el solipsismo, etcétera. La dulzura y la indefensión de las crías de los animales nos causaban el mismo intenso dolor. Annabel quería ser enfermera en algún país asiático donde hubiera hambre; yo, ser un espía famoso.

Nos enamoramos inmediatamente, de una manera frenética, impúdica, angustiada. Y desesperanzada, debería agregar, porque aquellos arrebatos de mutua posesión sólo se habrían saciado si cada uno se hubiera embebido y saturado realmente de cada partícula del alma y el corazón del otro; pero jamás llegamos a conseguirlo, pues nos era imposible hallar las oportunidades de amarnos que tan fáciles resultan para los chicos barriobajeros. Después de un enloquecido intento de encontrarnos cierta noche, en el jardín de Annabel (más adelante hablaré de ello), la única intimidad que se nos permitió fue la de permanecer fuera del alcance del oído, pero no de la vista, en la parte populosa de la *plage*. Allí, en la muelle arena, a pocos metros de nuestros mayores, nos quedábamos tendidos la mañana entera, en un petrificado paroxismo, y aprovechábamos cada bendita grieta abierta en el espacio y el tiempo; su mano, medio oculta en la arena, se deslizaba hacia mí, sus bellos dedos morenos se acercaban cada vez más, como en sueños; entonces su rodilla opalina iniciaba una cautelosa travesía; a veces, una providencial muralla construida por un grupo de niños nos garantizaba amparo suficiente para rozarnos los labios salados; esos contactos incompletos producían en nuestros cuerpos jóvenes, sanos e inexpertos, un estado de exasperación tal, que ni aun el agua fría y azul, bajo la cual seguíamos dándonos achuchones, podía aliviar.

Entre otros tesoros perdidos durante los vagabundeos de mi edad adulta, había una instantánea tomada por mi tía que mostraba a Annabel, sus padres y cierto doctor Cooper, un caballero serio, maduro y cojo que aquel verano cortejaba a mi tía, agrupados en torno a una mesa en la terraza de un café. Annabel no salió bien, sorprendida mientras se inclinaba sobre el *chocolat glacé;* sus delgados hombros desnudos y la raya de su pelo era lo único que podía identificarse (tal como recuerdo aquella fotografía) en la soleada bruma donde se diluyó su perdido encanto. Pero yo, sentado a cierta distancia del resto, salí con una especie de dramático realce: un jovencito triste, ceñudo, con un polo oscuro y pantalones cortos de excelente hechura, las piernas cruzadas, el rostro de perfil, la mirada perdida. Esa fotografía fue hecha el último día de aquel aciago verano y pocos minutos antes de que hiciéramos nuestro segundo y último intento por torcer el destino. Con el más baladí de los pretextos (ésa era nuestra última oportunidad, y ninguna otra consideración nos importaba ya) escapamos del café a la playa, donde encontramos una franja de arena solitaria, y allí, en la sombra violeta de unas rocas rojas que formaban como una caverna, tuvimos una breve sesión de ávidas caricias con un par de gafas de sol que alguien había perdido como único testigo. Estaba de rodillas, a punto de poseer a mi amada, cuando dos bañistas barbudos, un viejo lobo de mar y su hermano, surgieron de las aguas y nos lanzaron soeces exclamaciones de aliento. Cuatro meses después, Annabel murió de tifus en Corfú.

4

Rememoro una y otra vez esos infelices recuerdos y me pregunto si fue entonces, en el resplandor de aquel verano remoto, cuando empezó a formarse en mi espíritu la grieta que lo escindió hasta hacer que mi vida perdiera la armonía y la felicidad. ¿O mi desmedido deseo por aquella niña no fue más que la primera muestra de una singularidad innata? Cuando procuro analizar mis anhelos, motivaciones y actos, me rindo ante una especie de imaginación retrospectiva que atiborra la facultad analítica con infinitas alternativas y hace que cada uno de los posibles caminos se ramifique en otros que a su vez vuelven a ramificarse de manera incesante en la perspectiva enloquecedoramente compleja de mi pasado. Estoy persuadido, sin embargo, de que en cierto modo, fatal y mágico, Lolita empezó con Annabel.

Sé también que la conmoción producida por la muerte de Annabel consolidó la frustración de aquel verano de pesadilla y la convirtió en un obstáculo permanente para cualquier romance ulterior durante los fríos años de mi juventud. Lo espiritual y lo físico se habían fundido en nosotros con perfección tal que no puede menos que resultar incomprensible para los jovenzuelos materialistas, rudos y convencionales típicos de nuestro tiempo. Mucho después de su muerte sentía que sus pensamientos flotaban a través de los míos. Antes de conocernos ya habíamos tenido los mismos sueños. Comparamos anotaciones. Encontramos extrañas afinidades. En el mismo mes de junio del mismo año (1919) un canario perdido había entrado revoloteando en su casa y la mía, en dos países muy alejados. ¡Ah, Lolita, si tú me hubieras querido así!

He reservado para el desenlace de mi fase «Annabel» el relato de nuestra cita infructuosa. Una noche, Annabel se las compuso para burlar la estricta vigilancia de su familia. Bajo un macizo de nerviosas y esbeltas mimosas, detrás de su villa, encontramos amparo en las ruinas de un muro bajo de piedra. A través de la oscuridad y los tiernos árboles veíamos, igual que si fueran arabescos, las ventanas iluminadas que, retocadas por las tintas de colores del recuerdo sensible, se me aparecen hoy como naipes —acaso porque una partida de bridge mantenía ocupado al enemigo—. Ella tembló y se crispó cuando le besé el ángulo de los labios abiertos y el lóbulo caliente de la oreja. Un racimo de estrellas brillaba pálidamente sobre nosotros, entre siluetas de largas hojas delgadas; aquel cielo vibrante parecía tan desnudo como ella bajo su vestido liviano. Vi su rostro reflejado en el cielo, extrañamente nítido, como si emitiera una tenue irradiación. Sus piernas, sus adorables y vivaces piernas, no estaban muy juntas, y, cuando localicé lo que buscaba, sus rasgos infantiles adquirieron una expresión soñadora y atemorizada en la que se mezclaban el placer y el dolor. Estaba sentada algo más arriba que yo, y cada vez que en su solitario éxtasis se abandonaba al impulso de besarme, inclinaba la cabeza con un movimiento muelle, letárgico, que tenía un no sé qué de triste e involuntario, y sus rodillas desnudas apretaban mi muñeca y la oprimían con fuerza para relajarse después; y su boca temblorosa, que parecía crispada por la acritud de alguna misteriosa pócima, se acercaba a mi rostro respirando jadeante. Mi amada procuraba aliviar el dolor del anhelo restregando primero ásperamente sus labios secos contra los míos; después echaba hacia atrás la cabeza sacudiendo nerviosamente su cabello, y, por último, volvía a inclinarse sobre mí como impelida por una fuerza irresistible y me dejaba succionar con ansia su boca abierta; por mi parte, impulsado por una generosidad pronta a ofrecérselo todo, mi corazón, mi garganta, mis entrañas, le había hecho rodear con su puño inexperto el cetro de mi pasión.

Recuerdo el perfume de ciertos polvos de tocador –creo que se los había robado a la doncella española de su madre–: un olor un tanto dulzón, no demasiado intenso, a almizcle. Se mezcló con su propio olor a bizcocho, y, súbitamente, mis sentidos parecieron crecer hasta llegar al borde que los limitaba. La repentina agitación de un arbusto cercano impidió que se desbordaran, y mientras nos apartábamos el uno del otro, esperando con las venas doloridas por la tensión que sólo fuera consecuencia del paso de un gato vagabundo, llegó de la casa la voz de su madre que la llamaba –con frenesí que iba en aumento– y la imponente figura del doctor Cooper apareció cojeando en el jardín. Pero el macizo de mimosas, el racimo de estrellas, el deseo, la quemazón, el néctar de aquel cáliz y la dolorosa tensión quedaron para siempre conmigo, y aquella chiquilla de miembros dorados como la arena de la playa y lengua ardiente me tuvo hechizado hasta que, al fin, veinticuatro años después, rompí el hechizo encarnándola en otra.

5

Cuando me vuelvo para mirarlos, los días de mi juventud parecen huir de mí como una ráfaga de pálidos desechos reiterados, semejante a esas nevadas matinales de pañuelos y toallitas de papel que ve arremolinarse tras la estela del convoy el pasajero que contempla el panorama desde el coche mirador de un gran expreso. Durante mis relaciones con las mujeres, regidas siempre por el principio higiénico de que no deben almacenarse en el organismo aquellos humores susceptibles de volverse rancios y perjudicarlo, me mostraba práctico, irónico, enérgico. Mientras fui estudiante, en Londres y París, las mujeres pagadas me bastaron. Mis estudios eran minuciosos e intensos, aunque no particularmente fructíferos. Al principio proyecté estudiar psiquiatría, como hacen muchos talentos *manqués*. Pero ni para esto servía: un extraño agotamiento, me siento tan oprimido, doctor, me atenazaba; y me encaminé hacia la literatura inglesa, a la que tantos poetas frustrados acababan dedicándose como profesores vestidos de tweed con la pipa en los labios. En París me sentía de maravilla. Discutía películas soviéticas con expatriados. Me codeaba con uranistas en el Deux Magots. Publicaba abstrusos artículos en revistas de escasa difusión. Componía *pastiches:*

[...] Fräulein von Kulp
puede volverse, la mano sobre la puerta.
No la seguiré. Ni a Fresca.
Ni a esa gaviota.[1]

Los seis o siete intelectuales que leyeron mi artículo «El tema proustiano en una carta de Keats a Benjamin Bailey» rieron por lo bajinis. Escribí una *Histoire abrégée de la poésie anglaise* por encargo de una importante editorial, y después empecé a compilar el manual de literatura francesa para estudiantes de habla inglesa (con comparaciones tomadas de escritores ingleses) que habría de ocuparme durante la década de los cuarenta y cuyo último volumen estaba casi listo para la imprenta en el momento de mi arresto.

Encontré trabajo: enseñé inglés a un grupo de adultos en Auteuil. Después un internado para niños me contrató durante un par de inviernos. De vez en cuando, aprovechaba las relaciones que tenía con trabajadores sociales y psicoterapeutas para visitar en su compañía diversas instituciones, tales como orfanatos y reformatorios, donde podían contemplarse pálidas jó-

---

1. Irónica alusión al poema «Gerontion», de T. S. Eliot. *(N. del T.)*

venes pubescentes, de pestañas enmarañadas, sin depilar, con la perfecta impunidad que nos concedemos cuando soñamos.

Ahora creo llegado el momento de introducir la siguiente idea: hay muchachas, entre los nueve y los catorce años de edad, que revelan su verdadera naturaleza, que no es la humana, sino la de las ninfas (es decir, demoníaca), a ciertos fascinados peregrinos, los cuales, muy a menudo, son mucho mayores que ellas (hasta el punto de doblar, triplicar o incluso cuadruplicar su edad). Propongo designar a esas criaturas escogidas con el nombre de *nínfulas*.

Debe advertirse que sustituyo las limitaciones espaciales por las temporales. De hecho, quisiera que el lector considerara «nueve» y «catorce» como los límites —playas de aguas relucientes como espejos, rocas rosadas— de una isla encantada, reino de esas muchachas a las que denomino nínfulas, y rodeada por un mar vasto y brumoso. Entre esos límites temporales, ¿son nínfulas todas las niñas? No, desde luego. De lo contrario, los hombres capaces de penetrar ese secreto, es decir, los peregrinos solitarios, los ninfulómanos, se volverían locos. Tampoco es la belleza un criterio determinante, y la vulgaridad —o, al menos, lo que una comunidad determinada considera como tal— no daña forzosamente ciertas características misteriosas que dan a la nínfula esa gracia etérea, ese evasivo, cambiante, anonadante, insidioso encanto mediante el cual se distingue de sus contemporáneas que dependen incomparablemente más del mundo espacial de fenómenos sincrónicos que de esa isla intangible de tiempo hechizado donde Lolita juega con sus semejantes. Dentro de los mismos límites temporales, el número de verdaderas nínfulas es harto inferior al de las jovenzuelas provisionalmente feas, o tan sólo agradables, o «simpáticas», o hasta «bonitas» y «atractivas», comunes, regordetas, informes, de piel fría, niñas esencialmente humanas, con vientrecitos abultados y trenzas, que acaso lleguen a transformarse en mujeres de gran belleza (pienso en los feos tapones con medias negras y sombreros blancos que se convierten en deslumbrantes estrellas cinematográficas). Si pedimos a un hombre normal que elija a la niña

24

más bonita en la fotografía de un grupo de colegialas o *girl-scouts*, no siempre señalará a la nínfula. Hay que ser artista y loco, un ser infinitamente melancólico, con una gota de ardiente veneno en las entrañas y una llama de suprema voluptuosidad siempre encendida en su sutil espinazo (¡oh, cómo tiene uno que rebajarse y esconderse!), para reconocer de inmediato, por signos inefables —el diseño ligeramente felino de un pómulo, la delicadeza de un miembro aterciopelado y otros indicios que la desesperación, la vergüenza y las lágrimas de ternura me prohíben enumerar—, al pequeño demonio mortífero entre el común de las niñas; pero *allí está*, sin que nadie, ni siquiera ella, sea consciente de su fantástico poder.

Además, puesto que la idea de tiempo gravita con tan mágico influjo sobre este asunto, quien lo estudie no ha de sorprenderse al saber que ha de existir una brecha de varios años —nunca menos de diez, diría yo, treinta o cuarenta, por lo general, e incluso noventa, en algunos pocos casos conocidos— entre nínfula y hombre para que éste pueda caer bajo su hechizo. Es una cuestión de ajuste focal, de cierta distancia que el ojo interior supera lleno de placentera emoción y de cierto contraste que la mente percibe con un jadeo de perverso deleite. Cuando ambos éramos niños, mi pequeña Annabel no era para mí una nínfula; yo era su igual, un faunúnculo por derecho propio, en esa misma y encantada isla del tiempo; pero hoy, en septiembre de 1952, al cabo de veintinueve años, creo distinguir en ella el inicial elfo fatal de mi vida. Nos queríamos con amor prematuro, caracterizado por esa violencia que tan a menudo destruye vidas adultas. Yo era un muchacho fuerte y sobreviví; pero el veneno quedó en la herida, y ésta permaneció siempre abierta. Y pronto me encontré madurando en una civilización que permite a un hombre de veinticinco años cortejar a una muchacha de dieciséis, pero no a una niña de doce.

No debe asombrar, pues, que mi vida adulta, durante el período europeo de mi existencia, resultara monstruosamente doble. Para cualquier observador exterior, mantenía las relaciones llamadas normales con cierto número de mujeres terrenales, provistas de pechos que parecían peras o calabazas; pero, en secreto, me consumía en un horno infernal de reconcentrada lujuria por cada nínfula que encontraba, pero a la cual no me atrevía a acercarme, pues era un pusilánime respetuoso de la ley. Las hembras humanas que me era permitido utilizar no servían más que como agentes paliativos. Estoy convencido de que las sensaciones provocadas en mí por la fornicación natural eran muy semejantes a las sentidas por los machos adultos normales cuando copulan con sus cónyuges adultas normales siguiendo ese ritmo que sacude el mundo. Lo malo era que esos caballeros no habían tenido vislumbres de un deleite incomparablemente más punzante, y *yo sí*... La más débil de las fantasías que conducían a mis poluciones era mil veces más deslumbrante que cualquier adulterio imaginado por el escritor de genio más viril o por el impotente más talentoso. Mi mundo estaba escindido. No percibía un sexo, sino dos, y ninguno de ellos era el mío. El anatomista los habría declarado femeninos a ambos. Pero para mí, a través del prisma de mis sentidos, eran tan diferentes como el día y la noche. Ahora puedo razonar sobre todo esto. En aquel entonces, y hasta por lo menos los treinta y cinco años, no comprendí tan claramente mis angustias. Mientras mi cuerpo sabía qué anhelaba, mi espíritu rechazaba lo que tan clamorosamente me pedía. Tan pronto me sentía avergonzado y atemorizado como me embargaba un infundado optimismo. Los tabúes me estrangulaban. Los psicoanalistas me cortejaban ofreciéndome pseudoliberaciones y pseudolibidos. El hecho de que para mí los únicos objetos de estremecimiento amoroso fueran hermanas de Annabel, sus doncellas y damas de honor, me parecía como un pronóstico de demencia. En otras ocasiones me decía que todo era cuestión de actitud, que nada había de malo en quedarse arrobado contemplando a una niña. Permítaseme recordar al lector que, de acuerdo con la ley de protección a la infancia y la juventud promulgada en Inglaterra en 1933, se considera «niña» a toda «criatura del sexo femenino que tiene más de ocho años, pero menos de catorce» (después, desde los catorce años hasta los diecisiete, legalmente es una «joven»). Por otro lado, en Massachusetts, Estados Unidos, un «niño descarriado» es, técnicamente, un ser «entre los siete y los diecisiete años de edad» (que, además, se asocia habitualmente con personas viciosas e inmorales). Hugh Broughton, polemista que escribió durante el reinado de Jacobo I de Gran Bretaña, demostró que Rajab, la ramera que ayudó a Josué a conquistar la ciudad de Jericó, se dedicaba a la prostitución desde que tenía diez años. Todo esto es muy interesante y me atrevería a suponer que ya están ustedes viéndome temblando de excitación y echando espuma por la boca. Pero no, no es así; sólo cierro los ojos y veo pasar encantadoras imágenes que luego echo en una copa que se va llenando de un néctar embriagador. He aquí algunas imágenes más: Virgilio, que, aunque les cantara a las nínfulas con voz armoniosa, probablemente, prefería meterle mano en la entrepierna a un muchacho. Dos hijas del Nilo prenúbiles, vástagos del faraón Akenatón y su esposa Nefertiti (fueron seis las hijas nacidas de esta unión), con muchos collares de cuentas brillantes por todo atavío, abandonadas sobre almohadones, intactas después de tres mil años, con sus suaves cuerpos morenos de cachorros, el pelo corto, los almendrados ojos negros como el ébano... Novias de diez años obligadas a colocarse a horcajadas sobre el *fascinum*, el miembro viril, el falo de marfil de los templos de la erudición clásica. El matrimonio y las relaciones sexuales antes de la pubertad aún son relativamente comunes en ciertas provincias del este de la India. Entre los lepchas, un pueblo que habita algunos de los valles más remotos del Himalaya, hombres de ochenta años copulan con niñas de ocho, y nadie se escandaliza por ello. Después de todo, Dante se enamoró perdidamente de su Beatriz cuando ésta tenía nueve años y era una chiquilla rutilante, pintada y encantadora, enjoyada, con un vestido carmesí... y eso ocurría en 1274, en Florencia, durante una fiesta privada en el alegre mes de mayo. Y cuando Petrarca se enamoró locamente de su Laura, ésta era una rubia nínfula de doce años que corría con el viento, el polen y el polvo, una esquiva flor de la hermosa planicie que se extiende al pie de las colinas de Vaucluse.

Pero seamos decorosos y civilizados. Humbert Humbert hacía todo lo posible por ser bueno. Lo hacía sincera y honradamente. Tenía el más profundo respeto por los niños, por su pureza y vulnerabilidad, y por ninguna circunstancia habría corrompido la inocencia de una criatura de haber el menor riesgo de ser descubierto. Pero cómo latía su corazón cuando vislumbraba en medio del inocente rebaño a una niña demoníaca, *«enfant charmante et fourbe»*, de ojos oscuros y labios brillantes, que podía acarrearle diez años de cárcel sólo por mirarla con descaro. Así transcurría su vida. Humbert era perfectamente capaz de tener relaciones sexuales con Eva, pero suspiraba por Lilith.[1] En la secuencia de cambios somáticos que constituyen la pubertad, los senos empiezan a desarrollarse bastante temprano, a los diez años y siete meses, como promedio. El siguiente paso destacable de la maduración sexual es la aparición del vello púbico, a los once años y dos meses, también como promedio. Mi copa está a punto de rebosar de imágenes.

Un naufragio. Un atolón. A solas con la temblorosa hija de un pasajero ahogado. ¡Querida, esto es sólo un juego! ¡Qué maravillosas eran mis aventuras imaginarias mientras permanecía sentado en el duro banco de un parque fingiendo sumergirme en un libro que temblaba en mis manos! Alrededor del quieto lector jugaban libremente las nínfulas, igual que si fuera una estatua familiar o parte de la sombra entreverada de rayos de sol que proyectaban las ramas de un viejo árbol. Una vez, una niña de perfecta belleza, que llevaba un vestido a cuadros de manga corta, dejó caer con estrépito uno de sus pies, pesadamente calzado, en el banco, junto a mí, y alargó sus delgados bracitos, como si me los ofreciera, para ajustarse la correa del patín; me disolví en el sol, con el libro que tenía entre las manos a modo de improvisada hoja de parra, cuando sus rizos castaños cayeron sobre su rodilla despellejada, y la sombra de las hojas que mi cuerpo compartía palpitó aceleradamente al fun-

1. Demonio femenino que figura en las mitologías hebrea y árabe. *(N. del T.)*

dirse con aquella radiante extremidad situada tan cerca de mi camaleónica mejilla. En otra ocasión, una escolar pelirroja que iba agarrada a una de esas correas que penden de una barra del *métro* para que los viajeros se sujeten se abalanzó sobre mí a causa de un frenazo, y la visión del rojo vello axilar que se ofreció a mis ojos hizo que me hirviera la sangre durante semanas. Podría hacer una larga lista de breves romances unilaterales como los que acabo de explicar. Muchos de ellos acabaron dejándome un sabor infernal en la boca. Ocurría, por ejemplo, que desde mi balcón distinguía una ventana iluminada al otro lado de la calle y lo que parecía una nínfula en el acto de desvestirse ante un espejo cómplice. Gracias al aislamiento y la distancia, la visión adquiría un sutilísimo encanto que hacía que me precipitase hacia mi solitaria gratificación. Pero, repentinamente, aviesamente, el tierno ejemplar de desnudez que había adorado se transformaba en el repulsivo brazo desnudo de un hombre que leía su diario a la luz de la lámpara, junto a la ventana abierta, en la cálida, húmeda, exasperante noche veraniega.

Comba, rayuela. La anciana de negro que estaba sentada a mi lado, en mi banco, en aquel potro que tan deleitoso me resultaba (una nínfula buscaba a tientas, debajo de mí, una canica perdida), me preguntó si me dolía el estómago. ¡Bruja insolente! ¡Ah, dejadme solo en mi parque pubescente, en mi jardín musgoso! ¡Que jueguen en torno a mí para siempre! ¡Y que nunca crezcan!

6

A propósito: ¿Me he preguntado a menudo qué ha sido de esas nínfulas? ¿Parece posible que, en este mundo de hierro forjado de causas y efectos entrecruzados, el oculto latido que les robé no influyera en su futuro? Las poseí sin que ellas lo supieran. De acuerdo. Con todo, ¿no se manifestaría ese hecho más adelante? ¿No influiría en su destino que hubiera utilizado sus imágenes para satisfacer mi voluptuosidad? Sí, todo eso ha sido, y es, fuente de grandes, terribles, preocupaciones para mí.

Sin embargo, llegué a saber cómo eran esas nínfulas encantadoras, enloquecedoras, de brazos frágiles, una vez crecidas. Recuerdo una tarde gris de primavera en la que caminaba por una animada calle cerca de la Madeleine. Una muchacha baja y delgada pasó junto a mí avanzando con paso rápido y saltarín sobre sus altos tacones. Nos volvimos para mirarnos al mismo tiempo. Se detuvo. Me acerqué. Tenía esa típica carita redonda y con hoyuelos de las muchachas francesas, y apenas me llegaba al pecho. Me gustaron sus largas pestañas y el ceñido traje sastre que tapizaba de gris perla su cuerpo joven, en el cual aún subsistía –como un eco de su época de nínfula, que me causó un escalofrío de deleite y me hizo sentir una especie de tirón en los riñones– algo infantil que se mezclaba con el *frétillement* profesional de su ágil y pequeño trasero. Le pregunté su precio, y respondió prontamente, con precisión melodiosa y argentina (¡un pájaro, un verdadero pájaro!): «*Cent.*» Traté de regatear, pero ella, al ver el terrible, solitario deseo en mis ojos bajos, dirigidos hacia su frente redonda y su sencillo tocado (una diadema con un ramillete), parpadeó, dijo «*Tant pis*» e hizo ademán de marcharse. ¡Apenas tres años antes tal vez la había visto camino de su casa al regresar de la escuela! Esa evocación zanjó el asunto. Me guió por la habitual escalera empinada, con la habitual campanilla para avisar de la presencia del *monsieur,* al que, por cierto, no le importaba en lo más mínimo cruzarse con otro *monsieur,* y realizamos el lúgubre ascenso hasta el cuarto abyecto, todo cama y *bidet.* Como de costumbre, me pidió de inmediato su *petit cadeau,* y, como de costumbre, le pregunté su nombre (Monique) y su edad (dieciocho). El trivial estilo de las busconas me era harto familiar. Todas responden «*dix-huit*»: un ágil gorjeo, una nota de determinación y anhelosa impostura que emiten diez veces por día, pobres criaturillas. Pero, en el caso de Monique, no cabía duda de que agregaba dos o tres años a su edad. Lo deduje por muchos detalles de su cuerpo compacto, pulcro, curiosamente inmaduro. Se desvistió con fascinante rapidez y permaneció un momento, parcialmente envuelta en el sucio *voile* de la ventana, escuchando con infantil placer y siguiendo el ritmo dándose golpecitos en el muslo con la mano a un organillo que sonaba debajo de nosotros, en un polvoriento patio. Cuando examiné sus pequeñas manos y le llamé la atención por llevar las uñas sucias, me dijo con un mohín candoroso: *«Oui, ce n'est pas bien»*, y se dirigió hacia el lavabo, pero le dije que no importaba, que no importaba en absoluto. Con su pelo castaño y ondulado, sus luminosos ojos grises, su piel pálida, era realmente encantadora. Sus caderas no me parecieron más anchas que las de un muchacho cuando se puso a horcajadas sobre mí; a decir verdad, puedo afirmar, sin la menor vacilación (y ésta es la razón de que siga retozando con ella, lleno de agradecimiento, en esa habitación a media luz que es la memoria), que, de las ochenta *grues*, más o menos, que me trabajaron de aquel modo, fue la única que me proporcionó una extática punzada de genuino placer. *«Il était malin, celui qui a inventé ce truc-là»*, comentó amablemente, y volvió a vestirse con la misma prodigiosa rapidez.

Le pedí otro encuentro, sin tantas prisas, para más tarde, aquel mismo día, y dijo que nos encontraríamos a las nueve, en el café de la esquina. Juró que nunca había *posé un lapin* en toda su joven vida. Volvimos al mismo cuarto y no pude menos que decirle qué bonita era, a lo cual respondió modestamente: *«Tu es bien gentil de dire ça.»* Después, al advertir lo que también yo advertí en el espejo que reflejaba nuestro pequeño edén –una terrible mueca de ternura que me hacía apretar los dientes y torcer la boca–, la concienzuda Monique (¡oh, había sido una nínfula, sin la menor duda!) quiso saber si debía quitarse la pintura de los labios *avant qu'on se couche,* por si pensaba besarla. Desde luego, lo pensaba. Con ella me abandoné hasta un punto desconocido con cualquiera de sus precursoras, y mi última visión de Monique, la de largas pestañas, aquella noche se ilumina con una alegría que pocas veces asocio con cualquier acontecimiento de mi humillante, sórdida y taciturna vida amorosa. Los cincuenta francos de propina que le di cuando, ya en la calle, se dispuso a marcharse, bajo la llovizna de una noche de abril, con Humbert Humbert siguiendo su estrecha estela, parecieron complacerla tremendamente. Se detuvo frente a un escaparate y dijo con deleite: «*Je vais m'acheter des bas!*» Nunca olvidaré cómo sus infantiles labios parisienses estallaron al decir *bas* y pronunciaron esta palabra con tal apetito que transformaron la «a» en el vivaz estallido de una breve «o».

Me cité con ella para el día siguiente, a las dos y cuarto de la tarde, en mi habitación, pero el encuentro fue menos agradable; en el transcurso de aquella noche parecía haber perdido juventud y haber madurado como mujer. Un resfriado que me contagió me hizo cancelar la cuarta cita; no lamenté romper lo que tal vez hubiera podido convertirse en una serie de encuentros muy emotivos para mí y que llenaban de ardientes fantasías mi corazón, pero que amenazaban con abrumarme bajo el peso de la monotonía y el desencanto. Que la esbelta y suave Monique sea para siempre, pues, lo que fue durante uno o dos minutos: una nínfula delincuente cuyo brillo aún se traslucía en la prosaica profesionalidad de una joven prostituta.

Mi breve relación con Monique inició una corriente de pensamientos que puede parecer obvia al lector que conozca ciertos ambientes. Un anuncio de una revista pornográfica me llevó un buen día a la oficina de cierta *mademoiselle* Edith, que empezó ofreciéndome la elección de un alma gemela entre las fotografías más bien formales que llenaban un álbum bastante ajado («*Regardez-moi cette belle brune!*»). Cuando aparté el álbum y le expuse, más o menos veladamente, mi criminal anhelo, me miró como si estuviera a punto de mostrarme la puerta. Sin embargo, después de preguntarme qué precio estaba dispuesto a pagar, condescendió a ponerme en contacto con una persona *qui pourrait arranger la chose.* Al día siguiente, una mujer asmática, burdamente pintarrajeada, charlatana, de aliento que apestaba a ajo, con un acento provenzal tan fuerte que parecía fingido y un bigote negro sobre unos labios purpúreos, me llevó hasta el que parecía su propio domicilio. Allí, después de juntar las puntas de los gordos dedos de su diestra y besárselas, como para significar que su mercancía era un pimpollo delicioso, corrió teatralmente una cortina y dejó a la vista lo que debía de ser la parte del apartamento donde dormía hacinada toda una familia, bastante numerosa y no demasiado limpia, por cierto. En ese momento sólo había allí una muchacha de por lo menos quince años, monstruosamente gorda, cetrina, de repulsiva fealdad, con gruesas trenzas negras y lazos rojos, sentada en una silla y que fingía mecer una muñeca calva. Cuando sacudí la cabeza y traté de huir de la trampa, la mujer, hablando a todo trapo, empezó a levantar el sucio jersey de lana que cubría el torso de la joven giganta; como vio que seguía resuelto a marcharme, me pidió *son argent*. Entonces se abrió una puerta en el extremo de la habitación, que daba a la cocina, y dos hombres que estaban allí comiendo se sumaron a la discusión. Ambos eran contrahechos y muy morenos, e iban sin corbata y con el cuello de la camisa abierto; uno de ellos llevaba gafas de sol. Un chaval de seis o siete años y un crío que apenas sabía andar, lleno de churretones y patizambo, los siguieron furtivamente. Con la lógica insolente de una pesadilla, la enfurecida alcahueta señaló al tipo que llevaba gafas y dijo que había estado en la policía, *lui*, de modo que me convenía hacer lo que me había dicho. Me dirigí hacia Marie –pues éste era el nombre de la estrella de aquel espectáculo–, que para entonces había transferido sus voluminosas posaderas a un taburete ante la mesa de la cocina y daba buena cuenta del plato de sopa que había dejado a medias, cosa que aprovechó el crío para hacerse con la muñeca. Con una oleada de piedad que dio cierto dramatismo a mi absurdo gesto, deslicé un billete grande en su mano indiferente. Ella transfirió mi dádiva al ex policía, y entonces se me permitió marcharme de allí.

7

No estoy seguro de que el álbum de la alcahueta fuera la gota que colmó el vaso, pero lo cierto es que poco después, por mi propia seguridad, resolví casarme. Se me ocurrió que horarios regulares, alimentos caseros, las mil convenciones de la vida conyugal, el hábito profiláctico de usar regularmente del matrimonio y, tal vez, el florecimiento, con el tiempo, de ciertos valores morales, de ciertos sustitutivos espirituales, podrían ayudarme, si no a librarme de mis degradantes y peligrosos deseos, por lo menos a mantenerlos bajo dominio. Algún dinero recibido después de la muerte de mi padre (no demasiado: el Hotel Mirana se había vendido mucho antes), sumado a mi atractivo natural, un atractivo un tanto animal, sin duda, me permitió iniciar la búsqueda con ecuanimidad. Después de considerables deliberaciones, mi elección recayó sobre la hija de un médico polaco: el buen hombre trataba asiduamente mis vahídos y mi taquicardia. Jugábamos al ajedrez: su hija, de pie detrás del caballete, me miraba, e introducía ojos y articulaciones –tomadas de mí– en los cuadros cubistas que por entonces pintaban las señoritas de buena familia en vez de lilas y corderillos. Permítaseme repetirlo con serena firmeza: era, y aún soy, a pesar de *mes malheurs,* un varón excepcionalmente apuesto; de movimientos lentos, alto, con suave pelo negro y aire melancólico, pero no por ello menos seductor. La virilidad excepcional suele reflejar, en los rasgos visibles del sujeto, un no sé qué de sombrío y reconcentrado que pertenece a lo que debe ocultar. Y ése era mi caso. Muy bien sabía, ay, que podía obtener a cualquier mujer adulta que se me antojara con sólo chasquear los dedos; es más, me había acostumbrado a no hacer demasiado caso de las mujeres, a menos que se precipitaran dando traspiés y con el rostro encendido en mi frío regazo. De haber sido un *français moyen* aficionado a las damas despampanantes, podría haber encontrado fácilmente, entre las muchas bellezas enloquecidas que asediaban el sombrío castillo roquero que era yo, criaturas mucho más fascinantes que Valeria. Pero mi elección estuvo condicionada por consideraciones cuya esencia era, como habría de advertirlo demasiado tarde, una lamentable transacción. Todo lo cual demuestra hasta qué punto el pobre Humbert ha sido siempre un zote en las cuestiones relacionadas con la sexualidad.

8

Por más que me dijera que sólo buscaba una presencia que me apaciguara, me preparara un fantástico *pot-au-feu* y me proporcionara una juguetona mata de vello púbico, lo que realmente me atraía de Valeria eran sus gestos y actitudes infantiles, que no obedecían a que hubiera adivinado mi secreto, sino que eran consecuencia de su natural manera de ser. Gracias a ello me subyugó por completo. Pero lo cierto era que ya andaba cerca de los treinta (nunca llegué a saber su verdadera edad, porque hasta su pasaporte mentía) y había perdido la virginidad en circunstancias que variaban según su estado de ánimo rememorativo. Por lo que a mí respecta, era tan candoroso como sólo un pervertido puede serlo. Ella tenía un aire retozón, de polluelo, se vestía *à la gamine,* mostraba generosamente sus piernas suaves, sabía cómo destacar la blancura de un empeine desnudo contra una chinela de terciopelo negro, hacía mohínes, tenía hoyuelos, era juguetona, sacudía su pelo corto, rubio y rizado de la manera más graciosa y trivial que pudiera imaginarse.

Después de una sucinta ceremonia en la *mairie,* la llevé al nuevo apartamento que había alquilado y, con cierta sorpresa por su parte, hice que se pusiera, antes de tocarla, un tosco camisón que me las había ingeniado para hurtar del cuarto de la ropa blanca de un orfanato. No negaré que me lo pasé bastante bien durante nuestra noche de bodas, ni que a la mañana siguiente me embargaba una tonta e histérica sensación de alegría. Pero la realidad no tardó en afirmarse. Los rubios rizos revelaron sus raíces negras; el vello se convirtió en púas sobre una piel rasurada; la boca húmeda y móvil, por más amor que yo depositara en ella, mostró de modo ignominioso su semejanza con el órgano homólogo de su difunta madre, tal como aparecía en una preciada fotografía, en la que, por cierto, sus rasgos faciales tenían extraordinario parecido con los de un sapo; al final resultó que, en vez de una pálida muchachita con la que satisfacer su lujuria, Humbert Humbert tenía entre sus manos una criatura grandullona, fofa, de piernas cortas, grandes pechos y escasa inteligencia.

Este estado de cosas duró desde 1935 hasta 1939. La única ventaja de mi mujer era su naturaleza silenciosa, que contribuía a crear una atmósfera extrañamente confortable en nuestro pequeño y vulgar apartamento: dos habitaciones, una vista sin nada de particular ante una ventana, una pared de ladrillos ante la otra, una cocina estrecha, una bañera en forma de zapato dentro de la cual me sentía como Marat, pero sin ninguna doncella de cuello blanco que me apuñalara. Pasamos juntos más de una noche apacible, ella hundida en su *Paris-Soir,* yo trabajando en una mesa desvencijada. Íbamos al cine, a las carreras de bicicletas y a los combates de boxeo. Recurría muy pocas veces a su carne rancia; sólo en casos de gran necesidad y desesperación. El dueño de la tienda de ultramarinos que había delante de nuestra casa tenía una hijita cuya sombra me enloquecía; pero con ayuda de Valeria encontraba, después de todo, ciertos desahogos legales para mis fantasías sexuales. En cuanto a la cocina, descartamos tácitamente el *pot-au-feu* y comíamos casi siempre en un atestado restaurante de la rue Bonaparte, con manteles manchados de vino y donde era corriente oír hablar en lenguas extranjeras. En la casa de al lado, el abigarrado escaparate de un anticuario ofrecía una vieja estampa norteamericana, espléndida, llameante, verde, roja, dorada, azul, índigo: una locomotora con una chimenea gigantesca, grandes faroles barrocos y un descomunal quitapiedras, que arrastraba sus coches color malva a través de la noche por la pradera bajo un cielo amenazador, y mezclaba su humo tachonado de chispas con las aterciopeladas nubes que presagiaban tormenta.

Y la tormenta estalló. En el verano de 1939 *mon oncle d'Amérique* murió y me legó una renta anual de unos pocos miles de dólares a condición de que me fuera a vivir a los Estados Unidos y demostrara cierto interés por sus negocios. La perspectiva encontró en mí la mejor de las bienvenidas. Sentía que mi vida necesitaba un cambio radical. Además, había otra cosa: en la felpa de nuestra confortable vida matrimonial aparecían agujeros de polilla... En las últimas semanas, había advertido que mi gorda Valeria no era la misma: mostraba un extraño desasosiego y, a veces, hasta cierta irritación muy poco afín con aquel carácter estólido que parecía inherente a su personalidad. Cuando le dije que estábamos a punto de embarcarnos para Nueva York, pareció perpleja, angustiada. Hubo algunas tediosas dificultades con sus documentos. Tenía un pasaporte Nansen,[1] aunque tal vez hubiera sido mejor llamarlo Nonada, pues legalizarlo presentaba tremendos problemas, que ni siquiera el hecho de estar casada con un hombre de nacionalidad tan sólida como la suiza parecía capaz de solventar. Me dije que la necesidad de hacer cola en la *préfecture* y otras formalidades era lo que causaba su inquietud, a pesar de mis pacientes descripciones de los Estados Unidos como el país de los niños rosados y los grandes árboles, donde nuestra vida sería muchísimo mejor que en el insulso y desastrado París.

Una mañana salimos de cierta oficina, con sus documentos casi en regla, cuando Valeria, que iba andando a mi lado, empezó a sacudir vigorosamente su cabeza lanuda sin decir palabra. Callé durante unos instantes, pero, al fin, le pregunté si le pasaba algo. Me respondió (traduzco de su francés, que debía de ser, según imagino, la traducción de una frase hecha eslava): «Hay otro hombre en mi vida.»

En verdad, ésas son palabras feas para los oídos de un marido. Confieso que me ofuscaron. Golpearla allí mismo, en la calle, como habría hecho cualquier vulgar defensor de su honra, estaba fuera de lugar. Años de oculto sufrimiento me habían enseñado un autocontrol sobrehumano. La hice subir, pues, a un taxi que se deslizaba desde hacía un rato junto a la acera a nuestra altura, como invitándonos a montarnos en él, y, en la relativa intimidad de su interior, sugerí a Valeria que me aclarara aquella tremenda revelación. Una furia creciente me sofocaba, no porque sintiera un afecto especial hacia la ridícula figura de *madame* Humbert, sino porque era yo, y sólo yo, quien po-

---

1. Pasaporte que, antes de la Segunda Guerra Mundial, concedía la Sociedad de Naciones a los apátridas. Recibió el nombre de su promotor, Fridtjof Nansen, explorador y estadista noruego. *(N. del T.)*

día decidir en toda cuestión relativa a la legitimidad o ilegitimidad de nuestra unión, y resultaba que Valeria, una mujer con la que me había casado representando lo que para mí no era más que una farsa, se disponía a tomar en beneficio propio decisiones que podían alterar la confortable vida que llevaba con ella e incluso mi destino. Le pregunté el nombre de su amante. Volví a preguntárselo, pero se limitó a parlotear, de modo un tanto burlón, acerca de que se sentía infeliz conmigo y pensaba pedir inmediatamente el divorcio. *«Mais, qui est-ce!»*, grité al fin, e incluso le golpeé la rodilla con el puño. Ella, sin pestañear, fijó en mí sus ojos como si la respuesta fuera demasiado simple para expresarla con palabras; después se encogió ligeramente de hombros y señaló la ancha nuca del conductor del taxi, que se detuvo ante un pequeño café y se presentó. No recuerdo su ridículo nombre, pero, a pesar de los años transcurridos, aún puedo verlo con toda nitidez: un fornido ruso, ex coronel del ejército blanco, de bigote espeso y cabello cortado a cepillo. Había miles de exiliados como él trabajando en aquel oficio de necios en París. Nos sentamos a una mesa. El zarista pidió vino, y Valeria, después de aplicarse una servilleta mojada sobre la rodilla, se puso a hablar, *dentro de mí,* más que a mí; vertía las palabras en tan digno receptáculo con una volubilidad que nunca habría sospechado en ella. De cuando en cuando, dirigía un torrente de palabras eslavas a su imperturbable amante. La situación era absurda, y lo fue aún más cuando el coronel-taxista, tras detener la verborrea de Valeria con una sonrisa posesiva, empezó a desarrollar *sus* opiniones y proyectos. Con un francés cuidadoso, pero de acento atroz, esbozó el mundo de amor y trabajo en el cual se proponía entrar cogido de la mano de su mujer-niña. Ésta, mientras tanto, había empezado a arreglarse, sentada entre él y yo; se pintaba los labios fruncidos, triplicaba su mentón para observarse la pechera de la blusa, etcétera. El coronel hablaba de ella como si no estuviera presente, como si fuera una especie de pupila a punto de pasar, por su propio bien, de las manos de un tutor sensato a las de otro más sensato todavía. Y aunque es posible que mi ira impotente exagerara y desfigurara ciertas impresiones, puedo jurar que el ruso llegó a consultarme sobre problemas tales como la alimentación de mi mujer, sus períodos, su guardarropa y los libros que había leído o debía leer: «*Jean-Christophe* le gustará, ¿no cree?», dijo. ¡Oh, el señor Taxistovich era todo un intelectual!

Puse fin a todas esas tonterías sugiriendo a Valeria que recogiera inmediatamente sus escasas pertenencias, y el coronel, siempre impasible, se ofreció galantemente para llevarlas en su automóvil. Volviendo a su condición profesional, condujo a los Humbert a su domicilio. Durante el camino, Valeria habló y Humbert el Terrible deliberó con Humbert el Pequeño si Humbert Humbert debía matar a su mujer, o a su amante, o a los dos, o a ninguno de ellos. Recuerdo la ocasión en que empuñé una pistola automática perteneciente a un camarada de estudios, en los días (no he hablado de ellos, pero poco importa) en que acariciaba la idea de gozar de su hermana, una nínfula con todas las de la ley, de negra cabellera recogida mediante una diadema, y luego darme muerte. Bien, según iba diciendo, me preguntaba si Valechka, como la llamaba el coronel, era digna de que disparara contra ella, o la estrangulara, o la ahogara. Tenía piernas muy vulnerables, y resolví limitarme a lastimarla horriblemente no bien estuviéramos a solas.

Pero no volvimos a estar a solas. Valechka —que ahora vertía torrentes de lágrimas teñidas al mezclarse con su deshecho maquillaje multicolor— llenó un baúl, dos maletas y una caja de cartón, que parecía a punto de estallar, mientras el maldito coronel, que revoloteaba a su alrededor incesantemente, hacía imposibles mis sueños de ponerme mis botas de montaña y darle un buen puntapié en el trasero. No puedo decir que el ruso se portara con insolencia ni nada parecido; todo lo contrario: mostró, como si interpretara una escena de mero relleno en la representación teatral en que me había visto involucrado sin comerlo ni beberlo, una discreta cortesía del más puro estilo *ancien régime* y subrayó sus movimientos con toda clase de excusas mal pronunciadas *(j'ai demannde perdonne... est-ce que j'ai puis...);* incluso se volvió, con un tacto exquisito, cuando Valeria descolgó de la cuerda de tender, colocada sobre la bañera, unas de sus grandes bragas de color rosa. Sin embargo, el coronel parecía llenar el apartamento por completo, *le gredin,* igual que si su anatomía se adaptara a todos sus rincones: se sentaba en mi silla a leer mi periódico, desataba el nudo de un cordel, liaba un cigarrillo, contaba las cucharillas de té, iba al lavabo, ayudaba a su muñeca a envolver el ventilador que le había regalado su padre, llevaba a la calle su equipaje. Por mi parte, coloqué una nalga en el alféizar de una ventana, crucé los brazos y me sentí morir de odio y hastío. Al fin, ambos estuvieron fuera del trémulo apartamento —seguía resonando en cada uno de mis nervios la vibración de mi portazo a sus espaldas, pobre sucedáneo del revés que debía haberle dado en la mejilla, como había visto en tantas películas—. Representando torpemente mi papel, me precipité al cuarto de baño para comprobar si se habían llevado mi agua de colonia inglesa; allí estaba, pero advertí, con un estremecimiento de furioso asco, que el antiguo consejero del zar no había tirado de la cadena después de vaciar su vejiga. Ese solemne estanque de orina ajena donde se desintegraba una colilla pardusca me hirió como un insulto supremo y busqué, enloquecido, un arma a mi alrededor. Ahora me atrevería a decir que sólo una cortesía de clase media rusa (con un dejo oriental, quizás) había sugerido al buen coronel (¡Maximovich!, súbitamente su nombre vuela en taxi hacia mí), persona muy formal, como todos los de su condición, que encubriera sus necesidades fisiológicas con un decoroso silencio, como para no humillar la pequeñez del domicilio de su huésped con el fragor de una impetuosa cascada al extinguirse el menguante chorro de su micción. Pero nada de eso pasó entonces por mi mente mientras exploraba la cocina, rugiendo de rabia, en pos de algo mejor que una escoba. Al fin, abandonando la búsqueda, salí de la casa con la heroica decisión de atacar a Maximovich a puñetazo limpio: a pesar de mi vigor natural, no soy un púgil, mientras que él, bajo, pero de hombros anchos, parecía hecho de hierro. La calle desierta, donde no quedaba más rastro de la partida de mi mujer que un botón de vidrio arrojado al arroyo después de permanecer durante tres innecesarios años en un estuche roto, evitó que me hincharan las narices. Pero no importa. Tuve mi pequeña venganza a su debido tiempo. Un hombre de Pasadena me dijo un día que la señora Maximovich, de soltera Zborovski, había muerto de parto en 1945; de algún modo, la pareja había ido a parar a California, donde se había prestado, a cambio de una buena retribución, a participar en un experimento, de un año de duración, ideado por un distinguido etnólogo norteamericano. El experimento consistía en observar las reacciones humanas y raciales a una dieta de bananas y dátiles, e ingerida, además, permaneciendo constantemente a cuatro patas. Mi informante, un médico, juró que había visto con sus propios ojos a la obesa Valechka y a su coronel, por entonces con el pelo gris y también muy corpulento, gateando diligentes por los bien barridos suelos de una serie de cuartos muy iluminados (frutas en uno, agua en otro, colchonetas en un tercero, etcétera), en compañía de otros cuadrúpedos alquilados, escogidos entre grupos de indigentes y desvalidos. He tratado de encontrar los resultados de esas pruebas en la *Revista de Antropología,* pero parece que aún no se han publicado. Desde luego, se necesita algún tiempo para que fructifiquen esos proyectos científicos. Espero que se publiquen ilustrados con buenas fotografías, aunque no es muy probable que la biblioteca de una cárcel albergue obras tan eruditas. Aquella a la que me veo reducido ahora, a pesar de las gestiones de mi abogado, es un claro ejemplo del absurdo eclecticismo que gobierna la elección de libros en las bibliotecas carcelarias. Tienen la Biblia, desde luego, y Dickens (una edición antigua: Nueva York, G. W. Dillingham, editor, MDCCCLXXXVII); el *Tesoro de la juventud,* con algunas bonitas fotografías de *girl scouts* de pelo color de miel en pantalones cortos, y *Un asesinato anunciado,* de Agatha Christie. Pero también tienen coruscantes fruslerías tales como *Un vagabundo en Italia,* de Percy Elphinstone, autor de *Vuelta a Venecia,* Boston, 1868, y un relativamente reciente, por comparación (es de 1946), *Quién es quién en el teatro* −actores, productores, autores, fotografías de escenas–. Anoche, hojeando este último volumen, di con una de esas desconcertantes coincidencias que los lógicos abominan y los poetas aman. Transcribo casi toda la página:

Pym, Roland. Nació en Lundy, Massachusetts, en 1922. Se inició en el arte escénico en el Teatro Elsinore de Derby, Nueva York. Debutó en *Rayo de sol*. En su vasto repertorio figuran: *A dos manzanas de aquí, La muchacha de verde, Maridos revueltos, El extraño hongo, Toca y vete, El encantador Juan, He soñado contigo.*

Quilty, Clare. Dramaturgo norteamericano. Nació en Ocean City, Nueva Jersey, en 1911. Estudió en la Universidad de Columbia. Empezó a trabajar en el comercio, pero lo abandonó por el arte dramático. Es autor de *La pequeña ninfa, La dama a la que le gustaban los relámpagos* (en colaboración con Vivian Darkbloom), *Malos tiempos, El extraño hongo, Amor paternal* y otras piezas. Son notables sus abundantes producciones para niños. *La pequeña ninfa* (1940) recorrió veintidós mil kilómetros y se representó doscientas ochenta veces en provincias antes de ser estrenada en Nueva York. Aficiones: coches de carreras, fotografía, animales domésticos.

Quine, Dolores. Nació en Dayton, Ohio, en 1882. Estudió arte escénico en la American Academy. Debutó en Ottawa en 1900. En 1904 debutó en Nueva York con *No hables nunca con desconocidos*. Desde entonces desapareció en... [Sigue una lista de más de treinta obras.]

¡Cómo me retuerce, con dolor desesperado, la lectura del nombre de mi amada, aunque vaya unido al apellido de aquella actriz, que era una vieja bruja! Quién sabe si ella también hubiera podido llegar a ser actriz. Nació en 1935. Apareció (advierto el desliz de mi pluma en el párrafo precedente, pero no lo corrijas, por favor, Clarence) en *El dramaturgo asesinado*. ¡Quine, tan llena de inquina! ¡Condenado por haber a Quilty asesinado! ¡Oh, Lolita mía, lo único con lo que puedo jugar ahora son las palabras!

9

Los trámites del divorcio retrasaron mi viaje, y las tinieblas de otra guerra mundial ya se habían posado sobre el globo cuando, después de un invierno de tedio y neumonía en Portugal, llegué, por fin, a los Estados Unidos. En Nueva York acepté con avidez la liviana tarea que el destino me ofreció: consistía, sobre todo, en redactar y revisar anuncios de perfumes. Me felicité por la periodicidad irregular y los aspectos semiliterarios de aquel trabajo; me ocupaba de él cuando no tenía nada mejor que hacer. Por otro lado, una universidad de Nueva York —eran tiempos de guerra— me apremiaba a que completara mi historia comparada de la literatura francesa para estudiantes de habla inglesa. El primer volumen me costó un par de años, durante los cuales rara vez le consagré menos de quince horas diarias de trabajo. Cuando evoco esos días, los veo nítidamente divididos en una amplia zona de luz y una estrecha banda de sombra: la luz pertenecía al solaz de investigar en palaciegas bibliotecas; la sombra, a los deseos atormentadores y los insomnios sobre los cuales ya he dicho bastante. El lector, que ya me conoce, imaginará con facilidad cómo me cubría de polvo y me acaloraba al tratar de obtener un vislumbre de nínfulas (siempre remotas, ay) jugando en Central Park y cómo me repugnaban las relucientes profesionales, que olían a desodorante, que eran lo único que parecía capaz de proporcionarme una vieja bruja lesbiana que tenía una agencia de contactos. Corramos un tupido velo sobre todo eso. Un tremendo agotamiento nervioso me envió a un sanatorio durante más de un año; volví a mi trabajo, pero recaí, y hubo que hospitalizarme de nuevo.

Una vida sana al aire libre pareció prometerme algún alivio. Uno de mis médicos favoritos, cínico y encantador, de parda perilla, tenía un hermano, y éste organizaba una expedición al Canadá ártico. Me enrolé en ella para «registrar reacciones psíquicas». Con dos jóvenes botánicos y un viejo carpintero compartí de cuando en cuando (y nunca con demasiado éxito) los favores de una de nuestras dietistas, la doctora Anita Johnson, que muy pronto, con gran alegría por mi parte, fue mandada de vuelta. Yo tenía una noción muy vaga del objeto de la expedición. A juzgar por el número de meteorólogos incluidos en ella, supongo que rastreábamos hasta su cubil (en algún punto de la isla del Príncipe de Gales, tengo entendido) al voluble y zigzagueante polo norte magnético. Un grupo, juntamente con los canadienses, estableció una estación meteorológica en el cabo Pierre, a orillas del estrecho de Melville. Otro grupo, que tampoco tenía una idea muy clara de cuál era su misión, recogió plancton. Un tercer grupo estudió la tuberculosis en la tundra. Bert, un cámara cinematográfico, un tipo inseguro con el cual hube de compartir buen número de tareas subalternas (también tenía algunos trastornos psíquicos), sostenía que los peces gordos que dirigían nuestro equipo, sus verdaderos líderes, a los que nunca veíamos, se proponían, sobre todo, comprobar la influencia de las mejoras climáticas en el pelaje del zorro polar.

Vivíamos en cabañas prefabricadas, de madera, en medio de un mundo precámbrico de granito. Teníamos montones de provisiones: el *Reader's Digest,* una heladora, retretes químicos, gorros de papel para Navidad. Mi salud mejoró maravillosamente, a pesar del aburrimiento que sentía y del inmenso vacío que me rodeaba, o quizás precisamente gracias a ellos. Rodeado por una vegetación miserable, compuesta por sauces enanos, poco más que matas, y líquenes; transido, y limpiado, supongo, por un viento silbante que soplaba sin cesar; sentado sobre una piedra, bajo un cielo absolutamente translúcido (a través del cual, sin embargo, no se vislumbraba nada de importante), me sentía curiosamente alejado de mi propio yo. Ninguna tentación me enloquecía. Las rechonchas y grasientas niñas esquimales, con su olor a pescado, su horrible pelo de cuervo y sus caras de cobayas, despertaban en mí menos deseos que la doctora Johnson. No existen nínfulas en las regiones polares.

Dejé a quienes me superaban en conocimientos el cuidado de analizar el movimiento de los glaciares, las formas de las morrenas y otros fenómenos geológicos igualmente misteriosos, y durante algún tiempo procuré anotar lo que candorosamente tomaba por «reacciones» (advertí, por ejemplo, que bajo el sol de medianoche los sueños tienden a ser de vivos colores, y mi amigo el cámara me lo confirmó). Además, se suponía que debía asesorar a mis diversos compañeros sobre cierto número de asuntos importantes, tales como la nostalgia, el temor a los animales desconocidos, las obsesiones por ingerir tan sólo determinados alimentos, las poluciones nocturnas, las aficiones, la elección de programas radiofónicos, los cambios de carácter, etcétera. Todos se hartaron hasta tal punto de ello, que pronto abandoné el proyecto por completo, y sólo hacia el fin de mis veinte meses de frío trabajo (como uno de los botánicos lo llamó jocosamente) pergeñé un informe absolutamente espurio y muy chispeante que el lector encontrará publicado en los *Anales de Psicofísica del Adulto,* de 1945 o 1946, así como en el número de *Exploraciones Árticas* dedicado a esa expedición. La cual, por cierto, no tenía relación con el cobre de la isla Victoria ni con nada parecido, según me explicó mi afable médico, pues la índole del verdadero propósito de la exploración era de las llamadas «archisecretas»; debo agregar tan sólo que, fuera lo que fuere lo que se quería ocultar, por lo que a mí respecta, dicho propósito se logró admirablemente.

El lector lamentará saber que, poco después de mi regreso a la civilización, tuve otro ataque de locura (si puede aplicarse ese término cruel a un acceso de melancolía y una sensación de angustia insoportable). Debo mi completa recuperación a un descubrimiento que hice, como consecuencia de ello, en un carísimo sanatorio. Descubrí que podía encontrar una fuente inagotable de avieso placer gracias a los psiquiatras: consistía en jugar con ellos, guiándolos con astucia y cuidando de que no se enteraran de que conocía todas las tretas de su oficio; para ellos inventaba complicados sueños, perfectamente conformados a los cánones clásicos (que les hacían soñar y despertarse gritando a *ellos,* a los extorsionistas de sueños); les tomaba el pelo explicándoles fingidas «escenas originarias» y nunca les hice la más mínima insinuación acerca de mis verdaderas inclinaciones sexuales. Soborné a una enfermera para tener acceso a los ficheros, y descubrí con regocijo informes en que se me describía como «homosexual en potencia» e «impotente total». Aquello era tan divertido, y sus resultados –en *mi* caso– tan rotundos, que me quedé todo un mes después de haber sanado (dormía admirablemente y comía como una colegiala). Y hasta agregué otra semana sólo por el placer de habérmelas con un poderoso recién llegado, una celebridad desplazada y, sin duda, trastornada, conocida por su destreza para hacer creer a los demás pacientes del sanatorio que habían asistido a su propia concepción.

10

Cuando me dieron de alta, busqué una mansión en la campiña o una aldea soñolienta (olmos, iglesia blanca) de Nueva Inglaterra donde pasar un verano estudioso gracias a mis notas, que ya llenaban una caja de cartón, y bañándome en algún lago cercano. Mi trabajo volvía a interesarme –me refiero a mis esfuerzos eruditos–; lo demás, mi participación activa en los perfumes póstumos de mi tío, se había reducido al mínimo por aquel entonces.

Uno de sus antiguos empleados, descendiente de una familia distinguida, me sugirió que pasara unos meses en la residencia de ciertos primos suyos venidos a menos, el señor McCoo, retirado, y su mujer, que deseaban alquilar el piso superior de su casa, en el que había vivido delicadamente, hasta su reciente muerte, una tía. Según me dijo, tenían dos hijas, una de meses y la otra de doce años, y un bello jardín, no lejos de un hermoso lago. Contesté que la cosa sonaba muy bien.

Cambié cartas con esas personas, las persuadí de que era un amante de la vida doméstica y pasé una noche fantástica en el tren, imaginando con todos los pormenores posibles a la enigmática nínfula a la que me camelaría en francés y toquetearía con elegancia humbertiana. Nadie me recibió en la estación de juguete donde bajé con mi lujosa maleta nueva, y nadie respondió al teléfono; pero, al fin, un angustiado Mc-Coo, calado hasta los huesos, irrumpió en el único hotel de la ciudad de Ramsdale, en la que los tonos verdes alternaban con los rosas, y me dio la noticia de que su casa había ardido por completo –quizás a causa de la conflagración sincrónica que durante la noche entera había rugido en mis venas–. Su familia, me explicó, se había refugiado en una granja de su propiedad y se había llevado el coche, pero una amiga de su mujer, la señora Haze, una gran persona, que vivía en la calle Lawn, número 342, se ofrecía para alojarme. Cierta dama que vivía enfrente de la señora Haze había prestado al señor Mc-Coo su limusina, un artefacto maravillosamente anticuado, de carrocería cuadrada, conducido por un alegre negro. Desvanecido el único motivo de mi llegada, el arreglo mencionado me parecía ridículo. Muy bien, McCoo tendría que reedificar por completo su casa, ¿y qué? ¿No la había asegurado bastante? Estaba furioso, decepcionado, harto, pero, como cortés europeo, no pude rehusar que me despacharan hacia la calle Lawn en aquel coche fúnebre, pues intuía que, de lo contrario, McCoo urdiría alguna treta aún más complicada para librarse de mí. Lo vi escabullirse, y mi chófer sacudió la cabeza con una risilla. *En route* me juré que no soñaría siquiera con permanecer en Ramsdale en ninguna circunstancia, y que ese mismo día volaría a las Bermudas o las Bahamas, o al infierno. Desde hacía algún tiempo, la posibilidad de románticos encuentros en playas tecnicolores me hacía estremecer de placer, y, de hecho, la bienintencionada, pero, como ya parecía evidente en aquellos momentos, completamente inútil sugerencia del primo de McCoo había representado para mí un brusco viraje que me había desviado de aquella línea de pensamiento.

Y, a propósito de virajes bruscos: estuvimos a punto de atropellar a un entrometido perro suburbano (uno de esos que parecen estar tumbados a la espera de que pase un coche) cuando tomamos la calle Lawn. Poco más adelante apareció la casa de los Haze, una horrible construcción de madera pintada de un blanco que se había vuelto gris y le daba un aspecto avejentado y desastrado. Era uno de esos lugares que te causan la impresión de que para ducharte vas a tener que empalmar un tubo de goma con una alcachofa al grifo de la bañera. Le di una propina al chófer. Tenía la esperanza de que se marchara inmediatamente, para regresar a mi hotel sin que me vieran y hacer las maletas; pero el hombre no hizo más que cruzar la calle, pues una anciana lo llamó desde el porche de una casa. ¿Qué otra cosa podía hacer yo? Apreté el timbre.

Una criada de color me hizo entrar y me dejó de pie sobre el felpudo mientras volvía corriendo a la cocina, donde se quemaba algo que no debía quemarse.

El vestíbulo tenía diversos adornos: un carillón que sonaba cuando se abría o se cerraba la puerta, un extraño artefacto de madera, producto de la artesanía industrial mexicana, que recordaba vagamente un pájaro de ojos blancos, y la reproducción preferida por la clase media presuntuosamente ilustrada, *La arlesiana,* de Van Gogh. Una puerta abierta a la derecha dejaba ver una sala con más trastos mexicanos en una rinconera y un sofá a rayas contra la pared. Al final del vestíbulo había una escalera, y mientras me secaba el sudor de la frente (hasta entonces no advertí el calor que hacía fuera) y miraba, por mirar algo, una pelota de tenis gris colocada sobre un arcón de roble, me llegó desde el descansillo la voz de contralto de la señora Haze, que, inclinada sobre el pasamanos, preguntó melodiosamente: «¿Es *monsieur* Humbert?» La ceniza de un cigarrillo cayó como rúbrica. Después, la propia dama fue bajando los escalones en este orden: sandalias, pantalones marrones, blusa de seda amarilla, cara cuadrada. Con el índice seguía sacudiendo el cigarrillo.

Creo que lo mejor será describirla ahora mismo, para acabar cuanto antes. La buena mujer tenía treinta y tantos años, le brillaba la frente y llevaba las cejas depiladas; sus rasgos eran vulgares, pero no carecían de cierto atractivo, de un tipo que podía definirse como una versión diluida de Marlene Dietrich.

Al tiempo que se atusaba el moño, de un castaño broncíneo, me guió hasta el saloncito y hablamos un minuto sobre el incendio en casa de los McCoo y el privilegio que representaba vivir en Ramsdale. Sus enormes ojos color verde mar tenían una curiosa manera de recorrerte de arriba abajo, pero evitando cuidadosamente encontrarse con los tuyos. Su sonrisa consistía en levantar bruscamente una ceja en una especie de irónica interrogación; de vez en cuando, se desenroscaba del sofá mientras hablaba y sacudía la ceniza de su cigarrillo en cualquiera de los tres ceniceros que tenía a su alcance o en la vecina chimenea (donde yacía el pardusco corazón de una manzana roída). Era a todas luces una de esas mujeres cuyas pulidas palabras pueden reflejar un club del libro, o un club de bridge, o cualquier otro aburrido convencionalismo, pero nunca su alma; mujeres carentes por completo de imaginación; mujeres absolutamente indiferentes, en el fondo, a cualquiera de la docena de temas posibles de conversación en una sala de estar, pero muy exigentes acerca de las normas de tal conversación, unas normas que, como si estuvieran envueltas en transparente celofán, dejan percibir claramente nada agradables frustraciones. Me di cuenta de que, si por una increíble casualidad llegaba a ser su huésped, la señora Haze pondría en práctica conmigo, meticulosamente y hasta sus últimas consecuencias, sus ideas acerca de lo que era tener a una persona albergada bajo su techo, y me vería otra vez atrapado en una de aquellas tediosas aventuras que tan bien conocía.

Pero no había peligro de que me quedara allí. No podía ser feliz en una casa como aquella, con revistas manoseadas sobre cada silla y una especie de abominable hibridación entre la comedia de los llamados «muebles funcionales modernos» y la tragedia de mecedoras decrépitas y mesas rinconeras desvencijadas que sostenían lámparas que tenían las bombillas fundidas. Me guió escaleras arriba, hasta «mi» habitación. La inspeccioné a través de la bruma de mi rechazo, pero discerní sobre «mi» cama *La sonata a Kreutzer,* de René Prinet. ¡Y llamaba a aquel cuarto de sirvienta un «semiestudio»! ¡Salgamos de aquí en el acto!, me dije con firmeza mientras fingía considerar el precio absurdamente bajo, ominosamente bajo, que mi melancólica anfitriona me pedía por vivir allí a toda pensión.

Pero mi cortesía europea me obligó a sobrellevar la ordalía. Cruzamos el descansillo de la escalera hacia el ala derecha de la casa, donde «Yo y Lo tenemos nuestras habitaciones» (Lo debía de ser la criada), y aquella mujer tan deseosa de conseguir un huésped apenas si pudo reprimir un estremecimiento cuando concedió al candidato, un caballero que parecía muy melindroso, el privilegio de examinar el único cuarto de baño, minúsculo y oblongo, entre el descansillo y la habitación de «Lo», con prendas húmedas que colgaban lacias sobre la dudosa bañera (tenía el signo de interrogación de un pelo en su interior); allí estaban, según era de prever, las espirales del negro tubo de goma de la ayuda para administrar lavativas y, como complemento, una funda de color rosa que cubría remilgadamente la tapa del retrete.

«Veo que no se siente usted favorablemente impresionado», dijo la dama apoyando un instante su mano sobre mi manga. Combinaba un frío atrevimiento −el exceso de lo que se llama «aplomo»− con una timidez y una tristeza que hacían tan artificial la nitidez con que elegía sus palabras como la entonación de un profesor de «dicción». «Confieso que ésta no es una casa muy... pulcra −continuó la pobre, ignorante de que estaba firmando su sentencia de muerte−, pero le aseguro −me miró a los labios al decir esto− que estará usted muy cómodo, muy cómodo en verdad... Permítame que le muestre el jardín.» Dijo estas últimas palabras con más ánimo y una entonación que recordaba el gesto de lanzar una moneda al aire con la esperanza de ganar.

La seguí de mal grado escaleras abajo y, después, por la cocina, al final del vestíbulo, en el ala derecha de la casa −donde también estaban el comedor y el saloncito (bajo «mi» cuarto, a la izquierda, sólo había un garaje). En la cocina, la criada negra, una mujer regordeta y relativamente joven, dijo: «Me mar-

50

cho ya, señora Haze», mientras cogía su bolso negro y brillante del tirador de la puerta que daba al porche trasero. «Sí, Louise», respondió la señora Haze con un suspiro. «El viernes le pagaré.» Cruzamos un pequeño *office* y entramos en el comedor, paralelo al saloncito que ya había admirado. Advertí un calcetín blanco en el suelo. Con un gruñido de desaprobación, la señora Haze se inclinó sin detenerse y lo arrojó en una alacena situada junto al *office*. Inspeccionamos rápidamente una mesa de caoba con un frutero en el centro que sólo contenía el hueso, todavía brillante, de una ciruela. Busqué a tientas el horario que tenía en el bolsillo y lo pesqué subrepticiamente para consultarlo en cuanto pudiera a fin de saber cuándo pasaba el primer tren. Aún seguía a la señora Haze por el comedor cuando, más allá de su puerta trasera, vi un estallido de verdor. «El porche trasero», canturreó mi guía, y entonces, sin previo aviso, una oleada azul se hinchó bajo mi corazón y vi sobre una esterilla, en un estanque de sol, semidesnuda, de rodillas, a mi amor de la Riviera, que se volvió para espiarme por encima de sus gafas de sol.

Era la misma niña: los mismos hombros frágiles y color de miel, la misma espalda esbelta, desnuda, sedosa, el mismo pelo castaño. Un pañuelo de topos anudado en torno a su pecho ocultaba a la mirada de mis viejos ojos lascivos, pero no a la de los recuerdos de mi adolescencia, aquellos senos juveniles que acaricié un día inmortal. Y, como si yo hubiera sido, en un cuento de hadas, la nodriza de una princesita (perdida, raptada, encontrada vestida con harapos gitanos a través de los cuales su desnudez sonreía al rey y a sus sabuesos), reconocí el pequeño lunar pardo en su flanco. Con asombro y deleite (el rey grita de júbilo, las trompetas atruenan, la nodriza está borracha) volví a ver su encantador abdomen, suavemente deprimido, en el que había hecho una breve pausa mi boca mientras iba camino del sur, y las pueriles caderas en las que había besado la huella denticulada dejada por la cinturilla de sus pantalones cortos aquel día de locura, aquel día inmortal, el último día que estuvimos juntos detrás de las *roches roses*. Los veinticinco años que había vivido desde entonces se empequeñecieron hasta convertirse en un latido agónico y luego desaparecer.

Me es muy difícil expresar con la fuerza adecuada aquella llamarada, aquel estremecimiento, aquel impacto de apasionado reconocimiento. En el brevísimo instante durante el cual mi mirada envolvió a la niña arrodillada (sobre las severas gafas oscuras parpadeaban los ojos del pequeño Herr Doktor que me curaría de todos mis dolores), mientras pasaba junto a ella en mi disfraz de adulto —un buen pedazo, alto y atractivo, de cinematográfica masculinidad—, el vacío de mi alma consiguió embeberse de todos los detalles de su resplandeciente hermosura y los cotejó con los rasgos de mi difunta novia. Poco después, desde luego, ella, aquella *nouvelle,* aquella Lolita, *mi* Lolita, habría de eclipsar por completo a su prototipo. Todo lo que quiero destacar es que mi descubrimiento de Lolita fue una consecuencia fatal de aquel «principado junto al mar» que había habido en mi torturado pasado. Entre ambos acontecimientos no había existido más que una serie de tanteos y desatinos, y falsos rudimentos de goce. Todo cuanto compartían hacía que no hubiera entre ellos solución de continuidad.

Pero no me ilusiono. Mis jueces considerarán todo esto los desvaríos teatrales de un loco con gran afición por el *fruit vert. Au fond, ça m'est bien égal.* Sólo sé que mientras la señora Haze y yo bajábamos los escalones que conducían al jardín, el cual parecía haberse quedado repentinamente sin respiración, mis rodillas eran como reflejos de rodillas en agua rizada, y mis labios eran como arena, y...

—Ésta es mi Lo —dijo la señora Haze—. Y ésas son mis azucenas.

—¡Sí, sí! —exclamé—. ¡Son hermosas, hermosas, hermosas!

11

La prueba número dos es una agenda encuadernada en cuero negro de imitación con una fecha dorada, 1947, *en esca-*

lier en el ángulo superior izquierdo. Hablo de ese pulcro producto de la Blank Blank Company, de Blankton, Massachusetts, como si realmente estuviera frente a mí. Lo cierto es que fue destruido hace cinco años, y lo que ahora examinaremos (por cortesía de una memoria fotográfica) no es más que su breve materialización, un minúsculo fénix inmaduro.

Recuerdo la cosa con tal exactitud porque, en realidad, la escribí dos veces. Primero anoté cada entrada con lápiz (con muchas enmiendas y borrones) en las hojas de lo que se llama comercialmente un «bloc de notas»; después copié todo con abreviaturas obvias, con mi letra más pequeña y satánica, en el librillo negro que acabo de mencionar.

El 30 de mayo es día de abstinencia oficial en Nueva Hampshire, pero no en Carolina del Norte ni Carolina del Sur. Ese día, una epidemia de «gripe abdominal» (ignoro de qué enfermedad se trata) hizo que Ramsdale cerrara sus escuelas hasta el fin del verano. El lector puede comprobar los datos meteorológicos en los números de 1947 del *Ramsdale Journal*. Me había instalado en la casa de señora Haze pocos días antes de esa fecha, y el diario que me propongo exponer (como un espía que transmite de memoria el contenido de la nota que se ha tragado) abarca casi todo junio.

Jueves. Día muy cálido. Desde un punto ventajoso (ventana del cuarto de baño) vi a Dolores recogiendo la ropa tendida en medio de la luz verde manzana, detrás de la casa. Salí. Ella llevaba una camisa a cuadros, tejanos, zapatillas deportivas. Cada movimiento que hacía en aquella sombra moteada de rayos de sol punzaba la cuerda más secreta y sensible de mi cuerpo abyecto. Al cabo de un rato, se sentó junto a mí en el último escalón de la escalera del porche trasero y empezó a coger guijarros de los que tenía entre los pies –guijarros, Dios mío, y después un casco de botella de leche que recordaba un labio curvado en una mueca desdeñosa– para arrojarlos contra una lata. *Ping*. No acertarás otra vez..., no podrás –¡qué placentero tormento!– otra vez. *Ping*. ¡Maravillosa piel, oh, maravillosa!: suave y tostada, sin el menor defecto. Los dulces y el chocolate provocan acné. El exceso de la sustancia oleosa llamada sebo, que alimenta los folículos pilosos de la piel, produce, cuando su secreción es excesiva, una irritación que abre paso a infecciones. Pero las nínfulas no tienen acné aunque se atiborren de la comida más grasienta. ¡Dios mío, qué paroxismo de placer me hace sentir el brillo de sus suaves patillas, que se van espesando y oscureciendo hasta convertirse en una reluciente cabellera castaña! ¡Y el movimiento del huesecillo cubierto de polvo que sobresale a un lado de su tobillo! «¿La hija de McCoo? ¿Ginny McCoo? Oh, es feísima. Y mala. Y coja. Casi se muere de la polio.» *Ping*. ¡Qué brillante tracería forma el vello en su antebrazo! Cuando se puso de pie para llevarse la ropa, pude admirar desde lejos los fondillos descoloridos de sus tejanos arremangados. Más allá del césped, la siempre deseosa de quedar bien señora Haze, provista de una cámara fotográfica, creció como una cuerda de fakir y, después de varios nerviosos movimientos heliotrópicos —ojos tristes hacia arriba, ojos alegres hacia abajo—, tuvo el descaro de retratarme mientras parpadeaba sentado en los escalones, Humbert le Bel.

Viernes. La vi cuando se marchaba no sé adónde con una niña morena llamada Rose. ¿Por qué su modo de andar —¡es una niña, recuérdalo, sólo una niña!— me excita tan abominablemente? Analicémoslo. Una leve sugestión de que vuelve los pies hacia dentro. Una especie de cimbreante relajación que se inicia debajo de la rodilla y se prolonga hasta el final de cada paso. Un levísimo arrastrar de pies. Muy infantil, infinitamente meretricio. Humbert Humbert se siente también infinitamente turbado por el lenguaje vulgar de la pequeña, por su voz áspera y chillona. Después le oí gritar una sarta de sandeces a Rose por encima de la valla. Pausa. «Ahora tengo que irme, chica.»

Sábado (principio acaso corregido). Sé que es una locura continuar con este diario, pero escribirlo me causa una extraña emoción. Y sólo una esposa enamorada podría descifrar esta letra microscópica. Permítaseme decir con un sollozo que hoy mi

L. tomaba el sol en el porche trasero, pero su madre y otra mujer anduvieron incesantemente por los alrededores. Desde luego, podía sentarme en la mecedora y fingir que leía. Preferí no arriesgarme, y me mantuve lejos: temía que el miedo horrible, insensato, ridículo, lastimoso que me paralizaba pudiera impedir que diera a mi *entrée* un aire fortuito.

Domingo. El ondulante calor sigue con nosotros; una semana muy agradable. Esta vez escogí una posición estratégica, con un obeso periódico y una pipa nueva, en la mecedora del porche trasero, *antes* de que llegara L. Se me cayó el alma a los pies cuando apareció con su madre, las dos en traje de baño de dos piezas, negros, nuevos como mi pipa. Mi amor, mi adorada, estuvo un momento junto a mí —quería el suplemento infantil—; olía casi como la otra niña, la de la Riviera, pero más intensamente, con efluvios más ásperos —un olor tórrido que puso de inmediato en tensión mi masculinidad—; la impaciente Lo me arrancó de un tirón el codiciado suplemento y se retiró a su esterilla, cerca de la foca de su madre. Allí mi bella se echó boca abajo y me mostró, mostró a los mil ojos desorbitados abiertos en mi sangre palpitante, sus omóplatos ligeramente prominentes y la pelusilla en la ondulación de su espinazo, y también las prominencias que formaban sus estrechas y tensas nalgas vestidas de negro, y el interior de sus juveniles muslos. En silencio, la alumna de séptimo de primaria disfrutaba de sus historietas verdes, rojas, azules. Era la nínfula verde-roja-azul más encantadora que hubiera podido imaginar el mismísimo Príapo. Mientras la contemplaba a través de prismáticas capas de luz, con los labios resecos, enfocando mi lujuria y meciéndome levemente bajo mi periódico, sentí que mi percepción de L., si me concentraba en ella, podría proporcionarme de manera instantánea un mísero placer, similar al que habría conseguido alargando la mano; pero, al igual que el ave de rapiña que prefiere una presa en movimiento a otra inmóvil, me refrené, a fin de que aquel parvo gozo coincidiera con uno de los varios movimientos infantiles que L. hacía de cuando en cuando mientras leía; por ejemplo, si levantaba el brazo para rascarse en mitad de la espalda, lo que me ofrecía la visión de una axila llena de puntitos que parecían pequeñas pecas. Pero, de pronto, la gorda Haze lo arruinó todo al volverse hacia mí y pedirme fuego, para iniciar una conversación so pretexto de un libro lleno de patrañas, escrito por cierto popular farsante.

Lunes. Delectatio morosa. Paso mis tristes días entre mutismos y dolores. Esta tarde debíamos ir (mamá Haze, L. y yo) a nadar y broncearnos al lago de las Arenas, pero la nacarada mañana degeneró al mediodía en lluvia, y Lo armó un escándalo.

Se ha descubierto que la edad media de la pubertad femenina se sitúa en los trece años y nueve meses, en Nueva York y Chicago. Dicha edad varía, según las personas, desde los diez años hasta los diecisiete. Virginia aún no tenía catorce años cuando Harry Edgar la poseyó. Le daba lecciones de álgebra. *Je m'imagine cela.* Pasaron su luna de miel en Petersburg, Florida. *«Monsieur Poe-poe»,*[1] como llamaba al poeta-poeta un alumno en una de las clases de Humbert Humbert en París.

Tengo todas las características que, según los estudiosos del comportamiento sexual infantil, suscitan el interés de una niña: mandíbula firme, mano musculosa, voz profunda y sonora, hombros anchos. Además, se me encuentra parecido a cierto cantante o actor por el cual está chiflada Lo.

Martes. Llueve. Ese famoso lago debe de ser ahora el lago de las Lluvias. Mamá, fuera de casa, de compras. Sabía que L. estaba cerca. Después de una sinuosa maniobra, me encontré con ella en el dormitorio de su madre. Tenía una mota en un ojo, y se lo manoseaba tratando de quitársela. Vestido de pata de gallo. Aunque me entusiasma la embriagadora fragancia castaña de Lo, debería lavarse el pelo de cuando en cuando. Durante un instante, ambos estuvimos en el mismo baño tibio y verde del espejo, que reflejaba la copa de un álamo y a noso-

1. La pronunciación francesa de «Poe-poe» sería «popó», similar a la de *Popaul* o *Popol,* que en argot significa «polla», «cipote». *(N. del T.)*

tros, en el cielo. La sostuve fuertemente por los hombros; después, con ternura, tomé sus sienes y le volví la cabeza. «Está aquí. La noto», dijo. «Los campesinos suizos las sacan con la punta de la lengua.» «¿Quieres decir que lamen el ojo?» «Sí. ¿Te parece bien que lo intente?» «Bueno», dijo. Le pasé suavemente mi trémulo aguijón por el salado globo del ojo. «¡Estupendo! —exclamó parpadeando—. Ya está.» «¿El otro, ahora?» «Estás loco —empezó—. No tengo na...» Pero entonces reparó en mis labios fruncidos, que se le acercaban. «Bueno», dijo condescendiente. El sombrío Humbert se inclinó sobre aquella cara tibia y rosada, y apretó su boca contra el tembloroso párpado. Lolita rio y escapó rozándome. Mi corazón pareció latir en todas partes al mismo tiempo. Nunca en mi vida... ni siquiera cuando acariciaba a mi niña-amante en Francia, nunca...

Noche. Nunca había experimentado semejante paroxismo de placer. Me gustaría describir su cara, todo su ser... y no puedo, porque mi propio deseo por ella me ciega cuando está cerca. ¡No estoy habituado a la compañía de las nínfulas, maldita sea! Si cierro los ojos, no veo más que una fracción de Lo inmovilizada, un fotograma, una imagen repentina de algún instante secundario, por ejemplo, sentada con una rodilla levantada bajo la falda de tarlatán para anudarse el lazo de un zapato. «Dolores Haze, *ne montrez pas vos chambes*» (ésta es la madre, que cree saber francés).

Poeta *à mes heures,* compuse un madrigal al negro humo de sus pestañas, al pálido gris de sus ojos inexpresivos, a las cinco pecas asimétricas de su nariz respingona, al vello rubio de sus miembros tostados; pero lo rompí y ahora no puedo recordarlo. Sólo puedo describir los rasgos de Lo en los términos más triviales (diario resumido): puedo decir que tiene el pelo castaño, los labios rojos como un caramelo rojo lamido, el inferior bellamente prominente. ¡Ojalá hubiera sido escritora, en vez de escritor! Entonces habría podido hacerla posar desnuda bajo una luz implacable. Pero soy Humbert Humbert, alto, huesudo, peludo, con espesas cejas negras, un acento que suena raro y un oscuro pozo de monstruos que se pudren tras una sonrisa de muchacho. Tampoco ella es la niña frágil de una novela femenina. Lo que me enloquece es la naturaleza ambigua de esta nínfula –de todas las nínfulas, quizás–; esa mezcla que percibo en mi Lolita de tierna y soñadora puerilidad y una especie de desconcertante vulgaridad. Una vulgaridad que me trae a la memoria muchos recuerdos: el de la pretenciosa elegancia de los anuncios y las fotografías de las revistas femeninas, sin duda, pero también el de las rechonchas y coloradotas adolescentes que trabajaban como criadas en mi viejo país, las cuales despedían un olor agrio a colonia barata y sudor, y el de las jovencísimas prostitutas vestidas de niña en los burdeles provincianos. Repito que todo esto se mezcla con una sorprendentemente impoluta ternura que se trasluce a través de los perfumes y el barro, de la mugre y la muerte. ¡Oh, Dios mío! ¡Oh, Dios mío! Y lo más singular es que ella, *esta* Lolita, *mi* Lolita, ha encarnado la lujuria del escritor, una lujuria que viene de muy antiguo, que tiene raíces clásicas, hasta estar para él, antes y por encima de cualquier otra cosa.

Miércoles. «Oye, haz que mamá nos lleve a ti y a mí al lago del Reloj, mañana.» Ésas fueron las palabras textuales que mi amada de doce años me dijo en un susurro voluptuoso, al encontrarnos por casualidad en el porche delantero, mientras yo salía y ella entraba. El reflejo del sol vespertino, un deslumbrante diamante blanco con innumerables destellos iridiscentes, titilaba en la capota de un coche aparcado. El follaje de un voluminoso olmo proyectaba su sombra suave y oscilante contra la pared de tablas de la casa. Dos álamos temblaban y se estremecían. Llegaban los sonidos informes del tránsito remoto; un niño llamaba: «¡Nancy, Naancy!» En la casa, Lolita había puesto su disco favorito, *La pequeña Carmen,* que yo solía llamar *Revisores enanos,*[1] chiste que la hacía resoplar de desdén.

---

1. *La pequeña Carmen* es, en inglés, *Little Carmen,* y suena exactamente igual que *Little Car Men,* «pequeños ferroviarios». De ahí el chiste de Humbert Humbert. *(N. del T.)*

Jueves. Anoche nos sentamos en el porche trasero la señora Haze, Lolita y yo. El tibio crepúsculo se había convertido en una oscuridad que invitaba al amor. La chica grande contó con todo detalle el argumento de una película que ella y L. habían visto el invierno pasado: el boxeador había caído muy bajo cuando conoció al buen sacerdote (que también había sido boxeador en su robusta juventud y que aún podía aporrear a un pecador). Nos sentábamos sobre almohadones amontonados en el suelo, y L. estaba entre la mujer y yo (mi pequeña adorada se había metido entre nosotros con calzador). A mi vez, me lancé a un bullicioso relato de mis aventuras árticas. La musa de la invención me tendió un fusil y disparé contra un oso blanco que, al desplomarse, exclamó: «¡Ah!» Mientras tanto, era dolorosamente consciente de la proximidad de L., y al hablar hacía amplios ademanes en la benevolente oscuridad, de cuya invisibilidad me aprovechaba para tocar su mano y su hombro, a lo que contribuía el hecho de que ella jugaba con una muñeca de trapo que representaba a una bailarina de ballet y no paraba de ponérmela en el regazo. Al final, cuando conseguí que mi bella adorada estuviera completamente entregada a aquel intercambio de caricias etéreas, me atreví a acariciar el suave vello de su desnuda pantorrilla mientras reía tontamente mis propios chistes, tembloroso, y trataba de contener mi temblor, y en una o dos ocasiones pasé rápidamente mis labios por sus tibios cabellos mientras frotaba humorísticamente mi nariz con la suya y jugueteaba con su muñeca. Lolita, muy excitada, me correspondió durante un buen rato, hasta que su madre le ordenó que se estuviera quieta y arrojó la muñeca a las sombras. Me reí y me dirigí a Haze por encima de las piernas de Lo, lo que aproveché para deslizar la mano sobre la grácil espalda de mi nínfula y sentir su piel bajo la camisa de chico que llevaba.

Pero sabía que todo era inútil; el ansia de poseerla me enfermaba, y sentía mi ropa miserablemente tirante, por lo que casi me alegré cuando la suave voz de su madre anunció en la oscuridad: «Y ahora creo que Lo debe irse a la cama.» «No me da la gana», le respondió la aludida. «Pues mañana no habrá picnic», amenazó Haze. «¡Éste es un país libre!», exclamó Lo. Cuando ésta se marchó rezongando, no me moví por pura inercia, mientras Haze fumaba su décimo cigarrillo de aquella noche y se quejaba de la actitud y la conducta de su hija.

Cuando tenía un año, ya mostraba lo perversa que iba a ser tirando todos sus juguetes fuera de la cuna, para que su pobre madre se pasara el santo día recogiéndolos. Y ahora que tenía doce años, no había quien la aguantara. Su única aspiración en la vida era llegar a ser algún día majorette, para evolucionar agitando un bastón y haciendo movimientos convulsivos. Sus notas eran malas, pero se sentía mejor en su nueva escuela que en la de Pisky. (Pisky era la ciudad natal de Haze, en el Medio Oeste. La casa de Ramsdale pertenecía a su difunta suegra. Aún no hacía dos años que se habían mudado a ella.) «¿Por qué no era feliz allí?» «Oh –dijo la señora Haze–, nadie lo sabe mejor que *yo;* me ocurrió lo mismo cuando era niña. Los chicos te retuercen los brazos, te arrojan libros, te tiran del pelo, te pellizcan los pechos, te levantan las faldas. Desde luego, el mal humor es característico del paso de la niñez a la adolescencia, pero Lo exagera. Es hosca, evasiva. Grosera y desafiante. Le clavó una estilográfica en el trasero a Viola, una compañera de clase italiana. ¿Sabe usted qué me gustaría? Si usted, *monsieur,* todavía sigue con nosotras en el otoño, le pediría que la ayudara con sus deberes..., usted parece saberlo todo: geografía, matemáticas, francés...» «¡Oh, todo!», contestó *monsieur.* «¡Eso quiere decir que *seguirá* usted con nosotras!», dijo Haze apresuradamente. Tuve ganas de decirle que me quedaría allí eternamente si hubiera la más mínima posibilidad de que pudiera acariciar de cuando en cuando a mi incipiente alumna. Pero estaba harto de Haze. De modo que me limité a gruñir y estirar los brazos y las piernas sin comprometerme *(le mot juste),* y me marché a mi cuarto. Pero la mujer, evidentemente, no estaba dispuesta a dejarme en paz. Cuando ya me encontraba en mi fría cama, apretando contra mi cara con ambas manos el fragante espectro de Lolita, oí que mi infatigable patrona se apoyaba pesadamente contra la puerta para susurrar a través de ella, sólo para cerciorarse —dijo— de que había acabado de leer la revista de chismes increíbles que le había pedido el otro día. Desde su cuarto, Lo gritó que *ella* la tenía. En esta casa somos una biblioteca circulante, ¡maldita sea!

Viernes. Me pregunto qué dirían mis universitarios editores si en mi manual citara la *vermeillette fente,* de Ronsard, o *un petit mont feutré de mousse délicate, tracé sur le milieu d'un fillet escarlatte,* de Rémy Belleau, u otros poemas de tema similar. Probablemente, tendré otro colapso nervioso si me quedo en esta casa, sometido a la tensión de esta intolerable tentación, junto a mi amada —mi amada—, mi vida y mi prometida. ¿La madre naturaleza la habrá iniciado ya en el Misterio de la Menarquia? La cosa. El mes. La mala semana. Tener visitas. «El señor Útero (cito de una revista para jóvenes) empieza a construir una suave pared, por si se da el caso de que un bebé deba alojarse allí.» El minúsculo chiflado en su celda acolchada.

A propósito: si alguna vez cometo un asesinato en serio... Tengan en cuenta el *si.* El motivo debería ser algo más importante que lo ocurrido con Valeria. Tengan muy en cuenta que *entonces* yo era más bien inepto. Si me llevan a la muerte, recuerden, cuando lo hagan, que sólo un arrebato de locura podría darme la fuerza bruta para comportarme como una bestia. (Es posible que esto pueda corregirse para expresarlo mejor.) A veces intento cometer un asesinato en sueños. Pero ¿saben ustedes qué pasa? Por ejemplo, tengo un fusil. Por ejemplo, apunto contra un enemigo que trata de seguirme la corriente, con mucha educación, y se muestra quietamente interesado. Oh, aprieto el gatillo, sin duda, pero las balas caen blandamente al suelo, una tras otra, desde el tímido cañón. En esos sueños, mi única preocupación es ocultar el fracaso a mi enemigo, que se aburre cada vez más.

Por la noche, durante la cena, la vieja gata me dijo, con una ojeada de burla maternal dirigida a Lo (yo acababa de describir con locuacidad el delicioso bigote, pequeño como un cepillo de dientes, que no estaba muy resuelto a dejarme crecer):

«Es mejor que no lo haga, pues alguien se volvería completamente lela.» Al punto, Lo empujó el plato de pescado hervido, de tal modo que estuvo en un tris de volcar su vaso de leche, y salió del comedor. «¿Le aburriría mucho –dijo Haze– venir a nadar mañana con nosotras al lago Arenoso, si Lo se disculpa por su comportamiento?»

Después oí portazos y otros ruidos que provenían de cavernas estremecidas donde las dos rivales se zaherían mutuamente.

Lo no se disculpó. Nada de lago. Quizás hubiese sido divertido.

Sábado. Llevaba varios días dejando la puerta abierta mientras escribía en mi cuarto, pero hasta hoy no ha caído en la trampa. Tras mucho mariposear de un lado para otro como aquel que no quiere la cosa, a fin de ocultar su turbación al visitarme sin haber sido llamada, Lo entró y, después de rondar a mi alrededor, se interesó por los laberintos de pesadilla que mi pluma había trazado en una hoja de papel. Ah, no: no eran los resultados del inspirado descanso de un calígrafo entre dos párrafos; eran los horrendos jeroglíficos (que ella no podía descifrar) de mi fatal deseo. Cuando Lo inclinó sus rizos castaños sobre el escritorio ante el cual estaba sentado, Humbert el Avieso la rodeó con su brazo, en una despreciable imitación de fraterna amistad; y, mientras examinaba, con cierta miopía, el papel que sostenía, mi inocente visitante fue sentándose lentamente sobre mi rodilla. Su perfil adorable, sus labios entreabiertos, su pelo suave, estaban a pocos centímetros de la oculta manifestación de mi lujuria, y sentía la tibieza de sus piernas a través de la rudeza de su más bien masculina indumentaria. De pronto, supe que podía besar su cuello o la comisura de sus labios, con absoluta impunidad. Supe que me dejaría hacerlo, y hasta que cerraría los ojos, como enseña Hollywood. Le parecería algo tan normal como zamparse un helado de vainilla y chocolate. No puedo explicar a mi erudito lector –cuyas cejas, supongo, habrán viajado ya hasta el cogote de su calva cabeza– cómo lo supe; quizás mi oído animal había percibido inconscientemente algún leve cambio en el ritmo de su respiración –pues ahora Lo ya no miraba mi galimatías, sino que esperaba con curiosidad y compostura (oh, mi límpida nínfula) que el atractivo huésped hiciera lo que rabiaba por hacer—. Una niña moderna, una ávida lectora de revistas cinematográficas, una experta en primeros planos soñadores, no encontrará muy raro —me dije— que un amigo mayor, apuesto, de intensa virilidad... Demasiado tarde. La casa entera vibró súbitamente con la voluble voz de Louise, que contaba a la señora Haze, recién llegada de la calle, cómo ella y Leslie Tomson habían encontrado no sé qué muerto en el sótano, y Lolita no era de las que se perdieran semejante cuento.

Domingo. Cambiante, malhumorada, alegre, torpe, graciosa, con la acre gracia de su niñez retozona, dolorosamente deseable de la cabeza a los pies (¡daría toda Nueva Inglaterra por la pluma de una escritora de temas femeninos capaz de describirla cumplidamente!), desde el lazo para el pelo comprado hecho y las horquillas que lo sostenían hasta la pequeña cicatriz de su pierna (donde un patinador le dio un puntapié, en Pisky), cuatro o cinco centímetros por encima del grueso calcetín blanco. Se ha ido con su madre a casa de los Hamilton, para celebrar una fiesta de cumpleaños o algo así. Lleva un vestidito muy mono. Sus pechos, aunque un tanto incipientes, están la mar de bien formados. ¡Qué precocidad, la de mi amor!

Lunes. Mañana lluviosa. «*Ces matins gris si doux...*» Mi pijama blanco tiene un dibujo lila en la espalda. Parezco una de esas pálidas e hinchadas arañas que se ven en los viejos jardines. Sentadas en medio de una refulgente telaraña y que sacuden levemente esta o aquella hebra de vez en cuando. *Mi* red está tendida sobre la casa toda, mientras aguzo el oído desde mi silla, como un brujo astuto. ¿Estará Lo en su cuarto? Tiro suavemente del hilo de seda. No está. Oigo el *staccato* del cilindro de papel higiénico que gira; y mi filamento no ha registrado pisadas desde el cuarto de baño hasta su cuarto. ¿Estará cepillándose los dientes? (El único acto sanitario que Lo cumple con verdadero celo.) No. La puerta del cuarto de baño acaba de abrirse, de modo que habrá que buscar en alguna otra parte de la casa la hermosa presa de tibios colores. Tendamos una liebra por la escalera. Así compruebo que no está en la cocina, abriendo la nevera o chillando a su detestada mamá (la cual, supongo, debe de estar gozando de su tercera conversación telefónica de la mañana, arrulladora, amortiguadamente alegre). Bueno, busquemos a tientas y esperemos. Me deslizo con el pensamiento hasta el saloncito y encuentro callada la radio (y mamá, ruborizada, sonriente, sigue hablando en voz baja con la señora Chatfield o la señora Hamilton, ahuecando la mano libre sobre el teléfono, negando implícitamente que niegue esos divertidos rumores, los rumores acerca de su huésped, susurrando con una intimidad que nunca tiene esa mujer resuelta cuando habla cara a cara). ¡De modo que mi nínfula no está en ninguna parte de la casa! ¡Se ha ido! Lo que imaginé como una trama prismática resulta ser apenas una vieja telaraña gris: la casa está vacía, muerta. Y entonces llega la risilla dulce y suave de Lo a través de mi puerta entreabierta. «No le digas a mamá que me he comido todo tu jamón.» Salto afuera de mi habitación. Ya se ha ido. Lolita, ¿dónde estás? La bandeja de mi desayuno, amorosamente preparado por mi patrona, me mira impotente a la espera de que me lo coma. ¡Lolita, Lolita!

Martes. Las nubes volvieron a impedir nuestra excursión a ese lago inalcanzable. ¿Es una maquinación del destino? Ayer me probé ante el espejo un nuevo bañador.

Miércoles. Por la tarde, Haze (zapatos cómodos, traje sastre) dijo que iría a la ciudad a comprar un regalo para un amigo de una amiga, y me pidió que la acompañara, ya que tenía tan buen gusto para tejidos y perfumes. «Elija su seducción preferida», ronroneó. ¿Qué podía hacer Humbert, especialista en perfumes? Me había arrinconado entre su automóvil y el porche delantero. «Dése prisa», me dijo, mientras yo doblaba laboriosamente mi ancho cuerpo para subir al coche (sin dejar de pensar con desesperación en buscar una escapatoria). Haze había puesto en marcha el motor y refunfuñaba delicadamente contra un camión que hacía marcha atrás, después de llevar a la vieja e inválida señorita de la acera de enfrente una nueva silla de ruedas, cuando llegó la voz aguda de mi Lolita desde la ven-

tana del salón: «¡Eh!, ¿Adónde vais? ¡Yo voy también! ¡Esperad!»
«¡Ignórela!», gruñó Haze (ahogando el motor). Tanto peor para
mi gentil conductora: Lo ya abría la puerta de mi lado. «Esto es
intolerable», empezó Haze; pero Lo ya se había metido dentro
estremeciéndose de placer. «Eh, tú, mueve el trasero», me dijo
Lo. «¡Lo!», gritó Haze (mirándome de soslayo y esperando que
yo expulsara a la niña descarada). «Y conduce con cuidado», le
dijo a su madre (no por primera vez), mientras se echaba atrás,
mientras yo me echaba atrás, mientras el automóvil arrancaba.
«Es intolerable —dijo Haze pasando a segunda violentamente—
que una niña sea tan mal educada. Y tan pesada. Cuando sabe
que no quieren llevarla. Y necesita un baño.»

Mis nudillos rozaban los tejanos de la niña. Iba descalza;
en las uñas de sus pies quedaban restos de esmalte color cereza, y había un pedazo de esparadrapo sobre el dedo gordo.
¡Qué no habría dado yo por besar aquí y allá aquellos pies de
huesos finos, dedos largos y agilidad de mono, Dios mío! De
pronto, su mano se deslizó en la mía y, sin que nuestra acompañante lo viera, apreté, palmoteé, sacudí aquella garra tibia
durante todo el viaje hasta la tienda. Las aletas de la nariz mar-
lenesca de nuestra conductora brillaban (ya consumida o aven-
tada su ración de maquillaje), mientras sostenía un elegante
monólogo con el tránsito local, y sonreía de perfil, y hacía mo-
híhes de perfil, y movía las pintadas pestañas de perfil, y yo
rezaba para que nunca llegáramos a aquella tienda. Pero llegamos.

No tengo otra cosa que consignar, salvo: *primo,* que la
Haze mayor hizo que la Haze menor se sentara detrás durante
el regreso; *secundo,* que la dama resolvió comprar la elección de
Humbert para la parte de atrás de sus bien formadas orejas.

Jueves. Pagamos con granizadas y ventoleras el principio
tropical del mes. En un volumen de la *Enciclopedia Juvenil* encontré un mapa de los Estados Unidos que un lápiz infantil había empezado a calcar en una hoja de papel translúcido, y en
cuyo reverso, contra el contorno incompleto de Florida y el
Golfo de México, había una lista mimeografiada de nombres

pertenecientes, sin duda, a la clase de Lo en la escuela de
Ramsdale. Es un poema que ya sé de memoria.

Angel, Grace
Austin, Floyd
Beale, Jack
Beale, Mary
Buck, Daniel
Byron, Marguerite
Campbell, Alice
Carmine, Rose
Chatfield, Phyllis
Clarke, Gordon
Cowan, John
Cowan, Marion
Duncan, Walter
Falter, Ted
Fantasia, Stella
Flashman, Irving
Fox, George
Glave, Mabel
Goodale, Donald
Green, Lucinda
Hamilton, Mary Rose
Haze, Dolores
Honeck, Rosaline
Knight, Kenneth
McCoo, Virginia
McCrystal, Vivian
McFate, Aubrey
Miranda, Anthony
Miranda, Viola
Rosato, Emil
Schlenker, Lena
Scott, Donald
Sheridan, Agnes

Sherva, Oleg
Smith, Hazel
Talbot, Edgar
Talbot, Edwin
Wain, Lull
Williams, Ralph
Windmuller, Louise

¡Un poema, un poema, en verdad! ¡Qué extraño y dulce fue descubrir ese «Haze, Dolores» (¡ella!), en medio de aquella especial lista de nombres, con su guardia de rosas, igual que una princesa encantada entre sus dos damas de honor! Trato de analizar el estremecimiento de placer que corre por mi espinazo al leer ese nombre entre los demás. ¿Qué es lo que me excita casi hasta las lágrimas (ardientes, opalescentes, espesas lágrimas que sólo derraman los poetas y los amantes)? ¿Qué es? ¿El sutil anonimato de ese nombre con su velo formal («Dolores») y esa trasposición abstracta de nombre y apellido, que es semejante a un par nuevo de pálidos guantes o una máscara? ¿Es «máscara» la palabra clave? ¿Me excita el placer que hay siempre en el misterio semitraslúcido del velo, del ondulante velo oriental, a través del cual tu carne y tus ojos creen percibir, cuando lo miran, una sonrisa dirigida exclusivamente a ti? ¿O es la causa de mi excitación que puedo imaginar tan bien el resto de la variopinta clase que rodea a mi amada, y que hace que, a veces, se sienta dolorida y confusa: Grace, la de los granos purulentos; Ginny, la que arrastra una pierna; Gordon, el haragán masturbador; Duncan, el payaso hediondo; Agnes, la de las uñas comidas; Viola, la de las espinillas y el busto prominente; la bonita Rosaline; la morena Mary Rose; la adorable Stella, que se había dejado toquetear por desconocidos; Ralph, el matón que amenaza y roba; Irving, a quien compadezco por su soledad, pues es el único judío? Y allí está, perdida entre sus compañeros, royendo un lápiz, detestada por los maestros, con los ojos de todos los muchachos fijos en su pelo y su cuello, ella, *mi* Lolita.

Viernes. Anhelo algún desastre terrible. Un terremoto. Una explosión espectacular: su madre es eliminada de manera horrible, pero instantáneamente y para siempre, junto con todo ser viviente en muchos kilómetros a la redonda. Lolita salta a mis brazos. Liberado por fin de todo impedimento, gozo de ella entre las ruinas. Su sorpresa, mis explicaciones, mi confesión de mis sentimientos, mis risas de satisfacción. ¡Vanas e insensatas fantasías! Un Humbert osado habría jugado con ella de una manera más repugnante (ayer, por ejemplo, cuando entró de nuevo en mi cuarto para mostrarme sus dibujos escolares); podría haberla sobornado, y haberse salido con la suya. Un tipo más simple y práctico se habría atenido sobriamente a varios sucedáneos comerciales, pero hay que saber adónde acudir, y yo no lo sé. A pesar de mi aire viril, soy horriblemente tímido. A mi alma romántica le dan repeluznos sólo de pensar que puede verse metida en algún desagradable e indecente incidente. Como la aparición de aquellos monstruos marinos que nos jalearon salazmente. «*Mais allez-y, allez-y!*» Annabel sosteniéndose sobre un pie para ponerse los pantalones cortos mientras yo, mareado de rabia, trato de servirle de biombo.

(La misma fecha, después, muy tarde.) He encendido la luz para anotar un sueño. Tenía un antecedente indudable. Durante la cena, Haze anunció benévolamente que, puesto que el pronóstico meteorológico anunciaba un fin de semana con sol, iríamos el domingo al lago, después del servicio religioso. Mientras yacía en mi cama, entregado a ensoñaciones eróticas, antes de intentar dormirme, urdí un plan final para aprovechar el anunciado picnic. Sabía que mamá Haze odiaba a mi amada porque era gentil conmigo. De modo que planeé el día junto al lago de manera que satisficiera a la madre. Le hablaría sólo a ella, pero en el momento apropiado diría que había olvidado mi reloj de pulsera o mis gafas de sol en aquella zona de sombra que había más allá, y me hundiría con mi nínfula en el bosque. En ese instante, la realidad se desvanecía, y la búsqueda de las gafas se transformaba en una pequeña y silenciosa orgía con una singularmente experta, alegre, corrupta y complaciente Lolita que se comportaba de un modo que la razón sabía muy

bien que jamás se comportaría. A las tres de la mañana tomé un somnífero y entonces un sueño que no era una secuela, sino una parodia, me reveló, con una especie de significativa claridad, el lago que aún no había visitado: estaba cubierto por una lámina de hielo esmeralda, y un esquimal picado de viruela trataba en vano de romperlo con un zapapico, aunque mimosas importadas y oleandros florecían en sus orillas cubiertas de granza. Estoy seguro de que la doctora Blanche Schwarzmann me habría pagado un montón de dinero por enriquecer con ese sueño erótico sus archivos. Por desgracia, el resto era francamente ecléctico. La Haze mayor y la menor corrían a caballo en torno al lago, y yo las imitaba, meciendo diestramente mi cuerpo y con las piernas arqueadas, aunque no había ningún caballo entre ellas: sólo el aire elástico. Una de esas pequeñas omisiones debidas a un despiste del agente que sueña.

Sábado. El corazón sigue saltándome en el pecho. Aún me convulsiono y emito suaves gemidos al recordar mi turbación.

Vista dorsal. Vislumbre de piel sedosa entre camiseta de manga corta y pantalones de gimnasia blancos. Inclinada sobre el alféizar de una ventana, en el acto de arrancar hojas de un álamo y sosteniendo al mismo tiempo una charla torrencial con un chico, el repartidor de diarios, abajo (Kenneth Knight, supongo), que acababa de lanzar el *Ramsdale Journal* al porche delantero con un golpe muy preciso. Empecé a deslizarme hacia ella. A reptar hacia ella, más bien. Mis brazos y piernas eran superficies convexas entre las cuales —más que *sobre* las cuales— avanzaba lentamente, mediante algún sistema neutro de locomoción, Humbert, la Araña Herida. Debí de tardar horas en llegar hasta ella: creía verla por el extremo opuesto de un telescopio, y avanzaba como un paralítico, sintiendo mis miembros débiles y deformes, con férrea concentración, hacia su pequeño, pero tieso, trasero. Al fin estuve tras ella, y entonces se me ocurrió la desgraciada idea de gastarle una broma —agarrarla por la nuca y atraerla hacia mí, para encubrir mi verdadero *manège*—, y ella exclamó, con voz aguda y tajante: «¡Corta el rollo, cara bollo!» (¡qué grosero puede mostrarse a veces mi pequeño amor!); y, con una mueca horrible, Humbert el Rechazado se batió en fúnebre retirada, mientras ella seguía parloteando hacia la calle.

Pero escuchen lo que ocurrió después. Acabado el almuerzo, me recliné en una silla baja, para tratar de leer. De pronto, dos hábiles manitas me cubrieron los ojos: se había deslizado por detrás, como repitiendo, en la secuencia de un ballet, mi maniobra matutina. Sus dedos, al tratar de interceptar el sol, eran de un carmesí luminoso; se reía entrecortadamente y brincaba a uno y otro lado, mientras yo extendía los brazos a derecha e izquierda, hacia atrás, aunque sin cambiar de posición. Mi mano corrió sobre sus ágiles piernas, el libro se deslizó de mi regazo como un trineo y la señora Haze apareció para decir indulgentemente: «Péguele una zurra si interrumpe sus estudiosas meditaciones. Cómo me gusta este jardín [no había entonación exclamativa en su voz]. No es divino el sol [tampoco había entonación interrogativa].» Y, con un suspiro de fingida satisfacción, la incordiante señora se sentó en la hierba, echó hacia atrás el tronco, apoyada sobre sus manos abiertas, y contempló el cielo. Entonces una gastada pelota gris de tenis rebotó sobre ella. La voz de Lo llegó arrogante desde la casa: «*Pardonnez,* madre. No te apuntaba *a ti.*» Desde luego que no, mi impetuoso y aterciopelado amor.

12

Ésta resultó ser la última de una veintena de entradas. De ellas se puede deducir que el esquema de la inventiva del Diablo era día tras día el mismo. Al principio me tentaba para después burlarme, dejándome con un dolor sordo en las raíces más hondas de mi ser. Yo sabía exactamente qué debía hacer y cómo hacerlo sin enturbiar la castidad de una niña; después de todo, una vida entera de amor a las niñas me había dado *cierta* experiencia; había poseído visualmente a nínfulas entre las luces y las sombras de los parques; había cruzado con paso cauteloso y bestial plataformas de autobuses urbanos atestadas de colegialas con bandoleras cargadas de libros. Pero, durante casi tres semanas, mis patéticas maquinaciones se habían visto interrumpidas. El causante de tales interrupciones era, por lo común, la señora Haze (que, como habrá observado el lector, no temía que yo gozara de Lo, sino que ésta se lo pasara bien conmigo). La pasión que sentía por esa nínfula —la primera en toda mi vida que, por fin, estaba al alcance de mis garras angustiadas, dolientes y tímidas— me habría llevado, sin duda, de regreso al sanatorio, de no haber comprendido el Diablo que debía proporcionarme cierto alivio si quería jugar conmigo durante más tiempo.

El lector habrá reparado, asimismo, en el curioso Espejismo del Lago. Habría sido lógico por parte de Aubrey McFate (así se me ha ocurrido llamar a mi Diablo particular) procurarme cierto solaz en la playa prometida, en el imaginado bosque. En realidad, la promesa que me había hecho la señora Haze era fraudulenta: no me había dicho que Mary Rose Hamilton (una pequeña belleza morena por derecho propio) nos acompañaría, y que las dos nínfulas se lo pasarían en grande, cuchicheando aparte, jugando aparte y divirtiéndose aparte, mientras la señora Haze y su apuesto huésped conversarían con toda tranquilidad, semidesnudos, lejos de ojos que espiaran. Porque, incidentalmente, había ojos que espiaban y lenguas que comentaban. ¡Qué rara es la vida! La suerte nos abandona cuando más propicia deseamos que nos sea. Antes de mi llegada, mi patrona proyectaba que una vieja solterona, la señorita Phalen, cuya madre había sido cocinera de la familia Haze, fuera a vivir a su casa para cuidar de Lolita y de mí; así ella, que, en el fondo, lo que deseaba era trabajar, podría buscar un empleo conveniente en la ciudad más cercana. La señora Haze había visto la situación muy claramente: el miope y cargado de hombros Herr Humbert llegaría con sus baúles de Europa Central para acumular polvo en su rincón tras un montón de libracos; la chicuela abominable estaría firmemente vigilada por la señorita Phalen (que ya había cobijado a mi Lo bajo su ala de gallina: Lo recordaba el verano de 1944 con un estremecimiento de indignación), y ella se emplearía como recepcionista en una ciudad grande y elegante. Pero un suceso no demasiado complicado dio al traste con ese programa: la señorita Phalen se rompió una cadera en Savannah, Georgia, el mismo día en que llegué a Ramsdale.

13

El domingo que siguió al sábado que acabo de describir amaneció tan rutilante como había pronosticado el hombre del tiempo. Al ir a dejar la bandeja de mi desayuno sobre la silla junto a la puerta de mi cuarto, para que la señora Haze la retirara cuando pasara por allí, capté la siguiente situación deslizándome silenciosamente sobre mis viejas zapatillas (lo único viejo que tenía) por el descansillo de la escalera hasta el pasamanos.

Una nueva discusión estaba en su apogeo. La señora Hamilton acababa de telefonear para decir que su hija «tenía temperatura». La señora Haze informó a *su* hija de que deberían postergar el picnic. La fogosa Haze menor informó a la fría Haze mayor de que, en ese caso, no la acompañaría a la iglesia. La madre dijo «Muy bien», y se marchó.

Yo había salido al descansillo de la escalera inmediatamente después de afeitarme, todavía con jabón en las orejas y vestido con mi pijama blanco estampado de flores (esta vez no eran lilas, sino azules) en la espalda; así que, al punto, me quité el jabón, me perfumé el pelo y las axilas, me puse una bata de seda púrpura y, canturreando nerviosamente, bajé las escaleras en busca de Lo.

Quiero que mis cultos lectores se sientan partícipes de la escena que voy a evocar. Quiero que examinen cada pormenor y vean por sí mismos hasta qué punto fue cauteloso y casto aquel acontecimiento dulce como el vino, si se lo considera con lo que mi abogado ha llamado (en una conversación privada) «simpatía imparcial». Empecemos, pues. Tengo ante mí una tarea difícil.

Protagonista: Humbert el Canturreador. Época: la mañana

de un domingo de junio. Lugar: un saloncito soleado. Decorado: un viejo sofá tapizado a rayas, revistas, un fonógrafo, chucherías mexicanas (Harold E. Haze –un santo varón, al que Dios, sin duda, tenía en Su gloria– había engendrado a mi amada en la hora de la siesta, en un cuarto azulado, durante su luna de miel en Veracruz, y toda la casa estaba llena de recuerdos de aquel viaje, entre ellos Dolores). Lo llevaba aquella mañana un bonito vestido estampado que ya le había visto en otra ocasión, con falda amplia, talle ajustado y mangas cortas; era de color rosa, realzado por cuadros de un rosa más intenso. Para completar la armonía de colores, se había pintado los labios y llevaba en las manos ahuecadas una hermosa, trivial, edénica manzana roja. Pero no iba calzada para ir a la iglesia. Y su blanco bolso dominical estaba tirado junto al fonógrafo.

El corazón me latió como un tambor cuando se dejó caer junto a mí en el sofá, un movimiento que ahuecó su fresca falda, y empezó a jugar con la brillante fruta. La arrojaba al aire lleno de puntos luminosos y la atrapaba, y yo oía el ruido apagado que hacía en su mano.

Humbert Humbert interceptó la manzana.

«Devuélvemela», me suplicó, mostrándome las palmas de sus manos, que parecían de mármol rojizo. Le tendí la deliciosa fruta. Lolita la cogió y la mordió. Mi corazón pareció volverse de nieve bajo una delgada piel carmesí. Entonces, con la ligereza de mono que la caracterizaba, aquella nínfula norteamericana arrancó de mis abstraídas manos la revista que tenía abierta (lástima que ninguna película haya registrado el extraño dibujo, la trabazón, igual que en un monograma, de nuestros movimientos simultáneos o sobrepuestos). Con precipitación, apenas estorbada por la manzana desfigurada que sostenía, Lo ojeó violentamente las páginas en busca de algo que deseaba mostrar a Humbert. Al fin lo encontró. Me fingí interesado y acerqué mi cabeza a la suya hasta el punto de que su cabello rozó mi sien y su brazo acarició mi mejilla cuando se limpió la boca con el dorso de la mano. Reaccioné lentamente ante la fotografía, por culpa de la bruma luminosa a través de la cual la observaba, y, mientras tanto, Lolita restregaba y entrechocaba impaciente sus rodillas desnudas. Confusamente fueron surgiendo un pintor surrealista que descansaba, en posición supina, en una playa, y junto a él, en la misma posición, semienterrada en la arena, una reproducción en yeso de la Venus de Milo. «Fotografía de la semana», decía el epígrafe. Arrojé lejos de nosotros aquella imagen obscena. De inmediato, en un fingido esfuerzo por recobrarla, Lolita se tendió sobre mí. La tomé por la fina muñeca. La revista escapó al suelo como un gallo asustado. Lolita se retorció, se liberó de mi presa, se echó hacia atrás y se apoyó en el ángulo derecho del sofá. Luego, como el que no quiere la cosa, la impúdica niña extendió sus piernas sobre mi regazo.

Para entonces yo estaba en un estado de excitación que lindaba con la locura; pero, al propio tiempo, tenía la astucia de un loco. Sentado allí, en el sofá, me las compuse para poner en contacto, mediante una serie de movimientos furtivos, la oculta manifestación de mi lujuria con sus cándidos miembros. No era fácil distraer la atención de la niña mientras llevaba a cabo los oscuros ajustes necesarios para que la treta resultara. Hablé sin parar, me quedé sin respiración, la recuperé, inventé un súbito dolor de muelas para explicar mis entrecortados jadeos; y, mientras hacía todo esto, sin perder nunca de vista, con un maníaco ojo interior, mi distante y gloriosa meta, incrementé con la mayor cautela la mágica fricción que eliminaba de un modo ilusorio, ya que no podía ser real, la inamovible en lo físico, pero deleznable en lo psicológico, textura de la separación material (bata y pijama) entre el peso de dos piernas tostadas por el sol que descansaban al través sobre mi regazo y el oculto tumor de mi inconfesable pasión. Resulta que, en el curso de mi entrecortado parloteo, me vino a la mente algo encantadoramente mecánico, y me puse a recitar, confundiendo, no sin cierta malicia, la letra, una canción más bien tonta que, por aquel entonces, era muy popular: «¡Oh, mi Carmen, oh, mi pequeña Carmen!, no sé qué, no sé qué, algo de unas noches, y unas estrellas, y unos coches, y unos bares, y unos camareros»; repetía una y otra vez esta sarta de idioteces de modo automático, y el caso es que Lolita parecía hechizada por ellas (aunque quizás el hechizo se debiera a la propia inanidad de lo que le decía). Mientras ocurría todo esto, yo sentía un miedo terrible de que sobreviniera una catástrofe que interrumpiera mis movimientos, que alejara de mi regazo aquel peso dorado en cuya sensación parecía concentrarse todo mi ser, y ese temor me indujo a moverme, durante el primer minuto, más o menos, más deprisa de lo que era conveniente para conseguir un gozo deliberadamente modulado. De repente, Lolita hizo suyas las estrellas que brillaban, y los coches que aparcaban, y los bares, y los camareros; su voz robó y corrigió la canción que yo tan bárbaramente destrozaba. Su voz era melodiosa, y el aliento le olía suavemente a manzana. Sus piernas se contorsionaron sobre mi palpitante regazo; las acaricié; Lolita se repantigó contra el ángulo derecho del sofá, hasta casi tumbarse; Lola, la adolescente, la que devoraba el fruto inmemorial, la que cantaba a través de su jugo, la que perdió una zapatilla, la que se restregó el descalzo tobillo, enfundado en un desgalichado calcetín, contra el montón de revistas que había a mi izquierda sobre el sofá, la que con cada uno de los movimientos que hacía, por leve o insignificante que fuera, me ayudaba a ocultar y mejorar el secreto sistema de correspondencia táctil entre la bestia y la bella, entre mi bestia reprimida, que pugnaba por estallar, y su bello cuerpo, de suaves redondeces, envuelto en su inocente vestido de algodón.

Las sensibles puntas de mis dedos notaron cómo se erizaba el vello de sus espinillas. Y me perdí en el calorcillo un tanto acre, pero saludable, que, como bruma estival, flotaba en torno de la nínfula. ¡Que siga así un rato, que siga así un rato! Cuando se contorsionó con un esfuerzo para arrojar el corazón de la consumida manzana a la chimenea, su joven cuerpo, sus inocentes piernas, que mostraba con toda naturalidad, y su redondo trasero se movieron sobre mi regazo tenso, torturado, subrepticiamente laborioso; entonces mis sentidos experimen-

taron un cambio repentino y misterioso. Pasé a un estado de
ánimo en el que nada importaba, salvo la infusión de goce que
se cocía en mi cuerpo. Lo que había empezado como una distensión deliciosa de mis raíces más íntimas se convirtió en una
rutilante comezón que *ahora* había llegado a un estado de seguridad, confianza y fe en mí mismo totales y absolutas, imposible de conseguir, por más que se intente, en la vida consciente.
Una vez establecida esa honda y ardiente sensación de placer, y
encarrilada hacia su definitiva convulsión, me sentí capaz de
dilatarla para gozar más de ella. Había conseguido hacer mía a
Lolita sin que se notara, con total impunidad. El sol que nos
envolvía temblaba en las copas de los álamos; estábamos fantástica y divinamente solos; contemplé a Lolita, rosada, envuelta
en partículas doradas, más allá del velo de mi controlado placer, ignorante de él, ajena a él, y el sol estaba en sus labios, y éstos, al parecer, seguían formando las palabras de la cancioncilla
acerca de Carmen y los camareros, aunque ya no llegaban a mi
conciencia. Todo estaba ya a punto. Los nervios del placer habían quedado al desnudo. Los corpúsculos de Krause estaban a
punto de entrar en su fase de máxima excitación. La menor
presión bastaría para que estallaran y se derramaran todas aquellas paradisíacas sensaciones. Había dejado de ser Humbert el
Canalla, el vil degenerado de mirada lasciva que se aferraba a la
bota que posiblemente no tardaría en arrojarlo de sí de un puntapié. Estaba por encima de las tribulaciones del ridículo, más
allá de las posibilidades de castigo. En el serrallo que había formado para mi uso personal, era un turco radiante y vicioso
que, deliberadamente, con plena conciencia de su libertad, pos-
ponía el instante en que gozaría de la más joven y más delicada
de sus esclavas. Suspendido al borde de aquel abismo de voluptuosidad (lo cual constituía una manifestación de equilibrio
psicológico de una sutileza comparable a la de ciertas técnicas
artísticas), repetía sin cesar, de modo inconexo, las palabras que
oía salir de sus labios –camareros, esto es alarmante, ¡oh, querida mía!, ¡mi Carmen!, ¡ajá!, ¡ajajá!–, y, mientras las repetía parloteando y riéndome igual que un sonámbulo, mi mano feliz

reptaba por su pierna iluminada por el sol hasta donde lo permitían las sombras de la decencia. El día anterior Lolita se había dado un golpe contra el pesado arcón del vestíbulo, y: «¡Mira, mira! —exclamé, jadeante, a causa del asombro—, ¡mira qué te has hecho, mira qué te has hecho!, ¡oh, mira!»; porque, lo juro, había un moratón amarillo violáceo en su encantador muslo de nínfula que mi mano, grande y velluda, acariciaba y envolvía con suavidad, y también porque, a causa de la parvedad de su indumentaria íntima, parecía que nada podía impedir que mi musculoso pulgar alcanzara la cálida hendidura de su entrepierna con la misma sencillez con que se hacen cosquillas y caricias a una criatura que se ríe tontamente, con esa misma sencillez; y: «¡Oh, no tiene importancia!», gritó Lolita con una repentina nota aguda en la voz, y se contorsionó, y pareció avergonzarse, y echó la cabeza hacia atrás, y sus dientes presionaron su reluciente labio inferior en tanto que se revolvía como para alejarse de mí, y mi gimiente boca, señores del jurado, casi alcanzó su cuello desnudo al mismo tiempo que extinguía contra su nalga izquierda el último espasmo del que debió de ser el más prolongado éxtasis experimentado jamás por hombre o monstruo.

Al punto (igual que si hubiéramos estado luchando y, de repente, la presión de mis manos hubiera cedido), saltó del sofá y se puso de pie —un tanto desequilibrada, a causa de que sólo uno de sus pies estaba calzado—, para responder a la formidablemente chillona llamada del teléfono, que, por lo que a mí respectaba, podía llevar sonando desde hacía siglos. De pie junto al aparato, con las mejillas inflamadas y el cabello revuelto, pasaba la vista sobre mí y sobre el mobiliario en tanto que hablaba y escuchaba (a su madre, que le decía que fuera a almorzar con ella a casa de los Chatfield; en aquel instante, ni Lo ni Hum tenían la menor idea de lo que maquinaba la metomentodo Haze) y golpeaba el borde de la mesa con la zapatilla que se le había caído y había recogido del suelo. ¡No había notado nada, gracias a Dios!

Con un pañuelo de seda multicolor, sobre el cual se detuvieron sus ojos al recorrer la habitación mientras atendía aquella llamada, me sequé el sudor de la frente y, embagado por la euforia de haber culminado aquella extática experiencia, arreglé mis regias vestiduras. Lolita seguía al teléfono, discutiendo con su madre (mi pequeña Carmen quería que enviaran un coche a buscarla), cuando subí las escaleras cantando cada vez más fuerte y provoqué un diluvio de agua humeante y rugiente en la bañera.

Llegado aquí, creo que debería reproducir la letra de aquella cancioncilla entonces popular, aunque no sé si seré capaz de hacerlo, pues, a decir verdad, me temo que nunca llegué a sabérmela por completo. Esto es lo que recuerdo:

¡Oh, mi Carmen, oh, mi pequeña Carmen!,
No sé qué, no sé qué, algo de unas noches,
Y las estrellas, y los bares, y los camareros, y los coches,
Y, ¡oh, amada mía!, nuestras terribles discusiones.
Y no sé qué de una ciudad donde alegremente paseamos
Del bracete, y, al final, para siempre nos peleamos,
Y la pistola con la que te maté, ¡oh, mi Carmen!,
La misma arma que empuño ahora.

(Supongo que el pistolero había sacado su automática del treinta y dos y le había metido una bala en un ojo a su fulana.)

14

Almorcé en la ciudad: hacía años que no sentía tanta hambre. Cuando volví a casa, paseando tranquilamente, Lolita no estaba. Pasé la tarde pensando, proyectando, digiriendo embelesado mi experiencia de la mañana.

Me sentía orgulloso de mí mismo. Había robado la miel de un espasmo sin perturbar la moral de una menor. No le había causado el menor daño. El mago había echado leche, melaza, espumoso champán en el blanco bolso nuevo de una damita, y el bolso permanecía incólume. El caso era que había hecho realidad, con el máximo disimulo, mi innoble, ardiente y pecaminoso sueño; y, sin embargo, Lolita estaba a salvo, y yo también. No era a Lolita a quien había poseído frenéticamente, sino a un ser de mi propia creación, a otra Lolita, a una Lolita producto de mi fantasía, aunque, tal vez, más real que la verdadera. Una falsa Lolita que se solapaba con la auténtica y la envolvía, que flotaba entre ella y yo, que no tenía voluntad, ni conciencia, y que, por descontado, carecía de vida propia.

La niña no había notado nada. No le había hecho nada. Y nada me impedía repetir una escena que la había afectado tan poco como si ella hubiera sido una imagen fotográfica titilando sobre una pantalla, y yo un pobre jorobado que abusara de sí mismo en la oscuridad. La tarde siguió fluyendo, en maduro silencio, y los altos árboles llenos de savia parecían saberlo todo; el deseo, aún más intenso que antes, empezó a quemarme de nuevo. Que vuelva pronto, rogué, dirigiéndome al dios que fuera, con tal de que estuviera dispuesto a complacerme. Que, mientras mamá esté en la cocina, podamos representar de nuevo la escena del sofá, por favor, a pesar del terror que acompaña a la adoración que siento por ella.

Pero no: «terror» no es la palabra adecuada. El embeleso que me causaba la visión de nuevos momentos de éxtasis iba acompañado más bien de angustia que de terror. Sí, creo que cabe calificar de angustia ese sentimiento. Era angustioso porque, a pesar del fuego insaciable de mi apetito venéreo, me proponía, con la fuerza de voluntad y la previsión más fervientes, proteger la pureza de aquella niña de doce años.

Ahora verán ustedes cuál fue el premio de mis angustias. Lolita no regresó a casa: se había ido al cine con los Chatfield. La mesa estaba puesta con más elegancia que de costumbre: hasta había candelabros, por increíble que parezca. Envuelta en esta aura nauseabunda, la señora Haze tocó los cubiertos de plata colocados a ambos lados de su plato —medio vacío, porque hacía régimen— como si hubieran sido teclas de un piano, y sonrió, y dijo que ojalá me gustara la ensalada (receta tomada de una revista). Dijo también que ojalá me gustara el surtido de fiambres. Había sido un día perfecto. La señora Chatfield era una persona encantadora. Phyllis, su hija, se marchaba a un campamento de verano al día siguiente. Estaría allí tres semanas. Había decidido que Lolita iría el jueves. En vez de esperar hasta el mes de julio, como habían planeado al principio. Y se quedaría allí después de que Phyllis regresara. Hasta que empezaran las clases. Una perspectiva maravillosa. ¡Dios mío!

¡Oh, qué abatido quedé! Porque ¿no significaba eso que perdía a mi amada, precisamente cuando la había hecho mía en secreto? Para explicar mi tétrico humor hube de recurrir al mismo dolor de muelas ya simulado por la mañana. Debió de ser un molar enorme, con un absceso grande como una guinda.

—Tenemos un dentista excelente —dijo Haze—. Y vive aquí al lado. Es el doctor Quilty. Primo o tío, tengo entendido, del autor teatral. ¿Cree usted que se le pasará? Bueno, como quiera. En el otoño haré que «le ponga los hierros», como decía mi madre, a Lolita. Quizás la sosiegue un poco. Me temo que últimamente ha sido un incordio para usted. Y vamos a tener unas cuantas escandaleras antes de que se marche. Se negó en redondo a ir, y confieso que la dejé con los Chatfield porque no me atrevía a enfrentarme a ella. La película quizás la dulcifique. Phyllis es una niña muy simpática, y no hay el menor motivo para que a Lo no le guste. En realidad, *monsieur*, me preocupa ese dolor suyo... Sería mucho más razonable que mañana, a primera hora, llame a Ivor Quilty, si el dolor persiste. Además, ¿sabe?, creo que un campamento de verano es mucho más sano y... bueno, es mucho más *razonable* que tumbarse en el césped de un jardín suburbano y usar el pintalabios de mamá y fastidiar a tímidos caballeros estudiosos y coger rabietas terribles con los motivos más tontos.

—¿Está segura —dije al fin— de que será feliz allí?

¡Qué poco convincente, qué lamentablemente poco convincente!

—Allá ella si no lo es —dijo Haze—. Además, no todo serán juegos. Dirige el campamento Shirley Holmes, la autora de *La vida de campamento y la niña.* Esa vida será muy beneficiosa para Dolores Haze: mejorará su salud, le hará adquirir nuevos conocimientos y le enseñará a dominarse. Y, sobre todo, le imbuirá el sentido de la responsabilidad hacia los demás. ¿Cogemos los candelabros y nos sentamos un rato en el porche trasero, o quiere irse a la cama y cuidar de esa muela?

Preferí cuidar de mi muela.

15

Al día siguiente, se marcharon a la ciudad para comprar cosas necesarias para el campamento: la compra de prendas de vestir obraba verdaderas maravillas con Lo. Durante la cena pareció de su habitual humor sarcástico. Después de cenar, subió a su cuarto para sumergirse en las revistas de historietas adquiridas para los días lluviosos en el Campamento Q (las leyó tantas veces, que cuando llegó el jueves no las llevó consigo). También yo me retiré a mi cubil, y escribí cartas. Mi plan era marcharme a la playa y después, cuando empezaran las clases, reanudar mi existencia en casa de la señora Haze. Porque ya sabía que me era imposible vivir sin la niña. El martes salieron nuevamente de compras; me pidió que atendiera el teléfono si la directora del campamento llamaba durante su ausencia. Llamó, y un mes después, más o menos, ambos tuvimos la ocasión de recordar nuestra agradable charla. Ese martes Lo cenó en su cuarto. Había llorado tras una de las habituales riñas con su madre, y, como ya había ocurrido en ocasiones anteriores, no quería que viera sus ojos hinchados: tenía una piel delicada que después de un llanto prolongado se inflamaba y enrojecía, lo cual le daba una mórbida seducción. Lamentaba mucho su error acerca de mi estética privada, pues ese toque de carmesí botticelliano, ese rosa intenso alrededor de los labios y esas pestañas húmedas y apelotonadas me encantan; y, como es natural, esos accesos de pudor me privaban de muchas oportunidades de obtener un clandestino placer. Pero en aquella ocasión había algo más de lo que yo pensaba. Mientras estábamos sentados en la oscuridad del porche trasero (una violenta ráfaga de aire había apagado las velas), Haze me reveló con una risa ominosa que había dicho a Lo que su amado Humbert aprobaba enteramente la idea del campamento, y «ahora está que se sube por las paredes; el pretexto es que usted y yo queremos librarnos de ella, pero su verdadero motivo es otro: le he dicho que mañana iremos a cambiar por prendas más adecuadas a su edad algunos pijamas y camisones excesivamente pícaros que, no sé cómo, me convenció para que le comprara. ¿Comprende usted? Ella *se ve* como una estrella de cine en cierne, y yo *la veo* como una chica sana, fuerte y decididamente normal. Supongo que ésa es la raíz de nuestras desavenencias».

El miércoles me las arreglé para ver un instante a solas a Lo: estaba en el descansillo de la escalera, con una camisa vieja y pantalones cortos blancos, manchados de verde, revolviendo cosas en un baúl. Dije algo que pretendía ser afable y gracioso, pero se limitó a resoplar sin mirarme. El desesperado, agonizante Humbert le acarició tímidamente la rabadilla, y ella le atizó, de un modo bastante doloroso, con una de las hormas para zapatos del difunto señor Haze. «¡Traidor!», exclamó mientras me precipitaba escaleras abajo frotándome el brazo entre ostentosos lamentos. Lolita no consintió en cenar con Hum y mamá: se lavó la cabeza y se acostó con sus ridículas revistas de historietas. Y el jueves la tranquila señora Haze la llevó al Campamento Q.

Autores más grandes que yo han escrito: «Ya puede el lector imaginarse», etcétera. Pensándolo bien, esas imaginaciones no merecen otra cosa que un puntapié en el trasero. Sabía que me había enamorado de Lolita para siempre; pero también sabía que ella no sería siempre Lolita. El uno de enero tendría trece años. Dos años más, y habría dejado de ser una nínfula para convertirse en una «jovencita», y poco después pasaría a ser el colmo de los horrores: una «universitaria». El término «para siempre» sólo se aplicaba a mi pasión, a la Lolita eterna reflejada en mi sangre. La Lolita cuyas crestas ilíacas aún no se habían ensanchado, la Lolita a la que por aquel entonces podía tocar y oler, oír y ver, la Lolita de la voz estridente y el abundante pelo castaño –flequillo, bucles a los lados, rizos detrás–, la Lolita de nuca pegajosa y cálida y vocabulario vulgar –«chachi», «súper», «virguero», «cardo borriquero», «rollazo»–, *esa* Lolita, *mi* Lolita, una Lolita que perdería para siempre su pobre Catulo.[1] ¿Cómo podía permitirme, pues, no verla durante dos meses de insomnios estivales? ¡Dos meses robados a los dos años que le quedaban de vida de nínfula! Me disfrazaría de niña melancólica y anticuada –la alta y desgarbada *mademoiselle* Humbert–, y levantaría mi tienda en las cercanías del Campamento Q con la esperanza de que las rubicundas nínfulas clamaran: «¡Adoptemos a esa niña de voz ronca que ha tenido que huir de la guerra en la lejana Europa!», y arrastraran a la triste Berta de los Grandes Pies,[2] que sonreiría tímidamente, hasta su rústico hogar. ¡Y Berta dormiría junto a Dolores Haze!

Ensueños inútiles y secos. Dos meses de belleza, de ternura, se perderían para siempre, y no podía hacer nada, nada, *mais rien.*

Pero, sin embargo, ese jueves que era para mí como una copa de acíbar me ofreció también una maravillosa e inesperada gota de deliciosa miel. Haze debía llevar a Lo al campamento a primera hora de la mañana. Cuando me llegaron los diversos ruidos de la partida, salté de la cama y me asomé a la ventana. Bajo los álamos, el automóvil ya estaba con el motor en marcha. De pie en la acera, Louise se protegía los ojos con la mano como si el vehículo encargado de transportar a la pequeña viajera ya se alejara recortándose contra el sol matinal, todavía bajo. Pero el ademán resultó prematuro. «¡Date prisa!», gritó Haze. Mi Lolita, que estaba a punto de entrar en el coche, cerrar la portezuela, bajar el cristal y decirles adiós a Louise y los álamos

---

1. Alusión al poema LVIII del poeta latino Catulo (87-54 a. de C.), inspirado por la pérdida de su amada Lesbia. *(N. del T.)*
2. Esposa del rey franco Pipino el Breve y madre de Carlomagno. Murió en 783. Su figura inspiró una *chanson de geste. (N. del T.)*

(nunca volvería a ver ni a éstos ni a aquélla), interrumpió aquella fatídica sucesión de movimientos: miró hacia arriba... y corrió hacia la casa. Haze la llamó furiosa. Un instante después, oí cómo mi amor corría escaleras arriba. Mi corazón se ensanchó con tal fuerza, que casi estalló en mi pecho. Me subí los pantalones del pijama, abrí la puerta y, simultáneamente, Lolita apareció jadeante con su vestido dominguero, y cayó en mis brazos. ¡Y entonces la boca inocente de mi adorada, que temblaba como un flan, se fundió bajo la feroz pasión de unas oscuras mandíbulas masculinas! Inmediatamente, la oí –viva, inviolada– bajar las escaleras. La fatídica sucesión de movimientos se reanudó. La pierna dorada se introdujo en el automóvil, la puerta se cerró, se abrió y se cerró de nuevo, y Haze, la conductora sentada al volante, que iba desusadamente duro, se llevó a mi vida al mismo tiempo que sus labios, elásticos y pintados de rojo, mascullaban palabras enfurecidas e inaudibles. Mientras tanto, sin que ni ellas ni Louise la vieran, la señorita de la acera de enfrente, una inválida, agitaba la mano débil, pero rítmicamente, desde su porche delantero cubierto de enredaderas.

16

La palma de mi mano estaba aún llena del marfil de Lolita, de la sensación de su espalda suavemente curvada de preadolescente, de la sensación de su piel, suave como el marfil, que notaba bajo la delgada tela de su vestido al subir y bajar la mano mientras la tenía abrazada. Me dirigí hacia su cuarto en desorden, abrí la puerta del ropero y revolví un montón de cosas que la habían tocado. Encontré una prenda rosada, raída, desgarrada, cuya juntura despedía un leve olor acre. Envolví con ella el corazón henchido de Humbert. Un caos punzante bullía en mi interior, pero tuve que dejar rápidamente aquellas cosas y recuperar mi compostura, pues oí la voz aterciopelada de la criada que me llamaba desde las escaleras. Tenía un mensaje para mí, dijo; y, retribuyendo mi automático «¡Gracias!» con un amable

«¡De nada!», la buena Louise depositó en mi mano trémula un sobre sin sello, curiosamente limpio.

Esto es una confesión: Estoy enamorada de usted. [Así empezaba la carta, y durante un instante confundí sus garabatos histéricos con la mala letra de una colegiala.] Hasta el domingo pasado, en la iglesia —¡qué malo fue al negarse a ir a ver nuestros hermosos vitrales nuevos!—, hasta el domingo pasado, pues, cuando supliqué al Señor que me iluminara, no recibí instrucciones de actuar como ahora lo hago. No hay otra alternativa. Le amo desde el primer instante en que le vi. Soy una mujer apasionada y solitaria, y usted es el amor de mi vida.

Ahora, amado mío, vida mía, *mon cher, cher monsieur,* ha leído esta confesión. Ahora lo sabe todo. ¡Así pues, por favor, recoja sus cosas y márchese, *enseguida!* Es la orden de una patrona. Despido a un huésped. Le doy una patada en el trasero. ¡Váyase! ¡Largo de aquí! *Departez!* Volveré para la cena, si corro a ciento cincuenta a la ida y a la vuelta y no tengo un accidente (pero ¿qué importaría?), y no me gustaría encontrarle en casa. ¡Por favor, por favor, váyase inmediatamente, *ahora mismo,* no termine siquiera de leer esta absurda misiva! ¡Váyase! *Adieu!*

La situación, *chéri,* es muy simple. Desde luego, sé, *con absoluta certeza,* que no soy nada para usted, menos que nada. Oh, sí, le gusta hablar conmigo (y burlarse de mí), le ha tomado afecto a nuestra casa acogedora, a los libros que me gustan, a mi encantador jardín, hasta a las rabietas de Lo, pero... yo no soy nada para usted. ¿No es cierto? Sí, lo es. Absolutamente nada. *Pero* si, después de leer mi «confesión», resolviera, guiado tal vez por un malsano romanticismo europeo, que soy lo bastante atractiva para utilizar esta carta a fin de aprovecharse de mí, cometería usted un delito aún más grave que el secuestrador que rapta a una niña y la viola. Así están las cosas, *chéri.* Si decide quedarse, *si* lo encuentro en casa (algo que sé que no sucederá, y por eso me siento capaz de expresarle mis sentimientos), el *hecho* de que se haya quedado significará una sola cosa, una cosa muy clara y concreta: que me quiere del mismo modo que yo a usted, es decir, como compañera para toda la vida; que está dispuesto a unir su existencia a la mía para siempre y a convertirse en padre de mi tierna hijita.

Déjeme divagar y desvariar un poco más, amado mío, ya que estoy segura de que esta carta ya ha sido hecha trizas por usted y sus fragmentos [ilegible] en el torbellino del inodoro. ¡Qué mundo de amor he construido para usted durante este milagroso junio, amado mío, *mon très, très cher!* ¡Sé cuán reservado es, cuán «británico»! Y sé que su discreción, tan del Viejo Mundo, y su sentido del decoro deben de haberse sentido escandalizados por la osadía de una joven mujer estadounidense. Usted, que oculta sus sentimientos más profundos, debe de pensar que soy una pobre idiota desvergonzada al ver que muestro abiertamente las heridas de mi triste corazón. El correr del tiempo me ha traído muchas decepciones. El señor Haze era una gran persona, y tenía un corazón de oro, pero me llevaba veinte años... En fin, lo pasado, pasado está. Amado mío, su curiosidad debe de haberse satisfecho a estas alturas si ha ignorado mi petición y ha leído esta carta hasta el final. No importa. Rómpala y márchese. No se olvide de dejar las llaves sobre el escritorio de su cuarto. Y alguna dirección a la cual pueda enviar los doce dólares que le debo por lo que falta de alquiler hasta fin de mes. Adiós, amado mío. Rece por mí, si es que reza.

C. H.

Lo que he transcrito es cuanto recuerdo de la carta, y cuanto recuerdo de la carta lo recuerdo palabra por palabra (incluso el abominable francés). Era, por lo menos, dos veces más larga. He suprimido un pasaje lírico, por el que en el momento de leerla pasé aprisa y corriendo, acerca de un hermano de Lolita que murió a los dos años, cuando ella tenía cuatro, y que «me habría caído muy bien». ¿Qué más puedo decir...? Ah, sí. Acaso el «torbellino del inodoro» (adonde, en efecto, fue a parar la carta) sea una contribución mía. Probablemente, Haze me suplicaba que encendiera una hoguera sagrada para consumirla.

Mi primera reacción fue de repulsión y huida. Luego sentí como si la tranquila mano de un amigo se apoyara sobre mi hombro pidiéndome que no me precipitara. Así lo hice. Salí de mi estupor y me di cuenta de que seguía en el cuarto de Lo. Sobre la cama, entre el hocico de un cantante y las pestañas de una artista de cine, vi pegado en la pared un anuncio a toda página arrancado de una revista cursi. Representaba a un joven recién casado, moreno, con una mirada más bien cansada en sus ojos irlandeses. Lucía una bata de Fulano y sostenía una bandeja de Mengano, con desayuno para dos. El epígrafe, del Reverendo Thomas Morell,[1] le llamaba «héroe conquistador». La dama conquistada (invisible) se incorporaba, sin duda, para recibir su mitad del desayuno. No acababa de quedar claro cómo se las arreglaría el conquistador para meterse junto a ella en la cama, una vez colocada sobre ésta la bandeja igual que un puente, sin derramar nada. Lolita había señalado con una flecha la cara cansada del marido y había escrito con letras mayúsculas: H. H. A decir verdad, no obstante la diferencia de edad entre los dos —aunque tampoco era tan grande—, el parecido resultaba sorprendente. Debajo de ése, había otro anuncio en colores. Un distinguido autor teatral fumaba solemnemente un cigarrillo de la marca Dromedario. Siempre fumaba cigarrillos de la marca Dromedario. En este caso, el parecido era menor. Debajo del segundo anuncio estaba el casto lecho de Lo, cubierto de revistas de historietas. En la cabecera se había saltado el esmalte, por lo que varias marcas negras, más o menos re-

1. El poeta inglés Thomas Morell (1703-1784) compuso un himno en alabanza al caudillo bíblico Josué que comienza con las palabras «¡Ya llega el héroe conquistador!», las cuales fueron aprovechadas en 1948 por un publicitario para el anuncio —de la marca Viyella— descrito por Nabokov. (N. del T.)

dondas, se destacaban sobre el blanco. Después de cerciorarme de que Louise se había marchado, me tendí en la cama de Lo y releí la carta.

17

¡Señores del jurado! No puedo jurar que ciertas decisiones que tomé relativas al asunto que tenemos entre manos –si se me permite un tópico tan manido– no hubieran pasado antes de manera más o menos vaga por mi mente. Ésta no las ha retenido en ninguna forma lógica ni en relación con ninguna ocasión recordada de un modo concreto; pero no puedo jurar –permítaseme repetirlo– que no las hubiera acariciado –recurriendo de nuevo a un tópico de lo más vulgar–, sin excesivas esperanzas, mientras pensaba en la situación en que me encontraba o sentía los tormentos de la pasión. Pudo haber momentos –debió de haberlos, si es que conozco a mi Humbert– en que consideré seriamente la idea de casarme con una viuda madura (o sea, Charlotte Haze), sin ningún pariente en este mundo ancho y gris, sólo para obtener lo que quería de su hija (Lo, Lola, Lolita). Y aun estoy dispuesto a decir a mis atormentadores que quizás una o dos veces eché una fría mirada apreciativa a los labios coralinos, al pelo bronceado y al escote tal vez excesivamente pronunciado de Charlotte, y traté vagamente de encajarla en una ensoñación plausible. Lo confieso bajo tortura. Tortura imaginaria, quizás, pero tanto más horrible. Quisiera poder divagar y contarles algo más acerca del *pavor nocturnus* que me perseguía horriblemente cuando un término encontrado al azar me impresionaba en el curso de las desordenadas lecturas de mi adolescencia, términos tales como *peine forte et dure* (¡qué genio del dolor debió de inventar eso!) o palabras o expresiones que me parecían terribles, misteriosas, insidiosas, como «trauma», «choque emocional», o «lintel». Pero creo que, aunque no lo haga, mi narración ya es bastante explícita.

Un rato después, rompí la carta y me marché a mi cuarto,

y reflexioné, y me revolví el pelo, y me puse la bata púrpura, y gemí a través de mis dientes apretados, hasta que, de repente... De repente, señores del jurado, sentí que una sonrisa dostoievskiana se abría paso (atravesando aquella mueca que distorsionaba mis labios) igual que los rayos de un sol terrible y lejano. Imaginé (ahora en condiciones de nueva y perfecta visibilidad) todas las caricias fortuitas que el marido de su madre le podría prodigar a Lolita. La estrecharía contra mí tres veces al día, cada día. Una vez expulsados los demonios que me atormentaban, sería un hombre sano. «Sostenerte levemente sobre una suave rodilla y depositar en tu blanda mejilla un ósculo paternal...»[1] ¡Cuánto ha leído Humbert!

Después, con toda la cautela posible, mentalmente de puntillas, por así decirlo, conjuré la imagen de Charlotte como posible compañera. ¡Vive Dios que sería capaz de llevarle aquel pomelo económicamente dividido en dos, aquel desayuno sin azúcar!

Humbert Humbert, sudando bajo la violenta luz blanca, zarandeado por policías no menos sudorosos que profieren estentóreas amenazas contra él, está dispuesto a hacer una nueva «declaración» *(quel mot!)* en la que volverá su conciencia del revés y mostrará sus más íntimos recovecos. No planeaba casarme con la pobre Charlotte para eliminarla de algún modo vulgar, feroz y peligroso; por ejemplo, echando cinco tabletas de bicloruro de mercurio en el jerez que tomaba como aperitivo. Pero en mi cerebro exultante y embelesado empezó a tomar cuerpo un proyecto relacionado con dicha idea, puesto que también recurría a la farmacia, pero no tan drástico. ¿Por qué limitarme a la modesta caricia oculta de la que ya había gozado? Otras imágenes de lujuria satisfecha se presentaron ante mí, sonrientes, fluctuantes. Me vi administrando una poderosa pócima soporífera a madre e hija para acariciar a ésta durante toda la noche, con perfecta impunidad. La casa estaba llena de los ronquidos de

1. Canto III, estrofa 116, versos 1080-1081, de *Childe Harold's Pilgrimage,* de Lord Byron (1788-1824). *(N. del T.)*

Charlotte, mientras Lolita apenas respiraba al dormir, tan quieta como una niña pintada en un cuadro. «Mamá, juro que Kenny no me tocó siquiera.» «Pues una de dos: o mientes, Dolores Haze, o fue un íncubo.» No, no iría tan lejos.

Así urdía y soñaba Humbert el Cubo, y el rojo sol del deseo y la decisión (las dos cosas que crean un mundo viviente) estaba cada vez más alto, mientras en una sucesión de balcones una sucesión de libertinos con burbujeantes copas en las manos brindaban por el éxtasis del pasado y de las noches futuras. Después, metafóricamente, arrojé la copa al suelo, donde se hizo añicos, e imaginé, lleno de osadía (pues esas visiones me habían embriagado hasta el punto de arrinconar por unos instantes la innata caballerosidad de mi naturaleza), que podría chantajear —no, ésta es una palabra demasiado fuerte—, que podría persuadir a Haze, amenazando a la pobre paloma enamorada con abandonarla, para que me permitiera gozar de mi hijastra. En una palabra, ante una oferta tan sorprendente, ante semejante variedad y vastedad de posibilidades, me sentía tan indefenso como Adán cuando se le ofreció aquel avance de lo que iban a ser los inicios de la historia de Oriente, igual que un espejismo, en su manzanar.

Y ahora tomen nota de la siguiente e importante observación: el artista que hay en mí ha prevalecido sobre el caballero. No sin un gran esfuerzo de voluntad, he ajustado el estilo de estas memorias al tono del diario que llevaba cuando la señora Haze no era más que un obstáculo para mí. Ese diario ya no existe; sin embargo, he considerado que mi deber es preservar su entonación, por falsa y brutal que ahora me parezca. Por fortuna, mi historia ha llegado a un punto en que puedo dejar de insultar a la pobre Charlotte en aras de la verosimilitud retrospectiva.

Deseoso de evitar a la pobre Charlotte dos o tres horas de angustiada conducción por una sinuosa carretera (y, quizás, un choque frontal que habría acabado con nuestros diferentes sueños), la llamé por teléfono al campamento, en un sincero, pero infructuoso, intento de comunicarme con ella. Había sa-

lido media hora antes; pero me pusieron con Lo, y le dije
—temblando y exaltado por mi dominio sobre el destino— que
iba a casarme con su madre. Tuve que repetirlo dos veces,
porque algo le impedía prestarme atención. «¡Fenómeno!
—dijo riendo—. ¿Cuándo es la boda? Un momento..., el cachorro..., un cachorro que hay aquí, me ha cogido un calcetín.
¿Sabes una cosa?» Y agregó que creía que se lo iba a pasar
bomba allí. Al colgar comprendí que un par de horas en
aquel campamento habían bastado para llenar la mente de
Lolita de nuevas impresiones y borrar de ella la imagen del
apuesto Humbert Humbert. Pero ¿qué importaba ahora? La
recuperaría en cuanto pasara un lapso de tiempo decente después de la boda. «La flor de azahar apenas se había marchitado sobre la tumba...», como hubiera podido escribir un
poeta. Pero no soy poeta. No soy más que un cronista muy
concienzudo.

Cuando Louise se marchó, revisé la nevera y, habiéndola
encontrado demasiado puritana, fui a la ciudad y compré
la mejor comida que encontré. También compré unas botellas
del mejor licor y dos o tres clases de vitaminas. Estaba casi seguro de que con la ayuda de esos estimulantes y mis recursos
naturales compensaría cualquier situación embarazosa que pudiera provocar mi indiferencia cuando llegara el momento de
manifestar una volcánica e impaciente pasión. Una y otra vez el
incansable Humbert evocó mentalmente a Charlotte desde el
punto de vista erótico. Estaba bien formada y se cuidaba mucho, eso no podía negarse, y era la hermana mayor de mi Lolita; pero sólo podía aferrarme a esta última idea si me esforzaba
por ver de un modo ideal, no real, sus rotundas caderas, sus redondeadas rodillas, su prominente busto, la áspera piel rosada
de su cuello («áspera» en comparación con la miel y la seda) y
el resto de los atributos de ese ser insignificante y aburrido que
es una mujer hermosa.

El sol giró como siempre en torno a la casa, mientras la tarde maduraba hacia el ocaso. Bebí una copa. Y otra. Y otra más.
De ginebra con zumo de piña, mi mezcla favorita; siempre re-

dobla mis energías. Resolví ocuparme de nuestro descuidado césped. *Une petite attention*. Estaba lleno de dientes de león, y un maldito perro —odio a los perros— había ensuciado las piedras planas donde en algún tiempo hubo un reloj de sol. Los dientes de león habían pasado de semejar soles a parecer lunas. La ginebra y Lolita bailaban en mí, y cuando me disponía a plegar y colocar en un rincón las sillas plegables, tropecé con una de ellas y casi me caí. ¡Malditas cebras de madera! Hay eructos que suenan como gritos de ánimo; por lo menos, eso ocurría con los míos. Una vieja cerca, al fondo del jardín, nos separaba de las lilas y los cubos de basura del vecino; pero no había nada entre la parte delantera de nuestro jardín (que descendía en suave declive a un lado de la casa) y la calle. Por lo tanto, podía atisbar (con la actitud de quien lleva a cabo una buena acción) el regreso de Charlotte: esa muela sí que había que arrancarla cuanto antes. Mientras impulsaba arriba y abajo el cortacésped, que era manual y daba pequeños saltos, entre miríadas de fragmentos de hierba que el sol cada vez más bajo hacía centellear, no perdía de vista aquel trozo de calle suburbana. Surgía de una curva bajo la sombra del dosel que formaban unos grandes árboles, bajaba hacia nosotros bruscamente, pasaba ante la mansión de la anciana señorita de la casa de enfrente, de ladrillo y cubierta de hiedra, y su jardín, bastante más empinado que el nuestro (y de césped mucho mejor cuidado), y desaparecía detrás de nuestro porche delantero, un punto que yo no podía ver desde donde trabajaba y eructaba alegremente. Los dientes de león perecieron. Solté otro tremendo eructo, en el que el hedor de la bilis se mezcló con el olor del zumo de piña. Dos niñas, Marion y Mabel, cuyas idas y venidas había seguido de un modo mecánico últimamente (pero ¿quién podía reemplazar a mi Lolita?), se dirigieron hacia la avenida (desde la cual parecía descender como una cascada nuestra calle), la primera empujando su bicicleta y la segunda comiendo algo que llevaba en una bolsa de papel, ambas hablando a gritos con sus voces alegres. Leslie, el jardinero y chófer de la anciana señorita de la casa de enfrente, un negro muy simpático y atlético, me sonrió desde lejos y gritó y volvió a gritar y comentó con ademanes que esa tarde estaba yo muy activo. El chucho de nuestro próspero vecino, el chatarrero, corrió tras un automóvil azul..., pero no era el de Charlotte. La más bonita de ambas niñas, Mabel, creo –pantalones, cortos, top que apenas si marcaba sus incipientes senos, pelo brillante, ¡una verdadera nínfula, por Pan!–, echó a correr calle abajo al mismo tiempo que arrugaba su bolsa de papel hasta convertirla en una bola; al cabo, la parte delantera de la mansión de los señores Humbert la ocultó de los ojos de este viejo verde. Una rubia emergió de la sombra que proyectaban las hojas de los árboles sobre la avenida; parte de esa sombra permaneció en su techo disminuyendo rápidamente hasta desaparecer, pues su conductor, que llevaba una camisa manchada de sudor y sacaba por la ventanilla un brazo cuya mano se apoyaba en el techo del vehículo, iba a una velocidad absurda. El perro del chatarrero corría a su lado como un desesperado. Hubo una alegre pausa hasta que, de pronto, me dio un vuelco el corazón al advertir el regreso del sedán azul. Lo vi deslizarse por la pendiente y desaparecer tras la esquina de la casa. Vislumbré el pálido perfil sereno de Charlotte. Se me ocurrió que ésta no podría saber si me había marchado hasta que hubiera subido las escaleras. Un minuto después, con expresión de gran angustia, me miró desde la ventana del cuarto de Lo. Subí corriendo las escaleras y pude llegar allí antes de que saliera.

18

Cuando la novia es viuda y el novio también, cuando la primera ha vivido en Nuestra Gran Pequeña Ciudad un par de años y el segundo apenas un mes; cuando *monsieur* quiere acabar con el maldito asunto lo antes posible y *madame* consiente con una sonrisa tolerante, la boda es por lo común, lector mío, un acontecimiento «tranquilo». La novia puede prescindir de la diadema de flores de azahar para sujetarse el velo que le llega hasta medio muslo, y no lleva una orquídea blanca en el misal. La presencia de la hijita de la novia hubiera podido dar un tono muy especial a la unión de H. y H.; pero era consciente de que no me convenía, por el momento, acorralar a Lolita y mostrarme tierno con ella, por lo que convine en que no valía la pena arrancar a la niña de aquel Campamento Q en el que tan a gusto se encontraba.

Para las cosas de la vida cotidiana, mi *soi-disant* apasionada y solitaria Charlotte era prosaica y gregaria. Además, descubrí que, si bien no podía dominar su corazón y sus lágrimas, era una mujer de principios. Inmediatamente después de convertirse, más o menos, en mi amante (a pesar de los estimulantes, de lo predispuesto que estaba y de lo voluntarioso que era, su *chéri* –¡un heroico *chéri!*– tuvo ciertas dificultades iniciales, de las que compensó ampliamente a su amada mediante una fantástica aplicación de los más refinados truquillos del Viejo Mundo), la buena de Charlotte me interrogó acerca de mis relaciones con Dios. Hubiera podido responderle que, a ese respecto, mi mente era absolutamente ecléctica; pero, en vez de ello, le dije –recurriendo a un lugar común de lo más trivial– eso tan socorrido de que creía en un espíritu cósmico. Entonces, mirándose las uñas, me preguntó si había en mi familia alguna mezcla de sangre impura. Le respondí preguntándole si seguiría dispuesta a casarse conmigo si el abuelo materno de mi padre hubiera sido, por ejemplo, turco. Me respondió que eso no le importaría en lo más mínimo, pero que, si llegaba a enterarse de que no creía en Nuestro Dios Cristiano, se suicidaría. Lo dijo con tanta solemnidad, que se me puso la carne de gallina. Entonces comprendí que era una mujer de principios.

Charlotte era, por otra parte, cortés y remilgada en grado superlativo: pedía perdón en cuanto el más leve eructo interrumpía el flujo de su discurso, hablaba con afectación y, cuando charlaba con sus amigas, siempre se refería a mí llamándome «el señor Humbert». Pensé que le gustaría que entrara a formar parte de la comunidad dejando una estela de encantador romanticismo tras de mí. El día de nuestra boda el *Ramsdale Journal* publicó en los Ecos de Sociedad una entrevista que me habían hecho, ilustrada con una fotografía de Charlotte con una ceja levantada y una errata en su apellido («Hazer»). No obstante este *contretemps,* la publicidad puso al rojo vivo la estufa de porcelana que era su corazón, e hizo que mis cascabeles repiquetearan con aviesa alegría. Unos veinte meses de contribuir como voluntaria a las tareas de la Iglesia, y de cultivar la amistad de las madres de los compañeros de estudios de Lolita más relevantes en la escala social, habían permitido a Charlotte convertirse en una ciudadana aceptada, pero en absoluto destacada, de modo que era la primera vez que su fotografía aparecía bajo aquella emocionante *rubrique,* y ello era gracias a mí, al señor Edgar H. Humbert (añadí el Edgar, simplemente, porque me hizo gracia hacerlo), «escritor y explorador». El hermano de McCoo, cuando me entrevistó, me preguntó qué había escrito. Lo que le dije apareció impreso como «varios libros sobre Peacock, Rainbow[1] y otros poetas». Le dije asimismo que Charlotte y yo nos conocíamos desde hacía años, y que era pariente lejano de su primer marido. Insinué que habíamos tenido un romance trece años atrás, pero esto no fue publicado. Le expliqué a Charlotte que los Ecos de Sociedad *debían* contener cierto número de errores.

Sigamos con este curioso relato. Cuando me llegó la hora de gozar de mi promoción de huésped a amante, ¿experimenté sólo amarguras y repulsión? No. El señor Humbert confiesa cierta agradable excitación de su vanidad, una débil ternura, hasta una especie de remordimiento que corrió oscuramente por el acero de su daga conspirativa. Nunca había imaginado que la señora Haze, bastante ridícula, pero también bastante hermosa, con su ciega fe en la sabiduría de su Iglesia y de su club del libro, su lenguaje afectado y su actitud dura, fría y desdeñosa hacia aquella adorable niña de brazos aterciopelados,

1. Mala traducción al inglés del apellido de Arthur Rimbaud. *(N. del T.)*

pudiera convertirse en una criatura tan conmovedora e indefensa cuando la abracé, cosa que ocurrió en el umbral del cuarto de Lolita, mientras ella retrocedía temblorosa, repitiendo: «¡No, no, no, por favor...!»

El cambio mejoró su aspecto. Su sonrisa, que parecía postiza, se transformó desde entonces en el resplandor de una adoración profunda: un resplandor que tenía algo de sentimental y tierno, y en el cual reconocí, asombrado, cierto parecido con la mirada encantadora, vacía, perdida, de Lo cuando saboreaba un nuevo helado, o un nuevo dulce, o admiraba en silencio mis trajes, caros y hechos a medida. Hondamente fascinado, observaba a Charlotte cuando intercambiaba preocupaciones maternas con otras damas y hacía esa mueca nacional de resignación femenina (ojos en blanco, boca torcida), cuya versión infantil también había visto en Lo. Nos tomábamos una copa antes de irnos a la cama, y con su ayuda podía evocar a la hija mientras acariciaba a la madre. Aquél era el blanco vientre dentro del cual mi nínfula había sido un pececillo curvado en 1934. Aquel pelo cuidadosamente teñido, tan estéril para mi olfato y mi tacto, adquiría en ciertos momentos, bajo la luz de la mesilla de noche que había junto a la cama, el matiz, ya que no la contextura, de los rizos de Lo. Mientras cumplía, con éxito creciente, mis deberes para con mi flamante esposa de tamaño natural, me repetía que, biológicamente, eso era lo más parecido a Lolita que podía conseguir; que, a la edad de Lolita, Lotte había sido una colegiala tan deseable como su hija y como algún día lo sería la hija de ésta. Mi mujer había desenterrado un álbum de más de treinta años, sepultado bajo una colección de zapatos (el señor Haze parecía haber tenido pasión por ellos), para que pudiera ver a Lotte cuando era niña. Y, a pesar de la mala iluminación y los vestidos sin gracia, pude esbozar una primera versión de las piernas, las mejillas, la nariz respingona de Lolita. Lottelita, Lolitchen.

Así atisbé como un mirón, por encima de los setos de los años, lo que había en aquellos descoloridos ventanucos. Y cuando, por medio de caricias cuyo ardor me daba lástima y cuya lascivia me parecía pueril, ella, la de impresionantes pezones y muslos macizos, me preparaba para el cumplimiento de mis deberes nocturnos, lo que yo procuraba recoger con desesperación era el aroma de una nínfula mientras, entre gemidos, mi hocico seguía una pista por el sotobosque de oscuras selvas que se marchitaban.

No puedo expresar lo amable, lo conmovedora, que era mi pobre mujer. Durante el desayuno en la cocina deprimentemente brillante, con sus relucientes cromados, su calendario de la ferretería más cercana y su coqueto rincón para el desayuno (que simulaba el reservado donde se arrullaban Charlotte y Humbert en sus días de universidad), se sentaba envuelta en su bata roja, el codo sobre la mesa cubierta con un hule, la mejilla en el puño, y me observaba con intolerable ternura mientras yo consumía mis huevos con jamón. La cara de Humbert podía crisparse de neuralgia, pero a los ojos de Charlotte rivalizaba en belleza y animación con el sol y las sombras de las hojas que temblaban sobre el blanco de la nevera. Mi solemne exasperación era para ella el silencio del amor. Mis módicos ingresos, sumados a los suyos, aún más modestos, le parecían toda una fortuna, no sólo porque la suma resultante alcanzaba ahora prácticamente para subvenir todas las necesidades hogareñas de clase media, sino porque hasta mi dinero brillaba ante sus ojos con la magia de mi virilidad, y veía nuestra cuenta común como una de esas avenidas sureñas que al mediodía tienen una sombra intensa a un lado y una luz suave al otro y se alargan hasta perderse en la lejanía, donde se alzan montañas rosadas.

En los cincuenta días de nuestra cohabitación, Charlotte concentró las actividades de otros tantos años. La pobre mujer se ocupó en un montón de cosas que había olvidado mucho antes o que nunca le habían interesado demasiado, como si (para prolongar esas connotaciones proustianas) mi casamiento con la madre de la niña que amaba hubiera permitido a mi mujer recuperar por poderes las energías de la juventud. Con el celo de una joven desposada convencional, empezó a «embellecer el hogar». Me había aprendido de memoria cada grieta de ese hogar

—desde los días en que seguía mentalmente, desde mi silla, cada paso de Lolita por la casa—, y me sentía unido a él, e incluso a su fealdad y suciedad intrínsecas, por una relación emocional. Y ahora casi sentía que el desdichado habitáculo se estremecía en su temor al baño de masilla y pintura amarilla y ocre que Charlotte pensaba darle. Nunca fue tan lejos, gracias a Dios, pero trabajó como una esclava lavando visillos, encerando los listones de las persianas venecianas, comprando nuevos visillos y nuevas persianas, devolviéndolos a la tienda, reemplazándolos por otros, etcétera, en un constante claroscuro de sonrisas y ceños fruncidos, dudas y malhumores. Se pasaba el día entre cretonas y zarazas; cambió los colores del sofá (el sagrado sofá donde una burbuja paradisíaca había ido formándose lentamente dentro de mí hasta estallar). Cambió de lugar los muebles y se mostró encantada al descubrir en un tratado de decoración que «es permisible separar de un sofá las mesitas auxiliares colocadas a ambos extremos para sostener lámparas». Al igual que la autora de *Tu casa eres tú*, desarrolló un odio tremendo contra las sillas bajas de respaldo curvado y los juegos de mesitas nido. Creía que las habitaciones con grandes ventanas y paredes cubiertas de paneles de maderas nobles eran masculinas, y que las femeninas se caracterizaban por menor profusión de cristales y arrimaderos. Las novelas que leía cuando me instalé en su casa habían sido reemplazadas por catálogos ilustrados y manuales para las amas de casa. Encargó en una tienda situada en el bulevar Roosevelt, 4640, de Filadelfia, un «colchón de trescientos doce muelles con funda de damasco» para nuestro lecho matrimonial (aunque el colchón viejo me parecía bastante resistente y capaz de soportar todo lo que se le echara encima).

Natural del Medio Oeste, al igual que su difunto primer esposo, no llevaba viviendo el tiempo suficiente en la remilgada ciudad de Ramsdale, la joya de un estado del Este, para intimar con las fuerzas vivas de la comunidad, como habría sido su deseo. Conocía superficialmente al jovial dentista que vivía en una especie de desvencijado *château* de madera detrás de nuestro jardín. Durante un té parroquial le habían presentado a la esposa del chatarrero local, propietario de la mansión «colonial», un verdadero horror, situada en la esquina de nuestra calle con la avenida. De vez en cuando, visitaba a la anciana señorita de la casa de enfrente, pero la mayoría de las matronas patricias a las que Charlotte había conocido en las fiestas infantiles al aire libre, o a las que había visitado o telefoneado por diversos motivos —damas tan exquisitas como la señora Glave, la señora Sheridan, la señora McCrystal, la señora Knight y otras—, rara vez habían invitado a mi esposa a visitarlas, por lo que se sentía un tanto postergada. A decir verdad, la única pareja con la que mantenía relaciones de sincera cordialidad, sin *arrière-pensées* ni ansias de subir en la escala social, eran los Farlow, que regresaron de un viaje de negocios a Chile justo a tiempo para asistir a nuestra boda, junto con los Chatfield, los McCoo y unos pocos más (pero no la señora del chatarrero, ni la señora Talbot, más orgullosa todavía). John Farlow era un hombre de mediana edad, atlético sin alharacas y que, también sin alharacas, tenía un próspero negocio de material deportivo, con oficinas en Parkington, a poco más de sesenta kilómetros de Ramsdale; fue él quien me dio los cartuchos para el Colt y me enseñó a usarlo, durante una excursión dominical por el bosque. Además, era lo que denominaba, con una sonrisa, «abogado de secano», y había asesorado a Charlotte en algunos asuntos. Jean, su esposa (y prima hermana), más joven que él, era una mujer de miembros largos y gafas con montura de colores, con dos perros bóxer, dos pechos puntiagudos y una gran boca roja. Pintaba —paisajes y retratos—, y recuerdo nítidamente que alabé, mientras bebíamos unos cócteles, el retrato que había hecho de una sobrina suya, la pequeña Rosaline Honeck, un encanto con uniforme de *girl scout*, boina verde de estambre, cinturón verde de gruesa lona, encantadores rizos hasta los hombros. Y John dijo que era una lástima que Dolly (mi «Dolita») y Rosaline se llevaran tan mal en la escuela, pero que esperaba —todos esperábamos— que al regresar de sus respectivos campamentos se hicieran buenas amigas. Hablamos de la escuela. Tenía sus defectos, pero también sus virtudes.

—Desde luego, casi todos los comerciantes que hay por aquí son italianos —dijo John—, pero, por otro lado, aún no tenemos ningún...

—Desearía que Dolly y Rosaline pasaran juntas el verano —le interrumpió Jean, riendo.

Súbitamente, imaginé a Lo tras su vuelta del campamento —tostada por el sol, tibia, somnolienta, drogada—, y casi lloré de pasión e impaciencia.

19

Unas palabras más sobre la señora Humbert mientras las cosas andan bien (pronto ocurrirá un desgraciado accidente). Siempre había advertido lo posesiva que era, pero nunca pensé que se mostrara tan demencialmente celosa de todo lo que había ocurrido en mi vida que no fuera ella. Mostró una curiosidad tremenda e insaciable por mi pasado. Hubiera deseado hacerme resucitar a todos mis amores, para obligarme a insultarlos, a pisotearlos, a rechazarlos, a apostatar de ellos, por así decirlo, por completo, a fin de destruir mi existencia anterior. Me forzó a explicarle con pelos y señales mi matrimonio con Valeria, lo cual, como cabía esperar, hizo que se desternillara; para satisfacer su mórbida delectación, hube de inventarme romances o exagerar atrozmente los reales. Con objeto de hacerla feliz, le regalé un catálogo ilustrado de mis amantes, todas netamente diferenciadas, de acuerdo con esas normas publicitarias norteamericanas que exigen que los escolares aparezcan reproducidos en los anuncios de acuerdo con sutiles criterios de proporcionalidad racial, con uno —sólo uno, pero el más encantador que quepa imaginar— de piel color chocolate y grandes ojos redondos, casi en el centro de la primera fila. De modo que le presenté a mis mujeres, y las hice sonreír y contonearse —las lánguidas rubias, las impetuosas morenas, las sensuales pelirrojas— igual que si se exhibieran en la sala de recepción de un burdel. Cuanto más vulgares eran las mujeres que le mostraba, y más se ajustaban a todos los tópicos, más disfrutaba la señora Humbert del desfile.

Nunca he confesado tanto en mi vida ni he recibido tantas confesiones. La sinceridad y la candidez con que Charlotte explicaba lo que llamaba su «vida amorosa», desde los primeros besos furtivos hasta los más íntimos detalles de su experiencia conyugal, contrastaban notablemente, desde un punto de vista ético, con mis falsas, aunque verosímiles, composiciones; pero desde un punto de vista técnico ambas series de anécdotas pertenecían a un mismo género, pues tenían idénticas fuentes de inspiración (seriales radiofónicos, psicoanálisis, noveluchas de tres al cuarto), de las que yo tomaba mis personajes y ella su modo de expresión. Ciertos curiosos hábitos sexuales del bueno de Harold Haze me regocijaron sobremanera, aunque Charlotte consideró de mala educación ese regocijo. Pero, por lo demás, su autobiografía estaba tan desprovista de interés como lo habría estado su autopsia. Nunca he visto una mujer más saludable que ella, a pesar de sus regímenes para adelgazar.

De mi Lolita hablaba poco; de hecho, menos, incluso, que del borroso niño rubio cuya fotografía, con exclusión de toda otra, adornaba nuestro más bien deprimente dormitorio. En una de las ocasiones en que, como era su costumbre, soñaba despierta, predijo, con muy poco tacto, que el alma del niño muerto volvería a la tierra encarnada en el hijo que tendría en su actual matrimonio. Y, aunque yo no tenía particular interés por continuar el linaje de los Humbert con una réplica de los productos Harold (pues, con un estremecimiento incestuoso, había llegado a considerar hija *mía* a Lolita), se me ocurrió que un internamiento prolongado, con una buena operación cesárea y otras complicaciones, en una clínica de absoluta confianza, durante la próxima primavera, me daría oportunidad para estar a solas con mi Lolita durante semanas, quizás, y de atiborrar a la descuidada nínfula de somníferos.

¡Por decirlo lisa y llanamente, Charlotte odiaba a su hija! Lo que me resultaba más irritante era que, contrariando su manera de ser, ponía gran diligencia en responder a los cuestionarios de un libro completamente idiota que tenía *(Guía del desarrollo de su hijo)*, publicado en Chicago. Aquella sarta de tonterías estaba dividida en años, y se suponía que las madres responsables debían hacer una especie de inventario en cada aniversario de sus hijos. Al cumplir Lo los doce años, el 1 de enero de 1947, Charlotte Haze, de soltera Becker, subrayó los siguientes epítetos, diez entre un total de cuarenta, bajo la rúbrica «La personalidad de su hijo»: agresiva, apática, bulliciosa, crítica, desconfiada, impaciente, irritable, negativa (subrayado dos veces), obstinada y preguntona. Había ignorado los otros treinta adjetivos, entre los cuales figuraban: alegre, decidida, vivaz, etcétera. Era realmente enloquecedor. Con una brutalidad que, por lo demás, nunca mostraba mi amante esposa, pues era bonachona por naturaleza, daba patadas hasta destrozarlas a las cosillas de Lo que habían peregrinado por diversas habitaciones de la casa hasta quedar inmóviles en un rincón igual que conejitos hipnotizados. No podía soñar la buena señora que una mañana, cuando un malestar estomacal (resultado de mis intentos de mejorar sus salsas) me impidió acompañarla a la iglesia, la engañé con uno de los calcetines de Lolita. ¡Y tampoco podía soportar su actitud hacia las cartas de mi deliciosa amada!

Queridos Mamaíta y Humbertito:
Espero que estéis bien. Muchas gracias por los caramelos. Yo [tachado y escrito de nuevo] perdí mi jersey nuevo en el bosque. Estos últimos días ha hecho frío. Me lo paso. Os quiere,

DOLLY

—La muy tonta se ha olvidado de lo que sigue después de «Me lo paso» —dijo la señora Humbert—. Ese jersey era de pura lana. Y espero que no vuelvas a mandarle caramelos sin consultarme.

20

Había, ciertamente, un lago de aguas cristalinas a pocos kilómetros de Ramsdale: el lago del Reloj de Arena (supongo que por la forma; como es evidente, había entendido mal su nombre al principio); lo visitamos a diario durante una semana de gran calor, a fines de julio. Ahora me veo obligado a describir con algunos tediosos pormenores nuestro último viaje al lago, en la tropical mañana de un martes.

Habíamos dejado el automóvil en el aparcamiento de una zona de recreo al pie de la carretera, y caminábamos por una vereda abierta en el bosque de pinos, cuando Charlotte comentó que Jean Farlow, en pos de efectos de luz raros (Jean pertenecía a la vieja escuela de pintura), había visto a Leslie zambulléndose «vestido tan sólo de ébano» (como había comentado jocosamente John) a las cinco de la mañana del domingo anterior.

—El agua debía de estar muy fría —dije.

—Eso es lo de menos —me respondió mi lógica y ya condenada a muerte esposa—. Ese tipo es un retrasado mental, ¿sabes? Y —añadió, con aquel acento afectado que me cargaba cada vez más— tengo la clarísima impresión de que nuestra Louise está enamorada de ese zote.

La impresión. «Tenemos la impresión de que Dolly no pone todo el interés del que es capaz», etcétera. (De un viejo informe de la escuela.)

Los Humbert caminaban calzados con sandalias y envueltos en sus batas.

—¿Sabes, Hum? Tengo un sueño muy ambicioso —dijo solemnemente lady Hum al tiempo que bajaba la cabeza, como si quisiera entrar en comunicación con la ocre tierra que pisábamos, embarazada, sin duda, por aquel sueño—. Me gustaría tener una criada de veras, una experta sirvienta, igual que una muchacha alemana de la que hablaron los Talbot en cierta ocasión, y que viviera en casa.

—No hay espacio para una criada —dije.

—¡Claro que sí! —dijo, y sonrió irónicamente de aquel modo tan suyo—. Sin duda, subestimas las posibilidades del hogar de los Humbert, *chéri*. La pondríamos en el cuarto de Lo. De todos modos, ya tenía pensado convertir esa covacha en cuarto de huéspedes. Es el más frío y feo de la casa.

—¿Qué estás diciendo? —exclamé con la piel de los pómulos tensa (me tomo el trabajo de hacer hincapié en este detalle porque con la piel de mi hija ocurría lo mismo cuando sentía, como yo en aquellos instantes, recelo, repugnancia, irritación).

—¿Ofendo tus recuerdos románticos? —preguntó mi mujer, aludiendo a su primera entrega.

—¡No, demonios! —exclamé—. Me pregunto dónde pondrás a tu hija cuando tengas un huésped o una criada.

—Ah... —dijo la señora Humbert, con expresión soñadora, sonriente, emitiendo aquel «Ah» simultáneamente con una suave exhalación de aire y alzando una ceja—. La pequeña Lo, mucho me temo, no está incluida para nada en el proyecto. Lo se irá directamente del campamento a un buen internado, donde haya una estricta disciplina y una sólida formación religiosa. Y después la Universidad de Beardsley. Lo he planeado todo. No tienes que preocuparte por eso.

Siguió diciendo que ella, la señora Humbert, tendría que vencer su pereza habitual y escribir a la hermana de la señorita Phalen, que enseñaba en Santa Álgebra. De pronto surgió ante nosotros el deslumbrante lago. Dije que me había olvidado las gafas de sol en el automóvil, que ya la alcanzaría...

Siempre había pensado que retorcerse las manos era un ademán ficticio —el oscuro resultado, quizás, de algún rito medieval—; pero mientras me dirigía al bosque, para dejarme llevar por un extraño temor y buscar angustiadamente una solución, ése era el ademán («¡Mira, señor, estas cadenas!») más idóneo para expresar mi estado de ánimo, ya que me habría resultado imposible manifestarlo con palabras.

Si Charlotte hubiera sido Valeria, me habría sido fácil «manejar» la situación; y «manejar» es la palabra que viene como anillo al dedo. En aquellos días me bastaba retorcer la resentida muñeca de la gorda Valechka (la que se había roto al caer de una bicicleta) para que cambiara inmediatamente de opinión. Pero nada semejante era posible con Charlotte. Aquella norteamericana siempre deseosa de quedar bien me asustaba. Mi despreocupado sueño de dominarla por medio de la pasión que sentía hacia mí se reveló absolutamente equivocado. No me atrevía a hacer nada por no enturbiar la imagen de su adorado Humbert que tenía Charlotte. La había adulado cuando era la severa dama de compañía que vigilaba a mi amada, y algo servil persistía aún en mi actitud hacia ella. El único triunfo que ocultaba en mi manga era su ignorancia de mi monstruoso amor hacia Lo. Los sentimientos de Lo con respecto a mí la fastidiaban, pero *mis* propios sentimientos no podía adivinarlos. Yo podía haberle dicho a Valeria: «Mira, gorda tonta, *c'est moi qui décide* qué es lo mejor para Dolores Humbert.» A Charlotte no podía decirle siquiera (con voz serena y tratando de resultar convincente): «Excúsame, querida, pero no estoy de acuerdo. Demos a la niña una oportunidad más. Permíteme ser su tutor durante un año. Tú misma me lo pediste en cierta ocasión.» En realidad, no podía decir nada acerca de Lo a Charlotte sin traicionarme. ¡Oh, nadie puede imaginar (y yo era el primero que no se lo había imaginado hasta entonces) lo que son esas mujeres de principios! Charlotte, que no se daba cuenta de la intrínseca falsedad de las convenciones y las normas de conducta a las que se atenía habitualmente, de los regímenes que seguía, de los libros que leía y de las personas con las que deseaba intimar, era capaz de distinguir al punto cualquier falsa entonación en lo que le dijera para tratar de retener a Lo. Era como un músico vulgar y odioso en la vida corriente, desprovisto de tacto y gusto, pero que oye una nota falsa con destreza diabólica. Para persuadir a Charlotte era preciso romperle el corazón. Y, si le rompía el corazón, también se rompería la imagen que se había hecho de mí. Si le decía: «O me dejas decidir en lo que se refiere a Lolita, sin armar ninguna escandalera, o nos separamos», Charlotte habría palidecido hasta convertirse en una mujer de cristal empañado y me habría respondido lentamente: «Muy bien. Aunque te retractes o expliques, hemos terminado.» Y habríamos terminado.

Ése era el problema. Recuerdo que llegué a la zona de recreo, bombeé un chorro de agua con gusto a herrumbre y la bebí ávidamente, como si hubiera podido darme sabiduría mágica, juventud, libertad, una menuda concubina. Durante un instante, envuelto en mi bata púrpura, meciendo mis pies en el aire, me senté en el filo de una mesa rústica, bajo los pinos. No muy lejos, dos doncellitas en pantalones cortos y tops salieron de unos lavabos situados entre sol y sombra, en los que había un letrero que decía SEÑORAS. Mascando su chicle, Mabel (o su doble) se puso a pedalear laboriosamente, distraídamente, una bicicleta, y Marion, sacudiéndose el pelo a causa de las moscas, se sentó detrás, con las piernas abiertas. Y así, lentamente, absortas, se mezclaron con la luz y la sombra. ¡Lolita! ¡Ojalá el padre y la hija hubieran podido fundirse en un estrecho abrazo en medio de aquel bosque! La solución natural era eliminar a la señora Humbert. Pero ¿cómo?

Ningún hombre logra jamás el crimen perfecto; el azar, sin embargo, puede lograrlo. Recordemos el célebre asesinato de cierta *madame* Lacour, en Arles, al sur de Francia, a fines del siglo pasado. Un hombre desconocido con barba, que, según se conjeturó después, podía haber sido un amante secreto de la dama, se dirigió a ella en una calle atestada de gente, al poco tiempo de su casamiento con el coronel Lacour, y le dio tres puñaladas mortales en la espalda; mientras tanto, el coronel, una especie de pequeño bulldog, se colgaba del brazo del asesino. Por una coincidencia milagrosa, en el instante mismo en que el asesino se libraba de las mandíbulas del enfurecido esposo (mientras varios curiosos cerraban círculo en torno al grupo), a un italiano medio chiflado que vivía en la casa más cercana al lugar donde se desarrollaba la escena le estalló accidentalmente una bomba que estaba preparando, y al instante la calle se convirtió en un pandemónium de humo, ladrillos que volaban y gente que corría. La explosión no hirió a nadie (aunque puso fuera de combate al coronel Lacour), y el vengativo amante de la dama huyó entre la multitud, y vivió tranquilamente el resto de sus días.

En cambio, vean lo que ocurre cuando el asesino en potencia planea una impunidad perfecta.

Regresé al lago del Reloj de Arena. El lugar donde nosotros y otras parejas «encantadoras» (los Farlow, los Chatfield) nos bañábamos era una especie de pequeña ensenada; mi Charlotte lo prefería porque venía a ser «como una playa privada». La zona más adecuada para bañarse (o la «zona más adecuada para ahogarse», como la había calificado en más de una ocasión, y no sin motivo, el *Ramsdale Journal)* se hallaba en la parte izquierda (oriental) del reloj de arena, y no podíamos verla desde la pequeña ensenada. A nuestra derecha los pinos cedían muy pronto el terreno a una zona de marismas que se adentraba en las aguas formando una suave curva, más allá de la cual volvía a alzarse el bosque.

Me senté junto a mi mujer tan silenciosamente, que se sobresaltó.

—¿Nos bañamos? —dijo.

—Dentro de un minuto. Déjame pensar una cosa que se me acaba de ocurrir.

Pensé. Pasó más de un minuto.

—Ya está. ¡Al agua, patos!

—¿Figuraba yo en esos pensamientos?

—Sí, desde luego.

—Ojalá que sea así... —dijo Charlotte al entrar en el agua; estaba fría, lo que hizo que, al instante, sus gruesos muslos parecieran los de una gallina desplumada. Entonces, juntando las manos extendidas y apretando la boca de un modo que daba una expresión muy poco agraciada a la porción de su rostro que se veía bajo su gorro de baño negro, Charlotte se zambulló entre grandes salpicaduras.

Ambos nadábamos lentamente en el trémulo resplandor del lago.

En la orilla opuesta, a unos mil pasos (para quien hubiera podido caminar sobre el agua), pude distinguir las minúsculas siluetas de dos hombres que trabajaban como castores construyendo su madriguera. Sabía exactamente quiénes eran: un policía retirado de origen polaco y el fontanero, también retirado, que poseía casi toda la madera de aquella orilla del lago. Sabía también que estaban construyendo un embarcadero, sólo por la triste diversión que eso les deparaba. Los golpes que llegaban hasta nosotros parecían mucho más sonoros de lo que cabía esperar de los brazos de los enanos que veíamos y de las herramientas que empuñaban; de hecho, daba la sensación de que había un desfase entre el técnico de sonido que enviaba aquellos efectos sonoros y el titiritero que movía los hilos de aquellas marionetas, sensación acentuada porque el estruendo de cada golpe nos llegaba después de haber contemplado cómo lo daban.

La breve franja de arena blanca que era «nuestra» playa –de la cual nos habíamos apartado un poco en busca de mayor profundidad– estaba vacía los días laborables. No había nadie a nuestro alrededor, salvo los laboriosos títeres de la orilla opuesta y una avioneta de color rojo oscuro que planeó sobre nosotros y desapareció en el azul. El escenario venía que ni pintado para cometer un asesinato perfecto y de lo más animado, porque no en vano el hombre que representaba el conocimiento de la ley y el hombre que representaba el conocimiento de las aguas lacustres se hallaban lo bastante cerca para creer que ocurría un accidente, pero lo bastante lejos para no darse cuenta de que se cometía un asesinato. Estaban lo bastante cerca para oír a un bañista enloquecido que levantaba nubes de espuma y pedía a gritos que alguien salvara a su mujer a punto de ahogarse; y estaban lo bastante lejos para no advertir (si miraban demasiado pronto) que, en realidad, el bañista, que no estaba loco, ni mucho menos, trataba de liquidar a su esposa impidiéndole sacar la cabeza del agua. Todavía no me encontraba en esa etapa; sólo quiero expresar la facilidad del acto, lo cuidado del planteamiento. Mientras tanto, Charlotte seguía nadando con concienzuda torpeza (era una sirena muy mediocre), pero no sin cierto solemne placer (¿acaso no estaba su tritón junto a ella?); y al tiempo que observaba, con la rigurosa lucidez de un futuro recuerdo (es decir, tratando de ver las cosas como recordaría haberlas visto), la vítrea blancura de su cara mojada, tan poco morena, a pesar de todos sus esfuerzos, y sus labios pálidos, y la desnuda frente convexa, y el tenso gorro negro, y la carnosa nuca mojada, decía para mí que todo lo que tenía que hacer era quedarme a la zaga, tomar aliento, agarrarla por el tobillo y sumergirme con mi cautivo cadáver. Digo cadáver porque la sorpresa, el pánico y la falta de experiencia le harían aspirar de golpe una porción de lago que, por fuerza, había de resultar mortal mientras yo la sujetaba por lo menos durante un minuto, con los ojos abiertos, bajo el agua. El gesto fatal pasó, semejante a la estela de una estrella fugaz, contra la negrura del crimen que imaginaba. Era como un terrible ballet silencioso: el bailarín sostenía a la bailarina por los pies y se hundía en la acuosa penumbra. Yo podía subir a la superficie en busca de una bocanada de aire, sin dejar de sujetarla bajo el agua, para después volver a sumergirme, tantas veces como fuera necesario. Y hasta que el telón cayera para siempre sobre ella no pediría auxilio. Y cuando, veinte minutos después, los títeres, cada vez más grandes, llegaran remando en un bote a medio pintar, la pobre señora de Humbert Humbert, víctima de un calambre o una oclusión coronaria, o de ambas cosas, estaría de cabeza sobre el limo del oscuro fondo, a unos diez metros de la sonriente superficie del lago del Reloj de Arena.

Sencillo, ¿no es cierto? Sólo que, amigos, ¡no me decidía a hacerlo!

Charlotte nadaba a mi lado igual que una foca confiada y torpe, y toda la lógica de mi pasión gritaba en mis oídos: ¡Éste es el momento! Pero no podía. Me volví en silencio hacia la playa, y en silencio, concienzudamente, ella también volvió, y el Diablo seguía gritándome su consejo y yo seguía sin resolverme a ahogar a aquella pobre criatura gorda y resbaladiza. Los diabólicos gritos se hicieron cada vez más remotos mientras era cada vez más consciente del melancólico hecho de que ni al día siguiente, ni el viernes, ni ningún otro día o noche podría ya darle muerte. Oh, me veía a mí mismo golpeando los pechos asimétricos de Valeria o lastimándola de algún otro modo, y me veía con igual claridad disparando contra el bajo vientre de su amante, lo que le hacía exclamar «¡Aaay!» y desplomarse. Pero no podía matar a Charlotte, sobre todo, porque las cosas no eran a la postre tan desesperadas, quizás, como parecían a primera vista en aquella desdichada mañana. Si la mantenía agarrada por el pie a pesar de sus pataleos, si veía sus ojos estupefactos y oía su voz aterrorizada, si pasaba por esa ordalía, el espectro de mi mujer me acosaría durante el resto de mi vida. Si hubiera vivido en 1447, y no en 1947, acaso habría vendado los ojos de mi naturaleza, esencialmente bondadosa, administrando a mi mujer el clásico veneno guardado en una ágata hueca, algún delicado filtro letal. Pero en nuestra era de inquisitiva clase media no habrían resultado los métodos empleados en los recargadamente adornados palacios del pasado. Ahora hay que ser científico si se quiere ser asesino. Y yo no soy ni una cosa ni la otra. Señores y señoras del jurado, la mayoría de los delincuentes sexuales que anhelan un contacto palpitante y que les haga emitir suaves gemidos, físico, pero no forzosamente copulativo, con una jovencita son seres raros, inocuos, inadaptados, pasivos, tímidos, que sólo piden a la comunidad que les permita dedicarse a sus prácticas, casi inofensivas, por más que las llamen aberrantes, a sus ínfimas, cálidas, húmedas prácticas de privada desviación sexual, sin que la policía y la sociedad caigan sobre ellos. ¡No somos demonios sexuales! ¡No violamos como los buenos soldados! Somos caballeros tristes, suaves, de mirada perruna, lo suficientemente bien integrados para controlar nuestros impulsos en presencia de adultos, pero dispuestos a dar años y años de vida por una sola oportunidad de tocar a una nínfula. Hay que subrayarlo: no somos asesinos. Los poetas nunca matan. ¡Ah, mi pobre Charlotte, no me odies en tu eterno cielo, en medio de una alquimia eterna de asfalto y goma y metal y piedra, pero, gracias a Dios, sin agua, sin agua!

Sin embargo, en esa ocasión Charlotte se salvó por los pelos, para hablar con objetividad. Y ahora viene lo más gracioso de mi parábola del crimen perfecto.

Nos sentamos sobre nuestras toallas bajo el ardiente sol. Charlotte miró alrededor, se soltó el sujetador y se puso boca abajo, para dar a su espalda una oportunidad de tostarse. Dijo que me quería. Suspiró hondamente. Tendió una mano y buscó sus cigarrillos en el bolsillo de su bata. Se sentó y fumó. Se examinó el hombro derecho. Me besó torpemente con la boca abierta, llena de humo. De pronto, desde lo alto del banco de arena que había a nuestras espaldas, al pie de los matorrales y pinos, rodó una piedra, y después otra.

—¡Qué desagradables son esos niños fisgones! —dijo Charlotte, que se ajustó precipitadamente el gran sujetador de modo que le tapara el pecho y volvió a ponerse boca abajo—. Tendré que hablarle de ellos a Peter Krestovski.

En el sendero se oyó un crujido, luego una pisada y, al fin, Jean Farlow apareció con su caballete y sus pinceles.

—Nos has asustado —dijo Charlotte.

Jean dijo que había estado por encima de nosotros, en un verde escondrijo, espiando a la naturaleza (por lo común, los espías son fusilados), tratando de acabar una vista del lago, pero era inútil, no tenía ni pizca de talento (cosa absolutamente cierta).

—¿Nunca se te ha ocurrido pintar, Humbert?

Charlotte, que estaba un poco celosa de Jean, quiso saber si John también vendría al lago.

Sí. Volvería a casa para el almuerzo. La había dejado allí de camino hacia Parkington y la recogería en cualquier momento. Era una mañana espléndida. Siempre se sentía como una traidora con Cavall y Melampus, sus perros, por dejarlos atados en días tan deslumbrantes. Se sentó en la blanca arena, entre Charlotte y yo. Llevaba pantalones cortos. Sus largas piernas morenas eran casi tan atractivas para mí como las de una yegua castaña. Al sonreír mostraba las encías.

—He estado a punto de pintaros en mi lago —dijo—. Y he

descubierto algo que no sabéis. Tú –dirigiéndose a Humbert– llevabas puesto el reloj, sí, señor, el reloj.

–Sumergible –dijo suavemente Charlotte poniendo boca de pez.

Jean puso mi puño sobre su rodilla, examinó el regalo de Charlotte y volvió a depositar la mano de Humbert en la arena, con la palma hacia arriba.

–De modo que puedes verlo todo desde allí –dijo Charlotte con coquetería.

Jean suspiró.

–Una vez –dijo– vi a dos adolescentes, chico y chica, casi unos niños, haciendo el amor aquí mismo, en el crepúsculo. Sus sombras eran gigantescas. Y ya te he contado aquello del señor Tomson, al amanecer. Cualquier día, veré al viejo y gordo Ivor en cueros. Ese hombre está completamente chiflado. La última vez que lo vi, me contó una historia realmente indecente sobre su sobrino. Parece que...

–¡Hola! –dijo la voz de John.

21

Mi costumbre de callar cuando me sentía disgustado, o, más exactamente, el frío e incomprensible desprecio que traslucía mi disgustado silencio, solía enloquecer de miedo a Valeria, que sollozaba y se lamentaba diciendo: «*Ce qui me rend folle, c'est que je ne sais à quoi tu penses quand tu es comme ça.*» Traté de hacer lo mismo con Charlotte, pero ella ignoraba mis adustos silencios e, impertérrita, seguía gorjeando como si tal cosa. ¡Era una mujer, sin duda, asombrosa! Me retiraba a mi antiguo cuarto, ahora «estudio» permanente, mascullando que, después de todo, tenía una obra de alta erudición que terminar, y la animosa Charlotte seguía embelleciendo el hogar, parloteando por teléfono y escribiendo cartas. Desde mi ventana, a través del lacado temblor de las hojas de los álamos, pude verla cruzar la calle y echar al buzón alegremente su carta a la hermana de la señorita Phalen.

La semana de chaparrones y días nublados que transcurrió tras nuestra última visita a las inmóviles arenas del lago del Reloj de Arena fue una de las más tétricas que recuerdo. Después aparecieron dos o tres tímidos, pero esperanzadores, rayos de sol entre los nubarrones, hasta que, por último, se abrió un gran claro e inundó todo un indescriptible fulgor.

Se me ocurrió que mi cerebro era de primer orden y funcionaba a las mil maravillas, y que lo mejor que podía hacer era utilizarlo. Ya que no me atrevía a inmiscuirme en los proyectos de mi esposa relativos a mi hija (cada día más contenta y morena gracias a aquel tiempo tan bueno, y siempre tan exasperantemente lejana), podía al menos, con toda seguridad, buscar los medios que me permitieran dejar clara mi superioridad sobre mi mujer de un modo general, y de tal manera que, si llegaba el caso, pudiera hacer uso de esa superioridad para mis fines personales. Una noche, la propia Charlotte me dio la oportunidad que esperaba.

—Tengo una sorpresa para ti —dijo mirándome con ojos tiernos por encima de su cucharada de sopa—: el próximo otoño iremos a Inglaterra.

Tragué mi cucharada, me sequé los labios con un papel rosado (¡ah, los frescos y consistentes lienzos del Hotel Mirana!) y dije:

—También yo tengo una sorpresa para ti, querida: no iremos a Inglaterra.

—¿Por qué, qué pasa? —dijo ella mirando, con más sorpresa de la que yo había previsto, mis manos (que doblaban y rasgaban y estrujaban y volvían a rasgar involuntariamente la inocente servilleta de papel de color rosa). Pero mi rostro sonriente la tranquilizó un tanto.

—La cosa es muy simple —respondí—. Hasta en los hogares más armoniosos, como el nuestro, no todas las decisiones las toma la mujer. Hay ciertas cosas que el marido debe resolver. Me imagino muy bien las emociones que tú, una sana muchacha norteamericana, sentirías al cruzar el Atlántico en el mismo buque que Lady Bumble, o Sam Bumble, el Rey de la Carne

Congelada, o una ramera de Hollywood. Y no dudo que tú y yo haríamos un hermoso anuncio para la agencia de viajes cuando nos fotografiasen mirando, tú con ojos soñadores, yo dominando mi envidiosa admiración, los guardias de palacio, o casacas rojas, o monigotes hieráticos, o como se les llame. Sabes muy bien que sólo tengo tristes recuerdos del Viejo y podrido Mundo. Los anuncios en colores de tus revistas no cambiarán la situación.

–Querido... –dijo Charlotte–. Yo no...

–Espera un minuto. Esto que discutimos es algo incidental. Lo que me preocupa es una tendencia general. Cuando quisiste que pasara mis tardes tomando el sol en el lago en vez de trabajar, cedí alegremente y me convertí en un atractivo muchacho bronceado, a fin de que estuvieras orgullosa de mí, en vez de consagrarme a mis tareas eruditas y educativas. Cuando me llevas a jugar al bridge y beber whisky con los encantadores Farlow, te sigo mansamente. No, espera, por favor. Cuando decoras tu casa, no interfiero tus ideas. Cuando decides... cuando decides toda clase de asuntos, puedo estar en desacuerdo completo o parcial... pero no digo nada. Ignoro lo particular. No puedo ignorar lo general. Me encanta que seas mi dueña, pero cada juego tiene sus reglas. No estoy enfadado. No estoy enfadado, en lo más mínimo. No, no hagas eso. Pero soy una mitad de este hogar, y tengo en él voz, no por sumisa menos personal.

Charlotte se me había acercado, había caído de rodillas y sacudía la cabeza lentamente, pero con vehemencia, al mismo tiempo que clavaba las uñas en mis pantalones. Dijo que lo había hecho sin querer. Dijo que yo era su dueño y su dios. Dijo que Louise se había marchado, que hiciéramos el amor enseguida. Dijo que la perdonara, o moriría.

Este pequeño incidente me llenó de júbilo. Le dije que no era cuestión de pedir perdón, sino de cambiar de actitud. Y decidí sacar ventaja de ello para pasarme todo el tiempo que pudiera, aislado y huraño, trabajando en mi libro; o, al menos, fingiéndolo.

La cama turca de mi antiguo cuarto había pasado a ser el

sofá que siempre había sido en el fondo, y Charlotte ya me había advertido desde el principio de nuestra unión de que aquella habitación corría el peligro de convertirse en «la guarida de un escritor». Un par de días después del «asunto Inglaterra» estaba sentado en un sillón, nuevo y muy cómodo, con un grueso volumen en el regazo, cuando Charlotte llamó con el dedo anular y entró. Qué diferentes eran sus movimientos de los de mi Lolita cuando solía visitarme vestida con sus tejanos sucios, oliendo a huerto y a ninfulandia, chabacana y descarada, inocentemente pícara, con la parte inferior de la camisa desabrochada. Pero hay algo que debo decir. Tras el descaro de la Haze menor y el amaneramiento de la Haze mayor corría un hilo de tímida vida que tenía el mismo fundamento, que murmuraba del mismo modo. Un gran médico francés le dijo a mi padre en cierta ocasión que en los parientes próximos la más leve regurgitación estomacal tiene la misma «voz».

Charlotte entró, pues. Sentía que no todo andaba bien entre nosotros. Había fingido dormirme la noche anterior (y la anterior a ésa) en cuanto nos habíamos acostado, y me había levantado al amanecer.

Tiernamente, me preguntó si no me «interrumpía».

—En este momento, no –dije mientras giraba el volumen C de la *Enciclopedia de las niñas* para examinar un grabado «apaisado», como se dice en el argot de las artes gráficas.

Charlotte se dirigió hacia una mesilla de imitación caoba, con un cajón. Puso la mano sobre ella. La mesilla era horrible, sin duda, pero no le había hecho nada.

—Hace días que quería preguntarte –dijo (en tono prosaico, no coqueto)– por qué está siempre cerrada con llave. ¿Te gusta tenerla en tu cuarto? Es tan abominablemente fea...

—Déjala en paz –dije (estaba consultando la voz *Camping*, en concreto, el apartado dedicado a Escandinavia).

—¿Tiene llave?

—Está escondida.

—Oh, Hum...

—Guardo cartas de amor.

Me echó una de esas miradas heridas que tanto me irritaban y después, sin saber si se lo había dicho en serio o no, ni cómo continuar la conversación, permaneció mirando el cristal de la ventana —más que a través de él—, tamborileando con sus agudas uñas rosadas, mientras yo volvía lentamente varias páginas *(Camposantos renacentistas italianos, Canadá, Canción popular, Cancionero)*.

Al fin *(Conducta* o *Conductismo),* se acercó despacio a mi sillón, se sentó pesadamente en el brazo, tapizado con tweed, y me envolvió en una nube del perfume que usaba mi primera mujer.

—¿Desea su señoría pasar *aquí* el otoño? —me preguntó al mismo tiempo que, con el dedo meñique, señalaba un hipotético paisaje otoñal en un conservador estado del Este.

—¿Dónde, si no? —le pregunté despacio y subrayando las sílabas.

Se encogió de hombros. (Probablemente, a Harold le gustaba que se marcharan de vacaciones en esa época. Temporada baja. Reflejo condicionado por parte de Charlotte.)

—Creo que sé dónde —dijo sin dejar de señalar—. Recuerdo cierto hotel, Los Cazadores Encantados. Un nombre curioso, ¿verdad? Y la comida es una delicia. Y nadie molesta a nadie.

Restregó su mejilla contra mi sien. Valeria había abandonado semejantes arrumacos mucho antes que ella.

—¿Te gustaría algo especial para cenar, querido? John y Jean se dejarán caer por aquí más tarde.

Respondí con un gruñido. Me besó en el labio inferior y dijo inspiradamente que haría un pastel (subsistía la tradición, desde mis días de inquilino, de que adoraba sus pasteles) y me devolvió mi ociosidad.

Dejé cuidadosamente el libro abierto donde Charlotte se había sentado (las hojas intentaron moverse, pero un lápiz las detuvo) y revisé el escondrijo de la llave: estaba, un tanto avergonzada de su humildad, bajo la vieja y cara navaja de afeitar que usaba antes de que ella me comprara otra mejor y más barata. ¿Era aquél el lugar perfecto, allí, bajo la navaja, en la hendidura de su estuche de terciopelo? El estuche estaba en un pequeño baúl donde guardaba diversos papeles. ¿Podía encontrar un sitio mejor? Es curioso lo difícil que resulta esconder cosas, en especial cuando se tiene una mujer incapaz de respetar la intimidad de los muebles cerrados con llave.

22

Creo que fue exactamente una semana después de nuestra última visita al lago cuando el correo de la tarde trajo una respuesta de la segunda señorita Phalen. Comunicaba que acababa de volver a Santa Álgebra, después del entierro de su hermana: «Euphemia nunca fue la misma desde que se rompió la cadera.» En cuanto a la hija de la señora Humbert, debía informar que ya era demasiado tarde para matricularla aquel año; pero ella, la Phalen sobreviviente, estaba casi segura de que si el señor y la señora Humbert llevaban a Dolores en enero, su admisión era cosa hecha.

Al día siguiente, después del almuerzo, fui a ver a «nuestro» médico, un tipo afable cuyos tacto admirable y fe absoluta en unos pocos fármacos de los que podían venderse sin receta encubrían su ignorancia de la ciencia médica y la indiferencia que sentía hacia ella. El hecho de que Lo tuviera que volver a Ramsdale era una fuente de inconmensurables esperanzas para mí. Debía prepararme a fondo para semejante acontecimiento. En realidad, ya había empezado mi campaña antes, cuando Charlotte aún no había tomado su cruel decisión. Debía asegurarme de que cuando llegara mi encantadora niña, esa misma noche, y, después, noche tras noche, hasta que Santa Álgebra me la arrebatara, tuviera los medios para hacer dormir a dos personas tan profundamente que ningún sonido o roce las despertara. Durante casi todo el mes de julio ensayé con varios polvos somníferos, experimentándolos en Charlotte, gran tomadora de píldoras. La última dosis que le

di (ella creyó que era una tableta de bromuro suave para apla-
car sus nervios) la dejó como un tronco durante cuatro largas
horas. Puse la radio al máximo. Encendí ante su cara y paseé
por ella una linterna que parecía un *ólisbos*. La sacudí, la pin-
ché, la pellizqué, y nada alteró el ritmo de su respiración tranquila y profunda. Sin embargo, cuando hice algo tan simple
como darle un beso, se despertó inmediatamente, fresca y
fuerte como un pulpo (y a duras penas pude escaparme de sus
tentáculos). Aquella medicina no resultaría, pensé. Había que
encontrar algo más seguro. Al principio, el doctor Byron no
pareció creerme cuando le dije que su última prescripción no
era capaz de acabar con mis insomnios. Sugirió que volviera a
probar, y durante un momento distrajo mi atención mostrándome retratos de su familia. Tenía una hija fascinante de la
edad de Dolly; pero advertí sus tretas e insistí en que me pres-
cribiera la píldora más fuerte que existiera. Me sugirió que ju-
gara al golf, pero acabó recomendándome algo que, según
dijo, «daría buen resultado». Abrió un botiquín y cogió un
frasco lleno de cápsulas de color azul violeta, con una banda
púrpura en un extremo. Dijo que acababan de ser lanzadas al
mercado y no estaban destinadas a neuróticos que se duermen
con un trago de agua hábilmente administrado, sino a grandes
artistas insomnes que debían morir unas cuantas horas cada
día a fin de vivir siglos. Me encanta burlarme de los médicos,
y, mientras me regocijaba interiormente, me metí las píldoras
en el bolsillo encogiéndome significativamente de hombros.
Por cierto, tenía que andarme con cuidado con él. En cierta
ocasión, durante una visita anterior, un estúpido lapso me
hizo mencionar el sanatorio en el que había estado ingresado
no hacía mucho, y creí notar que aguzaba el oído. Como no
tenía ningún deseo de que Charlotte, ni nadie, conociera
aquel período de mi pasado, le expliqué apresuradamente que
había llevado a cabo algunas investigaciones entre dementes,
para una novela. Pero no importaba: el viejo granuja tenía una
hijita encantadora.

Salí del consultorio exultante. Conduciendo el automóvil

de mi mujer con un dedo, regresé a casa alegremente. Ramsdale tenía, después de todo, muchos encantos. Las cigarras cantaban; la avenida estaba recién regada. Suavemente, como deslizándome sobre seda, doblé hacia nuestra empinada calle. Todo parecía perfecto ese día. Todo era tan azul, tan verde... Sabía que el sol brillaba porque la llave del encendido se reflejaba en el parabrisas; y sabía que eran exactamente las tres y media porque la enfermera que iba a dar masajes a la señorita de la casa de enfrente todas las tardes bajaba taconeando por la estrecha acera con sus medias y zapatos blancos. Como de costumbre, el histérico setter del chatarrero corrió ladrando al lado del coche mientras bajaba la pendiente, y, como de costumbre, el periódico local aguardaba en el porche delantero, donde Kenny acababa de arrojarlo.

El día anterior había acabado el régimen de despectivo silencio que me había impuesto, y esa tarde proferí un alegre grito para anunciar mi vuelta a casa al abrir la puerta de la sala. Charlotte estaba sentada ante el escritorio del rincón, de modo que sólo veía su blanquísima nuca y su moño broncíneo. Llevaba la blusa amarilla y los pantalones marrones con que me recibió el día en que la conocí. Todavía con la mano apoyada en el tirador, repetí mi alegre grito. La mano que escribía se detuvo. Charlotte permaneció inmóvil un instante; después se volvió lentamente y apoyó el codo en el respaldo curvo de la silla. Su rostro, desfigurado por la emoción, no resultaba, precisamente, agradable a la vista mientras decía, con los ojos clavados en mis piernas:

—La gorda Haze, la mala puta, la vieja foca, la cargante madre, la... la vieja y estúpida Haze ya no volverá a morder tu anzuelo... Ha... ha...

Mi pálida acusadora se detuvo, tragándose su rabia y sus lágrimas. Lo que Humbert Humbert dijo —o intentó decir— carece de importancia. Charlotte siguió:

—Eres un monstruo. Eres un farsante abominable, detestable, criminal. Si te acercas... me asomaré a la ventana y gritaré. ¡Atrás!

Creo que, de nuevo, puede omitirse lo que H. H. murmuró.

–Me marcho esta noche. Todo esto es tuyo. Pero nunca, nunca, volverás a ver a esa pobre chiquilla. ¡Sal de esta habitación!

Lector, eso es lo que hice. Me dirigí al ex semiestudio. Con los brazos en jarras, permanecí unos instantes inmóvil, sin perder la calma, observando desde el umbral la mesita violada, con el cajón abierto, una llave en la cerradura, otras cuatro llaves domésticas sobre el tablero. Atravesé el descansillo rumbo al dormitorio de los Humbert y, siempre sin perder la calma, retiré mi diario de debajo de su almohada y lo guardé en mi bolsillo. Después empecé a bajar las escaleras, pero me detuve en la mitad: Charlotte hablaba por el teléfono, colgado junto a la puerta de la sala de estar. Quise oír lo que decía: cancelaba un encargo que había hecho; no entendí de qué se trataba. Después volvió a la sala. Respiré hondo, para recobrar el ritmo normal de mi respiración, y crucé el vestíbulo hasta la cocina. Allí abrí una botella de whisky. Charlotte se perecía por el whisky. Fui al comedor y, a través de la puerta entreabierta, contemplé su voluminosa espalda.

–Arruinas mi vida y la tuya –dije serenamente–. Seamos civilizados. Todo son meras alucinaciones tuyas. Desvarías, Charlotte. Las notas que has encontrado son fragmentos de una novela. Tu nombre y el suyo figuran en ellas por pura casualidad. Porque fueron los primeros que se me ocurrieron. Piénsalo bien. Te prepararé una copa.

No respondió ni se volvió; siguió escribiendo sus vertiginosos garabatos. La tercera carta, sin duda (ya había dos en sus sobres sellados sobre el escritorio). Volví a la cocina.

Cogí dos vasos (¿iban destinadas a Santa Álgebra?, ¿a Lo?) y abrí la nevera. Me rugió amenazadora mientras arrancaba el hielo de su corazón. Reescribirlo. Hacérselo leer de nuevo. No recordaría los detalles. Cambiar, falsificar. Escribir un fragmento y mostrárselo, o dejarlo donde pudiera encontrarlo. ¿Por qué gimen a veces tan horriblemente los grifos? Una situación horrible, en verdad. Los cubitos de hielo en forma de almohadas —almohadas para un osito polar de peluche, Lo— emitieron sonidos chirriantes, crujientes, torturados, mientras el agua caliente los soltaba de sus celdas. Junté los vasos. Eché en ellos el whisky y un chorro de soda. Me había prohibido mi vieja mezcla de ginebra con zumo de piña. La nevera ladró al cerrarse de golpe. Llevando los vasos, crucé el comedor y hablé a través de la puerta de la sala, que estaba apenas entreabierta, sin espacio siquiera para dejar pasar mi codo.

—Te he preparado una copa —dije.

No respondió, la vieja loca, y dejé los vasos en la mesita auxiliar colocada debajo del teléfono, que había empezado a sonar.

—Habla Leslie, Leslie Tomson —dijo Leslie Tomson, el aficionado a los baños al alba—. La señora Humbert, señor, acaba de morir atropellada por un coche, así que venga corriendo.

Respondí, quizás con cierta brusquedad, que mi mujer estaba sana y salva, y, todavía con el aparato en la mano, abrí la puerta y dije:

—Un tipo dice que te han matado, Charlotte.

Pero Charlotte no estaba en la sala de estar.

23

Me precipité afuera. La parte más elevada de nuestra empinada calle ofrecía un aspecto singular. Un gran Packard negro y brillante había trepado por el jardín en pendiente de la señorita de la casa de enfrente avanzando al sesgo desde la acera (donde una manta de viaje de cuadros estaba tirada formando un montón irregular) y allí se había quedado, resplandeciendo al sol, con las puertas abiertas como alas y las ruedas delanteras hundidas en las siemprevivas. A la derecha anatómica del automóvil, sobre el cuidado césped del jardín, un anciano caballero de bigotes blancos, vestido con elegancia —traje gris cruzado, pajarita de topos—, yacía de espaldas, con las piernas juntas. Parecía un cadáver de cera. Debo traducir en una secuencia de palabras el impacto de una visión instantánea; su acumulación física en las páginas desfigura el fogonazo como de flash que fue aquella impresión, su tremenda unidad: la manta que formaba un montón irregular, el automóvil, el anciano que parecía un muñeco de cera, la enfermera de la señorita de la casa de enfrente que corría enérgicamente, con un vaso semivacío en la mano, de regreso hacia la penumbra del porche delantero de la casa, donde podía imaginarse a la semidesvanecida, impedida, decrépita dama chillando, pero no lo bastante fuerte para apagar los rítmicos ladridos del setter del chatarrero, que corría de grupo en grupo: desde el que formaban unos cuantos vecinos cerca de la manta de cuadros iba al congregado alrededor del automóvil —el primero que lograba cobrar al fin— y luego al constituido por Leslie, dos policías y un hombre corpulento y con gafas de concha. Debo explicar aquí que la inmediata aparición de los policías, apenas un minuto después del accidente, se debió a que estaban multando a los automóviles ilegalmente estacionados en una calle a un par de manzanas de la nuestra; que el tipo con gafas era Frederick Beale, hijo, conductor del Packard; que su padre, de setenta y nueve años, a quien la enfermera había dado a beber un poco de agua en el verde lecho donde yacía —en cierto sentido, se le podía considerar un banquero en bancarrota—, no era víctima de un colapso irreversible, sino que se recobraba cómoda y metódicamente de un leve ataque cardíaco, o de su posibilidad; y, por fin, que la manta caída sobre la acera (cuyas grietas verdes y retorcidas solía señalarme con reprobación mi mujer) ocultaba los restos maltrechos de Charlotte Humbert, derribada y arrastrada por el automóvil de los Beale cuando cruzaba corriendo la calle para echar tres cartas al buzón, situado en la esquina del jardín de la señorita de la casa de enfrente. Una bonita niña con un sucio vestido rosa me alcanzó las cartas; me libré de ellas metiéndolas en el bolsillo derecho de los pantalones y haciéndolas trizas con las uñas.

Al fin llegaron al lugar del suceso tres médicos y los Farlow, que se hicieron cargo de la situación. El viudo, hombre poseedor de un excepcional dominio de sí mismo, no lloraba ni desvariaba. Tartamudeaba un poco, de eso no cabe duda; pero sólo abría la boca para impartir las informaciones o directrices que eran estrictamente necesarias en cuanto a la identificación, examen y destino de una mujer muerta, cuya cabeza era un amasijo de huesos, sesos, pelo broncíneo y sangre. El sol era todavía de un rojo brillante cuando sus dos amigos, el afectuoso John y la llorosa Jean, le acostaron en el cuarto de Dolly. Para estar cerca, el matrimonio durmió esa noche en el dormitorio de los Humbert. Creo que no se comportaron tan inocentemente como la solemnidad de la ocasión requería.

No hay motivos para que me detenga, en este punto tan particular de mis recuerdos, en las formalidades previas al entierro, ni en éste, que fue tan apacible como lo había sido el matrimonio. Pero debo referir unos pocos incidentes ocurridos en los cuatro o cinco días posteriores a la repentina muerte de Charlotte.

La primera noche de mi viudez me emborraché tanto, que dormí casi tan profundamente como la niña que había dormido en aquella cama. A la mañana siguiente me apresuré a revisar los pedazos de cartas que guardaba en mi bolsillo. Estaban demasiado mezclados para reconstruir cada una de ellas. Supuse que «... y te conviene encontrarlo, pues no puedo comprarte...» provenía de una carta a Lo; otros fragmentos parecían aludir a la intención de Charlotte de huir con Lo a Parkington, o quizás incluso a Piksy, para impedir que el buitre le arrebatara su preciosa corderilla. Otros retazos y jirones —nunca había supuesto que mis uñas fueran fuertes como garras— se referían, evidentemente, a una matriculación, pero no en Santa Álgebra, sino en otra escuela cuyos métodos tenían fama de ser tan duros, anticuados e intransigentes (aunque en ella se jugaba al croquet bajo los olmos), que se había ganado el apodo de «Reformatorio para señoritas». Por fin, la tercera carta iba dirigida, sin duda, a mí. Pude leer unas pocas frases, como: «... después de un año de separación podremos...», «... oh, querido, querido mío, oh, mi...», «... peor que si me hubieras traicionado con otra mujer...», «... o tal vez moriré...». Pero, en general, lo que me fue posible colegir me reveló poca cosa; los varios fragmentos de aquellas tres apresuradas misivas que tenía en las palmas de mis manos estaban tan confundidos como lo habían estado en la cabeza de la pobre Charlotte.

Ese día, John tuvo que entrevistarse con un cliente, y Jean debía dar de comer a sus perros, de modo que me vi privado temporalmente de la compañía de mis amigos. Esas amables personas temían que me suicidara al quedarme solo, y, como no había otros amigos a mi disposición (la señorita de la casa de enfrente no podía venir a hacerme compañía, los McCoo estaban ocupados en la construcción de una casa nueva, a varios kilómetros de la mía, y los Chatfield se encontraban en Maine, adonde habían tenido que ir apresuradamente a causa de un grave problema familiar), asignaron a Leslie y Louise la misión de vigilarme, so pretexto de ayudarme a ordenar y guardar infinidad de cosas que se habían quedado huérfanas. En un momento de soberbia inspiración, mostré a los bondadosos y crédulos Farlow (esperábamos que Leslie llegara para su cita pagada con Louise) una pequeña fotografía de Charlotte que había encontrado entre sus cosas. Sonreía desde una roca a través de su pelo revuelto. Había sido tomada en abril de 1934, una primavera memorable. Durante una visita de negocios a los Estados Unidos, yo había tenido ocasión de pasar varios meses en Pisky. Nos conocimos, y tuvimos un intenso romance. Pero, ¡ay!, yo estaba casado y ella comprometida con Haze. Cuando volví a Europa, seguimos escribiéndonos por intermedio de un amigo, ya muerto. Jean susurró que había oído algunos rumores y contempló la instantánea; sin dejar de contemplarla, la tendió a John, y éste se quitó la pipa de los labios y contempló a la encantadora y enamoradiza Charlotte Becker, y me la devolvió. Después, ambos se marcharon por unas pocas horas. La dichosa Louise retozaba con su galán en el sótano.

No bien se marcharon los Farlow, apareció un clérigo de barbilla azulada. Traté de que la entrevista fuera lo más breve posible, aunque sin herir sus sentimientos ni despertar sus dudas. Sí, consagraría mi vida entera al bienestar de la niña. Le mostré una crucecita que Charlotte Becker me había dado cuando éramos jóvenes. Yo tenía una prima, una solterona respetable, que vivía en Nueva York. Allí encontraríamos una buena escuela privada para Dolly. ¡Oh, qué imaginación la de Humbert!

Pensando en Louise y Leslie, que podían informar —cosa que no dejaron de hacer— a John y Jean, hablé por teléfono a gritos (no en vano era una conferencia) y simulé una conversación con Shirley Holmes. Cuando John y Jean volvieron, los embauqué por completo diciéndoles, con un balbuceo deliberadamente confuso y desesperado, que Lo había salido con su grupo para una excursión de cinco días y no era posible dar con ella.

—¡Dios santo! —exclamó Jean—. ¿Qué haremos ahora?

John dijo que la cosa era muy simple: llamaría a la policía de Climax, la ciudad más cercana, para que buscara a las excursionistas; no tardaría ni una hora en hacerlo. Y, además, él, que conocía muy bien el terreno, podía...

—Escuchad —siguió—: ¿por qué no salgo para allá ahora mismo? Y tú podrías dormir con Jean.

En realidad, no agregó esto último, pero Jean apoyó su oferta con tal apasionamiento, que pareció implícita en sus palabras.

Me derrumbé. Rogué a John que dejáramos las cosas como estaban. Dije que no podía soportar a la chiquilla a mi alrededor, sollozando, abrazándome. Era tan nerviosa... La experiencia podía condicionar su futuro. Los psicoanalistas habían analizado casos así. Hubo un súbito silencio.

—Bueno, tú mandas —dijo John, no sin cierta brusquedad—. Pero, después de todo, yo era amigo y consejero de Charlotte. De todas formas, quisiera saber qué piensas hacer con la niña.

—¡John, Lo es hija de Humbert, no de Harold Haze! —exclamó Jean—. ¿No comprendes que él es el verdadero padre de Dolly?

—Ya —dijo John—. Lo siento. Sí..., lo comprendo... No se

me había ocurrido. Eso simplifica las cosas, desde luego. Y, decidas lo que decidas, estará bien.

El desconsolado padre siguió diciendo que iría en busca de su delicada hija inmediatamente después del entierro, y que haría lo posible por animarla llevándola a algún ambiente completamente distinto del de Ramsdale. Quizás un viaje a Nuevo México o California. Siempre, claro está, que su padre viviera.

Encarné con tal arte la serenidad de la desesperación absoluta, la contención previa a un frenético estallido, que los inapreciables Farlow se me llevaron a su casa. Había allí una buena bodega, teniendo en cuenta lo que suelen ser las bodegas en este país; y eso me ayudó mucho, pues temía el insomnio y la aparición de un espectro.

Ahora debo explicar *mis* razones para mantener alejada a Dolores. Desde luego, al principio, recién eliminada Charlotte, cuando volví a entrar en casa convertido en un padre libre y me eché los dos whiskys con soda que había preparado entre pecho y espalda, a los que añadí un par de vasos bien grandes de mi habitual combinado de ginebra con zumo de piña, y me encerré en el cuarto de baño para aislarme de vecinos y amigos, sólo hubo una cosa en mi mente, en mis latidos: la conciencia de que, pocas horas después, la tibia Lolita de pelo castaño, mi Lolita, solamente mía, mía, mía, estaría en mis brazos, derramando lágrimas que mis besos sorberían con avidez antes incluso de que asomaran. Pero mientras permanecía de pie ante el espejo, con los ojos muy abiertos y el rostro rojo de excitación, John Farlow llamó suavemente a la puerta para preguntarme si me sentía bien. Y comprendí en seguida que sería una locura de mi parte traerla a aquella casa, con tantos entrometidos hormigueando a mi alrededor y buscando el modo de apartarla de mí. Por otra parte, la imprevisible Lo podría demostrar —¿quién podía saberlo?— cierta estúpida desconfianza hacia mí, un vago temor o cosa semejante, y me quedaría sin el mágico premio en el instante mismo del triunfo.

Hablando de entrometidos, tuve otra visita: la del amigo Beale, el tipo que eliminó a mi mujer. Pesado y solemne, parecido al ayudante de un verdugo, con sus mandíbulas de bull-dog, sus ojuelos negros, sus gafas de gruesa montura y su nariz de anchas ventanas, me fue presentado por John, que nos dejó y cerró la puerta tras de sí con el mayor tacto. Mi grotesco visitante, al mismo tiempo que me explicaba con voz meliflua que tenía dos hijas gemelas en la misma clase que mi hijastra, desenrolló un gran diagrama que había hecho del accidente. Como habría dicho mi hijastra, el diagrama «estaba fenómeno», con toda clase de flechas y líneas de puntos en tintas de diferentes colores. El trayecto de la señora Humbert estaba jalonado en varios lugares por pequeñas figuras femeninas, semejantes a muñequitas –de esas vestidas con traje sastre que parecen mujeres que ejercen profesiones liberales o miembros del cuerpo auxiliar femenino del ejército–, como las que se utilizan a modo de ayudas visuales en los cuadros estadísticos. Ese trayecto se cruzaba clara e ineludiblemente con una línea sinuosa trazada con seguridad y que representaba dos virajes sucesivos: uno hecho por el automóvil de Beale para evitar al perro del chatarrero (el chucho no aparecía en el dibujo), y el segundo, una especie de exagerada continuación del primero, hecho para evitar la tragedia. Una cruz muy negra indicaba el lugar de la acera adonde había ido a parar la pequeña figura femenina. Busqué alguna marca similar que indicara el lugar del talud cubierto de césped donde se había reclinado el corpulento progenitor de mi visitante, pero no la había. Ese caballero, sin embargo, firmaba el documento como testigo, debajo de los nombres de Leslie Tomson, la señorita de la casa de enfrente y unas pocas personas más.

Mientras su lápiz revoloteaba delicada y diestramente de un punto a otro como un colibrí, Frederick demostró su absoluta inocencia y la temeridad de mi mujer: mientras él evitaba al perro, ella resbaló sobre el asfalto recién regado y cayó hacia adelante, cuando en realidad hubiera debido echarse atrás (Fred demostró cómo hacerlo con una sacudida de sus altas hombreras). Dije que, ciertamente, la culpa no era suya, y la investigación judicial coincidió conmigo.

Resoplando con fuerza por las negras ventanas de su nariz, sacudió su cabeza y mi mano; después, con aire de perfecto *savoir vivre* y caballerosa generosidad, se ofreció a pagar los gastos del entierro. Esperaba que rehusara su ofrecimiento. Con un ebrio sollozo de gratitud, lo acepté. Eso le desconcertó. Despacio, con incredulidad, repitió lo que acababa de decir. Volví a agradecérselo, con más vehemencia, si cabe, que antes.

Como consecuencia de esa insólita entrevista, se aclaró por un momento la bruma de mi mente. ¡No fue para menos! Había visto personalmente al agente del destino. Había palpado la propia carne del destino... y sus hombreras. Había ocurrido una deslumbrante, monstruosa, súbita mutación, y allí estaba el instrumento. En la maraña del diagrama (ama de casa apresurada, calzada resbaladiza, un maldito perro, un automóvil grande, un babuino sentado al volante) podía distinguir confusamente mi propia y vil contribución. De no haber sido tan tonto —o un genio tan intuitivo— para guardar aquel diario, los fluidos producidos por el furor vindicativo y el ardor de la vergüenza no habrían cegado a Charlotte en su carrera hacia el buzón. Pero, aun habiéndola cegado, nada habría ocurrido si el siempre preciso destino, ese fantasma sincronizador, no hubiera mezclado en su alambique el automóvil y el perro, el sol y la sombra, lo húmedo y lo débil, lo fuerte y la piedra. *Adieu, Marlene!* El ceremonioso apretón de manos del pródigo destino (encarnado por Beale antes de salir de la habitación) me arrancó de mi sopor; y lloré. Sí, señores y señoras del jurado: lloré.

24

Olmos y álamos volvían sus estremecidas espaldas contra una súbita ventolera, y una negra nube asomaba sobre la blanca torre de la iglesia de Ramsdale, cuando miré a mi alrededor por última vez. Dejaba en pos de aventuras desconocidas la lívida casa donde había alquilado una habitación sólo diez semanas antes. Las persianas —baratas y prácticas persianas de bambú—

estaban bajadas. Sus brillantes texturas ponen una nota de espectacular modernidad en los porches o las casas. En comparación, la mansión celestial debe de parecer triste y desangelada. Una gota de lluvia cayó sobre mis nudillos. Volví a la casa en busca de algo, mientras John acomodaba mi equipaje en el automóvil. Entonces ocurrió un hecho gracioso. No sé si en estas trágicas notas he resaltado suficientemente la peculiar atracción que la apostura del autor —pseudocéltico, atractivamente simiesco, juvenilmente varonil— ejercía en mujeres de toda edad y condición. Desde luego, tales declaraciones, hechas en primera persona, pueden parecer ridículas. Pero de cuando en cuando debo recordar al lector mi aspecto, del mismo modo que un novelista profesional que atribuye a uno de sus personajes ciertas características o la posesión de un perro, debe referirse a esas características o ese perro cada vez que el personaje aparece en el curso de la obra. Pero en el caso actual es aún más importante. La pubescente Lo sucumbía al encanto de Humbert como al de la música sincopada; la adulta Lotte me quería con una pasión madura, posesiva, que ahora deploro y respeto más profundamente de lo que parece. Jean Farlow, de treinta y un años y absolutamente neurótica, también parecía sentir una fuerte atracción por mí. Su piel, de color siena tostado, y sus facciones, angulosas como las de los pieles rojas, le conferían cierto atractivo. Sus labios semejaban grandes pólipos carmesíes, y cuando emitía su risa, inconfundible, pues recordaba los ladridos de un perro, mostraba grandes dientes romos y encías pálidas.

Era muy alta, usaba pantalones con sandalias o faldas acampanadas con zapatillas de ballet, bebía cualquier licor fuerte en grandes cantidades, había tenido dos abortos, escribía relatos sobre animales, pintaba, como sabe el lector, paisajes lacustres, alimentaba ya el cáncer que la mataría a los treinta y tres años y era imposible que despertara el menor interés en mí. Júzguese, pues, mi alarma cuando, pocos segundos antes de marcharme (estábamos en el vestíbulo), Jean, con sus dedos siempre trémulos, me cogió por las sienes y con lágrimas en sus brillantes ojos celestes intentó, sin éxito, pegarse a mis labios.

—Cuídate —dijo—. Besa a tu hija por mí.

Un trueno resonó por toda la casa; entonces agregó:

—Quizás en alguna parte, algún día, en momentos menos tristes, volvamos a vernos...

(Jean, allí donde estés, dondequiera que sea, en un espacio temporal inferior o en una esfera espiritual superior, perdóname todo esto, incluidos los paréntesis.)

Después, cambié apretones de manos con los dos en la calle, en la calle empinada, y todo empezó a girar y huir ante el blanco diluvio que se acercaba, y un camión con un colchón proveniente de Filadelfia iba confiadamente camino de una casa vacía, y el polvo corrió y se arremolinó sobre la laja de piedra donde Charlotte —cuando levantaron la manta para que la identificara— apareció hecha un ovillo, con los ojos intactos y las negras pestañas aún húmedas y apelotonadas igual, que las tuyas, Lolita.

25

Podría suponerse que, allanadas todas las dificultades y ante una perspectiva de placeres delirantes e ilimitados, me arrellanaría mentalmente suspirando de delicioso alivio. *Eh bien, pas du tout!* En vez de dejarme acariciar por los cálidos rayos de la sonriente Oportunidad, me sentí obsesionado por toda clase de dudas y temores puramente éticos. Por ejemplo: ¿no se sorprendería la gente de que me hubiera mostrado tan firme al impedir la presencia de Lo en los acontecimientos alegres y tristes de su familia inmediata? Se recordará que no había asistido a la boda. Otra cosa: admitiendo que uno de los largos brazos velludos de la Coincidencia se había extendido para eliminar a una mujer inocente, ¿no sería posible que su otro brazo, ignorante de lo que había hecho su gemelo, enviara a Lo un pésame prematuro? Ciertamente, sólo el *Ramsdale Jour-*

nal había informado del suceso; no lo habían hecho el *Parkington Recorder* ni el *Climax Herald,* pues el Campamento Q estaba en otro estado y las muertes por accidente de tráfico carecían de interés federal. Pero no podía dejar de imaginar que, de algún modo, Dolly Haze ya había sido informada y que, en el instante mismo en que iba a buscarla, amigos desconocidos por mí la llevaban a Ramsdale. Aún más inquietante que todas esas conjeturas y preocupaciones era el hecho de que Humbert Humbert, un europeo de origen oscuro recentísimamente nacionalizado ciudadano norteamericano, no hubiera dado ningún paso para convertirse en el tutor legal de la hija (de doce años y siete meses de edad) de su difunta esposa. ¿Me atrevería alguna vez a dar ese paso? No podía evitar un estremecimiento cuando imaginaba mi indefensión al tener que enfrentarme a misteriosas disposiciones a la luz implacable de la ley.

Mi proyecto era una maravilla por su simplicidad e ingenio: volaría al campamento, diría a Lolita que su madre estaba a punto de sufrir una grave operación en un hospital inventado y me trasladaría con mi soñolienta nínfula de hotel en hotel, mientras su madre mejoraba y mejoraba hasta, finalmente, morir. Pero mientras me acercaba al campamento, crecía mi ansiedad. No podía soportar la idea de no encontrar en él a Lolita, o de encontrar a una Lolita diferente, asustada, que pidiera a gritos algún amigo familiar, no los Farlow, gracias a Dios (pues apenas los conocía), pero quizás alguna otra persona ignorada por mí. Finalmente, decidí poner la conferencia que tan bien había simulado pocos días antes. Llovía mucho cuando entré en un fangoso suburbio de Parkington, justo frente a un cruce, uno de cuyos ramales contorneaba la ciudad y llevaba al camino que atravesaba las colinas hasta el lago Climax y el Campamento Q. Detuve el motor y durante un tranquilo instante permanecí sentado en el automóvil, meditando sobre la llamada telefónica, observando la lluvia, la acera inundada, una boca de incendios; era ésta algo horrible, en verdad, pintada de color rojo y plata, y extendía los muñones de sus brazos para que los barnizara la lluvia, que goteaba por sus argénteas cadenas igual que si fuera sangre. No es de extrañar que esté prohibido aparcar junto a esos tullidos de pesadilla. Fui hasta una estación de servicio. Me esperaba una sorpresa cuando las monedas bajaron satisfactoriamente y una voz pudo responder a la mía.

Holmes, la directora del campamento, me informó de que Dolly se había marchado el lunes anterior (era miércoles cuando la llamé) a una excursión por la montaña con su grupo, y que se esperaba su regreso aquel día por la tarde. ¿Me importaría esperar al día siguiente para presentarme en el campamento? Y ¿cuál era el problema, exactamente? Sin entrar en detalles, le dije que la madre de Lo estaba en el hospital, que su estado era grave, que no debía informarse a la niña de tal gravedad y que debería estar lista para partir conmigo por la tarde del día siguiente. Las dos voces se despidieron con una explosión de calor y buena voluntad, y, por algún desperfecto mecánico, mis monedas volvieron a mí con un tintineo de máquina tragaperras al conseguir el premio máximo que casi me hizo reír, a pesar de la decepción que representaba tener que posponer la satisfacción de mi quemante deleite. Me pregunto si aquella súbita descarga, aquella espasmódica devolución, no estaría relacionada de algún modo, en la mente del destino, con el hecho de que hubiera inventado aquella excursión, sin que se me pasara por la cabeza la idea de que pudiera ser algo real.

Bien, ¿qué podía hacer? Me dirigí hacia el centro de Parkington y pasé toda la tarde (había aclarado, la húmeda ciudad parecía de plata y vidrio) comprando cosas hermosas para Lo. ¡Dios santo, qué absurdas adquisiciones fueron consecuencia de la tremenda predilección que Humbert tenía en aquel entonces por las telas a cuadros, los brillantes algodones, los volantes, las amplias mangas cortas, los plisados suaves, los corpiños ceñidos y las faldas generosamente acampanadas! Oh, Lolita, tú eres mi niña, igual que Vee lo fue de Poe y Beatriz de Dante. ¿Y a qué niña no le gusta girar sobre sí misma, cuando lleva una falda acampanada, hasta que se levanta y muestra la parvedad de su ropa interior? «¿Busca algo especial?», me preguntaban voces melosas. «¿Trajes de baño? Los tenemos de todos los tonos: rosa sueño, azul pálido como el hielo, malva glande, rojo tulipán, negro sensual. ¿Un conjunto para jugar al tenis? ¿Un conjunto para ir a la playa? ¿Una combinación?» No. Lo y yo odiábamos las combinaciones.

Una de mis guías en esas cuestiones fue una anotación antropométrica hecha por la madre de Lo en su duodécimo cumpleaños (el lector recordará aquel libro que pretendía enseñar a conocer a los hijos). Tenía la sensación de que Charlotte, movida por oscuros motivos de envidia y desamor, había agregado un centímetro aquí y unos gramos allá. Pero como la nínfula habría crecido, sin duda, en los últimos siete meses, podía aceptar con seguridad casi todas esas medidas de enero: caderas, 73 centímetros; circunferencia del muslo (justo debajo del surco glúteo), 43; pantorrilla y cuello, 28; pecho, 68; brazo, 20; cintura, 58; estatura, 1 metro 48 centímetros; peso, 38 kilos; tipo morfológico, ectomorfo; cociente intelectual, 121; apéndice vermiforme presente, gracias a Dios.

Además de esas medidas, podía, desde luego, visualizar a Lolita con alucinante lucidez; y como persistía en mí una comezón en el sitio exacto, sobre mi esternón, adonde había llegado una o dos veces su sedosa cabellera, y notaba su tibio peso sobre mi regazo (por lo que podría decirse que «sentía» a Lolita del mismo modo que una mujer «siente» su embarazo), no me sorprendió descubrir después que mi cálculo había sido más o menos correcto. Por otra parte, había estudiado detenidamente las páginas de un catálogo de venta por correo para la temporada de verano, por lo que examinaba con aire de gran experto los más diversos y hermosos artículos, como zapatillas deportivas, bambas o zapatos de tacón alto de flexible cabritilla para niñas aún más flexibles. La maquillada muchacha vestida de negro que trataba de satisfacer esas urgentes necesidades mías traducía la erudición y la precisa descripción paternales en eufemismos comerciales tales como *petite*. Otra mujer, mucho mayor, vestida de blanco, cuyo espeso maquillaje le daba el aspecto de un pastel, pareció curiosamente impresionada por mi conocimiento de las modas infantiles; quizás se le ocurrió que yo tenía a una enana por amante. Así que, cuando me mostró una falda con dos «cucos» bolsillos al frente, dirigí intencionadamente una candorosa pregunta masculina y fui retribuido con una demostración acerca de cómo funcionaba la cremallera, en la parte trasera. A continuación me lo pasé en grande cuando me mostraron toda clase de pantalones cortos, y luego bragas; pequeñas y fantasmagóricas Lolitas bailaban, caían y mariposeaban encima del mostrador. Rematamos el negocio con un pijama de algodón del estilo, entonces popular, denominado de dependiente de carnicería. Humbert, el popular carnicero.

Hay algo de mitológico y de encantador en esas grandes tiendas, donde, según los anuncios, una mujer que ejerza una profesión liberal puede adquirir un guardarropa completo, desde la indumentaria necesaria para ir a la oficina hasta la que usará cuando su novio la invite a salir por la noche, y su hermanita puede soñar con el día en que su jersey de lana hará babear a los chavales que se sientan al fondo de la clase. Figuras de plástico de niños de tamaño natural, con narices respingonas y caras pardas, verdosas, pecosas, faunescas, flotaban a mi alrededor. Me di cuenta de que era el único comprador en aquel lugar más bien feérico, donde me movía como un pez en un glauco acuario. Sentí que extraños pensamientos se formaban en la mente de las lánguidas damas que me escoltaban de mostrador en mostrador, desde la orilla rocosa a las algas marinas, y los cinturones y brazaletes que escogí parecían caer de manos de sirenas en el agua transparente. Compré una maleta elegante, hice que pusieran en ella mis adquisiciones y partí hacia el hotel más cercano, satisfecho de mi jornada.

De algún modo, por asociación con aquella tarde serena y poética de minuciosas compras, recordé el hotel o posada con el seductor nombre de Los Cazadores Encantados, que Charlotte había mencionado poco antes de mi liberación. Con ayuda de una guía lo localicé en la apartada ciudad de Briceland, a cuatro horas en coche del campamento de Lo. Hubiera podido telefonear, pero, temiendo que mi voz se alterara y se descompusiera en tímidos graznidos de inglés inconexo, decidí enviar un telegrama a fin de reservar una habitación con dos camas para la noche siguiente. ¡Qué cómico, desmañado y vacilante príncipe azul era yo! ¡Cómo se reirán algunos de mis lectores cuando les explique las dificultades que tuve para redactar el telegrama! ¿Qué debía poner: Humbert e hija? ¿Humberg e hija pequeña? ¿Homberg y una jovencita impúber? ¿Homburg y su niña?[1] El cómico error con que se escribió al final mi apellido –con ge en vez de te– fue quizás un eco telepático de esas vacilaciones mías.

¡Y después, en el terciopelo de una noche de verano, mis cavilaciones acerca del filtro que llevaba conmigo! ¡Oh, mísero Hamburg! ¿No era un Cazador muy Encantado cuando deliberaba consigo acerca de su caja de mágica munición? ¿Recurriría a una de esas cápsulas color amatista para derrotar al monstruo del insomnio? Había cuarenta cápsulas, cuarenta noches con una frágil y pequeña durmiente palpitante; ¿podía robarme a mí mismo una de esas noches para dormir? No, sin duda; era demasiado preciosa cada una de aquellas minúsculas ciruelas, cada uno de aquellos microscópicos sistemas planetarios con su viviente polvo de estrellas. ¡Oh, permítaseme mostrarme empalagoso por una vez! Estoy tan cansado de ser cínico...

26

El cotidiano dolor de cabeza en el aire opaco de esta tumba que es mi celda me perturba, pero debo perseverar. He escrito ya más de cien páginas y no he llegado a nada todavía. Mi calendario se confunde. Lo que acabo de relatar debió de ocurrir hacia el 15 de agosto de 1947. No creo que pueda seguir. Corazón, cabeza... todo. Lolita, Lolita, Lolita, Lolita, Lolita, Lolita,

1. Juegos de palabras con la voz *humbug*: «falso», «impostor», «hipócrita», «traidor». (*N. del T.*)

Lolita, Lolita. Linotipista: repítalo una y otra vez, hasta llenar la página.

27

Todavía en Parkington. Al fin pude dormir una hora, de la que fui despertado por una cópula gratuita y horriblemente agotadora con un pequeño y velludo hermafrodita, por completo desconocido para mí. Para entonces eran las seis de la mañana, y, de pronto, se me ocurrió que no estaría mal llegar al campamento antes de lo anunciado. Desde Parkington hasta allí había casi doscientos kilómetros, y todavía más hasta las colinas Hazy y Briceland. Si había dicho que iría en busca de Dolly por la tarde, fue únicamente porque ansiaba que la misericordiosa noche cayera lo antes posible sobre mi impaciencia. Pero ahora temía toda clase de equívocos, y me tenía en ascuas la posibilidad de que, si no acudía allí sin tardanza, se le ocurriera la idea de hacer una tonta llamada a Ramsdale. Sin embargo, cuando a las nueve y media intenté emprender el viaje, me lo impidió una batería descargada, y ya había pasado el mediodía cuando dejé Parkington.

Llegué a mi destino a las dos y media; aparqué el coche en un bosquecillo de pinos, donde un muchacho de camisa verde, pelo rojo y aire pícaro jugaba a tirar herraduras en melancólica soledad. Lacónicamente, me indicó una oficina en una casita revocada con estuco. Casi moribundo, debí sobrellevar durante varios minutos la inquisitiva conmiseración de la directora del campamento, una mujer desaliñada y avejentada, de pelo color herrumbre. ¿Deseaba el señor Haze, perdón, el señor Humbert hablar con las monitoras del campamento? ¿O visitar las cabañas donde vivían las niñas, cada una dedicada a un personaje de Disney? ¿O visitar el pabellón destinado a salón de actos? ¿O debía ir Charlie en busca de Lolita? Las niñas estaban acabando de arreglar el comedor para un baile. (Quizás la mujer comentara después: «El pobre hombre parecía su propio espectro.»)

Permítaseme evocar por un momento esa escena en todos sus pormenores triviales y fatales: la desastrada Holmes llenando un recibo, sacudiendo la cabeza, abriendo un cajón del escritorio, devolviendo el cambio en mi palma impaciente, desplegando después sobre ella un billete con todo cuidado al mismo tiempo que exclamaba triunfante, «... ¡y cinco!»; fotografías de niñas; una abigarrada polilla o mariposa, todavía viva, clavada con una aguja en un panel de corcho colocado en la pared («estudio de la naturaleza»); el diploma enmarcado del dietista del campamento; mis manos trémulas; una ficha exhibida por la eficiente señora Holmes con un informe del comportamiento de Dolly Haze en el mes de julio («buena conducta; destaca en el remo y la natación»); un eco de árboles y pájaros; mi corazón palpitante... Estaba de espaldas a la puerta: sentí que la sangre me subía a la cabeza cuando oí detrás de mí su respiración, su voz. Llegó arrastrando y golpeando su pesada maleta. «¡Hola!», exclamó, y se quedó inmóvil, mirándome con ojos socarrones y alegres y con los suaves labios abiertos en una sonrisa algo tonta, pero maravillosamente incitantes.

Estaba más delgada y alta, y durante un segundo tuve la sensación de que su rostro era menos bonito que la huella mental acariciada por mí durante más de un mes; sus mejillas parecían hundidas, y un exceso de pecas restaba nitidez a sus facciones juveniles y saludables. Esa primera impresión (un intervalo humano muy estrecho entre dos latidos de tigre de mi corazón) llevaba implícita que todo cuanto debía hacer el viudo Humbert, todo cuanto quería hacer o haría, era dar a aquella huerfanita de aire macilento, a pesar de lo morena que estaba, y ojerosa, o, como dirían los franceses, *aux yeux battus* (hasta en las sombras plomizas bajo sus ojos había pecas) una buena educación, una adolescencia sana y feliz, un hogar limpio, encantadoras amigas de su misma edad entre las cuales (si el destino se dignaba compensarme) podría encontrar, quizás, una bonita *Mägdlein,* una niñita, para uso exclusivo de Herr Doktor Humbert. Pero, en un abrir y cerrar de ojos, esta angelical línea de conducta se esfumó y caí sobre mi presa (¡el tiempo se adelanta a nuestras fantasías!), y fue mi Lolita de nuevo, o, para ser sincero, más mi Lolita que nunca. Dejé que mi mano se apoyara sobre su tibia cabeza castaña y cogí su maleta. Era toda rosa y miel; llevaba su mejor vestido de algodón, con un estampado de pequeñas manzanas rojas; sus brazos y piernas eran de un intenso color pardo dorado, con arañazos que semejaban pequeñas líneas de puntos en que éstos eran rubíes coagulados, y los bordes elásticos y con bandas de colores de sus calcetines estaban vueltos en el nivel recordado, y, a causa de su andar infantil —quizás porque siempre la había visto con zapatos planos, y así la recordaba—, sus pesados zapatos de dos colores y con cordones parecían demasiado grandes y con tacones demasiado altos para ella. Adiós, Campamento Q, alegre Campamento Q. Adiós, comidas poco apetitosas y mal preparadas, adiós, Charlie. En el caliente coche se sentó junto a mí, dio una súbita palmada en su encantadora rodilla en un inútil intento de aplastar a una mosca y, después, mientras mascaba con violencia un chicle, bajó rápidamente la ventanilla de su lado y volvió a recostarse. Corrimos por el bosque, lleno de franjas y motas de sol.

—¿Cómo está mamá? —preguntó como si cumpliera con una obligación.

Dije que los médicos no sabían aún cuál era su enfermedad. De todos modos, algo abdominal. ¿Abominable? No, abdominal. Debíamos esperar un poco hasta poder ir a verla. El hospital estaba en el campo, cerca de la alegre ciudad de Lepingville, donde había vivido un gran poeta a principios del siglo XIX y donde asistiríamos a todos los espectáculos. Encontró formidable la idea y me preguntó si llegaríamos a Lepingville antes de las nueve de la noche.

—Estaremos en Briceland a la hora de comer —dije— y mañana visitaremos Lepingville. ¿Qué tal esa excursión? ¿Lo has pasado bien en el campamento?

—¡Uf!

—¿Te apena marcharte?

—¡Uf!

—Háblame, Lo, no gruñas. Cuéntame algo.

—¿Qué, por ejemplo, papá?

Alargó esta última palabra con irónica deliberación.

—Cualquier cosa.

—¿Te parece bien que te llame así?

Sus ojos escrutaron la carretera.

—Muy bien.

—Era una prueba, ¿sabes? ¿Cuándo te enamoraste de mamá?

—Algún día, Lo, comprenderás muchas emociones y situaciones; por ejemplo, la armonía, la belleza de la relación espiritual.

—¡Bah! —dijo la cínica nínfula.

Pausa un poco tonta en el diálogo, colmada por un poco de paisaje.

—¡Mira, Lo, cuántas vacas hay en la falda de esa colina!

—Creo que vomitaré si vuelvo a ver una vaca.

—¿Sabes, Lo? Te he echado terriblemente de menos.

—Yo no. Para que lo sepas, te he sido asquerosamente infiel. Pero me importa un comino, porque, de todos modos tú has dejado de preocuparte por mí. Conduces mucho más deprisa que mamá, jefe.

Aminoré desde unos ciegos ciento treinta a unos miopes ochenta.

—¿Por qué supones que he dejado de preocuparme por ti, Lolita?

—Bueno, no me has besado, ¿verdad?

Muriendo y gimiendo en lo más íntimo de mi ser, vi que delante de nosotros el arcén se ensanchaba razonablemente, y me metí en él y anduve zigzagueando por la maleza. Recuerda que es sólo una niña, recuerda que es sólo...

Apenas se detuvo el automóvil, Lolita se precipitó, literalmente, en mis brazos. Sin atreverme a abandonarme, sin atreverme a creer que *aquello* (dulce humedad y fuego trémulo) fuera el principio de la vida inefable que, hábilmente auxiliado por el destino, por fin se había hecho realidad para mí, tampoco me atrevía a besarla. Acaricié apenas sus labios, ardientes y abiertos,

casi con lástima, de modo nada salaz. Pero ella, con un estremecimiento impaciente, apretó su boca contra la mía con tal fuerza
que sentí sus grandes dientes delanteros y saboreé su saliva, que
sabía a menta. Era consciente, desde luego, que no era más que
un juego inocente por su parte, una chiquillada propia de una
adolescente que imitaba algún edulcorado simulacro de aventura
romántica, y puesto que, como dirían los psicópatas y también
los violadores, los límites y reglas de esos juegos de jovencitas son
imprecisos, o, al menos, demasiado infantilmente sutiles para
que el partícipe de mayor edad los perciba, sentía un terror fatal
a ir demasiado lejos y hacerla retroceder espantada y asqueada. Y,
sobre todo, sentía una angustiosa necesidad de introducirla de
contrabando en la hermética reclusión de Los Cazadores Encantados, y nos faltaban aún más de cien kilómetros para llegar allí.
Una dichosa intuición disolvió nuestro abrazo, un segundo antes
de que un coche patrulla se pusiera a la altura del nuestro.

El rubicundo y cejijunto agente clavó los ojos en mí.

—¿No ha visto un sedán azul, del mismo modelo que el
suyo, adelantarlo antes del cruce?

—No.

—No lo hemos visto —dijo Lo, que se había inclinado prontamente por encima de mí, y apoyaba su mano inocente en mis
piernas—. Pero ¿está seguro de que era azul? Porque...

El policía (¿qué esperaba encontrar al detenerse junto a
nosotros?) envió su mejor sonrisa a la tunante y cambió de sentido.

Seguimos la marcha.

—¡Qué capullo! —exclamó Lo—. Debería haberte detenido.

—¿Por qué, Dios mío?

—Bueno, en este miserable estado la velocidad máxima es
de ochenta y... No, pedazo de tonto, no aminores. Ya se ha ido.

—Nos queda por hacer un buen trecho —dije—, y quiero llegar antes de que anochezca. De modo que sé una niña buena.

—Soy una niña mala, mala —dijo Lo alegremente—. Delincuente juvenil, pero franca y atractiva. ¡Ese semáforo estaba en
rojo! ¡Nunca había visto conducir así!

Atravesamos en silencio un silencioso pueblecito.

—Oye, mamá se volvería completamente loca si descubriera que somos amantes.

—¡Dios santo, Lo, no hables así!

—Pero *somos* amantes, ¿no es cierto?

—No, que yo sepa. Creo que volverá a llover. ¿No quieres contarme tus travesuras en el campamento?

—Hablas como un libro, *papá.*

—¿Qué diabluras has hecho? Insisto en que me lo cuentes.

—¿Te escandalizas fácilmente?

—No. Venga...

—Metámonos en algún camino poco transitado y te contaré.

—Lo, debo pedirte que no te hagas la tonta. ¿Y bien?

—Bueno... tomé parte en todas las actividades que me propusieron.

—*Ensuite?*

—Ansuit, me enseñaron a vivir alegre y plenamente entre los demás, y a desarrollar una personalidad cabal. A ser una gilipollas perdida, en resumen.

—Sí, vi algo de eso en el folleto.

—Adorábamos cantar en torno al fuego que ardía en la gran chimenea de piedra, o bajo las jodidas estrellas, donde cada niña fundía su espíritu regocijado con la voz del grupo.

—Tu memoria es excelente, Lo, pero debo pedirte que no sueltes palabrotas. ¿Qué más?

—He hecho mío el lema de la *girl scout* —dijo Lo melodiosamente—. Dedico mi vida a realizar hermosas acciones, tales como... bueno, de eso no me acuerdo. Mi deber es... ser útil. Soy amiga de los animales machos. Obedezco las órdenes. Soy alegre. Otro coche de policía. Soy frugal y ahorradora, y mis pensamientos, palabras y actos son absolutamente indecentes.

—Espero que eso sea todo, marisabidilla.

—Sí. Eso es todo. No..., espera un minuto. Cocinábamos en un horno de campaña.

—Eso parece muy interesante.

—Lavábamos la tira de platos. En la escuela la tira quiere decir mucho, muchísimo, requetemucho. Y, por último, aunque no es menos importante, como dice mamá... Déjame pensar... ¿Qué era? Ah, sí: hacíamos sombras chinescas. ¡Caray, qué divertido!

—*C'est bien tout?*

—*C'est.* Salvo una cosita, algo que no puedo contarte sin ruborizarme de pies a cabeza.

—¿Me lo contarás después?

—Si nos sentamos en la oscuridad y me dejas hablar en voz baja, te lo contaré. ¿Duermes en tu habitación, como antes, o hecho un revoltijo con mamá?

—En mi habitación. Tu madre sufrirá una operación muy seria, Lo.

—¿Quieres parar en ese bar? —dijo Lo.

Sentada en un alto taburete, y mientras una faja de sol acariciaba su brazo desnudo y atezado, Lolita atacó un complicado helado coronado de jarabe sintético. Lo montó y se lo sirvió un muchacho granujiento y con cara de bruto que llevaba una grasienta corbata, el cual examinó a mi frágil niña, envuelta en su leve vestido de algodón, con deliberación carnal. Mi impaciencia por llegar a Briceland y Los Cazadores Encantados era mayor de lo que podía soportar. Por fortuna, Lo despachó el helado con su habitual presteza.

—¿Cuánto dinero tienes? —pregunté.

—Ni un céntimo —me respondió tristemente al mismo tiempo que levantaba las cejas y me mostraba el vacío interior de su bolso.

—Arreglaremos ese asunto a su debido tiempo —le dije con gran seriedad y aire prometedor—. ¿Vamos?

—Oye, aquí hay servicios, ¿verdad?

—No vayas allí —dije con firmeza—. Debe de ser un lugar inmundo. Vámonos.

En el fondo, era una niñita obediente, y la besé en el cuello en cuanto volvimos al automóvil.

—*No* hagas eso —dijo mirándome con genuina sorpresa—. No me babees, puerco.

Se restregó el lugar donde acababa de besarla levantando el hombro.

–Perdona –le dije–. Es que te quiero mucho, ¿sabes?

Subimos por una sinuosa carretera bajo un cielo plomizo y luego iniciamos el descenso.

(¡Oh, Lolita mía, nunca llegaremos allí!)

El crepúsculo empezaba a inundar la bonita y pequeña Briceland, con su falsa arquitectura colonial, sus tiendas de recuerdos y sus árboles de sombra importados, cuando recorrimos sus calles débilmente iluminadas en busca de Los Cazadores Encantados. El aire, a pesar de la firme llovizna que lo adornaba con sus cuentas de cristal, era verde y tibio; una larga cola, integrada, sobre todo, por niños y ancianos, se había formado ante la taquilla de un cine, en cuya fachada centelleaban igual que alhajas luces multicolores.

–¡Oh, quiero ver esa película! Vengamos después de cenar. ¡Oh, tráeme!

–Tal vez –cantó Humbert, aunque sabía muy bien, ¡astuto diablo que ya iba empalmado!, que a las nueve, cuando empezara *su* película, ella estaría como muerta en sus brazos.

–¡Cuidado! –gritó Lo, al mismo tiempo que se ladeaba, cuando un maldito camión se detuvo de repente en un cruce, delante de nosotros, con un latido de sus luces traseras.

Sentía que, si no dábamos con el hotel pronto, inmediatamente, milagrosamente, en la manzana siguiente, perdería todo dominio sobre la cafetera de Charlotte, con sus ineficaces limpiaparabrisas y sus frenos caprichosos. Pero los transeúntes a quienes pedía informes eran también visitantes o preguntaban frunciendo el ceño: «¿El cazador qué...?», como si estuviera loco. O bien iniciaban explicaciones tan complicadas, con ademanes geométricos, generalidades geográficas y datos estrictamente locales («... después siga hacia el sur, hasta encontrar la casa...»), que no podía menos que extraviarme en el laberinto de sus bien intencionados galimatías. Lo, cuyas entrañas encantadoramente bien constituidas ya habían digerido el helado, empezó a pensar en una buena cena y a incordiarme por ello. En cuanto a mí, aunque me había acostumbrado mucho tiempo antes a que una especie de diablillo secundario (el ineficiente secretario de Mc-Fate, por así decirlo) estorbara torpemente el generoso y magnífico plan de su patrón, dar vueltas y más vueltas por las avenidas de Briceland era, quizás, la prueba más exasperante con que me había enfrentado hasta entonces. Meses después tuve ocasión de reírme del candor juvenil que me había hecho encapricharme con aquel hotel en concreto, con su curioso nombre; pues a lo largo de nuestro camino infinitos hoteles proclamaban su disponibilidad con luces de neón, prontos a alojar a vendedores, presidiarios fugitivos, impotentes y familias enteras, así como a las más corrompidas y vigorosas parejas. ¡Ah, gentiles conductores que os deslizáis a través de la negrura de las noches estivales, qué escenas, qué paroxismos de la lujuria, podríais ver desde vuestras insuperables carreteras si las paredes de las confortables cabañas de los moteles perdieran sus pigmentos y se volvieran tan transparentes como cajas de cristal!

El milagro que ansiaba ocurrió, después de todo. Un hombre y una muchacha, más o menos amartelados en un oscuro automóvil, bajo árboles frondosos, nos dijeron que estábamos en el corazón mismo del Parque, y que sólo debíamos girar a la izquierda en el próximo semáforo y lo encontraríamos. No vimos ningún semáforo (de hecho, el Parque estaba tan negro como los pecados que ocultaba), pero, poco después de caer bajo el suave encanto de una curva muy bien nivelada, los viajeros advirtieron un brillo diamantino a través de la bruma, después apareció un resplandor de agua; y allí estaba, maravillosa e inexorablemente, bajo los árboles espectrales, al final de un sendero cubierto de grava, el pálido palacio encantado.

A primera vista, una fila de coches aparcados semejantes a cerdos en un comedero, parecían impedir el acceso; pero después, como por arte de magia, un formidable descapotable, centelleante, de color rubí, empezó a moverse —enérgicamente conducido por un chófer de anchos hombros— y nos deslizamos llenos de gratitud en la brecha que dejó. Enseguida lamenté mi prisa, pues advertí que mi predecesor se dirigía a un cer-

144

cano cobertizo que hacía las veces de garaje y en el que había espacio suficiente para otro automóvil. Pero estaba demasiado impaciente para seguir su ejemplo.

—¡Jo! ¡Parece la pera de fino! —observó mi vulgar amada, tras mirar de reojo la decoración de la fachada, mientras se lanzaba a la audible llovizna y con mano infantil soltaba de un tirón su falda, que se le había metido en la hendidura del melocotón (para citar a Robert Browning). Bajo las luces eléctricas, falsas hojas agrandadas de castaño envolvían columnas blancas. Abrí el maletero... Un negro jorobado y de cabeza cana, vestido con un uniforme muy poco elegante, cogió nuestro equipaje y lo llevó lentamente al vestíbulo. Estaba lleno de ancianas y clérigos. Lolita se puso en cuclillas para acariciar a un perro de aguas de cara pálida, manchas azuladas y orejas negras que se desmayó bajo su mano —y quién no se habría desmayado, amor mío— sobre la alfombra floreada, mientras yo me abría camino hacia el mostrador de la recepción a través de la multitud. Allí, un viejo calvo y rosado, de aspecto porcino —todos eran viejos en aquel viejo hotel— examinó mis rasgos con una sonrisa afable, después buscó sin prisas mi (mentiroso) telegrama, lo leyó, luchó con ciertas enigmáticas (para mí) dudas, miró el reloj y por fin dijo que lo lamentaba mucho, pero que había guardado la habitación con dos camas hasta las seis y media, y ya no estaba disponible. Una convención religiosa se había sumado a una exposición floral en Briceland y...

—El apellido —dije fríamente— no es Humberg ni Humbug, sino Herbert, quiero decir Humbert, y cualquier habitación servirá. Bastará con poner un catre para mi hija. Tiene diez años, y está muy cansada.

El viejo rosado miró afectuosamente a Lo, todavía en cuclillas, que escuchaba de perfil, con los labios entreabiertos, lo que la dueña del perro, una anciana envuelta en velos violáceos, le decía desde las profundidades de un sillón tapizado en cretona.

Las dudas —sean cuales fueren— de aquel viejo indecente quedaron disipadas ante la visión de semejante pimpollo. Dijo que quizás tuviera —y la tenía, claro que la tenía— una habitación con cama de matrimonio. En cuanto al catre...

—Señor Potts, ¿tenemos catres disponibles?

Potts, también rosado y calvo, con pelos blancos que asomaban de sus orejas y otros orificios, dijo que vería qué podía hacerse. Fue y habló, mientras yo sacaba mi estilográfica. ¡Impaciente Humbert!

—En nuestras camas de matrimonio caben perfectamente tres personas, a decir verdad —dijo Potts en tono íntimo, como si ya viera al padre y a su hijita durmiendo castamente en una de ellas—. En una noche de mucho público durmieron juntas tres señoras y una niña. Creo que una de las señoras era un hombre disfrazado. —¿Estaría insinuando aquel tipo que yo también era un mentiroso?— Sin embargo... ¿no hay un catre disponible en la 49, señor Swine?

—Creo que lo pidieron los Swoon —dijo Swine, el viejo payaso que me había atendido al llegar.

—Nos arreglaremos como sea —dije—. Mi mujer quizás venga más tarde, pero, aun así... creo que nos arreglaremos.

Los dos cerdos rosados acababan de entrar a formar parte del reducido grupo de mis mejores amigos. Con la letra clara y lenta del delineante, escribí: «Doctor Edgar H. Humbert e hija, calle Lawn, 342, Ramsdale.» Una llave (¡la de la habitación 342!) me fue mostrada a medias (igual que cuando un mago muestra el objeto que está a punto de escamotear) y entregada al Tío Tom. Lo dejó al perro como habría de dejarme a mí algún día, se enderezó sobre sus piernas; una gota de lluvia cayó sobre la tumba de Charlotte; una negra joven y atractiva abrió la puerta del ascensor y la niña sentenciada entró seguida por su padre, que se aclaraba la garganta, y por el cansino Tom, que llevaba el equipaje.

Parodia de un pasillo de hotel. Parodia del silencio y la muerte.

—¡Mira, es el número de casa! —dijo Lo alegremente.

Había una cama de matrimonio, un espejo, una cama de matrimonio en el espejo, una puerta de ropero con espejo, una puerta de cuarto de baño ídem, una ventana azul oscuro, una cama reflejada en ella, la misma en el espejo del ropero, dos sillas, una mesa con tapa de cristal, dos mesitas de noche, una cama de matrimonio: una gran cama de madera, para ser exacto, con un cubrecama de felpilla de color rosa, y dos lámparas de noche de pantallas rosas y rizadas, a derecha e izquierda.

Estuve a punto de dejar un billete de cinco dólares en aquella palma sepia, pero pensé que semejante generosidad podría ser mal interpretada, y puse una moneda de veinticinco centavos. Agregué otra. Se retiró. Clic. *Enfin seuls.*

—¿Dormiremos los dos en *la misma* cama? —preguntó Lo.

Sus rasgos adquirieron un peculiar dinamismo: no era enfado ni aversión (aunque estaba al borde de sentirlos), sino mero dinamismo como siempre que quería hacer una pregunta de violenta transcendencia.

—Les he pedido que pongan un catre. Dormiré en él, si quieres.

—Estás loco.

—¿Por qué, querida?

—Porque cuando mi querida mamá lo descubra, querido, se divorciará de ti y me estrangulará.

Sólo dinamismo. Sin tomar la cosa demasiado en serio.

—Óyeme —dije, y me senté; ella estaba a pocos pasos, mirándose con satisfacción, no desagradablemente sorprendida de su propio aspecto, colmando con su resplandor rosáceo el sorprendido y complacido espejo de ropero—. Oye, Lo. Aclaremos esto de una vez por todas. Prácticamente, soy tu padre. Siento gran ternura por ti. En ausencia de tu madre, soy responsable de tu bienestar. No somos ricos, y mientras viajemos, estaremos obligados a... Tendremos que estar juntos bastante tiempo. Dos personas que comparten un cuarto inician inevitablemente una especie de... cómo diré... una especie de...

—La palabra es incesto —dijo Lo, y se metió en el ropero, volvió a salir con una risilla joven y dorada, abrió la puerta contigua y, después de mirar dentro cuidadosamente, con sus extraños ojos color humo, para no cometer otro error, se retiró al cuarto de baño.

Abrí la ventana, me quité la camisa empapada de sudor, me la cambié, me cercioré de que tenía el frasco de píldoras en el bolsillo de mi chaqueta, abrí el...

Lo reapareció. Traté de abrazarla: como al azar, un poco de controlada ternura antes de cenar.

—Oye, dejemos los besuqueos por ahora y vayamos a comer algo.

Fue entonces cuando presenté mi sorpresa.

¡Oh, qué mirada de ensueño apareció en los ojos de mi adorada! Se dirigió hacia la maleta abierta como deslizándose desde lejos, en una especie de marcha muy lenta, fijando los ojos en el distante cofre del tesoro, sobre la banqueta destinada a sostener el equipaje (¿había algo anormal en aquellos grandes ojos grises o estábamos los dos sumidos en la misma bruma encantada?). Se acercó levantando bastante los pies, de talones más bien altos, e inclinando sus hermosas y juveniles rodillas mientras atravesaba aquel espacio que parecía dilatarse con la lentitud de quien camina bajo el agua o en un sueño. Después levantó por las mangas una camiseta de color cobre, encantadora y costosa, y la extendió muy lentamente entre sus manos silenciosas, como un cazador de pájaros apasionado que contuviera su aliento para no mancillar el pájaro increíble que extiende por los extremos de sus alas flamígeras. Después (mientras la contemplaba) tomó la lenta serpiente de un brillante cinturón y se lo probó.

De repente, se precipitó en mis brazos impacientes, radiante, abandonada, para acariciarme con sus ojos tiernos, misteriosos, impuros, indiferentes, umbríos... A decir verdad, parecía la más vulgar e interesada de las bellezas vulgares e interesadas. Pues eso es lo que imitan las nínfulas, mientras nosotros gemimos y morimos.

—¿Qué decías de los besuqueos? —murmuré en su pelo, casi perdido el dominio de las palabras.

—Ya que quieres saberlo —dijo—, lo haces al revés.

—Enséñame la manera correcta.

—Cuando llegue el momento —dijo la enloquecedora picaruela.

Seva ascendes, pulsata, brulans, kitzelans, dementissima. Elevator clatterans, pausa, clatterans, populus in corridoro. Hanc nisi mors mihi adimet nemo! Juncea puellula, jo pensavo fondissime, nobserva nihil quidquam;[1] pero, desde luego, en otro momento hubiera podido cometer un desatino. Por fortuna, Lo volvió al cofre del tesoro.

Desde el cuarto de baño —donde me costó un buen rato recuperar la calma y volver a la rutinaria normalidad— escuché de pie, tamborileando, conteniendo el aliento, las exclamaciones de Lolita y su candoroso deleite.

Había usado el jabón sólo porque era una minúscula pastilla, especial para hoteles.

—Bueno, vamos, querida, si tienes tanta hambre como yo.

Y así fuimos hacia el ascensor: la hija meciendo su viejo bolso blanco, el padre caminando al frente (*nota bene:* nunca detrás, no es una dama). Mientras aguardábamos (ahora uno junto al otro) a que nos bajaran, ella echó atrás la cabeza, bostezó con disimulo y sacudió sus rizos.

—¿A qué hora te hacían levantar en ese campamento?

—A las seis... —otro bostezo— y media. —Un nuevo bostezo con un estremecimiento de todo su cuerpo—. A las seis y media —repitió mientras la garganta volvía a henchírsele.

El comedor nos recibió con un olor a tocino frito y una sonrisa pálida. Era un lugar vasto y presuntuoso, con murales cursis que representaban cazadores encantados en posturas y estados de encantamiento diversos, en medio de una mescolanza de animales, dríadas y árboles descoloridos. Unas cuantas ancianas, dos clérigos y un hombre que llevaba una chillona cha-

---

1. «La savia ascendió, ardiente, vibrante, desesperada, demente. El ascensor resonó, hubo una pausa, volvió a resonar, pasó gente por el pasillo. ¡Sólo la muerte la apartará de mí! La delgada niña, pensé, lleno de profundo cariño, no se da cuenta de nada.» (*N. del T.*)

queta deportiva a cuadros terminaban de cenar en silencio. El comedor se cerraba a las nueve, y las muchachas vestidas de verde encargadas de servirnos mostraron, por suerte, una prisa desesperada por librarse de nosotros.

—¿No es exactamente igual que Quilty, igualito a él? —dijo Lo en voz baja.

Su agudo codo moreno no señalaba, pero ardía visiblemente en deseos de hacerlo, al solitario comensal de los chillones cuadros, en el rincón más alejado del comedor.

—¿A nuestro gordo dentista de Ramsdale?

Lo interrumpió el trago de agua que había empezado a tomar y dejó sobre la mesa su vaso, que se balanceaba en el aire.

—No, por supuesto —dijo atragantándose de risa—. Quiero decir igual que el escritor del anuncio de Dromedario.

¡Oh, Fama! ¡Oh, Fémina!

Cuando sirvieron el postre (una inmensa cuña de pastel de cerezas para la jovencita y helado de vainilla —que fue agregado en su mayor parte al pastel— para su protector), tomé el frasquillo con las Píldoras Púrpura de Papá. Cuando evoco aquellos murales nauseabundos, aquel momento extraño y monstruoso, sólo puedo explicar mi comportamiento de entonces por el mecanismo de ese vacío de pesadilla en que evoluciona una mente alterada; pero en aquel instante todo me pareció simple e inevitable. Miré alrededor, me cercioré de que el último comensal se había marchado, quité la tapa, y con la más absoluta deliberación eché el filtro en mi palma. Había ensayado cuidadosamente ante un espejo el ademán de llevarme la mano abierta a la boca y el gesto de tragar (fingidamente) una píldora. Como esperaba, Lo cogió de un zarpazo el frasco lleno de estilizadas cápsulas hermosamente coloreadas, cargadas con el Sueño de la Bella.

—¡Azul! —exclamó—. ¡Azul violeta! ¿De qué son esas píldoras?

—De los cielos estivales —dije—, ciruelas e higos, y uvas rojas como la sangre de los emperadores.

—No, en serio... por favor...

—Oh, simplemente, píldoras para papá. Vitamina X. Te ponen tan fuerte como un buey o una hacha. ¿Quieres probar una?

Lolita asintió vigorosamente y me tendió la mano.

Esperaba que la droga obrara rápidamente. Así fue, por cierto. Lolita había tenido un día agotador: había remado por la mañana con Barbara, cuya hermana era jefa de actividades acuáticas, según empezó a contarme la nínfula adorable y accesible, entre bostezos contenidos pero de volumen creciente —¡oh, con cuánta rapidez actuaba la poción mágica!—, aunque también había sido activa en otros sentidos. Cuando bogamos desde el comedor, Lolita olvidó, desde luego, la película que había pasado vagamente por su cabeza. En el ascensor se inclinó contra mí, sonriendo levemente —¿no quieres que te lo cuente?—, con los ojos de oscuras pestañas semicerrados. «Tiene sueño, ¿eh?», dijo el Tío Tom, que subía al tranquilo caballero francoirlandés y a su hija, así como a dos damas marchitas, expertas en rosas. Miraron con simpatía a mi frágil, moreno, vacilante y aturdido capullito de rosa. Casi tuve que llevarla en brazos a nuestra habitación. Se sentó en el borde de la cama, meciéndose ligeramente, y me habló arrastrando las palabras en tono arrullador, como el de una paloma.

—Si te lo digo..., si te lo digo..., me prometes —dormida, muy dormida..., cabeza colgando, los ojos en blanco...— que no te quejarás...

—Después, Lo. Ahora, a la cama. Te dejaré sola, y te meterás en la cama. Te doy diez minutos.

—Oh, he sido una niña tan repugnante... —siguió mientras sacudía el pelo y se quitaba con dedos lentos una cinta de terciopelo de la cabeza—. Déjame contarte...

—Mañana, Lo. Ahora vete a la cama, vete a la cama... ¡Por Dios, vete a la cama!

Me metí la llave en el bolsillo y bajé las escaleras.

28

¡Señoras del jurado! ¡Tengan paciencia conmigo! ¡Permítanme hacerles perder sólo un poco de su precioso tiempo! De modo que había llegado *le grand moment.* Había dejado a mi Lolita sentada al borde de la cama abismal, levantando letárgicamente un pie, tanteando con los cordones de los zapatos, mostrando al hacerlo el lado interior de los muslos hasta la entrepierna de las bragas —siempre había sido singularmente descuidada o desvergonzada, o ambas cosas, cuando se trataba de mostrar las piernas—. Ésa, pues, fue la hermética visión de Lo que dejé cerrada tras de mí después de comprobar que la puerta no tenía cerrojo por dentro. La llave, con su ficha numerada de madera, se convirtió desde ese instante en el poderoso sésamo de un futuro formidable y arrebatador. Era mía, era parte de mi puño caliente y velludo. Pocos minutos después —unos veinte, o, tal vez, media hora, *sicher ist sicher,*[1] como solía decir mi tío Gustave— entraría en el 342 para encontrar a mi nínfula, a mi belleza, a mi prometida, aprisionada en su sueño de cristal. ¡Señores del jurado! Si mi felicidad hubiera podido hablar, habría llenado el recatado hotel con un rugido ensordecedor. Y hoy mi único pesar es que no deposité tranquilamente la llave «342» en el mostrador de recepción para marcharme de la ciudad, del país, del continente, del hemisferio..., del propio globo terráqueo, esa misma noche.

Permítaseme explicarme. No me sentía en absoluto molesto por sus insinuaciones autoacusadoras. Estaba decidido a proseguir mi táctica de preservar su pureza actuando sólo en el secreto de la noche, y sólo cuando la niña estuviera desnuda y completamente anestesiada. Contención y reverencia eran aún mi lema, aunque esa «pureza» —noción que, por cierto, descarta de modo total la ciencia moderna— hubiera sido un tanto alterada por alguna experiencia juvenil erótica, sin duda homosexual, en aquel maldito campamento. Desde luego, según mi

---

1. «Cuanto más seguro, mejor.» *(N. del T.)*

anticuado modo de ser europeo, yo, Jean-Jacques Humbert, había dado por sentado, al conocerla, que era una niña tan inocente como inocente era la noción estereotipada de «niña normal» desde el llorado fin del Mundo Antiguo, el de antes de Cristo, y sus fascinantes prácticas. En esta época nuestra tan ilustrada, no nos rodean pequeñas flores esclavas a las que podamos deshojar despreocupadamente entre los negocios y el baño, como solía hacerse en días de los romanos. Y no tenemos, como tenían los orientales de mayor alcurnia en épocas más lujuriosas, a menudas bailarinas de las que gozar entre el cordero y el sorbete de rosas. El caso es que el antiguo vínculo entre el mundo adulto y el infantil ha sido escindido en nuestros días por nuevas costumbres y nuevas leyes. A pesar de que me había interesado superficialmente por la psiquiatría y las cuestiones sociales, era muy poco lo que sabía, en realidad, sobre los niños. Después de todo, Lolita sólo tenía doce años, y aun haciendo concesiones al momento y al lugar, aun teniendo en cuenta el rudo comportamiento de los colegiales norteamericanos, yo seguía creyendo que cuanto ocurría entre esos mocosos impetuosos ocurría en una edad más avanzada, en un ambiente diferente. Por lo tanto (para retomar el hilo de esta explicación), el moralista que hay en mí eludía el problema ateniéndose a las nociones convencionales de lo que debe ser una niña de doce años. El psicoterapeuta infantil que hay en mí (un farsante, como lo son casi todos... pero esto no importa ahora) regurgitaba un picadillo neofreudiano y conjuraba a una Dolly soñadora y desaforada, en el período de «latencia» de su niñez. Por fin, el sensualista que hay en mí (un gran monstruo demente) no tenía nada que objetar a cierta depravación en su presa. Pero en alguna parte, tras el vehemente deleite que pronto esperaba gozar, sombras perplejas deliberaron... ¡y lo que lamento es no haberlas atendido! ¡Humanos, escuchadme! Debí comprender que Lolita *ya* había revelado ser muy distinta de la inocente Annabel, y que el mal ninfuloso, la *ninfulitis,* por así decirlo, que trasudaba cada poro de aquella niña predestinada para mi secreto goce haría imposible el secreto, y letal el goce.

Debí comprender (por indicios que me llegaban de algo que había en la propia Lolita, procedentes tal vez de la niña real que era mi amada, o tal vez de un ángel haragán situado a sus espaldas) que sólo obtendría horror y dolor del deleite esperado. ¡Oh, alados señores del jurado!

Y Lolita era mía, la llave estaba en mi mano, mi mano estaba en mi bolsillo, Lolita era mía. Durante las evocaciones y esquemas a que había consagrado tantos insomnios, había ido eliminando poco a poco todo rasgo superfluo, y, apilando capa tras capa de traslúcida visión, había conformado la imagen última. Desnuda —sólo con un calcetín y su brazalete—, tendida en la cama donde mi filtro la había abatido... así la imaginaba mentalmente. Su mano todavía asía una cinta de terciopelo; su cuerpo color de miel, con la imagen blanca en negativo de un traje de baño rudimentario impresa sobre la piel morena, me ofrecía sus pálidos pezones; en la luz rosada, el leve vello púbico brillaba sobre su redondo montículo. La llave fría, enganchada en su cálido aditamento de madera, estaba en mi bolsillo.

Erré por varios salones más o menos concurridos, exultante de cintura para abajo, pero preocupado de cintura para arriba; eso era consecuencia de que la mirada del lujurioso siempre es triste: la lujuria nunca está segura —aunque la víctima aterciopelada esté encerrada en tu propio calabozo— de que algún demonio rival o un dios influyente no estorbe el triunfo preparado. En términos corrientes, necesitaba un trago; pero no había bar en aquel lugar venerable, lleno de mojigatos sudorosos y «antigüedades».

Me dirigí al servicio de caballeros. Allí, una persona de negro clerical —un «animado compañero», *comme on dit*—, tal vez para verificar si también estaba allí en busca de la asistencia de Viena, como si ésta sirviera para algo, me preguntó si me había gustado la conferencia del doctor Boyd, y se mostró perplejo cuando yo (el rey Sigmund II) le dije que Boyd era un cretino de tomo y lomo. Después de lo cual arrojé diestramente la toalla de papel con que había secado las sensibles puntas de mis dedos en el receptáculo destinado a recibirla y zarpé hacia el vestíbulo. Apoyé cómodamente mis codos sobre el mostrador de recepción y pregunté al señor Potts si estaba seguro de que mi mujer no había telefoneado. ¿Y en cuanto al catre? Respondió que no había telefoneado (estaba muerta, desde luego) y que instalarían el catre al día siguiente, si decidíamos quedarnos. Desde un lugar atestado de gente, llamado Sala de los Cazadores, llegaron muchas voces que discutían sobre la horticultura o la eternidad. Otro lugar, éste llamado Sala de las Frambuesas, profusamente iluminado, con mesitas brillantes y una mesa más grande con «refrescos», aún estaba vacío, salvo la presencia de una azafata (esa clase de mujer con cara de preocupación, sonrisa brillante y modo de hablar como el de Charlotte); flotó hasta mí para preguntarme si yo era el señor Braddock, pues en este caso la señorita Beard me buscaba. «¡Qué apellido para una mujer!»,[1] exclamé, y me fui.

Mi sangre irisada entraba y salía de mi corazón. Aguardaría hasta las nueve y media. Volví al vestíbulo y advertí un cambio: unas cuarenta personas con vestidos floreados y trajes negros habían formado corrillos aquí y allá, y el travieso azar me brindó la visión de una niña encantadora, de la edad de Lolita, con un vestido semejante al suyo, pero blanco, y con un lazo blanco en el pelo negro. No era bonita, pero era una nínfula, y sus pálidas piernas marfileñas y su cuello de lirio cantaron durante un momento memorable una deliciosa antífona (en términos de música espinal) a mi deseo de Lolita, morena y rosada, ruborosa y quizás no tan inocente como yo había imaginado. La pálida niña advirtió mi mirada (que era realmente fortuita y cortés). Ridículamente afectada, perdió por completo el dominio de sí, puso los ojos en blanco, se acarició la mejilla con el reverso de la mano, se tiró del borde de la falda y acabó volviéndome sus gráciles omóplatos para emprender una charla ficticia con su bovina madre.

Salí del ruidoso vestíbulo y permanecí fuera, de pie sobre los blancos escalones del porche, mirando los centenares de in-

---

1. *Beard* significa «barba». *(N. del T.)*

sectos que revoloteaban en torno a las luces, en la negra noche mojada, llena de murmullos y ruidos. Todo lo que haría, lo que me atrevería a hacer, sería, en definitiva, una fruslería...

De pronto, tuve conciencia de que en la oscuridad del porche, cerca de mí, había una persona sentada en una silla. No podía verla, pero oí que se movía al inclinarse hacia adelante, después una discreta regurgitación, y al fin la nota de una plácida vuelta a la posición anterior. Estaba a punto de abandonar aquel lugar, cuando su voz, una voz de hombre, se dirigió a mí.

—¿De dónde diablos la ha sacado?

—¿Cómo?

—Decía que el tiempo ha mejorado.

—Así parece.

—¿Quién es esa maravilla?

—Mi chiquilla.

—¡Miente, de eso, nada!

—¿Cómo?

—Decía que en julio el calor ha sido una pasada. ¿Dónde está su madre?

—Murió.

—Lo siento. A propósito, ¿querrían almorzar conmigo mañana? Esta multitud espantosa ya se habrá marchado.

—Y nosotros también. Adiós.

—Lo siento. Estoy bastante borracho. Buenas noches. Esa chiquilla suya necesita dormir mucho. El sueño es una rosa, como dicen los persas. ¿Fuma?

—No ahora.

Encendió un fósforo. Pero acaso porque estaba borracho, o porque lo estaba el viento, la llama iluminó a otra persona, un hombre muy viejo, uno de esos huéspedes permanentes de los hoteles anticuados, y su blanca mecedora. Nadie dijo nada, y la oscuridad volvió a su lugar inicial. Después oí que el viejo residente tosía y se libraba de alguna sepulcral mucosidad.

Salí del porche. Había pasado por lo menos media hora. Hubiera debido pedirle a aquel hombre que me dejara echar un trago de su petaca. La tensión empezaba a atormentarme. Si una cuerda de violín puede sentir dolor, yo era esa cuerda. Pero habría sido inconveniente demostrar precipitación. Mientras me abría paso a través de un grupo de personas inmóviles en un rincón del vestíbulo, hubo un resplandor deslumbrante y el radiante doctor Braddock, dos matronas ornamentadas con orquídeas, la niña de blanco y quizás los dientes del sonriente Humbert Humbert, que se deslizaba entre la cría que parecía una novia y el encantado clérigo, quedaron inmortalizados, en la medida en que pueden considerarse inmortales el papel y la impresión de un periódico pueblerino. Un grupo gorjeante se había reunido en torno al ascensor. Volví a elegir las escaleras. La 342 estaba cerca de la salida de emergencia. Todavía podía... pero la llave ya estaba en la cerradura y, de repente, me encontré en el cuarto.

29

La puerta del iluminado cuarto de baño estaba entreabierta; además, un esqueleto de luz llegaba de las lámparas exteriores, más allá de las persianas. Esos rayos entrecruzados mitigaban la oscuridad del dormitorio y revelaban esta situación:

Vestida con uno de sus viejos camisones, mi Lolita estaba acostada de lado, de espaldas a mí, en medio de la cama. Su cuerpo apenas velado y sus miembros desnudos formaban una zeta. Se había puesto las dos almohadas bajo la oscura cabeza despeinada; una franja de pálida luz atravesaba sus primeras vértebras.

Me pareció que me desvestía y me ponía el pijama con la misma fantástica celeridad con que se realizan esas operaciones, gracias a los fundidos, en las películas. Ya había puesto mi rodilla en el borde de la cama, cuando Lolita volvió la cabeza y me miró a través de las sombras listadas.

Eso era algo que el intruso no esperaba. La treta de las píldoras (cosa bastante sórdida, *entre nous soit dit)* tenía por objeto producir un sueño profundo, imperturbable, para todo un regimiento... y allí estaba ella, mirándome y llamándome confusamente «Barbara». Y Barbara, vestida con mi pijama –que, por cierto, le iba bastante estrecho–, permaneció inmóvil, en suspenso, sobre la pequeña sonámbula. Suavemente, con un suspiro de resignación, Dolly se volvió y recobró su posición anterior. Durante dos minutos, por lo menos, esperé paralizado y tenso al borde del abismo, por así decirlo, igual que aquel sastre con su paracaídas casero, hace cuarenta años, a punto de arrojarse desde la torre Eiffel. Su débil respiración tenía el ritmo del sueño. Al fin me tendí en mi estrecho margen de cama, tiré con suavidad de las sábanas, hechas un lío al sur de mis pies, fríos como una piedra... y Lolita levantó la cabeza y me miró desconcertada.

Como después me explicó un servicial farmacéutico, la píldora púrpura ni siquiera pertenecía a la grande y noble familia de los barbitúricos, y, aunque habría provocado el sueño en un neurótico convencido de que se trataba de un poderoso somnífero, era, en realidad, un mero sedante, incapaz de actuar demasiado tiempo sobre una nínfula vivaz, aunque cansada. No importa ahora si el médico de Ramsdale era un charlatán o un viejo pícaro que había advertido algo extraño en mi conducta. Lo importante es que me había engañado. Cuando Lolita volvió a abrir los ojos, comprendí que, incluso en el caso de que el fármaco actuara más tarde, en el curso de la noche, la seguridad con que había contado era falsa. Lentamente, su cabeza se volvió para caer en su egoísta provisión de almohada. Yo permanecía en mi estrecha franja con los ojos fijos en su pelo revuelto, en el brillo de su carne de nínfula, en la media cadera y el medio hombro confusamente entrevistos, tratando de sondear la profundidad de su sueño por el ritmo de su respiración. Pasó algún tiempo, todo seguía igual, y decidí que podía correr al albur de aproximarme a aquel brillo encantador, enloquecedor... Pero, apenas me moví hacia su tibia vecindad, su respiración se alteró, y tuve la odiosa sensación de que la pequeña Dolores estaba completamente despierta y estallaría en lágrimas si la tocaba con cualquier parte de mi cuerpo, dolorido a causa de la angustiosa tensión. Por favor, lector: a pesar de tu exasperación contra el tierno, morbosamente sensible, infinitamente circunspecto héroe de mi libro, ¡no omitas estas páginas esenciales! Imagíname: no puedo existir si no me imaginas. Trata de discernir a la liebre que hay en mí, temblando en el bosque de mi propia inquietud; y hasta sonríe un poco. Después de todo, no hay nada malo en sonreír. Verbi gratia (y he estado a punto de escribir «¡qué desgracia!»), no tenía dónde apoyar la cabeza, y un acceso de ardor de estómago (¡y llaman «a la francesa» a esas patatas fritas, *grand Dieu!*) se sumaba a mi incomodidad.

Mi nínfula volvió a hundirse en el sueño, pero no me atreví a zarpar hacia mi viaje encantado. *La Petite Dormeuse ou l'Amant Ridicule.* Al día siguiente la atiborraría de aquellas otras píldoras, las que habían dormido a su mamá. ¿Estaban en la guantera del coche o en el maletín de viaje? ¿Esperaría una hora más y me acercaría de nuevo? La ciencia de la ninfulolepsia es muy precisa. El contacto con ella haría que se despertase en un segundo. Una separación de un milímetro entre los dos retrasaría en diez segundos su despertar. Decidí esperar.

No hay nada más ruidoso que un hotel norteamericano; y se suponía que aquél era un lugar tranquilo, agradable, anticuado, hogareño..., ideal para una «vida apacible» y todas esas tonterías. El chirrido de la puerta del ascensor –a unos veinte metros al noreste de mi cabeza, pero que oía tan nítidamente como si hubiera estado dentro de mi sien izquierda– alternó hasta mucho después de medianoche con los zumbidos y estallidos de las varias evoluciones de la máquina. De cuando en cuando, inmediatamente al este de mi oreja izquierda (téngase presente que yo continuaba de espaldas, sin atreverme a dirigir mi lado más vil hacia la nebulosa cadera de mi compañera de lecho), el corredor vibraba con alegres, resonantes e ineptas exclamaciones que acababan con una descarga de «¡Buenas noches!». Cuando *eso* terminaba, empezaba un inodoro inmediatamente al norte de mi cerebro. Era un inodoro viril, enérgico, bronco, y fue usado muchas veces. Sus regurgitaciones, sus sorbetones y sus prolongadas corrientes posteriores sacudían la pared a mis espaldas. Después, alguien situado en dirección sur se mareó de un modo realmente fuera de lo común, pues casi vomitó su vida juntamente con el alcohol, y su inodoro resonó como un verdadero Niágara, justo al lado de nuestro cuarto de baño. Y cuando, por fin, las cataratas enmudecieron y todos los cazadores encantados conciliaron el sueño, la avenida bajo la ventana de mi insomnio, al oeste de mi vigilia —una digna y limpia avenida eminentemente residencial, bordeada de árboles inmensos— degeneró en despreciable vía de paso de gigantescos camiones que rugían en la noche ventosa y húmeda.

¡Y a pocos centímetros de mí y de mi encendida fuente de la vida estaba la nebulosa Lolita! Después de una larga vigilia sin mover un músculo, mis tentáculos avanzaron hacia ella, y esta vez el crujido del colchón no la despertó. Me las compuse para aproximar tanto al suyo mi cuerpo voraz, que sentí el aura de su hombro desnudo como un tibio aliento sobre mi mejilla. Entonces se sentó, me miró desconcertada, murmuró algo con insensata rapidez acerca de unos botes de remo, tiró de las sábanas y volvió a hundirse en su inconsciencia oscura, poderosa, joven. Mientras se revolvía para volver a hundirse en su abundante flujo de sueño —hasta hacía unos momentos de color castaño, pero ahora plateado— su brazo me golpeó en la cara. Durante un segundo la retuve. Se liberó de la sombra de mi abrazo sin advertirlo, sin violencia, sin repulsa personal, sólo con el murmullo neutro y quejoso de una niña que exige su descanso natural. Y la situación fue otra vez la misma: Lolita con su espalda curvada vuelta hacia Humbert, y éste, con la cabeza apoyada sobre una mano, ardiendo de deseo y dispepsia.

Esta última exigía de mí que hiciera un viajecillo hasta el cuarto de baño en busca de un vaso de agua —que es la mejor medicina que conozco para mi caso, excepto, tal vez, la leche con rabanitos—. Y cuando regresé a la extraña atmósfera de pálidas franjas donde las ropas viejas y nuevas de Lolita se reclinaban en diversas actitudes de encantamiento sobre muebles que parecían flotar vagamente, mi hija imposible se sentó y con voz clara dijo que también tenía sed. Tomó el elástico y frío vaso de papel con su mano umbrosa y tragó su contenido agradecida, con sus largas pestañas dirigidas hacia el recipiente. Después, con un ademán infantil más encantador que cualquier caricia carnal, secó sus labios contra mi hombro. Volvió a caer sobre la almohada (yo había cogido la mía mientras bebía) y se durmió instantáneamente.

No me había atrevido a hacerle ingerir una segunda dosis de somnífero ni había abandonado la esperanza de que la primera consolidara aún su sueño. Empecé a deslizarme hacia ella, dispuesto a cualquier decepción, sabiendo que era mejor esperar, pero incapaz de hacerlo. Mi almohada olía a su pelo. Avancé hacia mi resplandeciente amada, deteniéndome o retrocediendo cada vez que se movía o parecía a punto de moverse. Una brisa del País de las Maravillas empezaba a alterar mis pensamientos, que ahora parecían inclinados en bastardilla, como si el fantasma de esa brisa arrugara la superficie que los reflejaba. Una y otra vez mi conciencia tomó el camino equivocado y se dejó arrastrar por el sueño, del que salía no menos a rastras, e incluso en un par de ocasiones me sorprendí incurriendo en un melancólico ronquido. Brumas de ternura encubrían montañas de deseo. De cuando en cuando me parecía que la presa encantada salía al encuentro del cazador encantado, y que su cadera avanzaba hacia mí bajo la blanda arena de una playa remota y fabulosa. Pero después su oscuridad con hoyuelos se movía, y entonces comprendía que estaba más lejos que nunca de mí.

Si me recreo algún tiempo en los temores y vacilaciones de esa noche distante, es porque insisto en demostrar que no soy, ni fui nunca, ni pude haberlo sido, un canalla brutal. Las regiones apacibles y vagas en que reptaba eran el patrimonio de los poetas, no el acechante terreno del delito. Si hubiera llegado a mi meta, mi éxtasis habría sido todo suavidad, un caso de combustión interna cuyo calor apenas habría sentido Lolita, aun completamente despierta. Pero seguía esperando que mi nínfula se sumergiera en una plenitud de estupor que me permitiera gozar de algo más que de un vislumbre de su cuerpo. Así que, entre una indecisa aproximación y otra, con una percepción tan trastornada que confundía a Lolita con manchas de colores, como las que aparecen en las alas de ciertas mariposas, o con arbustos en flor cubiertos de suave pelusa, soñaba que me despertaba y recobraba la conciencia, o soñaba que estaba despierto y al acecho.

De madrugada hubo un momento de quietud en la noche de aquel hotel sin sosiego. Después, alrededor de las cuatro, la cisterna del baño del pasillo cayó como una cascada y su puerta retumbó. Un poco después de las cinco empezó a llegarme un reverberante monólogo desde algún patio o aparcamiento. No era en realidad un monólogo, puesto que el hablante se detenía cada pocos segundos para escuchar (aparentemente) a otro tipo, pero esa voz no llegó hasta mí, de modo que no pude atribuir ningún sentido a la parte escuchada. Su entonación práctica, sin embargo, contribuyó a facilitar la llegada del amanecer, y el cuarto se hallaba ya bañado en un lila grisáceo cuando industriosos inodoros empezaron su labor, uno tras otro, y el ascensor zumbante y chirriante empezó a subir y bajar a tempranos usuarios que necesitaban ascender o descender, y durante unos minutos dormité miserablemente, y Charlotte fue una sirena en un acuario de aguas verdosas, y en algún lugar del pasillo el doctor Boyd dijo «¡Buenos días tenga usted!» con voz pastosa, y después Lolita bostezó.

¡Frígidas damas del jurado! Yo había pensado que pasarían meses, años acaso, antes de que me atreviera a revelar la naturaleza de mis sentimientos a Dolores Haze; pero a las seis ya estaba despierta, y a las seis y cuarto ya éramos, técnicamente, amantes. Y voy a decirles algo que les sorprenderá: *ella* me sedujo.

Al oír su primer bostezo matinal fingí un sueño de hermoso perfil. Sencillamente, no sabía qué hacer. ¿Se alarmaría al verme a su lado, y no en un catre? ¿Recogería su ropa y se encerraría en el cuarto de baño? ¿Me pediría que la llevara de inmediato a Ramsdale, o junto al lecho de su madre, o de regreso al campamento? Pero mi Lo era una chiquilla juguetona e informal. Sentí sus ojos fijos en mí, y cuando, al fin, prorrumpió en aquel encantador cloqueo suyo, comprendí que sus ojos reían. Rodó hasta mí y su tibio pelo castaño rozó mi clavícula. Hice una mediocre imitación de alguien que se despierta. Permanecimos inmóviles. Después le acaricié el pelo y nos besamos suavemente. Su beso, para mi delirante confusión, tenía algunos cómicos refinamientos, así como una temblorosa excitación y unos penetrantes movimientos con la punta de la lengua, que me hicieron concluir que eran fruto de las enseñanzas recibidas de una pequeña lesbiana a edad bastante temprana. Ningún chico, ningún Charlie, hubiera podido enseñarle *aquello*. Como para comprobar si *aquello* me había gustado y había empezado a entender de qué iba la cosa, se apartó para observarme. Sus pómulos estaban enrojecidos, el labio inferior le brillaba, me sentía a punto de derretirme. De pronto, con un acceso de rijoso regocijo (¡el signo de una nínfula!), puso su boca contra mi oreja... pero durante un rato mi mente no pudo discernir en palabras el cálido trueno de su susurro, y ella rio, y se apartó el pelo de la cara, y volvió a intentarlo, y, poco a poco, la extraña sensación de que empezaba a vivir en un mundo completamente nuevo, un loco mundo de ensueño, en el que todo me estaba permitido, me fue embargando a medida que iba comprendiendo el alcance de lo que Lolita me sugería. Respondí que no sabía qué juego habían inventado ella y Charlie.

—¿Quieres decir que nunca...?

Sus rasgos se torcieron en una mueca de enfadada incredulidad.

—Nunca has... —empezó nuevamente. Gané tiempo achuchándola un poco—. Déjame, ¿quieres? —dijo con un vibrante chillido al mismo tiempo que apartaba vivamente su hombro dorado de mis labios.

(Era muy curioso el hecho —que persistió largo tiempo— de que considerara todas las caricias, salvo los besos en la boca y el acto sexual, como una «bobería romántica» o algo «anormal».)

—¿Quieres decir —insistió, ahora a horcajadas sobre mí— que nunca lo hiciste cuando eras niño?

—Nunca —respondí bastante verazmente.

—Bueno —dijo Lolita—, pues ahora mismo empezamos.

Pero no he de abrumar a mis cultos lectores con el informe detallado del desparpajo de Lolita en materia sexual. Básteme decir que no percibí ni pizca de modestia en aquella hermosa joven, muy poco formada, a la que la moderna coeducación, las costumbres juveniles, las sandeces de la «vida de campamento» y la inanidad general de la manera de vivir contemporánea habían corrompido de modo profundo e irrevocable. Consideraba el acto sexual meramente como parte de un mundo furtivo, exclusivo de los adolescentes y desconocido para los adultos. Lo que éstos hicieran a fin de procrear la tenía sin cuidado. La pequeña Lo zarandeó mi pobre fuente de la vida con energía y de la manera más prosaica, igual que si hubiera sido un adminículo inanimado desconectado por completo de mi ser. Aunque estaba muy deseosa de impresionarme con el mundo de los adolescentes más osados sexualmente, no estaba preparada para ciertas discrepancias entre la fuente de la vida de un chaval y la mía. Sólo el orgullo le impidió batirse en retirada, pues, dado lo extraño de mi situación, fingí una total estupidez y la dejé obrar a su antojo... Bueno, al menos, mientras me fue posible. Pero, con franqueza, éstas son cuestiones que no vienen al caso; no me interesa en absoluto el llamado «sexo». Cualquiera puede imaginar esos elementos de animalidad. Una tarea más importante me atrae: establecer de una vez por todas la peligrosa magia de las nínfulas.

30

Debo andar con tiento. Debo hablar en un susurro. ¡Oh tú, veterano reportero de la sección de sucesos, oh tú, grave y anciano ujier, oh tú, en un tiempo popular agente, ahora en solitario confinamiento después de adornar durante años ese cruce frente a la escuela, oh tú, mísero catedrático emérito al que tiene que leer un niño! Jamás os enamoraríais locamente de mi Lolita, ¿verdad? Si yo hubiera sido pintor y la administración de Los Cazadores Encantados hubiera perdido el juicio un buen día de verano y me hubiera encargado la decoración de su comedor con frescos de mi propia cosecha, ésto es lo que habría concebido. Permítaseme enumerar algunos fragmentos:

Habría habido un lago. Habría habido una flamígera mata de arbustos en flor. Habría habido estudios del natural: un tigre persiguiendo a una ave del paraíso, una serpiente atragantándose al deglutir el cuerpo machacado de un cochinillo. Habría habido un sultán, con expresión de extático tormento (suavizado, por así decirlo, por el gesto amoroso de sus manos), ayudando a una jovencísima y calipigia esclava a trepar por una columna de ónice. Habría habido esas bombillas resplandecientes, que viajan como espermatozoides por los bordes opalescentes de las gramolas de los bares. Habría habido toda clase de actividades del grupo de Lolita en el campamento: remo, canto, baile, rizos que se peinan al sol a la orilla del lago. Habría habido álamos, manzanos, un domingo en una urbanización residencial suburbana. Habría habido un ópalo de fuego disolviéndose en un estanque ondulado, un último latido, un último dejo de color, rojo penetrante, rosa punzante, un suspiro, una niña que hace una mueca de dolor.

31

Si procuro describir esas cosas, no es para revivirlas en mi infinita desdicha actual, sino para discernir la parte infernal de la celestial en ese mundo extraño, terrible, enloquecedor, que es el amor que inspira una nínfula. Lo bestial y lo hermoso se juntaban en un punto, y es esa frontera la que desearía precisar. Pero siento que no puedo hacerlo por completo. ¿Por qué?

La estipulación del Derecho romano según la cual una niña de doce años puede casarse fue adoptada por la Iglesia y aún subsiste, de manera más bien tácita, en varios de los Estados Unidos. Y a los quince años el matrimonio es legal en todas partes. No hay nada de malo, digamos, en ambos hemisferios, en que un bruto de cuarenta años, bendecido por el cura de su parroquia y atiborrado de bebida, se quite sus prendas empapadas en sudor y se la meta hasta la raíz a su joven esposa. «En climas templados de temperatura estimulante, como los de San Luis, Chicago y Cincinnati», dice una vieja revista de la biblioteca de la cárcel, «las niñas maduran hacia los doce años de edad.» Dolores Haze nació a unos quinientos kilómetros de la estimulante Cincinnati. No he hecho más que seguir a la naturaleza. Soy el fiel sabueso de la naturaleza. ¿Por qué, entonces, este horror del que no logro desprenderme? ¿Acaso fui yo quien la desfloró? Sensibles damas del jurado: ¡ni siquiera fui su primer amante!

32

Lolita me contó cómo la habían pervertido. Mientras comíamos insípidos plátanos farináceos, melocotones machucados y patatas chips, muy sabrosas, por cierto, *die Kleine* me lo dijo todo. Su relato voluble e inconexo fue subrayado por más de una cómica *moue*. Como creo haber observado, recuerdo especialmente una mueca torcida sobre la base de un «¡Uf!»: la boca, igual que si fuera de gelatina, curvada hacia los lados, los ojos en blanco, en una consabida mezcla de jocosa repulsión, resignación y tolerancia ante la flaqueza infantil.

Su asombroso relato se iniciaba con una referencia a su compañera de tienda, en el verano anterior, en otro campamento, un lugar «muy selecto», como observó. Esa camarada («que siempre estaba haciendo cochinadas», «medio loca», pero «que era muy cachonda») la adiestró en diversas manipulaciones. Al principio, la leal Lolita se negó a decirme su nombre.

—¿Fue Grace Angel? —pregunté.

Negó con la cabeza. No, no fue ella; fue la hija de un pez gordo. De...

—¿Fue acaso Rose Carmine?

—¡No, claro que no! Su padre...

—¿Fue Agnes Sheridan, entonces...?

Lolita negó de nuevo con la cabeza, tragó saliva y pasó al ataque.

—Oye, ¿cómo conoces a todas esas chicas?

Se lo expliqué.

—Bueno, algunas chicas de la escuela eran bastante malas, pero... Si quieres saberlo, se llama Elizabeth Talbot. Ahora va a una escuela privada de mucho postín. Su padre es empresario.

Con una curiosa punzada recordé la frecuencia con que la pobre Charlotte solía deslizar en su conversación, cuando teníamos visitas, alusiones tan elegantes como: «El año pasado, cuando mi hija fue de excursión con la de los Talbot...»

Quise saber si su madre conocía esas diversiones sáficas.

—¡No, por Dios! —exclamó Lo fingiendo temor y alivio y llevándose al pecho una mano agitada por un falso temblor.

Pero estaba más interesado en sus experiencias heterosexuales. Lolita había ingresado en aquella escuela a los once años, poco después de trasladarse a Ramsdale desde el Medio Oeste. ¿Qué significaba eso de «bastante malas»?

Bueno, Anthony y Viola Miranda, que eran gemelos, habían dormido en la misma cama durante años, y Donald Scott, el muchacho más bruto de la escuela, lo había hecho con Hazel Smith en el garaje de su tío, y Kenneth Knight —el más inteligente— era un exhibicionista empedernido, y...

—Volvamos al Campamento Q —dije.

Y, al fin, escuché toda la historia.

Barbara Burke, una rubia fornida, dos años mayor que Lo y la mejor nadadora del campamento, tenía una canoa muy especial que compartía con ella «porque éramos las únicas que podíamos llegar a la isla del Sauce» (alguna prueba de natación, supongo). Durante el mes de julio, todas las mañanas —repara bien en ello, lector: cada dichosa mañana...— Charlie Holmes ayudaba a Barbara y Lo a llevar el bote a Ónice o Érice[1] (dos

1. Érice, en Sicilia, es la antigua *Eryx*, donde se alzaba un templo de Afrodita en el que se practicaba la prostitución sagrada. *(N. del T.)*

167

lagos pequeños entre los bosques). Charlie era el hijo de la directora del campamento, tenía trece años y era el único macho humano en bastantes kilómetros a la redonda (salvo un viejo factótum, cansino y sordo como una tapia, que se encargaba del mantenimiento, y un granjero que aparecía a veces en un Ford destartalado para vender huevos a las acampadas, como suelen hacer los granjeros). Todas las mañanas, pues, oh lector mío, los tres niños tomaban un atajo a través del inocente y hermoso bosquecito, en el que vibraban los emblemas de la juventud —rocío, cantos de pájaros—, y, en un lugar determinado, entre el lujuriante sotobosque, Lo hacía de centinela mientras Barbara y el muchachito copulaban tras un matorral.

Al principio, Lo se negó a «probar cómo era la cosa», pero la curiosidad y la camaradería prevalecieron, y muy pronto ella y Barbara lo hicieron sucesivamente con el silencioso, rudo y tosco, aunque infatigable, Charlie, que tenía tanto atractivo sexual como una zanahoria cruda, pero que poseía una fascinante colección de preservativos que pescaba en un tercer lago, considerablemente más grande y populoso, llamado lago Clímax, como la floreciente ciudad industrial, a la que había dado nombre. Aun admitiendo que era «bastante divertido» y «bueno para la piel», me alegra decir que Lolita sentía el mayor desdén por las maneras y mentalidad de Charlie. De hecho, aquel asqueroso demonio no había despertado en ella ningún sentimiento especial. Incluso diría que, a pesar de la «diversión» que le había proporcionado, lo veía como un bicho raro.

Ya estaban a punto de dar las diez. Satisfecha mi lujuria, una cenicienta sensación de culpabilidad, acentuada por la opacidad real de un gris día neurálgico, se apoderó de mí y zumbó en mis sienes. Morena, desnuda, frágil, Lo, de pie ante el espejo de la puerta del ropero, con los brazos en jarras y los pies (calzados con zapatillas nuevas de piel) muy abiertos, miró su cara, más bien ceñuda, y le hizo una mueca a través de las greñas que la cubrían como una cortina mientras yo contemplaba sus delgadas caderas.

Del corredor llegaron las voces arrulladoras de las criadas

de color, y al fin hubo un débil intento de abrir nuestra puerta. Indiqué a Lo que entrara en el cuarto de baño y se diera una ducha, que buena falta le hacía. La cama, un verdadero caos, estaba llena de restos de patatas chips. Lo se probó un *deux-pièces* marinero de lana y luego una blusa sin mangas con una falda de mucho vuelo que parecía una lechuga; pero el primer conjunto le iba demasiado estrecho, y el segundo demasiado ancho, y cuando le supliqué que se diera prisa (la situación empezaba a asustarme), Lo arrojó perversamente a un rincón mis hermosos regalos y se puso el vestido que llevaba el día anterior. Cuando al fin estuvo lista, le di un bolso nuevo de imitación becerro (en el cual había deslizado un par de relucientes piezas de plata de diez céntimos, recién salidas de la casa de la moneda), y le dije que se comprara una revista en el vestíbulo.

—Bajaré en un minuto —le dije—. Y en tu lugar, querida, yo no hablaría con desconocidos.

Salvo mis pobres regalitos, no había demasiado que recoger; pero me vi obligado a perder una peligrosa cantidad de tiempo (¿se metería en algún lío Lo abajo?) arreglando la cama de manera que sugiriera el nido abandonado por un padre inquieto y su hija traviesa, en vez de la saturnalia de un presidiario recién salido de la cárcel con dos viejas furcias gordinflonas. Después acabé de vestirme y llamé al canoso botones para que se llevara el equipaje.

Todo andaba bien. Lolita estaba en el vestíbulo, sumergida en un sillón rojo-sangre, enfrascada en una sensacionalista revista cinematográfica. Un individuo de mi edad, con traje de tweed (el *genre* del hotel se había transformado de la noche a la mañana, y había adquirido la espuria atmósfera de un lugar frecuentado por miembros de la aristocracia rural británica), observaba a Lolita por encima de su cigarro y su diario atrasado. Como de costumbre, Lolita llevaba calcetines blancos y zapatos de dos colores con cordones, así como aquel llamativo vestido rosa de escote cuadrado. Una salpicadura de luz mortecina, procedente de una de las lámparas, destacaba el dorado de sus piernas y brazos morenos. Sentada con las piernas descuidadamente cruzadas, recorría las líneas con sus pálidos ojos y parpadeaba de cuando en cuando. La mujer de Bill le había adorado en secreto desde mucho antes de que se conocieran: todo empezó cuando, con silenciosa admiración, contemplaba al famoso y joven actor mientras comía helados en una cafetería de la cadena Schwab. Nada podía ser más infantil que la nariz respingona de Lo, su cara pecosa o la mancha púrpura en el cuello donde la había mordido un vampiro de cuento de hadas, o el movimiento inconsciente de su lengua al explorar una franja rosada en torno de sus labios hinchados. Nada podía ser más inocente que leer historias sobre Jill, una aspirante a actriz de mucho carácter que se hacía sus propios vestidos y estudiaba literatura seria; nada podía ser más candoroso que la raya de su brillante pelo castaño o la sedosa pelusa de sus sienes; nada podía ser más ingenuo... Pero qué enfermiza envidia habría sentido aquel salaz desconocido –que, bien mirado, se parecía un poco a mi tío Gustave, también un gran admirador de *le découvert*–, de haber sabido que cada nervio de mi ser estaba aún ungido por la sensación de su cuerpo, lleno de los ecos de aquel cuerpo, el cuerpo de algún genio inmortal disfrazado de niña.

¿Estaba el rosado y porcino señor Swine completamente seguro de que mi mujer no había telefoneado? Sí, lo estaba. Si llamaba, ¿querría decirle que nos habíamos ido a casa de la tía Clare? Sí, encantado. Pagué la cuenta y levanté a Lo de su sillón. Fue leyendo hasta el automóvil. Siempre leyendo, la llevé hasta una mal llamada cafetería, unas pocas manzanas al sur. Oh, comió. ¡Vaya si comió! Hasta apartó su revista para comer, pero un curioso embotamiento había reemplazado su habitual vivacidad. No ignoraba que mi pequeña Lo podía ser muy desabrida; me crucé de brazos y sonreí, esperando un estallido. No me había bañado ni afeitado, y no había exonerado el vientre. Mis nervios se hallaban en tensión. No me gustó el modo en que mi pequeña amante se encogió de hombros y frunció la nariz cuando intenté iniciar una conversación trivial. Con una sonrisa, le pregunté si Phyllis estaba al corriente de todo antes de reunirse con sus padres en Maine.

—Oye, dejemos ese tema —me dijo Lo al tiempo que hacía una mueca como si llorara.

Después intenté, también infructuosamente, interesarla en el mapa de carreteras. Permítaseme recordar a mi paciente lector, cuya apacible disposición de ánimo hubiera debido imitar Lolita, que nuestro destino era la alegre ciudad de Lepingville, cercana a un hipotético hospital. Ese destino era en sí perfectamente arbitrario (como habrían de serlo, ¡ay!, muchos otros), y me temblaban las rodillas mientras buscaba la manera de explicar aquellos viajes de modo que resultaran plausibles y me preguntaba qué explicaciones plausibles inventaría después de ver todas las películas que se proyectaran en Lepingville. Humbert se sentía cada vez más incómodo. Aquella sensación era muy peculiar: una tensión oprimente y horrible, como si estuviera sentado frente al enfurruñado espectro de alguien a quien acabara de matar.

Al regresar al automóvil, una expresión de dolor pasó por el rostro de Lo. Volvió a pasar, de manera mucho más pronunciada, cuando se sentó a mi lado. Sin duda, la segunda vez la fingió, para que yo reparara bien en ella. Cometí la tontería de preguntarle qué le pasaba.

—¡Nada, estúpido! —me respondió.

—¿Cómo? —le pregunté.

Permaneció callada. Dejamos Briceland. La locuaz Lo seguía en silencio. Frías arañas de pánico corrieron por mi espalda. Era huérfana. Una niña que carecía de familia, absolutamente desamparada, con la cual un adulto de cuerpo vigoroso y mente lasciva había tenido intensas relaciones sexuales tres veces aquella mismísima mañana. Tanto si la realización de aquel sueño de toda una vida había superado mis esperanzas como si no, en cierto sentido había ido más allá de lo que me proponía, y me sentía arrastrado por una vorágine. Me había mostrado descuidado, estúpido e innoble. Y permítaseme ser absolutamente franco: en algún lugar, cerca del fondo de aquel negro remolino al que me veía arrastrado, brotaba de nuevo la punzada angustiosa del deseo, tan monstruoso era mi apetito

171

por aquella miserable nínfula. Con los tormentos de la culpa se mezclaba la angustiosa idea de que su mal humor tal vez me impidiera hacer el amor con ella en cuanto encontrara una encantadora carretera secundaria en la que aparcar en algún rincón discreto. En otras palabras, el pobre Humbert Humbert era terriblemente desdichado, y mientras conducía su automóvil, obstinado y demente, hacia Lepingville, hurgaba en su mente en pos de alguna broma que le sirviera de pretexto para volverse hacia su compañera de asiento. Pero fue ella quien rompió el silencio.

—¡Oh, una ardilla aplastada! —exclamó—. ¡Qué vergüenza!

—Sí, ¿no es cierto?

(Humbert, siempre optimista y dispuesto a agarrarse a un clavo ardiendo.)

—Paremos en la próxima estación de servicio —dijo entonces Lo—. Quiero ir al lavabo.

—Pararemos donde quieras —dije.

Y entonces, el verdor de una arboleda encantadora, solitaria, arrogante (robles, creo; en esa época los árboles norteamericanos estaban más allá de mis conocimientos) devolvió el eco de nuestro motor, un camino rojizo y cubierto de helechos volvió su cabeza a nuestra derecha antes de entrar en el bosquecillo y sugerí que quizás...

—Sigue —chilló agudamente mi Lo.

—Está bien, no te enfades.

(¡Abajo, pobre bestia, abajo!)

La miré de reojo. Afortunadamente, la niña sonreía.

—¡Puerco! —exclamó sin dejar de sonreírme dulcemente—. ¡Criatura repugnante! Yo era una niña pura como una perla, y mira lo que has hecho de mí. Debería llamar a la policía y decirle que me has violado. ¡Oh, puerco, puerco, viejo puerco!

¿Bromeaba? En sus absurdas palabras vibraba una siniestra histeria. Después, con un sonido sibilante, empezó a quejarse de dolores, dijo que no podía estar sentada, dijo que le había destrozado las entrañas. El sudor me corría por el cuello, y estuvimos a punto de aplastar a un animalejo que cruzó el camino con la cola erguida, por lo que mi malhumorada compañera volvió a insultarme. Cuando nos detuvimos en la primera estación de servicio, bajó sin decir palabra y estuvo ausente largo rato. Lenta, amorosamente, un individuo entrado en años, con la nariz rota, limpió mi parabrisas. En cada sitio lo hacen de una manera diferente; usan desde trozos de franela hasta cepillos con jabón. Aquel tipo empleó una esponja rosa.

Al fin apareció. Con aquella voz neutra, que tanto daño me hacía, me dijo:

—Dame unas monedas. Quiero llamar al hospital para hablar con mamá. ¿Cuál es el número?

—Sube —dije—. No puedes llamar.

—¿Por qué?

—Sube y cierra la puerta.

Subió y cerró la puerta. El viejo encargado de la estación de servicio le sonrió. Enfilé la carretera.

—¿Por qué no puedo llamar a mi madre si me da la gana?

—Porque está muerta —le respondí.

33

En la alegre ciudad de Lepingville le compré cuatro revistas de historietas, una caja de bombones, un paquete de compresas, dos coca-colas, un juego de manicura, un despertador de viaje con esfera luminosa, un anillo con un topacio auténtico, una raqueta de tenis, unos patines con botines incorporados, unos prismáticos, una radio portátil, chicle, un impermeable transparente, unas gafas de sol y algo más de ropa: pantalones cortos, varios vestidos. En el hotel pedimos habitaciones separadas, pero en mitad de la noche vino a la mía sollozando, e hicimos el amor sin prisas. Es que la pobre no tenía ningún otro sitio adonde ir, ¿comprenden?

Segunda parte

1

Entonces empezaron nuestros prolongados viajes a lo largo y lo ancho de los Estados Unidos. No tardé en preferir a cualquier otro tipo de alojamiento para turistas los que proporcionaban los funcionales moteles: sus cabañas eran escondrijos limpios, agradables, seguros; lugares ideales para el sueño, la discusión, la reconciliación, el amor ilícito e insaciable. Al principio, mi temor a suscitar sospechas me hacía pagar gustoso el alquiler de las cabañas dobles, con dos habitaciones, cada una de ellas equipada con una cama de matrimonio. Me preguntaba para qué clase de cuádruple juego se había ideado tal disposición, ya que sólo una farisaica parodia de intimidad podía obtenerse mediante el tabique incompleto que dividía la cabaña o cuarto en dos nidos de amor comunicados. Con el tiempo, las posibilidades sugeridas por tan honesta promiscuidad (dos jóvenes parejas cuyos miembros cambiaban alegremente de cama, o un niño sumido en un sueño ficticio para ser testigo auricular de las sonoridades de la escena original) me hicieron más audaz, y de cuando en cuando alquilaba una cabaña con dos camas o una cama y un catre, una celda paradisíaca, aunque no por ello dejaba de ser la celda de una cárcel, con persianas amarillas bajadas para que, al despertar por la mañana, tuviéramos la ilusión de estar en Venecia, en medio de un sol resplandeciente, cuando, en realidad, estábamos en Pensilvania y llovía.

Así pudimos conocer —*nous connûmes,* para usar un tono

flaubertiano– la cabaña de piedra, bajo enormes árboles a la Chauteabriand, y la de ladrillo, y la de adobe, y la revocada con estuco, emplazadas en lo que la *Guía* del Automóvil Club describe como terrenos «sombreados», o «vastos», o «ajardinados». Las cabañas de troncos, con acabados de nudoso pino, recordaban a Lo, a causa de su leve brillo pardo dorado, los huesos de los pollos fritos. Desdeñábamos las sencillas cabañas de chillas enjalbegadas, que olían levemente a cloaca, o a otras cosas no menos deprimentes y desagradables, que no tenían nada de que enorgullecerse (excepto «buenas camas») y cuyas encargadas, siempre adustas, casi parecían esperar que rechazaras aquello que te ofrecían («... bueno, puedo ofrecerle...»).

Nous connûmes (y nos lo pasamos en grande) el supuesto encanto de sus nombres, repetidos una y otra vez: todos esos Moteles del Crepúsculo, Elegantes Cabañas, Moteles de la Colina, Cabañas con Vistas sobre el Pinar, o sobre la Montaña, o sobre el Horizonte, Moteles Ajardinados, Verdes Prados, el Motel de Mac. A veces había algo especial en su descripción; por ejemplo: «Los niños son bienvenidos; se admiten mascotas.» (*Tú* eras bienvenida, Lolita; *tú*, mi mascota, eras admitida.) Por lo general, todos tenían duchas cubiertas de azulejos, con una infinita variedad de alcachofas y otros artilugios dispensadores de agua, pero con una característica, nada laodicense, en común: la propensión, cuando funcionaban, a echar de repente sobre ti un chorro ardiente como el infierno o gélido como el hielo, dependiendo de que tu vecino más cercano hubiera abierto el grifo del agua fría o de la caliente, lo que bastaba para privarte de uno de los componentes esenciales de la ducha que tan cuidadosamente habías equilibrado. Algunos moteles tenían un cartel colocado encima del retrete (sobre cuya cisterna se apilaban a menudo las toallas, sin demasiado respeto por la higiene), en el que se pedía a los huéspedes que no tiraran a la taza basura, latas de cerveza, cartones de leche ni recién nacidos muertos; otros tenían avisos enmarcados y protegidos por un cristal en los que, por ejemplo, informaban acerca de posibles actividades recreativas (Equitación: *Es fre-*

cuente ver bajar por la calle Mayor a jinetes que vuelven de un ro-
mántico paseo a la luz de la luna. «¡Es frecuente verlos pasar a
las tres de la mañana!», exclamó, burlona, la nada romántica
Lo).

Nous connûmes los diversos tipos de encargado de motel: el
criminal reformado, el profesor jubilado, el comerciante fraca-
sado, entre los hombres; las variantes maternal, pseudoaristo-
crática y de madama de burdel, entre las mujeres. A veces, en la
noche monstruosamente caliente y húmeda aullaban trenes con
agudeza lacerante y ominosa, mezclando la energía y la histeria
en un solo alarido desesperado.

Evitábamos las casas que alquilaban habitaciones a turistas, parientes campestres de las funerarias: eran anticuadas,
cursis, no tenían duchas en las habitaciones, los deprimentes
dormitorios estaban pintados de blanco y rosa y tenían toca-
dores la mar de escenográficos, y había por doquier fotografías de los hijos de la propietaria en todas las etapas de su
vida. Pero de cuando en cuando me rendía a la predilección
de Lo por los hoteles «de verdad». Ella escogía en la guía
(mientras yo la magreaba en el automóvil, parado en el silencio de un camino misterioso, sazonado por el crepúsculo) algún alojamiento junto a un lago, profusamente recomendado y que ofrecía toda clase de cosas magnificadas por el haz
de luz de la linterna que proyectaba sobre ellas —agradable
compañía, tentempiés entre las comidas, barbacoas al aire libre—, pero que evocaban en mi mente odiosas visiones de
malditos estudiantes de secundaria con sudaderas y mejillas
como ascuas apretadas contra las de Lo, mientras el pobre
doctor Humbert, sin abrazar otra cosa que sus dos masculinas rodillas, enfriaba sus almorranas sobre el césped mojado.
Asimismo, eran una gran tentación para Lo las «posadas co-
loniales», que, además de su «atmósfera agradable» y sus ventanas que daban a impresionantes panoramas, prometían
«cantidades ilimitadas de manjares exquisitos». Los recuerdos
que atesoraba del principesco hotel de mi padre me impulsa-
ban a veces a buscar su equivalente en el extraño país que re

corríamos. Pronto me sentí decepcionado; pero Lo seguía en pos del aroma de comidas exquisitas, mientras que lo que realmente me emocionaba –por motivos no exclusivamente económicos– era leer junto a la carretera anuncios tales como: HOTEL DEL BOSQUE. *Niños menores de catorce años gratis*. Por otro lado, me estremezco al recordar cierto presunto hotel de «alta categoría», en un estado del Medio Oeste, que anunciaba «neveras siempre bien provistas, que le permiten asaltarlas a medianoche para darse un atracón» y donde, sorprendidos por mi acento, inquirieron los apellidos de soltera de mi difunta esposa y mi no menos difunta madre. ¡Una estancia de dos días allí me costó ciento veinticuatro dólares! ¿Y recuerdas, Miranda,[1] aquella «ultraelegante» cueva de ladrones donde daban café gratis por la mañana y salía agua helada por los grifos, y donde no admitían a menores de dieciséis años (nada de Lolitas, por descontado)?

No bien llegábamos a uno de los sencillos moteles de carretera –que se convirtieron en nuestro asilo habitual–, Lolita ponía en marcha el ventilador eléctrico o me inducía a que echara una moneda en la radio, o leía los avisos y me preguntaba lloriqueando por qué no podía cabalgar por algún sendero recomendado, o nadar en la piscina local de tibia agua mineral. Casi siempre, con aquel aire cansino y hastiado que cultivaba, caía postrada y abominablemente deseable en una butaca de muelles roja, o en un canapé verde, o en una tumbona de tela a rayas con reposapiés y dosel para protegerse del sol, o en una silla de tijera, o en cualquier otra silla de jardín bajo una sombrilla, en el patio, y necesitaba horas de persuasiones, amenazas y promesas para conseguir que me prestara durante algunos segundos su cuerpo de miembros morenos en la reclusión de aquella habitación de cinco dólares, hasta que se le ocurría entregarse a cualquier diversión y dejaba de lado mi humilde goce.

1. Alusión a «Tarantella», obra del poeta británico Hilaire Belloc (1870-1953), que empieza con los versos «¿Recuerdas una posada, / Miranda, / recuerdas una posada?». *(N. del T.)*

Mezcla de ingenuidad y engaño, de encanto y vulgaridad, de deprimente malhumor y optimista alegría, Lolita podía ser cuando quería una chiquilla exasperante. En realidad, no estaba preparado para sus accesos de aburrimiento, que tanto tiempo nos hacían perder, sus achuchones impulsivos y apasionados, sus actitudes de abandono (piernas abiertas, aire ausente, ojos apagados), sus bravuconadas (una especie de difusas payasadas que consideraba muy «duras», según los cánones de un muchachote pendenciero). Mentalmente, la consideraba una chiquilla de lo más convencional; tanto lo era, que llegaba a resultar desagradable. El almibarado *hot jazz,* los bailes de salón —en especial, la cuadrilla–, las copas de helado más imponentes y empalagosas que quepa imaginar, los programas musicales y las revistas de cine ocupaban, sin duda, los primeros lugares en la lista de sus cosas preferidas. ¡Sabe Dios cuántas de mis monedas de cinco centavos alimentaron las insaciables gramolas de los bares y restaurantes donde comimos! Todavía me parece oír la voz nasal de aquellos seres invisibles que le cantaban serenatas, gentes con nombres como Sammy y Jo y Eddy y Tony y Peggy y Guy y Patti y Rex, así como las canciones sentimentales que estaban entonces de moda, todas tan similares a mis oídos como los diversos helados que gustaba de comer Lo a mi paladar. Dolly creía con una especie de fe celestial en todo anuncio o consejo aparecido en *Movie Love* o *Screen Land* («*Starasil* seca los granos» o «Chicas, procurad no llevar los faldones de la camisa por encima de los tejanos, pues Jill dice que queda fatal»). Si un cartel decía junto a la carretera ¡VISITAD NUESTRA TIENDA DE RECUERDOS!, *debíamos* visitarla, *debíamos* comprar sus curiosidades indias, sus muñecas, sus alhajas de cobre, sus dulces de zumo de cacto. Las palabras «novedades y recuerdos» la hechizaban igual que las más cadenciosas melodías. Si un letrero en un café ofrecía BEBIDAS HELADAS, Lo se dirigía automáticamente hacia allí, aunque las bebidas estaban heladas en todas partes. Lo era el destinatario de todos los anuncios: el consumidor ideal, el sujeto y objeto de cada engañoso cartel. Y Lo intentó patrocinar —sin éxito— sólo aquellos restaurantes donde el sagrado espíritu de Huncan Dines[1] hubiera descendido sobre las supuestamente coquetonas servilletas de papel y las ensaladas coronadas de requesón.

Por aquel entonces aún no se le había ocurrido a ninguno de los dos el sistema de soborno monetario que habría de producir terribles estragos en mis nervios y su moralidad no mucho después. Recurría a otros tres métodos para someter y dulcificar —no mucho— el vivaz temperamento de mi pubescente concubina. Pocos años antes, Lo había pasado un lluvioso verano bajo los legañosos ojos de la señorita Phalen, en una granja destartalada de los Apalaches que había pertenecido a algún gruñón Haze en un pasado remoto. Seguía en pie, entre los prados cubiertos de una espesa capa de hierba, al borde de un bosque sin flores al final de un camino siempre enlodado, a treinta kilómetros del villorio más cercano. Lo recordaba aquella incómoda casa, la soledad, los viejos pastizales siempre embarrados, el viento y los grandes, casi ilimitados, espacios abiertos con una enérgica aversión que torcía su boca e hinchaba su lengua entrevista. Y era allí adonde la había amenazado con exiliarse junto a mí durante meses y años para recibir mis lecciones de francés y latín, a menos que cambiara «su presente actitud». ¡Charlotte, estaba empezando a comprenderte!

Lo, una niña inocente, en el fondo, chillaba «¡No!» y asía frenéticamente mi mano, que sujetaba el volante, cuando, para cortar sus arrebatos de malhumor, cambiaba de sentido en medio de la carretera y le insinuaba que nos iríamos directamente a aquella morada oscura y lúgubre. Pero cuanto más avanzábamos hacia el Oeste y más nos alejábamos del Este, menos tangible se hacía mi amenaza, por lo que debí recurrir a otros medios de persuasión.

1. Alusión a Duncan Hines (1880-1959), escritor norteamericano, autor de guías turísticas y libros de consejos para el viajero. *(N. del T.)*

Ente ellos, la amenaza del reformatorio es el que recuerdo con el más hondo gemido de vergüenza. Desde el principio mismo de nuestra relación tuve la lucidez suficiente para comprender que debía asegurarme su total cooperación a fin de mantener secreta nuestra aventura, a fin de conseguir que esa actitud se convirtiera, por así decirlo, en una segunda naturaleza para ella, por más aversión que pudiera sentir hacia mí, y a pesar de cualesquiera otros placeres que mi Lo pudiera codiciar.

—Ven, besa a tu viejo —le decía, por ejemplo—, y deja de poner esa cara de pocos amigos. En otros tiempos, cuando yo era todavía el hombre de tus sueños [el lector advertirá, sin duda, los esfuerzos que hacía por hablar en la lengua de Lo], te desmayabas al oír los discos de cierto ídolo, número uno del pálpito y el sollozo, que os tenía chifladas a ti y a tus coetáneas. [Lo: «¿A mis qué? ¡Habla en cristiano!»] Ese ídolo tuyo y de tus amigas se parecía, según tú, al amigo Humbert. Pero ahora no soy más que tu *viejo*, el mejor de los padres, que proteje a su niña, la mejor de las hijas.

»¡Mi *chère Dolorès!* Quiero protegerte, querida, de las horribles cosas que les ocurren a las niñas en las carboneras y los callejones sin salida, y, ¡ay!, *comme vous le savez trop bien, ma gentille,* hasta en los bosquecillos llenos de flores y durante el que se supone que ha de ser el más puritano de los veranos. Cueste lo que cueste, seré tu tutor, y, si eres buena, espero que un tribunal legalice esta situación en fecha no lejana. Pero olvidémonos, Dolores Haze, de la llamada terminología legal, terminología que acepta como correcto el concepto "cohabitación lujuriosa y lasciva". No soy un psicópata, un delincuente sexual que se toma indecentes libertadas con un niño. El violador fue Charlie Holmes; yo soy el terapeuta, lo cual es bastante más distinguido, y merece ser destacado. Soy tu papaíto, Lo. Mira: este libro que tengo entre las manos es un manual científico acerca del comportamiento de las niñas. Escucha lo que dice, querida. Cito: "La niña normal..." Normal, tenlo en cuenta. "La niña normal", repito, "suele mostrarse ansiosamente deseosa de complacer a su progenitor. Intuye en él al precursor del deseado, y escurridizo, hombre de su vida. [¡Lo de "escurridizo" es muy logrado, por Polonio!] "La madre sensata", y la tuya lo habría sido, de haber vivido, "debe alentar el compañerismo entre padre e hija, consciente", disculpa el estilo sentimentaloide, "de que la niña conforma sus ideales románticos y masculinos mediante una asociación con el padre." Ahora bien, ¿cuáles son las asociaciones que cita –y recomienda– ese libro? Vuelvo a citar: "Entre los sicilianos, las relaciones sexuales entre padre e hija se dan por sentadas, y la niña que participa de tales relaciones no es mirada con desaprobación por la sociedad de que forma parte." Soy un gran admirador de los sicilianos, excelentes atletas, excelentes músicos, hombres excelentes y rectos, Lo, y grandes amantes. Pero no nos vayamos por las ramas. El otro día leímos en la prensa el escándalo provocado por un delincuente sexual de mediana edad que se declaró culpable de quebrantar la ley de Mann al trasladar a otro estado a una niña de nueve años con propósitos inmorales, sean éstos cuales fueren. ¡Querida Dolores! No tienes nueve años, sino casi trece, y no te aconsejaría que te considerases como mi esclava en este viaje a través del país, y deploro la ley de Mann, entre otras cosas, porque se presta a procaces juegos de palabras,[1] la venganza que se toman los Dioses de la Semántica contra los incultos y reprimidos filisteos. Soy tu padre, y *hablo en cristiano,* y te quiero.

»Finalmente, veamos qué ocurre si tú, una menor, eres acusada de tener relaciones sexuales con un adulto en un respetable establecimiento hotelero, y denuncias a la policía que te rapté y violé. Supongamos que te creen. Una menor que permite que una persona de más de veintiún años tenga acceso carnal con ella, hace que su víctima incurra en lo que legalmente se denomina violación o sodomía en segundo grado, según la técnica empleada. La pena máxima es de diez años de cárcel. Así que me envían a la cárcel. De acuerdo. Voy a la cárcel. Pero

---

1. Ley de Mann es en inglés *Mann Act,* expresión que suena igual que *man act,* literalmente, «acto de hombre», pero, en sentido figurado, «acto sexual». *(N. del T.)*

¿qué te ocurre *a ti*, huertanita mía? Bueno, eres más afortunada que yo. Pasas a depender del Departamento de Bienestar Social, lo cual me temo que no resulta demasiado prometedor. Una severa matrona, del tipo de la señorita Phalen, pero más rígida aún, y sin su afición a la bebida, te quitará el lápiz de labios y tus bonitos vestidos a la última moda. ¡Se acabó para ti el ir adonde quieras y cuando te plazca! No sé si conoces las leyes relativas a los niños abandonados, incorregibles, delincuentes o que, por carecer de familia, tienen como tutor al Estado. Mientras yo me aferro a los barrotes, a ti, afortunada niña abandonada, te enviarán a cualquiera de los siguientes establecimientos penitenciarios, más o menos iguales: el correccional de menores, el reformatorio, el centro de prisión preventiva de menores, a la espera de que el juez dicte sentencia, o el orfanato, una de esas residencias para niñas donde harás labores, cantarás himnos y, los domingos, comerás pasteles rancios. Irás a parar a un sitio así, Lolita. *Mi* Lolita, *esta* Lolita, dejará a su Catulo e irá a parar a uno de esos antros, porque es una niña descarriada. En términos más claros: si nos pescan, serás analizada e institucionalizada, chiquilla mía. *C'est tout.* Vivirás, Lolita mía, vivirás [Acércate, morena flor mía.] con otras treinta y nueve descarriadas en un sucio dormitorio [¡No, déjame hacer, por favor!] bajo la supervisión de matronas abominables. Ésta es la situación, ésta es la alternativa. ¿No crees que, dadas las circunstancias, Dolores Haze, harías mejor en no apartarte de tu viejo?

Repitiendo machaconamente estas amenazas, logré aterrorizar a Lo, que, a pesar de su innata vivacidad y sus ingeniosas salidas, no era una niña tan inteligente como parecía sugerir su cociente intelectual. Pero si me las compuse para establecer entre nosotros una relación de secreto y culpa compartidos, fui menos eficaz al tratar de conseguir que estuviera de buen humor. Cada mañana, durante el año largo que estuvimos viajando, tenía que inventar alguna novedad, algún punto especial en el espacio y el tiempo, para que Lo fijara en él sus ojos y sobreviviera hasta la hora de acostarse. De lo contrario, desprovisto de un propósito plausible y concreto, el esqueleto de su día vacilaba hasta desplomarse. El objetivo propuesto podía ser cualquier cosa: un faro en Virginia, una cueva natural en Arkansas convertida en café, una colección de fusiles y violines en alguna parte de Oklahoma, una réplica de la Gruta de Lourdes en Luisiana, fotografías desvaídas del período de la fiebre del oro en el museo local de una población turística de las Montañas Rocosas, cualquier cosa... Pero tenía que ser algo tangible, que se mantuviera ante nosotros igual que una estrella fija, aunque podía ocurrir —y era muy corriente que ocurriera— que Lo se pusiera a despotricar, decepcionada, o fingiendo estarlo, así que alcanzábamos nuestra meta, al final de la jornada.

Movilizando la geografía de los Estados Unidos hice lo posible, durante horas y más horas, para darle la impresión de que todo iba viento en popa, de que nos dirigíamos hacia cierto destino determinado, hacia un insólito deleite. Nunca he visto carreteras tan suaves y amenas como las que entonces se abrían frente a nosotros, a lo largo y a lo ancho de aquella demencial colcha que, a modo de centón, formaban los cuarenta y ocho estados. Consumíamos vorazmente aquellas largas carreteras, nos deslizábamos en extasiado silencio por su piso negro y brillante como el de una pista de baile. Lo no sólo carecía de ojo para el paisaje, sino que reaccionaba furiosa cuando le hacía notar algún detalle del que se extendía ante nosotros, unos detalles que yo no había aprendido a discernir hasta al cabo de mucho tiempo de hallarme expuesto a la belleza que nos rodeaba durante aquel viaje a la buena de Dios. La impresión que me causaba el paisaje habitual de las tierras bajas norteamericanas experimentó poco a poco un cambio paradójico: al principio, como consecuencia de ciertos recuerdos pictóricos que albergaba mi mente, me pareció conocido, pues descubrí —no sin cierta regocijada sorpresa— que era idéntico al de los cuadros al óleo exportados de los Estados Unidos a la Europa Central a principios de siglo, y que solían colgarse encima del palanganero en la habitación de los niños, de modo que las soñolientas criaturas, al irse a la cama, contemplaban fascinados aquella rústica escena de tonos verdes: opacos árboles de rizada copa, un establo, reses, un arroyuelo, el blanco mate de vagos cultivos en flor, tal vez, una cerca de piedra, o unas montañas de un verde pálido en la lejanía; sin embargo, a medida que fui conociéndolos mejor, los modelos de aquellas elementales escenas rústicas empezaron a parecerme cada vez más diferentes, más distintos unos de otros. Más allá de la llanura cultivada, más allá de los tejados de juguete, había a veces una difusa pátina de inútil belleza, un sol bajo con un halo de color platino y una cálida luminosidad, como de melocotón pelado, que inundaba la parte superior de un banco de nubes gris paloma que se fundía en la lejanía con una encantadora neblina. Había a veces una hilera de árboles espaciados que se recortaba contra el horizonte, y cálidos mediodías inmóviles sobre yermos cubiertos de trébol, y nubes a lo Claudio de Lorena que parecían formar parte del luminoso azul del cielo y de las cuales sólo las partes superiores se destacaban contra la difusa claridad que se adivinaba en lontananza. Había también, a veces, un severo horizonte que recordaba los cuadros del Greco, preñado de lluvia negra, y la fugaz visión de un granjero con la piel de la nuca arrugada como la de una momia, y, a nuestro alrededor, una serie de franjas, por las que corría una agua plateada, que alternaban con otras plantadas de áspero maíz aún verde, un conjunto que formaba una especie de abanico abierto, en algún lugar de Kansas.

De cuando en cuando, en la vastedad de aquellas llanuras, árboles inmensos avanzaban hacia nosotros para agruparse orgullosamente junto a la carretera y echar un poco de sombra humanitaria sobre una mesa de picnic, sobre el pardo suelo cubierto de manchas de sol, vasos de papel aplastados, sámaras y cucharillas de madera para tomar helado. Muy amiga de utilizar los aseos que encontrábamos junto a la carretera, mi nada aprensiva Lo se sentía encantada por los rótulos que indicaban los diversos compartimientos: CABALLEROS-DAMAS, HOMBRES-MUJERES, TÍOS-TÍAS, e incluso MACHOS-HEMBRAS; yo, mientras tanto, perdido en un ensueño de artista, contemplaba el honesto brillo de la parafernalia de la gasolinera contra el verde espléndido de los robles, o una colina lejana que se alzaba altiva –llena de cicatrices, pero todavía indómita– por encima de la marea de cultivos que trataba de conquistarla.

Por la noche, altos camiones con luces de colores, que recordaban temibles y gigantescos árboles de Navidad, surgían de la negrura y pasaban como un trueno junto al pequeño y anticuado sedán. Y, al día siguiente, de nuevo un cielo apenas poblado, que cedía su azul al calor, se diluía sobre nuestras cabezas, y Lo empezaba a clamar por una bebida, y sus mejillas se ahuecaban vigorosamente al sorber por la pajita, y el interior del automóvil se había convertido en un horno cuando volvíamos a él, y la carretera se alargaba ondulante ante nosotros, y un remoto automóvil parecía cambiar de forma y daba la sensación de pender durante un instante, alto, cuadrado, anticuado, igual que en un espejismo, de aquel halo ardiente que se extendía sobre la deslumbrante superficie de la carretera. Y, mientras avanzábamos hacia el oeste, aparecían macizos de lo que el hombre de la estación de servicio llamaba «artemisas», y después la misteriosa silueta de colinas parecidas a mesas, y después rojos taludes con manchones de juníperos, y después una cadena montañosa, de un pardo grisáceo que se diluía hasta el azul, y del azul hasta el sueño, y el desierto salía a nuestro encuentro con un viento firme, y polvo, y grises arbustos espinosos, y horribles jirones de pañuelos de papel que semejaban pálidas flores entre las espinas de troncos marchitos, torturados por el viento, a lo largo de la carretera, en medio de la cual se plantaban a veces inocentes vacas, inmovilizadas en una posición (cola a la izquierda, blancas pestañas a la derecha) que interrumpía todas las reglas humanas del tránsito.

Mi abogado me ha sugerido que dé un informe preciso y franco del itinerario que seguimos, y supongo que he llegado a un punto en que no puedo evitar esa tarea. En líneas generales, durante aquel año de locura (agosto de 1947-agosto de 1948) nuestra andadura empezó con una serie de rodeos y espirales en Nueva Inglaterra, después de lo cual serpenteamos camino del sur, arriba y abajo, hacia el este y el oeste; nos hundimos en *ce qu'on apelle* Dixieland, es decir, el Sur profundo, evitamos Florida, porque los Farlow estaban allí, viramos al oeste, zigzagueamos a través de inmensos algodonales y maizales (me temo que esto no sea *demasiado* claro, Clarence, pero no he tomado notas y sólo tengo a mi disposición, para cotejar con ella estos recuerdos, una guía turística atrozmente mutilada, en tres volúmenes, que es casi un símbolo de mi conflictivo y emocionalmente lacerado pasado), cruzamos y volvimos a cruzar las Rocosas, rodamos por desiertos meridionales donde pasamos el invierno, llegamos al Pacífico; giramos al norte a través de la pelusa lila pálido de matorrales en flor junto a las carreteras; alcanzamos casi la frontera canadiense; seguimos hacia el este, a través de tierras buenas y de tierras malas, de regreso a la agricultura en gran escala; evitamos –a pesar de las estridentes imprecaciones de la pequeña Lo– el pueblo natal de la pequeña Lo, en una zona productora de maíz, carbón y cerdos, y, por fin, volvimos a nuestro redil, en el Este, para recalar en la académica ciudad de Beardsley.

2

Una cosa he de advertir: quien lea las páginas que siguen deberá tener presente no sólo el circuito general esbozado más arriba, con sus muchos desvíos y trampas para turistas, sus circuitos secundarios y sus caprichosos desvíos, sino también el hecho de que, lejos de ser una indolente *partie de plaisir,* nuestro periplo fue un duro y tortuoso ejemplo de crecimiento teleológico, cuya única *raison d'être* (esos clichés franceses son sintomáticos) era mantener a mi compañera de un humor aceptable entre beso y beso.

Hojeando esa destrozada guía turística, evoco confusamente aquellos Jardines de las Magnolias, en un estado sureño, donde me costó cuatro dólares entrar y que, según decía la guía, debían visitarse por tres razones: porque John Galsworthy (un escritor de mala muerte, pesado como una piedra), los aclamó como los jardines más encantadores del mundo; porque en 1900 la Guía Baedeker los señaló con una estrella; y, por fin, porque... ¡oh, lector, mi lector, adivínalo...!: porque las niñas (y, por Júpiter, ¿no era mi Lolita una niña?) «caminarán con ojos soñadores, llenas de reverencia, por ese anticipo del cielo, impregnándose de una belleza que influirá decisivamente en su vida».

—No en la mía —dijo la malhumorada Lo, que se sentó en un banco con los suplementos de dos diarios dominicales en su encantador regazo.

Pasamos y repasamos por toda la gama de restaurantes de carretera de los Estados Unidos, desde los humildes de la cadena Eat, con la cabeza de ciervo (y la oscura huella de una larga lágrima en el ángulo nasal del ojo), expositores con gafas de sol y tarjetas postales «humorísticas», como las que eran corrientes en mi juventud en los balnearios alemanes, las notas de los servicios clavadas en un alambre, carteles de propaganda con visiones de helados celestiales, medio pastel de chocolate bajo una campana de vidrio y varias moscas horriblemente experimentadas zigzagueando sobre el pringoso azucarero en la innoble barra, hasta los lugares caros, con luces amortiguadas, manteles y servilletas absurdamente pretenciosos y de mala calidad, camareros ineptos (ex presidiarios o universitarios), la espalda de una artista de cine, con su cabellera castaña entreverada de hebras grises, las negras cejas de su acompañante del momento y una orquesta formada por músicos, vestidos con chaquetas cruzadas a rayas y provistas de grandes hombreras, que tocaban la trompeta.

Inspeccionamos la estalagmita más grande del mundo en una cueva donde tres estados del Sudeste celebran una reunión de familia; admisión según la edad: adultos, un dólar; pubescentes, sesenta centavos. Un obelisco de granito que conmemora la batalla de Blue Licks (huesos viejos y cerámica india en el museo inmediato): Lo, diez centavos; muy razonable. La moderna cabaña de troncos, tosca reproducción de aquella donde nació Lincoln. Una gran roca, con una placa, en memoria del autor de «Trees»[1] (estamos ahora en Poplar Cove, Carolina del Norte, adonde hemos llegado por lo que mi amable, tolerante y, por lo común, neutral guía turística llama airadamente «una carretera muy estrecha, en pésimo estado», afirmación que suscribo). Desde una lancha alquilada manejada por un ruso blanco entrado en años, pero aún repulsivamente apuesto (un barón, según decían: las palmas de Lo estaban húmedas, ¡la muy tonta!), que había conocido en California al bueno de Maximovich y a Valeria, pudimos distinguir la inaccesible «colonia de los millonarios» en una isla cerca de la costa de Georgia. Seguimos inspeccionando: una colección de tarjetas postales de hoteles europeos en un museo dedicado al coleccionismo, en un lugar de Mississippi, donde reconocí con una cálida oleada de orgullo una fotografía en colores del Mirana paterno, sus toldos a rayas, su bandera ondeando por encima de las palmeras retocadas, «Y, ahora, ¿qué?», dijo Lo, que miraba de reojo al bronceado dueño de un lujoso automóvil que nos había seguido hasta la Mansión del Coleccionismo. Reliquias de la era del algodón. Un bosque de Arkansas y, sobre el hombro moreno de Lo, una hinchazón rosa-púrpura (obra de algún jején) cuyo veneno de hermosa transparencia extraje apretando con las largas uñas de mis pulgares, para succionar después la herida hasta que manó su sabrosa sangre. La calle Bourbon (en una ciudad llamada Nueva Orleans), en cuyas aceras, según la guía turística, «es posible [me gustó eso de "es posible"] presenciar el espectáculo que ofrecen chiquillos negros que se prestan [todavía me gustó más eso de "se prestan"] a bailar el claqué por unos centavos» (¡qué divertido!), mientras sus «abundantes y pequeños clubes nocturnos están atestados de visitantes» (¡picaruelos!). Colecciones de recuerdos de la conquista del Oeste. Casas de antes de la guerra de Secesión, con balcones de forja intrincadamente adornados y escaleras con barandillas de balaústres torneados a mano, como esas por las que suelen descender majestuosamente las damas del celuloide, desnudos los morenos

1. El poeta norteamericano Joyce Kilmer (1886-1918). *(N. del T.)*

hombros y en medio de un derroche de Technicolor, levantándose con las pequeñas manos la parte delantera de la amplia falda de volantes con ese gesto tan característico, mientras la fiel criada negra menea la cabeza en el descansillo superior. La Fundación Menninger, una clínica psiquiátrica, sólo porque sí. Una zona de arenisca bellamente erosionada; flores de yuca, puras, cerosas, pero infestadas de desagradables moscas blancas. Independence, Missouri, el punto inicial del camino de Oregón, el que seguían las caravanas de carretas rumbo al Oeste; y Abilene, Kansas, sede del Salvaje Rodeo de Bill Nosecuántos. Montañas lejanas. Montañas cercanas. Más montañas: bellas cadenas azuladas inalcanzables o que, al acercarnos, se convertían en una sucesión de pobladas colinas; las escarpadas sierras del Sudoeste, que, no obstante su altura, no podían compararse con los Alpes; grises colosos de piedra con vetas de nieve, que parecían perforar el cielo y hacían que te diera un vuelco el corazón; infinidad de picos que daban la sensación de surgir de la nada en cada curva de la carretera; inmensas serranías boscosas, en cuyas laderas se superponían nítidamente las hileras de oscuros abetos de Douglas, entre las cuales se destacaba, de vez en cuando, un manchón más claro de álamos temblones; formaciones rosadas o lilas, faraónicas, fálicas, «demasiado prehistóricas para describirlas con palabras» *(blasé* Lo); conos aislados de negra lava; montañas a principios de primavera, con las laderas cubiertas de una fina pelusa de espadaña; montañas a finales de verano, agazapadas, de miembros hieráticos, como los de las estatuas egipcias, y cubiertos de pliegues y más pliegues de afelpada y tostada hierba comida por los insectos; montañas que parecían de gachas de avena, tachonadas de robles de copa verde y redonda; una última montaña, de color pardo naranja, con una lujuriante alfombra de alfalfa a sus pies.

Inspeccionamos también: el lago Little Iceberg, en algún lugar de Colorado, y los bancos de nieve, y las almohadillas de minúsculas flores alpinas, y más nieve, por la cual Lo, con gorro con pompón rojo, intentaba deslizarse chillando y fue bombardeada con bolas de nieve por algunos mozalbetes (se desquitó del mismo modo, *comme on dit*). Esqueletos de álamos quemados, grandes manchones de flores azules. Los diversos componentes de una excursión pintoresca. Centenares de excursiones pintorescas, miles de arroyos del Oso, fuentes termales, cañones con pinturas rupestres indias. Texas, una llanura agostada. La Cámara de Cristal en la cueva más larga del mundo (entrada libre para los menores de doce años, pero Lo era una joven esclava). Una colección de esculturas caseras de una dama local, cerrada en la desgraciada mañana de un lunes, polvo, viento, aridez. El parque de la Concepción, en una ciudad de la frontera mexicana, que no me atreví a cruzar. Aquí y allá, al atardecer, centenares de grises esfinges chupaban el polen de flores imprecisas. Shakespeare, un pueblo fantasma en Nuevo México, donde el bandolero Bill el Ruso fue colgado con gran algazara hace setenta años. Piscifactorías. Las ruinas de las casas trogloditicas construidas en las laderas más inaccesibles de los cañones del Sudoeste por los antepasados de los actuales indios pueblos. La momia de un niño (contemporáneo indio de Bea, la florentina). Nuestro vigésimo cañón del Infierno. Nuestro quincuagésimo camino de acceso a una u otra maravilla, según la guía turística, que para entonces ya había perdido las tapas. Un aguijonazo en mi entrepierna. Siempre los mismos tres viejos, con sombreros y tirantes, matando el tiempo en la tarde estival bajo los árboles, junto a la fuente pública. Una brumosa vista azulada más allá de la barandilla de un mirador en un paso de montaña, y las espaldas de una familia que disfrutaba del espectáculo (y el cálido, feliz, vehemente, intenso, esperanzado, desesperado susurro de Lo: «¡Mira, los McCrystal! ¡Por favor, hablemos con ellos, por favor!» ¡Hablemos con ellos, lector! «¡Por favor, haré lo que quieras, oh, por favor...!»). Danzas ceremoniales indias, estrictamente comerciales. CATRE: Compañía Americana de Transporte de Refrigeradores. La obvia Arizona: las casas de los indios pueblos, las pictografías aborígenes, las huellas de un dinosaurio en un cañón desierto, impresas hace treinta millones de años, cuando yo era niño. Un muchacho flaco, pálido, de un metro sesenta y con una nuez muy activa, que miraba de soslayo la parte del moreno torso de Lolita que dejaba al descubierto el vestidito de dos piezas que llevaba; cinco minutos después, besé apasionadamente aquella piel cálida (¡qué se creía, aquel mamón!). Invierno en el desierto, primavera en la colina, almendros en flor. Reno, una melancólica ciudad de Nevada, de vida nocturna presuntamente «cosmopolita y refinada». Una explotación vitivinícola en California, con una iglesia construida en forma de tonel. El valle de la Muerte. El castillo de Scotty, una extravagante construcción inacabada, situada en ese mismo valle. Obras de arte coleccionadas por un tal Rogers durante años. Horribles mansiones de hermosas actrices. La huella de R. L. Stevenson en un volcán extinguido. Misión Dolores: buen título para un libro. Acantilados de arenisca erosionados por las olas. Un hombre con un espectacular ataque epiléptico en el parque nacional de Russian Gulch. El lago Cráter, azul, muy azul. Una piscifactoría en Idaho y la Penitenciaría Estatal. El sombrío parque nacional de Yellowstone y sus variopintos manantiales de aguas calientes, sus géyseres enanos, sus arcos iris de fango burbujeante: otras tantas metáforas de los estallidos de mi pasión. Una manada de antílopes en una reserva natural. Nuestra caverna número ciento: adultos, un dólar; Lolita, cincuenta centavos. Un *château* construido por un marqués francés en Dakota del Norte. El palacio del Maíz en Dakota del Sur; inmensas cabezas de presidentes labradas en una montaña de granito. La Mujer Barbuda nos lee las manos y predice lo que seremos, aunque no adivina lo que somos. Un zoológico en Indiana, donde un montón de monos vivía en una réplica de cemento de la carabela de Cristóbal Colón. Billones de efímeras, muertas o moribundas, que hedían a pescado, apelotonadas contra las vidrieras de los restaurantes a lo largo de una melancólica playa. Gordas gaviotas posadas en grandes piedras, vistas desde el transbordador *Ciudad de Sheboygan,* cuyo humo pardo y lanoso se arqueaba y se hundía en la verde sombra que arrojaba la embarcación sobre las aguamarinas del lago Michigan. Un motel cuyos conductos de ventilación pasaban bajo la cloaca de la ciudad. La casa de

Lincoln, evidentemente espuria, con libros en la sala de estar y muebles de época que la mayoría de los visitantes aceptaban reverentes como objetos personales.

Tuvimos altercados, importantes y triviales. Los más serios ocurrieron en las Cabañas Lacework, Virginia; en la avenida del Parque de Little Rock, cerca de una escuela; en el paso de Milner, a tres mil metros de altura, en Colorado; en la esquina de la calle 7 y la avenida Central de Phoenix, Arizona; en la calle 3 de Los Ángeles, porque ya habían vendido todas las entradas para visitar uno de los estudios, no recuerdo cuál; en un motel llamado Sombras de Álamos, en Utah, donde había seis árboles menores de edad, apenas más altos que mi Lolita, y donde ella preguntó, *à propos de rien,* cuánto tiempo seguiríamos viviendo en cabañas hediondas, haciendo marranadas a todas horas y sin portarnos nunca como personas normales. En la esquina de las calles North Broadway y West Washington de Burns, Oregón, frente a un colmado llamado Safeway. En una aldea del valle del Sol, Idaho, frente a un hotel de ladrillo, de pálidos y ruborizados ladrillos, agradablemente mezclados, con un álamo ante la fachada que arrojaba sus líquidas sombras sobre el monumento a los caídos locales en ambas guerras mundiales. En medio de los matorrales de artemisa de un páramo, entre Pinedale y Farson. En algún lugar de Nebraska, en la calle Mayor, cerca del First National Bank, fundado en 1889, donde se divisaba un panorama consistente en un paso a nivel, al final de la calle, y, a lo lejos, los blancos tubos de órgano de un silo múltiple. Y en la esquina de las calles McEwen y Wheaton, en una ciudad de Michigan que lleva el nombre de mi odioso enemigo.

Llegamos a conocer a fondo a esa curiosa especie que es el hombre autoestopista, el *Homo pollex*[1] de la ciencia, con todas sus muchas subespecies y formas: el modesto soldado, limpio y reluciente, que espera tranquilo, tranquilamente consciente de la atracción viática del color caqui; el escolar que desea viajar dos manzanas; el asesino que desea alejarse miles de kilómetros;

---

1. *Pollex* significa «pulgar» en latín. (*N. del T.*)

el caballero misterioso, inquieto, maduro, de maleta recién estrenada y bigotito recortado; un trío de mexicanos optimistas; el estudiante universitario que muestra la mugre adquirida trabajando en el campo durante las vacaciones con el mismo orgullo que el nombre de la famosa universidad impreso en arco en su jersey; la dama desesperada cuya batería acaba de descargarse; los repulsivos jóvenes de actitud inequívoca, cabello engominado, mirada furtiva y rostro pálido, vestidos con chaquetas y camisas chillonas, que adelantan vigorosamente, casi priápicamente, sus pulgares rígidos para tentar a las mujeres que viajan solas o a los infelices viajantes de gustos extraños.

«¡Llevémosle!», solía suplicar Lo, restregando sus rodillas de un modo peculiar, cuando algún *pollex* particularmente repulsivo, algún hombre de mi edad y mi anchura de espaldas, con la *face à claques* de un actor sin empleo, caminaba hacia atrás, casi bajo las ruedas de nuestro automóvil.

¡Oh, tenía que vigilar con ojos atentos a Lo, a la voluble Lolita! Quizás a causa del constante ejercicio amatorio, a pesar de su aspecto infantil, irradiaba cierto lánguido fulgor que provocaba en los empleados de las estaciones de servicio, en los botones de hotel, en los dueños de automóviles lujosos y en los jovenzuelos morenos tumbados junto a piscinas azuladas estallidos de concupiscencia que habrían acicateado mi orgullo de no haber lacerado mis celos. Pues Lolita tenía conciencia de aquel fulgor suyo, y solía pescarla *coulant un regard* hacia algún macho amistoso, algún grasiento mecánico de musculosos brazos bronceados y con reloj de pulsera, y no bien volvía la espalda para comprarle a Lo, a mi Lo, un pirulí, oía que ella y el atractivo mecánico estallaban en una serie de preguntas y respuestas, acompañadas de tontas risitas, que sonaban en mis oídos como una canción de amor.

Durante nuestras paradas más prolongadas, cuando descansaba después de una mañana particularmente agitada en la cama y la bondad de mi corazón, saciado por el momento, me había inducido a permitirle —¡indulgente Hum!— una visita a la rosaleda o la biblioteca infantil, en la acera de enfrente, en compañía de la fea Mary y el hermano de ésta (ocho años), ambos hijos de nuestro vecino de cabaña, Lo volvía una hora después, mientras Mary, descalza, la seguía a cierta distancia y el chiquillo se había metamorfoseado en dos larguiruchos y rubios mozalbetes, alumnos del instituto local, todo músculo y gonorrea. Mi lector podrá imaginar muy bien cuál era mi respuesta cuando —con bastante timidez, lo admito— Lo me preguntaba si podía ir a patinar con Carl y Al.

Recuerdo la primera vez, a primera hora de una tarde polvorienta y ventosa, que la dejé ir a patinar. Cruelmente, dijo que no sería divertido si yo la acompañaba, ya que esa parte del día se reservaba a los menores de edad. Llegamos a un compromiso: me quedé en el automóvil, entre otros coches (vacíos) con sus hocicos vueltos hacia la pista, abierta por los lados y con techo de lona, donde unos cincuenta jóvenes, casi todos en parejas, daban vuelta tras vuelta al compás de una música mecánica. El viento plateaba los árboles. Dolly llevaba tejanos y botines blancos, como casi todas las niñas. Yo contaba las revoluciones de la multitud sobre patines cuando, de pronto, la perdí de vista. Cuando volvió a pasar, estaba con tres muchachotes, a los cuales había escuchado analizar, un momento antes, a las pequeñas patinadoras desde el borde de la pista, y se habían burlado de una jovencita de encantadoras piernas que llevaba pantalones cortos en vez de los, al parecer, reglamentarios pantalones o tejanos.

En los controles de carretera, al entrar en Arizona o California, hubo veces en que un amigable policía nos miró con tal intensidad que mi pobre corazón desfalleció. «¿En viaje de bodas?», nos preguntaron en más de una ocasión, y mi dulce tontuela siempre se echaba a reír tontamente cuando escuchaba esta pregunta. Aún conservo, vibrando en mi nervio óptico, visiones de Lo a caballo, un eslabón en la cadena de una excursión guiada por los terrenos debidamente acondicionados de un rancho para turistas: Lo se mecía al paso de su cabalgadura por el estrecho sendero, iba detrás de una anciana amazona y delante de otro de los huéspedes, hombre de aspecto convencional y mirada lasciva; yo cabalgaba tras este último, y odiaba su gorda espalda, cubierta por una camisa floreada, con más violencia con la que odia un conductor a un camión lento en una carretera de montaña. O bien, desde la terraza de un bar en una estación de esquí, la veo alejarse flotando, celestial y solitaria, en un etéreo telesilla, cada vez más alto, hasta una cumbre centelleante donde alegres atletas desnudos hasta la cintura la esperan; a ella, precisamente a ella...

En cada población donde nos deteníamos preguntaba, con mi cortés estilo europeo, por las piscinas, museos, escuelas locales, el número de niños que asistían a la escuela más próxima, etcétera. Y a la hora en que pasaba el autobús escolar, sonriendo y con una contracción muscular (descubrí ese *tic nerveux* porque la cruel Lo fue la primera en imitarlo ridiculizándolo), aparcaba en un punto estratégico, con mi errante colegiala junto a mí en el automóvil, para observar a las niñas que salían de la escuela, una visión siempre agradable. Eso pronto empezó a hastiar a mi fácilmente hastiable Lolita, y, como tenía una infantil aversión hacia los caprichos de los demás, se burlaba de mí y de mi deseo de que me acariciara mientras pequeñas morenas de ojos azules con pantalones cortos azules, o pelirrojas con boleros verdes, o rubias inciertas, de aire amuchachado, con pantalones descoloridos, pasaban junto a nosotros bajo el sol.

Como una especie de compromiso, yo propugnaba libremente, siempre que era posible, el uso de piscinas con otras niñas. Lo adoraba el agua brillante y era una excelente nadadora. Cómodamente envuelto en mi bata, me sentaba en un lugar donde hubiera abundante sombra posmeridiana, después de mi propia y recatada zambullida, y allí me quedaba, con un libro que fingía leer, o con una caja de bombones, o con ambas cosas, o sólo con la tensión de mis glándulas, y la miraba retozar, con un gorro de goma, perlada, suavemente bronceada, alegre como un anuncio en su ajustado pantaloncillo de satén y su sujetador fruncido. ¡Pubescente amor mío! Con qué orgullo me maravillaba de que fuera mía, mía, mía, y repasaba la todavía reciente gozada matutina, arrullada por los cantos de las palomas, y anticipaba la que me esperaba a última hora de la tarde, y, entrecerrando mis ojos heridos por el sol, comparaba a Lolita con las demás nínfulas que el parsimonioso azar reunía a su alrededor para mi deleite y juicio antológicos. Y hoy, poniéndome la mano en el anheloso corazón, no creo, en verdad, que ninguna de ellas la superara en deseabilidad. Bueno, sólo la superaron en dos o tres ocasiones, a lo sumo, bajo determinada luz, con ciertos perfumes flotando en el aire... Una vez, en el caso imposible de una pálida niña española, hija de un noble de fuertes mandíbulas, y otra vez... *mais je divague.*

Desde luego, tenía que andarme con tiento, plenamente consciente, en mis lúcidos celos, del peligro que entrañaban aquellos juegos deslumbrantes. No tenía más que volverme un instante —digamos para dar unos pasos y comprobar si nuestra cabaña ya estaba lista después del cambio matutino de sábanas—, y dejar sola a Lo: al volver la encontraba, *les yeux perdus,* hundiendo y moviendo en el agua sus pies de largos dedos, sentada en el borde de piedra, mientras a cada lado tenía un *brun adolescent* en cuclillas que habría de se *tordre* (¡oh, Baudelaire!) durante los meses venideros en sueños recurrentes, provocados por su belleza morena y el agua argéntea recogida en los infantiles pliegues de su estómago.

Traté de enseñarle a jugar al tenis para que tuviéramos más diversiones en común; pero, por más que había sido buen jugador en mis años mozos, me revelé pésimo como maestro. Hube, pues, de proporcionarle en California cierto número de lecciones carísimas, dadas por un famoso entrenador, un ex campeón arrugado, con un harén de chavales recogepelotas. Parecía una ruina lastimosa fuera de la pista, pero a veces, durante una lección, cuando devolvía la pelota con un golpe floridamente primaveral, por así decirlo, y la pelota zumbaba en el aire hacia su alumna, la divina delicadeza de aquel poder absoluto me hacía recordar que treinta años antes le había visto demoler en Cannes al gran Gobbert. Hasta que Lo empezó a tomar aquellas lecciones, pensé que nunca aprendería a jugar.

Adiestraba a Lo en la pista de tal o cual hotel, tratando de recordar los días en que, bajo un viento caliente, entre un remolino de polvo y con una extraña lasitud, enviaba pelota tras pelota a la alegre, inocente y elegante Annabel (fulgor de brazalete, falda blanca plisada, banda de terciopelo negro en el pelo). Pero cada palabra de mis persistentes consejos no hacía más que aumentar la sombría irritación de Lo. Prefería a nuestros juegos —cosa harto curiosa—, al menos antes de que llegáramos a California, pasarse la pelota (más que un juego de verdad, aquello era una mera caza de la pelota) con alguna coetánea pequeña, delgada y maravillosamente bonita en un estilo *ange gauche*. Servicial espectador, me aproximaba a la otra niña y aspiraba su débil fragancia a almizcle mientras tocaba su antebrazo y sostenía su nudosa muñeca, o movía a uno u otro lado su frío muslo para enseñarle el revés. Mientras tanto, Lo, inclinada hacia adelante, dejaba caer sus rizos broncíneos y golpeaba en el suelo con la raqueta como si fuera la muleta de un inválido al mismo tiempo que lanzaba tremendos «¡Uf!» de disgusto por mi intromisión. Yo las dejaba con su juego y seguía mirándolas, comparando sus cuerpos en movimiento, con un pañuelo de seda anudado a mi cuello; eso era en el sur de Arizona, creo... y los días eran perezosos receptáculos de calor, y la torpe Lo se lanzaba contra la pelota y fallaba, y maldecía, y enviaba un simulacro de saque a la red, y su compañera, aún más ineficaz, corría concienzudamente tras cada pelota, y no alcanzaba ninguna. Pero las dos se divertían hermosamente, y llevaban con claras notas argentinas el cómputo exacto de sus equivocaciones.

Recuerdo que un día me ofrecí para llevarles refrescos del hotel, y fui hasta allí por el sendero de grava y regresé con dos altos vasos de jugo de piña, soda y hielo. Y entonces un súbito vacío en mi pecho me hizo detenerme: ¡la pista de tenis estaba desierta! Me detuve para posar los vasos en un banco, y, no sé por qué, pero con una especie de gélida nitidez, vi el rostro de Charlotte muerta, y dirigí una mirada a mi alrededor, y descubrí a Lo, con pantalones cortos blancos, que se alejaba bajo la sombra jaspeada de un sendero del jardín, acompañada por un hombre alto que llevaba dos raquetas de tenis. Corrí tras ellos, pero mientras me abría paso entre los arbustos distinguí, en una visión alternativa, por así decirlo, como si el curso de la vida se ramificara constantemente, que, en realidad, Lo y su compañera de partido, que seguían llevando, respectivamente, pantalones y pantalones cortos, igual que cuando las había dejado, escudriñaban una pequeña superficie cubierta de maleza y azotaban los arbustos con sus raquetas en busca de su última pelota perdida.

Cito estas alegres fruslerías sólo para demostrar a mis jueces que hacía todo lo posible para que Lolita lo pasara realmente bien. ¡Qué encantador era verla enseñar a otra niña —¿pues qué era ella, si no?— alguna de sus habilidades, como, por ejemplo, un modo especial de saltar a la comba! Cogiéndose con la mano derecha el brazo izquierdo, tras la blanca espalda, todavía sin broncear, la nínfula menor, diáfana y adorable, era todo ojos, mientras el sol iridiscente era todo ojos también sobre la grava, bajo los árboles en flor. En medio de aquel paraíso lleno de ojos, mi pícara y pecosa chiquilla brincaba, repitiendo los movimientos de tantas otras que me habían deleitado en la Vieja Europa, en los soleados parques y en los húmedos y brumosos paseos que bordean los ríos. Al fin, Lo tendía la cuerda a su amiguita española y supervisaba la lección repetida, y se apartaba el pelo de las sienes, y cruzaba los brazos, y se pisaba un pie con el otro, o abandonaba sus manos sobre las caderas aún no ensanchadas, y yo me cercioraba de que la maldita criada había terminado de limpiar nuestra cabaña. Después de lo cual enviaba una sonrisa a la tímida y morena dama de compañía de mi princesa, hundía mis dedos paternales en su cabello de abajo arriba por la nuca y los deslizaba luego por su cuello, con suavidad, pero con firmeza, a fin de conducir a mi reacia muñequita a nuestro pequeño hogar para una enérgica coyunda antes de la cena.

«¿Es que le ha arañado un gato, pobrecito?», me preguntaba a veces una de aquellas repulsivas mujeres con todas las de la ley, guapas y con un tipo estupendo, para las cuales parecía resultar yo particularmente atractivo, en el salón de actos de un hotel, durante la cena de mesa redonda seguida de baile prometida a Lo. Ése era uno de los motivos por los cuales procuraba mantenerme lo más lejos posible de la gente, mientras Lo, por su lado, ponía todo su empeño en incluir en su órbita a la mayor cantidad imaginable de potenciales testigos presenciales.

Siempre que, metafóricamente hablando, Lo iba de un lado para otro meneando el trasero, es decir, haciéndose notar, como hacen todas las putillas, invariablemente, un sonriente desconocido se nos acercaba e iniciaba una brillante conversación, tras un estudio comparativo de las matrículas de automóvil correspondientes a los diversos estados. «¡Qué lejos están de casa!» Padres preguntones, con la sana intención de saber de mí por medio de Lo, sugerían que fuera al cine con sus hijos. Más de una vez me sentí a punto de ser descubierto, y escapé por los pelos. El ruido de los desagües me perseguía, por descontado, pues era algo inevitable, en todos nuestros caravasares. Pero no llegué a comprender qué tenue era el material del que estaban hechos los tabiques hasta una noche en que, después de amar a mi nínfula con demasiada vehemencia, la tos masculina de un vecino llenó la pausa tan claramente como habría podido llenarla la mía. A la mañana siguiente, mientras me desayunaba en una granja (Lo dormía hasta tarde, y me gustaba llevarle a la cama un vaso de café con leche caliente), mi vecino de la víspera, un hombre maduro que llevaba unas feas gafas sobre su larga y virtuosa nariz y la insignia de su convención en la solapa, se las arregló para trabar conmigo una conversación durante la cual me preguntó si mi mujer se mostraba, como la suya, bastante reacia a levantarse cuando no estaba en la granja familiar. Y, si el horrible peligro a cuyo borde vacilaba no hubiera estado a punto de ahogarme, me habría divertido la extraña expresión de sorpresa que apareció en su cara curtida, de labios finos, cuando le contesté, secamente, al mismo tiempo que me levantaba del taburete, que, gracias a Dios, era viudo.

¡Qué encantador era llevarle el café con leche a Lo para negárselo hasta que hubiera cumplido con sus deberes matinales!

¡Qué concienzudo amigo, qué padre apasionado, qué excelente pediatra era yo, siempre cuidadoso de todas las necesidades del cuerpo bronceado de mi pequeña! Mi único reparo contra la naturaleza era que no podía volver del revés a Lolita y aplicar mis labios voraces a su joven matriz, a su desconocido corazón, a su hígado nacarado, a sus pulmones, de textura semejante a la de los gelatinosos racimos de huevos de los calamares, a sus graciosos riñones gemelos. Durante algunas tardes especialmente tropicales, en la pegajosa proximidad de la siesta, me gustaba sentir la frescura del sillón de cuero contra mi maciza desnudez, mientras la observaba sentada en mi regazo: no era más que una típica chiquilla que se hurgaba la nariz, concentrada en el suplemento de historietas de un diario, tan indiferente a mi gozosa erección como si fuera algo sobre lo cual se hubiera sentado sin querer, un zapato, una muñeca, el mango de una raqueta de tenis, y se sintiera demasiado indolente para quitarlo de su asiento. Sus ojos seguían las aventuras de sus héroes de historietas favoritos; había una niña bien dibujada, patosa, de pómulos salientes y gestos bruscos, que no dejaba de complacerme también a mí; Lo contemplaba embobada las fotografías de los choques frontales de automóviles; no ponía nunca en duda la realidad de lugar, tiempo y circunstancia aducida para justificar los retratos publicitarios de bellezas en traje de baño, y se mostraba curiosamente fascinada ante las imágenes de novias locales, algunas con todos los arreos nupciales, ramos de flores en las manos y gafas.

Una mosca se posaba en su vientre y caminaba en la vecindad de su ombligo, o exploraba sus tiernas y pálidas aréolas. Al principio trató de atraparla en su puño (método de Charlotte), pero después se enfrascó en la sección Exploremos tu mente del periódico.

—«Exploremos tu mente» –leyó–. «¿Se reducirían los delitos sexuales si los niños hicieran caso de algunas advertencias? No juegues cerca de los retretes públicos. No aceptes caramelos de desconocidos, ni subas a sus coches si te invitan a dar un paseo. Pero, si aceptas que te lleven, anota la matrícula del automóvil.»

–... y la marca de los caramelos –tercié alegremente.

Ella siguió, mientras apartaba su mejilla de la mía, que la perseguía insistente. (Y recuerda, oh, lector, que aquel día estaba de buenas...)

–«Si no tienes lápiz, pero ya sabes leer...»

–«Nosotros, marineros medievales» –volví a terciar alegremente, pero esta vez como si también leyera algo–, «hemos puesto en esta botella...»

–«Si no tienes lápiz» –repitió ella–, «pero ya sabes leer y escribir...», esto es lo que dice el tipo, pedazo de tonto, «... araña el número en algún lugar del camino.»

–Con tus pequeñas garras, Lolita.

3

Lolita había entrado en mi mundo, en la sombría y misteriosa Humberlandia, con violenta curiosidad, y lo había inspeccionado con una mueca de divertido disgusto, pero para aquel entonces me parecía que estaba dispuesta a marcharse de él con un sentimiento muy similar a la franca repulsión. Nunca vibraba bajo mis caricias, y un estridente «¡Qué haces!» era cuanto obtenían mis esfuerzos. Al país maravilloso que le ofrecía, prefería la película más estúpida, el relato más empalagoso. No hay nada más atrozmente cruel que un niño que se sabe adorado. ¡Y pensar que si tenía que elegir entre una hamburguesa y la volcánica manifestación de mi pasión, invariablemente, con gélida precisión, prefería aquélla! ¿Recuerdan la granja en la que me desayuné hace unos instantes? No les he dicho su nombre, ¿verdad? ¡Pues era, ni más ni menos, La Reina Frígida! Sonriendo con cierta tristeza, apodé a Lo mi Princesa Frígida. No comprendió esa melancólica broma.

No frunzas el ceño, lector; no quiero dar la impresión de que no conseguí ser feliz. El lector debe comprender que, dueño y señor de una nínfula, el encantado viajero está, por así decirlo, *más allá de la felicidad*. Pues no hay en la tierra dicha comparable a la de magrear a una nínfula. Es una dicha *hors concours,* pertenece a una categoría distinta, a otro plano de sensibilidad. A pesar de nuestros rifirrafes, a pesar de su malhumor, a pesar de todos sus aspavientos y sus muecas, y a pesar de la vulgaridad, el peligro y la tremenda inanidad de todo aquello continuaba sintiéndome a gusto en el paraíso que había elegido; un paraíso cuyos cielos tenían el color de las llamas infernales, pero, con todo, un paraíso.

El capacitado psiquiatra que estudia mi caso –sumido por el doctor Humbert a estas alturas, confío, en un estado de fascinación leporina (es decir, hipnotizado igual que un conejo por una serpiente)–, sin duda, estará ansioso por saber si llevé o no a Lolita junto al mar para encontrar allí, por fin, la «gratificación» de una necesidad que había sentido durante toda mi vida y liberarme, así, de la obsesión «subconsciente» de un romance infantil con la nínfula primigenia, la señorita Lee.[1]

Y bien, camarada, permíteme decirte que *busqué* una playa, aunque también debo confesar que, cuando llegamos al espejismo de su agua gris, mi compañera de viaje me había «gratificado» ya con tantos deleites que la consecución de un reino junto al mar, una Riviera sublimada, o lo que fuere, lejos de ser el impulso del subconsciente, se había convertido en la búsqueda racional de una emoción puramente teórica. Los ángeles lo sabían, y dispusieron las cosas del modo adecuado. Una visita a una ensenada plausible en la costa atlántica fue completamente frustrada por el mal tiempo. Un cielo húmedo y cargado, olas fangosas, una niebla que parecía infinita, pero que, no sé por qué, resultaba muy concreta... ¿Qué podía estar más alejado de la vivacidad, la maravillosa atmósfera y la alegre espontaneidad de mi romance en la Riviera? Un par de playas semitropicales en el Golfo de México, aunque parecían muy prometedoras, estaban plagadas de alimañas ponzoñosas y barridas por huracanes. Al fin, en una playa californiana, ante el fantasma del

1. Doble alusión: a Annabel Lee, protagonista de un poema de Edgar Allan Poe, y al primer amor de Humbert Humbert. *(N. del T.)*

Pacífico, hallé una nada segura intimidad en una especie de ensenada desde la cual se oían los chillidos de un grupo de *girl scouts* que se iniciaban en la práctica del surf en una parte aislada de la playa, detrás de unos árboles podridos; pero la niebla era como una sábana mojada, y el tacto de la arena era pegajoso, y Lo estaba cubierta de esa arena y tenía la carne de gallina, y, por vez primera en mi vida, tuve tan pocos deseos de poseerla como de gozar de un manatí hembra. Quizás mis lectores afines den un respingo si les digo que, aunque hubiéramos descubierto en alguna parte un pedazo de playa simpático, habría sido demasiado tarde, puesto que mi verdadera liberación había ocurrido antes, cuando Annabel Haze, alias Dolores Lee, alias Lolita, apareció ante mí, morena y castaña, de rodillas, mirando hacia arriba, en aquel desastrado porche trasero, en una especie de ambiente marino ficticio y deshonesto, pero eminentemente satisfactorio, aunque sólo había en los alrededores un lago, y no de los más grandes.

Queda claro, pues, lo poco que me interesaba la búsqueda de tan especiales sensaciones, la cual está influida –cuando no es consecuencia directa de ellos– por los dogmas de la moderna psiquiatría. Por consiguiente, me aparté –retiré a mi Lolita– de playas que, o bien eran demasiado lúgubres cuando estaban solitarias, o resultaban demasiado populosas cuando resplandecía en ellas el sol. Sin embargo, movido acaso por los recuerdos de mis infructuosas búsquedas en los parques públicos de Europa, estaba muy interesado por las actividades al aire libre y deseoso de encontrar lugares convenientes, bajo el amplio dosel del cielo, donde llevar a cabo aquellas actividades cuya culminación tan vergonzosamente me había sido vedada en el Viejo Mundo. Pero también en este deseo me vi burlado. El fracaso que debo registrar ahora (mientras conduzco poco a poco el curso de esta historia en el sentido de subrayar los crecientes riesgos y temores que empañaban cada vez más mi dicha) no debe atribuirse al carácter de los grandes espacios abiertos del paisaje norteamericano, líricos, trágicos, épicos, pero nunca arcádicos. Esos espacios son hermosos, de una hermosura que cautiva el corazón, que tiene un toque de inocente entrega, de sorprendida y emocionada entrega, algo que ya no poseen mis lacados pueblos suizos, brillantes como juguetes, ni los tan exhaustivamente cantados Alpes. Innumerables parejas de enamorados han retozado y se han besado en el pulido césped de las aldeas del Viejo Mundo, en el musgo aterciopelado que crece alrededor de las fuentes, junto a higiénicos arroyos siempre a mano, sobre rústicos bancos debajo de robles llenos de iniciales, y en tantísimas *cabanes* en tantísimos bosques de hayas. Pero el amante de las coyundas al aire libre debe tener presente, en cambio, que la naturaleza de los grandes espacios abiertos norteamericanos no es propicia para que se entregue al más antiguo de los delitos y los pasatiempos. Plantas ponzoñosas escaldan las nalgas de su amada mientras infinitos insectos pican las suyas; ásperas muestras de la flora local aguijonean las rodillas del amante y los insectos se ensañan con las de la amada, y a su alrededor suena sin cesar el susurro de serpientes –*Que dis-je!* ¡De dragones semiextinguidos!– que pueden hacer acto de presencia en cualquier momento, y semillas, parecidas a cangrejos, de flores feroces se adhieren como una horrible costra verde tanto a los calcetines negros sostenidos por ligas como a los blancos e informes.

Exagero un poco. Un mediodía de verano, inmediatamente debajo del límite de la vegetación arbórea, donde unas flores de color celestial, que me atrevería a afirmar que eran espuelas de caballero, se apelotonaban a lo largo del curso de un rumoroso arroyo de montaña, encontramos –Lolita y yo– un lugar románticamente aislado, a unos treinta metros sobre el paso donde habíamos dejado el automóvil. La pendiente nunca parecía haber sido hollada. Un último pino jadeante se tomaba un merecido descanso en la roca a la que había trepado. Una marmota nos silbó y desapareció. Bajo la manta de viaje que tendí para Lo crepitaron blandamente unas flores secas. Venus vino y se fue. El risco dentado que coronaba el talud y una maraña de arbustos más allá de nosotros parecían protegernos tanto del sol como del hombre. Pero, ¡ay!, no advertí un casi imperceptible sendero, poco más que un camino de cabras, que serpenteaba entre los arbustos y las rocas, a pocos pasos de nosotros.

Fue entonces cuando estuvimos más cerca que nunca de ser descubiertos; y no es de asombrar que esa experiencia apagara para siempre mi sed de cópulas campestres.

Recuerdo que aquélla había terminado ya, terminado por completo, y Lo lloraba en mis brazos —una saludable tempestad de sollozos después de uno de los accesos de malhumor que se habían hecho tan frecuentes en ella durante aquel año, por lo demás admirable—. Yo acababa de retractarme de cierta promesa tonta hecha en un momento de pasión ciega e impaciente, y ella se agitaba y lloraba y pellizcaba mi mano que trataba de acariciarla, y yo me reía feliz, y el atroz, increíble, insoportable y, sospecho, eterno horror que *ahora* conozco no era por aquel entonces más que un punto negro en el azul de mi dicha. Así estábamos ambos cuando, con uno de esos sobresaltos que han acabado por desquiciar mi pobre corazón, descubrí el fijo mirar de los negros ojos de dos niños desconocidos y hermosos, un fáunulo y una nínfula, a quienes proclamaba parientes, si no gemelos, el mismo pelo oscuro y lacio y las mismas mejillas sin sangre. Estaban en cuclillas, observándonos, los dos con trajecitos azules, confundidos con las flores de la montaña. Tiré de la manta en un intento desesperado de ocultarnos, y en ese mismo instante, en medio del sotobosque, a pocos pasos de nosotros, lo que parecía una inmensa pelota con un vestido de lunares empezó a girar sobre sí misma y se transformó en la figura de una fornida dama, de cabello negro y muy corto, que se incorporaba gradualmente y que, con un movimiento rapaz, agregó de modo automático a su ramillete un lirio silvestre mientras nos escrutaba por encima del hombro, más allá de sus encantadores niños, que parecían labrados en piedra azul.

Ahora que reina en mi conciencia una confusión absolutamente diferente de aquélla, sé que soy un hombre valiente, pero en la época en que ocurrió lo que relato lo ignoraba, y recuerdo que la sangre fría que mostré me sorprendió. Con la tranquila orden que damos con un murmullo a un animal asustado y aturdido, pero bien adiestrado, incluso en el más apretado de los casos (¿Qué loca esperanza, u odio, hace que latan los flancos de la joven bestia? ¿Qué negras estrellas horadan el corazón del adiestrador?), indiqué a Lo que se levantara, y caminando despacio y decorosamente al principio, y corriendo como locos, perdido todo decoro, después, nos dirigimos hacia el automóvil. Tras él estaba aparcada una elegante rubia, y un hombre apuesto, musculoso, moreno, de nariz prominente y ganchuda, y barbilla azul de puro negra, *un monsieur très bien* con camisa de seda y pantalones magenta, sin duda el marido de la corpulenta botánica, fotografiaba gravemente el indicador de la altura del paso. Se hallaba a más de tres mil metros, y yo estaba sin aliento. Con un chirrido y un patinazo, arrancamos. Lo aún luchaba con sus ropas y me maldecía en un lenguaje que nunca habría imaginado que conocieran, y mucho menos que usaran, los niños.

Hubo otros incidentes desagradables. El del cine, por ejemplo. En esa época Lo aún tenía verdadera pasión por el séptimo arte (habría de declinar, hasta convertirse en tibia condescendencia, durante su segundo año de escuela secundaria). Vimos, voluptuosamente, sin discriminación, ciento cincuenta o doscientas películas sólo durante ese año, y en los períodos en que íbamos con más frecuencia al cine llegamos a ver un noticiario cinematográfico hasta media docena de veces, ya que acompañaba a los diversos filmes que se proyectaban aquella semana e incluso nos perseguía de ciudad en ciudad. Sus películas favoritas eran, en este orden: las musicales, las policiacas y las del Oeste. En las primeras, cantantes y bailarines reales hacían carreras irreales en un mundo del espectáculo que venía a ser, en esencia, una esfera impermeable a todo lo que representara pena o tristeza, de la cual estaban excluidas la muerte y la verdad y donde, al final, el canoso, inocente y confiado, y técnicamente inmortal, padre de la heroína, reticente al principio a permitir que su hija se entregue a su loca pasión por las tablas, acaba aplaudiendo a rabiar su apoteósico triunfo en el fabuloso Broadway. Las películas policiacas también se desarrollaban en un mundo aparte: en él, heroicos periodistas eran torturados, las facturas telefónicas ascendían a cifras astronómicas y, en un ambiente sano y deportivo, aunque caracterizado por una inepta falta de puntería a la hora de disparar, los malos eran perseguidos por cloacas y almacenes de los más variados artículos por policías de patológica temeridad (mi captura no habría de causar tan extenuante ejercicio). En último lugar estaban los paisajes de tonos pardos, los domadores de caballos salvajes, de rostro rosado y ojos azules, la recatada y hermosa maestra, que llega al pueblo levantado a orillas del rumoroso arroyo, el caballo que se encabrita, la espectacular estampida del ganado, el cristal roto con un vigoroso golpe de revólver, la increíble pelea a puñetazo limpio, las montañas de muebles viejos que sueltan nubes de polvo al romperse, la mesa utilizada como proyectil, el oportuno salto mortal, la mano atada que busca a tientas el cuchillo de monte caído al suelo, el rugido de desesperación, el ruido amortiguado del puño al chocar contra la barbilla, la patada en la entrepierna, el hábil salto sobre el contrario para derribarlo al suelo; e, inmediatamente después de recibir una serie de golpes demoledores, que habrían mandado a Hércules al hospital (a estas alturas puedo afirmarlo por experiencia propia), el valiente héroe de la película, en cuya bronceada mejilla no aparece más que la sombra de un morado, lo que le da todavía mayor atractivo, si cabe, abraza a su entusiasmada futura esposa, toda una mujer del Oeste. Recuerdo, en particular, una matinal en un cine pequeño y mal ventilado, lleno de niños que despedían un maloliente aliento a palomitas de maíz. La reluciente luna brillaba amarilla sobre los hombros del cantante de turno, que llevaba el inevitable pañuelo al cuello, rasgueaba su guitarra con un dedo y apoyaba uno de sus pies en el tronco caído de un pino. Y yo rodeaba inocentemente con mi brazo los hombros de Lo, y había aproximado mi mandíbula a su sien, cuando dos harpías sentadas detrás de nosotros empezaron a murmurar las cosas más extrañas. Ignoro si entendí bien, pero lo que creí entender me hizo retirar mi mano acariciadora y, desde luego, el resto de la película transcurrió en medio de una especie de vaga neblina para mí.

Otro sobresalto que recuerdo está relacionado con un pueblecito que atravesamos de noche, durante el viaje de regreso. Unos treinta kilómetros antes se me había ocurrido decirle que la escuela a la que asistiría en Beardley era muy distinguida y exclusivamente femenina, y que allí no se llevaban a cabo disparatados experimentos modernistas, tras lo cual Lo empezó a echarme una de sus habituales broncas, en la que las amenazas y los insultos, las afirmaciones tajantes y las expresiones de doble sentido, la rabieta infantil y el vocabulario más vulgar se entrelazaban de un modo que confería a su discurso cierta semblanza de lógica y me obligaba a responderle con una serie de explicaciones que, a su vez, también tuvieran cierta semblanza de coherencia. Abstraído escuchando su desaforado lenguaje («¡Que te crees tú eso...!» «¡No soy tan tonta como para hacer caso de tus opiniones!» «¡Traidor!» «¿Quién eres tú para darme órdenes?» «¡Te odio...!» Etcétera, etcétera.), conduje por la silenciosa ciudad a más de ochenta kilómetros por hora, igual que si aún estuviéramos en la carretera; de repente, dos policías que iban en un coche patrulla enfocaron el automóvil con su foco y me ordenaron que parara junto a la acera. Mandé callar a Lo, que seguía lanzando automáticamente sus imprecaciones. Los policías nos escrutaron con malévola curiosidad. Lolita, repentinamente melosa, les habló con una dulzura que jamás había usado para dirigirse a mi masculinidad rebosante de testosterona. Pues, en cierto sentido, Lo temía la ley aún más que yo, y cuando los amables agentes nos perdonaron y el coche echó a andar servilmente, sus párpados se abrieron y se cerraron varias veces con fingida postración.

Creo llegada la hora de hacer una curiosa confesión. Se reirán, sin duda, pero lo cierto es que nunca llegué a saber cuál era mi situación legal. Y sigo sin saberlo. Oh, me he enterado de algunos pormenores. Alabama prohíbe que el tutor cambie el domicilio del menor sin permiso de un tribunal; Minnesota, ante cuyos legisladores me quito el sombrero, prescribe que cuando un pariente se hace cargo de la custodia permanente de cualquier menor de catorce años, no es necesaria la intervención de la justicia. Pregunta: ¿el padrastro de una encantadora y temperamental niña pubescente —un padrastro con sólo un mes de parentesco, un viudo neurótico y maduro, con unos ingresos que, aunque modestos, le permiten vivir sin trabajar, pero que tiene su origen europeo, un divorcio y unos cuantos manicomios en su historial— puede considerarse un verdadero pariente y, por ende, un tutor natural? De lo contrario, ¿debía, podía yo, razonablemente, atreverme a notificar la situación a algún Departamento de Bienestar Social y elevar una petición (pero ¿cómo se eleva una petición?) para que un agente judicial investigara al manso y evasivo Humbert y a la peligrosa Dolores Haze? Los muchos libros sobre matrimonio, violación, adopción, etcétera, que consulté, llevado por mi sentimiento de culpa, en bibliotecas públicas de ciudades grandes y pequeñas nada me dijeron, aparte de insinuarme oscuramente que el Estado es el tutor máximo de todos los menores desamparados. Pilvin y Zapel, si recuerdo bien sus nombres, en un impresionante volumen sobre el aspecto legal del matrimonio, ignoran completamente a los padrastros con niñas huérfanas de madre en sus manos y rodillas. Mi mejor amigo, un trabajo monográfico destinado a los asistentes sociales (Chicago, 1936) que me fue bajado con grandes esfuerzos desde un estante remoto y polvoriento por una inocente y anciana solterona, dice: «No existe el principio de que todo menor deba tener tutor; en estos casos la justicia sólo interviene a instancia de parte y cuando la situación del menor se hace abiertamente peligrosa.» De ello deduje que se nombraba tutor a quien lo pedía de manera expresa y solemne. Pero podían pasar meses antes de que compareciera ante el juez y pudiera empezar a crecer su par de alas grises, y, mientras tanto, la temperamental menor podría obrar según su capricho. Ése habría sido, al menos, el caso de Dolores Haze. Al fin comparecería ante el juez; éste haría unas pocas preguntas, a las que respondería el abogado del aspirante a tutor dando toda clase de seguridades acerca de éste; luego una sonrisa, un gesto de asentimiento, mientras en el exterior caía una suave llovizna, y la tutoría quedaría confirmada oficialmente. Pero no me atrevía. Mantente al margen, compórtate como un ratón, acurrúcate en tu agujero. Los tribunales sólo muestran una exagerada actividad cuando hay de por medio alguna cuestión monetaria: dos tutores codiciosos, una huérfana robada, un tercero en discordia aún más codicioso. Pero en nuestro caso todo estaba perfectamente en orden, se había hecho un inventario y los modestos bienes de su madre aguardaban intactos la mayoría de edad de Dolores Haze. La mejor táctica parecía abstenerse de toda gestión. Pero ¿y si algún entrometido, alguna sociedad humanitaria, se inmiscuía al verme *demasiado* quieto?

El amigo Farlow, que, aunque era abogado de secano, habría sido capaz, sin duda, de darme algún buen consejo, estaba demasiado ocupado con el cáncer de Jean para hacer algo más de lo que había prometido: cuidar de las magras posesiones de Charlotte mientras yo me recobraba, muy, muy despacio, de la conmoción causada por su muerte. Le había hecho creer que Dolores era mi hija natural, por lo que no creía que le preocupara nuestra situación. Como el lector ya habrá deducido, soy muy mediocre hombre de negocios; pero ni la indolencia ni la ignorancia me habrían impedido buscar la ayuda profesional en otra parte. Lo que me detuvo fue la angustiosa sensación de que si me interponía de algún modo en el camino del Destino, y trataba de racionalizar su fantástico don, éste me sería arrebatado como el palacio en la cumbre de la montaña en el cuento oriental, que se desvanecía cada vez que un propietario en ciernes preguntaba a su guardián cómo era posible que desde lejos se viera con toda claridad una franja de luz crepuscular entre la negra roca sobre la cual se levantaban sus cimientos y éstos.

Resolví que en Beardsley (sede de la Universidad Femenina de Beardsley) tendría acceso a obras de consulta que aún no había podido estudiar, como, por ejemplo, el tratado de Woerner *Sobre la ley norteamericana de tutoría* y algunas publicaciones de la Oficina de Protección de Menores de los Estados Unidos.

Resolví, asimismo, que cualquier cosa era mejor para Lo que la desmoralizadora inacción en que vivía. Me era posible persuadirla para hacer infinidad de cosas, tantas, que su enumeración habría dejado estupefacto a un educador profesional, pero, a pesar de todas mis exhortaciones y escandaleras, no conseguía que leyera ningún libro; sólo leía revistas de historietas o relatos en revistas femeninas. Cualquier tipo de literatura ligeramente superior «le olía a escuela», y aunque, en teoría, parecía dispuesta a disfrutar de *Las aventuras de Tom Sawyer,* o *Las mil y una noches,* o *Mujercitas,* estaba decidida a no desperdiciar sus «vacaciones» con lecturas tan «superiores».

Ahora creo que fue un gran error regresar al Este y llevarla a aquella escuela privada de Beardsley en vez de cruzar la frontera mexicana en cuanto llegamos a ella, pues ello nos habría permitido pasar inadvertidos durante un par de años de dicha subtropical hasta que hubiera podido casarme sin problemas con mi pequeña criolla. Pues he de confesar que, según la condición de mis glándulas y ganglios, en el transcurso de un mismo día podía pasar de un polo al otro: desde cavilar apesadumbrado que hacia 1950 debería buscar la manera de librarme de una adolescente difícil que habría perdido su magia de nínfula, hasta acariciar la idea de que con paciencia y suerte podría, tal vez, hacerla concebir otra nínfula con mi sangre en sus exquisitas venas, una segunda Lolita que hacia 1960 tendría ocho o nueve años, cuando yo estaría aún *dans la force de l'âge.* Pero hay más: el telescopio de mi mente (o de mi demencia) era lo bastante potente para distinguir, en la lejanía del tiempo, a un *vieillard encore vert* —aunque no dejaba de sentir una sombra de temor de que su verdor fuera tan superficial como el del orín—, el tierno y babeante doctor Humbert, caracterizado por su íntimo desprecio hacia ciertas convenciones sociales, practicando el arte de ser abuelo con una maravillosamente hermosa tercera Lolita.

Mientras realizábamos nuestro frenético viaje, no me cabía la menor duda de que era un ridículo fracaso en cuanto padre de la primera Lolita. Hice cuanto estuvo a mi alcance. Leí y releí un libro con el título involuntariamente bíblico de *Conoce a tu propia hija,* comprado en la misma tienda donde adquirí para Lo, en su decimotercer cumpleaños, un volumen en edición de lujo, con ilustraciones comercialmente «hermosas», de *La sirenita,* de Andersen. Pero aun en nuestros mejores momentos, cuando nos sentábamos a leer en días lluviosos (los ojos de Lo viajaban desde la ventana hasta su reloj de pulsera, y de nuevo hacia la ventana), o disfrutábamos tranquilamente de una abundante comida en algún atestado restaurante de carretera, o jugábamos una infantil partida de naipes, o salíamos de compras, o mirábamos silenciosos, con otros conductores y sus niños, algún automóvil destrozado y manchado de sangre (en cierta ocasión en que vimos uno de esos accidentes, Lolita comentó mientras reanudábamos la marcha, respecto de un juvenil zapato de mujer tirado en la cuneta: «¡Ése era, exactamente, el mocasín que traté de describirle al capullo aquel de la zapatería!»), aun en esos momentos de distensión, como he dicho, me daba cuenta de que era tan implausible en el papel de padre como Lolita en el de hija. ¿Acaso aquel viaje culpable desbarataba nuestras facultades para encarnar aquellos papeles? Un domicilio fijo, las actividades escolares propias de una niña, ¿redundarían en su provecho?

Al elegir Beardsley no sólo me guié por el hecho de que había allí una escuela de niñas relativamente seria, sino también por la existencia de la universidad femenina. En mi deseo de verme *casé,* es decir, de llevar una vida estable, de integrarme, en la medida de lo posible, en un ambiente en el que mi peculiar idiosincrasia pasara inadvertida, me vino a la memoria el recuerdo de un profesor del Departamento de Francés de la Universidad de Beardsley al que conocía; era lo bastante generoso para usar mi manual como libro de texto en sus clases, y, en cierta ocasión, me había invitado a dar una conferencia en aquella institución. Pero no era mi intención hacerlo, pues, como ya he subrayado en otro lugar de estas confesiones, pocos físicos me repatean más que el de la granujienta, paticorta y pantorrilluda universitaria media norteamericana (en cuyo físico veo, tal vez, el ataúd de burda carne femenina en el que mis nínfulas son enterradas vivas); lo que ocurría era que me perecía por encontrar un lugar en la sociedad que me ofreciera respetabilidad y una buena coartada, y, como pronto se verá, había un buen motivo aunque un tanto ridículo, no lo voy a negar, por el que la compañía del bueno de Gaston Godin podía proporcionarme una particular seguridad.

Además, estaba la cuestión del dinero. Mis ingresos apenas si podían mantener la alegre vida que llevábamos. Es cierto que procuraba que nos alojáramos en los moteles más baratos, pero, de vez en cuando, no podía evitar recalar en un lujoso hotel, o en un pretencioso y carísimo rancho para turistas, y ello repercutía en nuestro presupuesto; por otra parte, gastábamos sumas considerables en excursiones y ropa para Lo; y el viejo cacharro de Haze, aunque todavía fuerte y de fiar, necesitaba continuas reparaciones, más o menos costosas. En uno de los mapas que se encuentran entre los papeles que las autoridades me han permitido conservar, para que redacte esta confesión, hay diversas anotaciones que me han ayudado a realizar los siguientes cálculos: durante el desaforado año que va de agosto de 1947 a agosto de 1948 gastamos en alojamiento y alimentación cinco mil quinientos dólares, más o menos; los gastos en gasolina, aceite y reparaciones ascendieron a mil doscientos treinta y cuatro dólares, y casi esta misma suma nos costaron diversos extras; así pues, durante unos ciento cincuenta días de viaje real (¡durante los cuales recorrimos más de cincuenta mil kilómetros, como ya he dicho en otro lugar!), a los que hay que añadir otros doscientos de paradas intermedias, este modesto *rentier* gastó alrededor de ocho mil dólares, aunque lo más probable es que, en realidad, pasaran de los diez mil, pues, como soy tan desinteresado, seguro que me olvidé de anotar infinidad de pequeños gastos.

Así pues, viajamos hacia el Este; yo, más devastado que fortalecido por la satisfacción de mi pasión; ella, resplandeciente de salud, con la cresta ilíaca aún tan poco desarrollada como la de un muchacho, aunque su estatura había aumentado cinco centímetros y su peso casi cuatro kilos. Habíamos estado en todas partes. Pero, en realidad, no habíamos visto nada. Y ahora no puedo menos que pensar que nuestro largo viaje no hizo más que ensuciar con un sinuoso reguero de fango el encantador, confiado, soñador, enorme país que entonces, cuando lo miro retrospectivamente, no era para nosotros más que una colección de mapas de puntas dobladas, guías turísticas ajadas, neumáticos gastados y sollozos nocturnos. Porque cada noche –todas y cada una de las noches– Lolita se echaba a llorar no bien me fingía dormido.

4

Cuando, tras atravesar un decorado de luces y sombras, nuestro automóvil llegó al número 14 de la calle Thayer, nos recibió un serio muchachito, que me entregó las llaves y una nota de Gaston, que había alquilado la casa para nosotros. Mi Lo, sin dirigir a su nuevo alojamiento una sola mirada, encendió distraídamente la radio, hacia la cual la llevó su instinto, y se echó en el sofá de la sala con unas cuantas revistas viejas de que se proveyó, con el mismo aire preciso y ciego, metiendo la mano en la anatomía inferior de una mesa de centro.

Poco me importaba, a decir verdad, el lugar donde habría de vivir, con tal de poder encerrar a mi Lolita en alguna parte; pero el caso es que, como consecuencia de mi correspondencia con el impreciso Gaston, me imaginaba que nuestro nidito sería una mansión de ladrillo cubierto de hiedra. Sin embargo, aquel lugar resultó tener un desalentador parecido con el hogar de Charlotte (apenas a setecientos kilómetros de allí): la misma fea estructura de deslucida madera gris, el mismo feo tejado de tejemaniles, los mismos descoloridos toldos de lona verdosa en las ventanas. Incluso las habitaciones, aunque más pequeñas y amuebladas con más presunción, estaban distribuidas de modo muy similar. En cambio, mi estudio era mucho más amplio, y tenía unos dos mil libros sobre química dispuestos desde el cielo raso hasta el piso, pues mi arrendatario (que gozaba de un año sabático) enseñaba dicha especialidad en la Universidad de Beardsley.

Yo esperaba que la Escuela para Señoritas de Beardsley –carísima, en régimen de media pensión y con un magnífico gimnasio que usaba como señuelo–, a la vez que cultivaba todos aquellos cuerpos jóvenes, proporcionara un mínimo de educación formal a sus mentes. Gaston Godin, que rara vez acertaba al juzgar las características de las instituciones norteamericanas, me había prevenido acerca de que aquélla podía muy bien resultar ser, como recalcaba con su amor de extranjero por esas cosas, una de las muchas en que las jovencitas «no aprendían demasiada ortografía, pero sí a oler muy bien». No creo que lograra ni siquiera eso.

Durante mi primera entrevista con su directora, la señorita Pratt, ésta ensalzó los «hermosos ojos azules» de mi hija (¡azules los ojos de Lolita!) y puso por las nubes mi amistad con aquel «genio francés» (¡Gaston un genio!). Después, tras entregar a Dolly a una tal señorita Cormorant, frunció el ceño en una especie de *recueillement* y dijo:

–Nuestro interés primordial, señor Humbird, no es que las alumnas de esta escuela sean ratas de biblioteca, ni que reciten de carrerilla las capitales europeas, cosa que, por otra parte, a nadie interesa y nadie sabe, ni que conozcan de memoria las fechas de batallas olvidadas. Lo que nos preocupa es la integración de la niña en el grupo social al que pertenece. Por eso hacemos hincapié en cuatro puntos: arte dramático, danza, conversación y vida social. Debemos enfrentarnos a ciertos hechos. Su encantadora Dolly está a punto de entrar en una edad en la que las fiestas, que la inviten a fiestas, el vestido que se ha de poner, el carné de bailes, la etiqueta de las fiestas, significarán tanto para ella como, por ejemplo, los negocios, las relaciones de negocios, el éxito en los negocios, significan para usted, o como –sonrió– la felicidad de mis niñas significa para mí. Dorothy Humbird ya forma parte de un complejo sistema de vida social que consiste, nos guste o no, en puestos callejeros de perritos calientes, la cafetería de la esquina, refrescos y helados, películas, bailes, excursiones a la playa e incluso reuniones de amigas para hacerse mutuamente caprichosos peinados. Desde luego, en Beardsley desaprobamos algunas de esas actividades y encauzamos otras en direcciones más constructivas. Y, sobre todo, tratamos de volver la espalda a la niebla y mirar de frente al sol. Para decirlo en pocas palabras, al adoptar determinadas técnicas de enseñanza, nos importa más la comunicación que la composición. Lo cual significa, con el debido respeto a Shakespeare y compañía, que deseamos que nuestras niñas se *comuniquen* libremente con el mundo viviente que las rodea, y no que se sumerjan en viejos y mohosos libros. Acaso todavía andamos a tientas, pero tanteamos con inteligencia, como un ginecólogo que palpa un tumor. Pensamos, doctor Humburg, en términos orgánicos y organizativos. Hemos acabado con la masa de tópicos improcedentes que se presentaban tradicionalmente a las niñas sin dejar lugar, en días pretéritos, a los conocimientos y habilidades y a las actitudes que les serán imprescindibles en sus vidas y, como podría agregar el cínico, en las de sus maridos, señor Humberson. Digámoslo así: la posición de una estrella es importante, pero la ubicación más práctica para una nevera en la cocina puede ser aún más importante para la esposa novel. Dice usted que todo cuanto espera que una niña obtenga de la escuela es una buena educación. Pero ¿qué entendemos por educación? En otros tiempos, se la consideraba esencialmente un fenómeno verbal; quiero decir que un niño podía aprenderse de memoria una buena enciclopedia y saber tanto como puede ofrecer una buena escuela, y aún más. Doctor Hummer, ¿se le ha ocurrido pensar que para la preadolescente actual una fecha de la historia medieval tiene un valor menos vital que saber la fecha del próximo baile al que la invitarán —un guiño—, para repetir un juego de palabras que la psicoanalista de Beardsley se permitió el otro día? Vivimos no sólo en un mundo de pensamientos, sino también de cosas. Las palabras sin el acompañamiento de la experiencia carecen de sentido. ¿Qué pueden importarle a Dorothy Hummerson Grecia y Oriente, con sus harenes y esclavos?

Ese programa me dejó perplejo, pero hablé con dos damas inteligentes que habían estado relacionadas con la escuela y afirmaron que las niñas leían mucho en ella y que el hincapié en la «comunicación» no era más que un reclamo destinado a dar a la anticuada Escuela para Señoritas de Beardsley un toque moderno, financieramente remunerativo, aunque la verdad era que seguía tan almidonada como antes.

Otra razón por la que me atraía esa escuela puede ser absurda para algunos lectores, pero era muy importante para mí, porque así soy yo. Al otro lado de la calle, exactamente frente a nuestra casa, había un solar lleno de maleza, con algunos matorrales de brillantes colores, una pila de ladrillos, unos cuantos tablones dispersos y un ondulante mar de míseras florecillas otoñales, amarillas y malvas, como las que crecen en las cunetas; al final del solar podía verse un fragmento de la calle de la Escuela –paralela a nuestra calle Thayer–, a la acera opuesta de la cual daba el patio de ese centro de enseñanza. Además de la tranquilidad psicológica que esa disposición me proporcionaba al permitirme seguir muy de cerca las actividades de Dolly, anticipé enseguida el placer que tendría al distinguir desde mi estudio-dormitorio, con ayuda de poderosos prismáticos, el inevitable porcentaje de nínfulas entre las niñas que rodearían a mi cachorrillo durante el recreo. Por desgracia, el primer día de clase llegó un grupo de albañiles que levantó una cerca en el interior del solar, y en un santiamén una estructura de madera pardusca se alzó maliciosamente detrás de la cerca y bloqueó por completo la mágica vista de la que me prometía gozar. Y, en cuanto hubieron levantado una construcción lo bastante alta para echarlo todo a rodar, los incongruentes albañiles se marcharon y no volvieron a aparecer por allí.

5

En una calle llamada Thayer, en medio de los verdes, ocres y dorados residenciales de una apacible ciudad académica, uno por fuerza tenía que contar con que más de una voz amigable le diera los buenos días a gritos e intentara entablar conversación.

Me enorgullecía de la temperatura exacta de mis relaciones con mis vecinos: nunca grosero, siempre distante. Mi vecino de la izquierda, quizás hombre de negocios o profesor, o ambas cosas, me hablaba de cuando en cuando mientras afeitaba de flores tardías su jardín, o regaba su automóvil, o deshelaba, avanzado el año, el camino del garaje de su casa (no me preocupa que estos verbos estén todos mal empleados), pero mis breves gruñidos, lo bastante articulados para sonar como asentimientos convencionales o interludios interrogativos a fin de llenar pausas, impedían toda evolución hacia la amistad. De las dos casas que flanqueaban el solar, una estaba cerrada y la otra alojaba a dos profesoras de inglés: la señorita Lester, que vestía ropas de tweed de apariencia más bien masculina y llevaba el cabello muy corto, y la delicadamente femenina señorita Fabian,[1] cuyo único tema de breve conversación conmigo, en la acera, se reducía (Dios bendiga el tacto de ambas) al juvenil encanto de mi hija y al ingenuo atractivo de Gaston Godin. Mi vecina inmediata por la derecha era, con mucho, la más peligrosa, un personaje de nariz afilada, cuyo difunto hermano había estado ligado a la universidad como superintendente de Edificios y Jardines. La recuerdo acechando a Dolly, mientras yo permanecía de pie junto a la ventana de la sala, esperando anhelosamente el regreso de mi amada. La odiosa solterona, que procuraba ocultar su morbosa curiosidad bajo una máscara de dulzona amabilidad, se apoyaba en su paraguas (la cellisca había cedido lugar a un sol frío y húmedo), y Dolly, con su chaquetón pardo abierto a pesar del frío, su formativo montón de libros apretado contra el estómago, sus rosadas rodillas apenas sobresaliendo por encima del borde de unas pesadas y poco favorecedoras botas de agua de goma, y una sonrisa de circunstancias, un tanto temerosa, revoloteando por su cara de nariz respingona, que —tal vez a causa de la pálida luz verdosa— parecía casi fea, pues tenía un no sé qué de rústico, de alemán, tipo *Mägdlein*, mientras respondía a las

---

1. Juego de palabras entre Les(ter) y (Fa)bian: *lesbian. (N. del T.)*

preguntas de la señorita de la casa de la derecha: «¿Y dónde está tu madre, querida? ¿Y en qué se ocupa tu pobre padre? ¿Y dónde vivisteis antes?» En otra ocasión, la odiosa criatura se me acercó con un cloqueo de bienvenida, pero la evité. Pocos días después, llegó una nota suya en un sobre de bordes azules, una sabia mezcla de ponzoña y melaza, en la que sugería que Dolly fuera a visitarla cualquier domingo y se sentara «a hojear los montones de hermosos libros que mi querida madre me regaló cuando yo era niña, en vez de tener la radio puesta a todo volumen hasta altas horas de la noche».

También tenía que andarme con tiento con una tal señora Holigan, la asistenta y, según ella, cocinera que habíamos heredado, juntamente con la aspiradora, de los propietarios de la casa. Dolly almorzaba en la escuela, de modo que no había que preocuparse por ese lado, y yo me había habituado a prepararle un buen desayuno y a calentar la cena cocinada por la señora Holigan antes de marcharse. Aquella mujer inofensiva y amable tenía, por fortuna, una mirada miope que pasaba por alto infinidad de detalles; por lo demás, me había convertido en un gran experto en hacer la cama; pero, con todo, me perseguía incesantemente la obsesión de que una mancha fatal hubiera quedado en alguna parte o de que, en las raras ocasiones en que coincidían la señora Holigan y mi nínfula, la boba de Lo sucumbiera a la confianzuda simpatía de una agradable charla en la cocina. A menudo tenía la sensación de vivir en una casa cuyo interior estaba brillantemente iluminado, y de que, en cualquier momento, un rostro apergaminado y de labios delgados atisbaría por una ventana cuyo estor nos habríamos olvidado de cerrar y vería gratis cosas que el *voyeur* más experimentado habría pagado una fortuna por contemplar.

6

Unas palabras sobre Gaston Godin. El motivo principal por el cual yo disfrutaba —o, al menos, toleraba con alivio— su compañía era la sombra protectora de absoluta seguridad que su voluminosa humanidad proyectaba sobre mi secreto. No es que lo supiera; no tenía razones especiales para confiar en él, y Godin era demasiado egocéntrico y distraído para advertir o recelar nada que pudiera provocar una pregunta directa de su parte y una respuesta no menos directa de la mía. Habló bien de mí a los habitantes de Beardsley, y, en cierto sentido, podía decirse que había sido mi heraldo allí. De haber descubierto *mes goûts* y la situación de Lolita, ello le habría interesado tan sólo en la medida en que aclaraba la simplicidad de mi actitud hacia *él,* una actitud tan carente de formulismos como de alusiones jocosamente procaces; y es que, a pesar de su mente no demasiado aguda y de su mala memoria, tal vez fuera consciente de que yo sabía más de él que los habitantes de Beardsley. Era un solterón fofo, melancólico, de cara carnosa, cuyo cuerpo iba afinándose —en forma trapezoidal— hacia un par de hombros estrechos, no situados exactamente al mismo nivel, y una cabeza cónica como una pera que tenía a un lado pelos lacios y negros y al otro unas pocas hebras pegoteadas. En cambio, la parte inferior de su cuerpo era enorme, y deambulaba con un curioso movimiento elefantino mediante un par de piernas fenomenalmente rechonchas. Siempre vestía de negro, hasta su corbata era negra; rara vez se bañaba, y su inglés siempre hizo reír. ¡Y, sin embargo, todos le consideraban un tipo tremendamente encantador, de encantadora extravagancia! Los vecinos le mimaban, sabía los nombres de todos los niños de la zona (vivía a pocas manzanas de mi casa), y algunos de ellos limpiaban su acera, quemaban las hojas de su jardín, llevaban leña de su cobertizo a la casa y hasta hacían pequeñas tareas domésticas en ella. Gaston, por su parte, les regalaba exquisitos bombones rellenos de licor *de verdad* —en la intimidad de un estudio amueblado a la oriental que tenía en el sótano, donde curiosas dagas y pistolas adornaban las alfombras colgadas de las mohosas paredes para ocultar las tuberías del agua—. En el ático tenía un estudio (pintaba un poco, el viejo farsante). Había decorado su inclinada pared (se trataba, en realidad, de una buhardilla) con grandes fotografías del pensativo André Gide, Chaikovski, Norman Douglas, otros dos conocidos escritores ingleses, Nijinsky (todo músculos y hojas de parra), Harold D. Doublename (un hombre de mirada vaga, de ideología izquierdista, profesor en una universidad del Medio Oeste) y Marcel Proust.[1] Todos aquellos pobres hombres parecían a punto de caer sobre los visitantes desde su plano inclinado. También tenía un álbum con instantáneas de todos los chiquillos de la vecindad, y cuando yo lo hojeaba y hacía alguna observación al azar, Gaston apretaba los labios y decía, con un melancólico susurro: *«Oui, ils sont gentils.»* Sus ojos castaños paseaban por el *bric-à-brac* de objetos más o menos artísticos y más o menos sentimentales que nos rodeaba, así como por sus triviales cuadros (los ojos convencionalmente primitivos, las guitarras divididas en varios fragmentos, los pezones azulados y los diseños geométricos de la época), y, con un gesto vago hacia una frutera de madera pintada o un jarrón veteado, decía: *«Prenez donc une de ces poires. La bonne dame d'en face m'en offre plus que je n'en peux savourer.»* O: *«Missise Taille Lore»* —quería decir «La señora Taylor»; su inglés siempre fue deficiente, como he explicado más arriba—, *«vient de me donner ces dahlias, belles fleurs que j'exècre.»* (Sombrío, melancólico, de vuelta ya de todo.)

Por razones obvias, prefería mi casa a la suya para las partidas de ajedrez que celebrábamos dos o tres veces por semana. Parecía un ídolo viejo, o, más bien, avejentado, cuando se sentaba con las regordetas manos en el regazo y escrutaba el tablero como si hubiera sido un cadáver. Meditaba unos diez minutos, resollando... para hacer una mala jugada. O bien el buen hombre, después de pensar aún más, murmuraba: *«Au roi!»* con un resoplido de perro viejo seguido de una especie de gargaris-

---

1. El rasgo común a todos los personajes mencionados es la homosexualidad. Nabokov explicó que los «dos conocidos escritores ingleses» eran William Somerset Maugham (1874-1965) y Wystan Hugh Auden (1907-1973), cuyos nombres no quiso incluir porque todavía vivían cuando escribió *Lolita*. En cuanto a Harold D. Doublename, es un personaje ficticio (de hecho, *Doublename* significa «apellido falso»). *(N. del T.)*

mo que agitaba sus carrillos. Y acababa levantando sus cejas circunflejas con un profundo suspiro cuando le indicaba que él también estaba en jaque.

A veces, sentados ambos en mi frío estudio, oía los pies descalzos de Lo que practicaba técnicas de danza en la sala, en la planta baja. Pero los sentidos de Gaston estaban cómodamente embotados, y permanecía ignorante de aquellos ritmos desnudos: *y uno... y dos... y uno... y dos...*, el peso sobre una tensa pierna derecha, la otra extendida al costado, *y uno... y dos...* Y sólo cuando Lo empezaba a saltar, abriendo las piernas en mitad de su salto, y flexionaba una pierna, y extendía la otra, y volaba, y aterrizaba sobre las puntas de sus pies, sólo entonces mi pálido, ceñudo, pomposo adversario meneaba la cabeza o los carrillos como si confundiera aquellos ruidos distantes con las terribles estocadas de mi formidable reina.

En algunas ocasiones Lo entraba en el cuarto mientras nosotros estudiábamos el tablero, y en todas ellas era un placer ver a Gaston, con sus ojos de elefante aún fijos en sus piezas, ponerse ceremoniosamente de pie para darle la mano, soltar sus suaves dedos y, sin mirarla jamás directamente, descender de nuevo a su silla para caer en la trampa que yo le había preparado. Poco antes de Navidad, un día en que me visitó después de medio mes de no vernos, me preguntó: «*Et toutes vos fillettes, elles vont bien?*», de lo cual deduje que había multiplicado a mi única Lo por el número de indumentarias diferentes con las que sus ojos melancólicos y siempre bajos habían registrado vagamente su presencia durante toda una serie de encuentros entre ellos: tejanos, una falda, pantalones cortos, una bata acolchada.

Me disgusta entretenerme tanto con ese pobre hombre (le ocurrió algo muy triste: un año después, durante un viaje a Europa del que no volvió, se vio mezclado en una *sale histoire*, nada más y nada menos que en Nápoles). Apenas habría aludido a él, de no haber estado su existencia en Beardsley tan curiosamente relacionada con la mía. Lo necesitaba para mi defensa. Aquel hombre desprovisto de talento, mediocre profesor, erudito de tres al cuarto, invertido, viejo, gordo y repulsivo, tremendamente despectivo para todo lo que tuviera que ver con el modo de vida norteamericano, triunfantemente ignorante de la lengua inglesa, consiguió lo que se proponía, es decir, pasar inadvertido en la mojigata y puritana Nueva Inglaterra, donde los adultos lo ensalzaron y los niños lo acariciaron. ¡Qué bien se lo debió de pasar mientras le tomaba el pelo a todo el mundo! Igual que yo.

7

Me enfrento ahora a la desagradable tarea de registrar la definitiva caída moral de Lolita. Aunque su participación en el apaciguamiento de los ardores que despertaba en mí no había sido nunca demasiado intensa, tampoco había dado nunca muestras de que lo hiciera por puro afán de lucro. Pero yo era débil e insensato, y mi nínfula colegiala me tenía a su merced. A medida que disminuía el elemento humano, es decir, la pasión y la ternura, sólo aumentaba la tortura del deseo; y Lolita sacó partido de ello.

Su paga semanal, entregada a condición de que cumpliera con sus obligaciones esenciales, era de veintiún centavos al principio de nuestra estancia en Beardsley, y había ascendido a un dólar y cinco centavos antes de que terminara. Era ése un arreglo más que generoso, si se considera que Lo recibía constantemente toda clase de regalillos y sólo tenía que pedir cualquier dulce o película que se le antojara (aunque, desde luego, yo no dejaba de pedir un beso ocasional, y hasta una colección entera de caricias surtidas, cuando sabía que codiciaba fervientemente una determinada diversión juvenil). Pero no era fácil tratar con ella. Se ganaba sus tres —o sus quince— centavos diarios con absoluta desgana, y demostró ser una cruel negociante siempre que estaba en su mano negarme ciertos filtros amorosos fuera de lo común, lentos y paradisíacos, que me dejaban como muerto, pero sin los cuales era incapaz de vivir más que unos pocos días, y que, a causa de la propia naturaleza pasiva de aquellas experiencias amorosas, no me era posible obtener por la fuerza. Conocedora de la magia y el poder de su suave boca, se las arregló –¡en el lapso de un año escolar!– para elevar el precio de aquellos abrazos tan especiales hasta a tres e incluso a cuatro dólares. ¡No te rías, oh, lector, imaginándome en el paroxismo del placer, gritando y apoquinando monedas de diez y veinticinco centavos, o incluso brillantes dólares de plata, igual que una vocinglera, tintineante y enloquecida máquina tragaperras vomitando riquezas! Con todo, Lolita, que permanecía al margen de mis epilépticas contorsiones, solía agarrar con firmeza un buen puñado de monedas en su pequeño puño cerrado, puño que yo abría después, excepto cuando se escabullía y salía corriendo para ocultar su botín. En consecuencia, del mismo modo que recorría cotidianamente los alrededores de la escuela con pies que se resistían a llevarme a causa del miedo, y visitaba las cafeterías, y escudriñaba ojo avizor las brumosas avenidas, y aguzaba el oído a fin de percibir la risa argentina de una niña que se alejaba por encima del sonido de los latidos de mi corazón y el que hacían las hojas secas al caer, de vez en cuando registraba su habitación, examinaba los papeles arrojados en la papelera con rosas pintadas y miraba bajo la almohada del lecho virginal que yo mismo acababa de hacer. Una vez encontré ocho billetes de un dólar en uno de sus libros (el más adecuado, por cierto: *La isla del tesoro),* y en otra ocasión un escondite en la pared, detrás de una reproducción de *La madre del artista,* de Whistler, resultó contener nada más y nada menos que veinticuatro dólares y algunas monedas –veinticuatro con sesenta, digamos–, que me quedé tranquilamente. Después de lo cual, al día siguiente, Lo acusó ante mí a la honrada señora Holigan de ser una repugnante ladrona. Acabó haciendo honor a su cociente intelectual encontrando un lugar mucho más seguro, puesto que nunca lo descubrí; pero para entonces yo había rebajado drásticamente los precios porque explotaba su deseo de participar en las actividades teatrales de la escuela haciéndole conseguir mi permiso de la manera más dura y nauseabunda. Y es que lo que más temía no era que acabara arruinándome, sino que reuniera el dinero suficiente para marcharse de allí. Creo que la pobre, pero impetuosa, chiquilla estaba convencida de que con sólo cincuenta dólares en el bolso podía llegar sin demasiados problemas a Broadway o Hollywood, o a la sucia y maloliente cocina de algún restaurante de carretera (SE NECESITA PERSONAL) en cualquiera de los deprimentes estados que se extienden por lo que antaño fueron las Grandes Praderas, donde siempre sopla el viento, y brillan las estrellas, y hay coches, y bares, y camareros, y todo está corrompido, envilecido y estancado.

8

Hice lo posible, señoría, para enfrentarme al problema de los chicos. ¡Hasta leía en el *Beardsley Star* una sección para adolescentes, con objeto de saber cómo comportarme!

Un consejo a los padres. No deben asustar al amigo de su hija. Quizás no le sea fácil comprender que los chicos empiezan a encontrarla atractiva. Para usted, ella es todavía una niña. Para los chicos, es encantadora, divertida, atractiva y alegre. Les gusta. Hoy usted hace grandes negocios en su despacho de presidente del consejo de administración, pero ayer no era más que el escolar Jim que llevaba los libros de la colegiala Jane. ¿No lo recuerda? ¿Pretende que su hija, ahora que ha llegado su momento, no sea feliz gozando de la compañía y la admiración de los chicos que le gustan? ¿No quiere que se diviertan sanamente juntos?

¿Divertirse sanamente juntos? ¡Santo Dios!

¿Por qué no tratar a los jóvenes como huéspedes en su casa? ¿Por qué no conversar con ellos? ¿Por qué no atraerlos, hacerlos reír y sentirse cómodos?

Bienvenido, amigo, a este burdel.

Si su hija quebranta las normas, no pierda la calma frente a su compañero de delito. Que sea objeto de la ira paterna en privado. Procure que los chicos no crean que es hija de un viejo ogro.

Ante todo, el viejo ogro hizo una lista de cosas «absolutamente prohibidas» y otra de «permitidas a regañadientes». Absolutamente prohibidas estaban las salidas –a solas, en parejas o en grupos de tres, pues la etapa siguiente, evidentemente, era la orgía–. Lolita podía ir a las cafeterías con sus amigas y allí charlar con jovenzuelos ocasionales, mientras yo esperaba en el automóvil, a una distancia discreta. Y le prometí que si su grupo era invitado por un grupo socialmente aceptable al baile anual de la Academia Butler –exclusivamente masculina– consideraría la posibilidad de que una niña de catorce años –estrechamente vigilada, por descontado– llevara su primer vestido de noche (una indumentaria que hace que las adolescentes de brazos delgados parezcan flamencos). Además, le prometí organizar en nuestra casa una fiesta a la que podría invitar a sus amigas más bonitas y a los jovencitos más simpáticos que hubiera conocido en el baile de la Academia. Pero me mostré terminante en un punto: mientras durara mi dominio sobre ella, nunca, nunca, le permitiría ir con un joven en celo al cine, ni magrearse en un automóvil, ni asistir a reuniones mixtas en casas de camaradas, ni entablar conversaciones telefónicas con chicos fuera del alcance de mi oído, aunque no hiciera más que «discutir las relaciones del chaval con una amiga mía».

Todo ello enfureció a Lo, que llegó a llamarme «maldito piojoso» y cosas aún peores. Yo habría perdido los estribos de no haber descubierto muy pronto, con dulce alivio, que lo que la irritaba no era el verse privada de una satisfacción específica, sino de un derecho general. Resulta que me inmiscuía en el programa convencional, en los pasatiempos habituales, en las «cosas que hace todo el mundo», en la rutina de la juventud, en fin, ¿comprenden? Porque nadie es más conservador que un niño, sobre todo una niña, por más que se trate de la nínfula más castaña y rosada, y más mitopoética, que quepa esperar encontrar en el neblinoso ambiente de un jardín en octubre.

No deseo que se me interprete mal. No puedo estar absolutamente seguro de que durante el invierno Lo no se las arreglara para tener, de manera fortuita, contactos impropios con jóvenes desconocidos; desde luego, por más minuciosamente que vigilara sus ocios, había sin cesar intervalos en que no estábamos juntos, con elaboradísimas explicaciones posteriores para llenarlos; desde luego, mis celos clavaban constantemente sus afiladas garras en el sutil tejido de la falsedad ninfúlica. Pero intuía claramente —y ahora puedo garantizar lo acertado de tal sensación— que no tenía motivos para alarmarme seriamente. Y lo intuía no sólo porque nunca descubrí ninguna garganta palpable joven y fuerte que estrangular entre los mudos ejemplares masculinos que mariposeaban en segundo término a su alrededor, sino porque era «indiscutiblemente evidente» (expresión favorita de mi tía Sybil) que todas las variedades de estudiantes secundarios —desde el simplote sudoroso que tiembla de excitación sólo de pensar en ir cogido de la mano con una chica hasta el violador seguro de sí mismo de rostro granujiento y automóvil estrepitoso— aburrían igualmente a mi joven y sofisticada amante. «Todas esas tonterías acerca de los chicos me repatean», había escrito en el interior de un texto escolar. Y debajo, con letra de Mona (que podía llegar en cualquier momento), pude leer esta pulla taimada: «¿Y qué me dices de Rigger?» (que también podía llegar en cualquier momento).

Debo reconocer, pues, que todos los chicos que vi en su compañía carecían de rasgos definitorios. Jersey Rojo, por ejemplo, que la acompañó un día —el primer día de nieve— a casa; los observé desde la ventana de la sala mientras conversaban junto a nuestro porche.

Lo vestía su primer chaquetón de paño con cuello de piel; llevaba una pequeña gorra marrón sobre mi peinado favorito

–flequillo sobre la frente, ondas a los lados y rizos naturales en la nuca– y sus mocasines húmedos y sus calcetines blancos le iban más anchos que nunca. Como de costumbre, apretaba sus libros contra el pecho mientras hablaba o escuchaba, y sus pies hacían ademanes incesantes: apoyaba la punta del pie derecho sobre el empeine del izquierdo, la deslizaba hacia atrás, cruzaba los pies, se mecía ligeramente, daba unos pasitos, y recomenzaba toda la serie. O Impermeable, por ejemplo, el que le habló frente a un restaurante, la tarde de un domingo, mientras su madre y su hermana procuraban alejarme de ellos con su charla. Me dejé arrastrar, pero, al cabo de unos pasos, volví la cabeza para mirar a mi único amor. Lo se había acostumbrado a hacer diversos gestos afectados, bastante convencionales, como, por ejemplo, la fórmula que utilizan los adolescentes para manifestar educadamente que se «parten» de risa, consistente en inclinar la cabeza, y de esta guisa (cuando oía mi llamada), fingiendo todavía una alegría incontenible, daba un par de pasos hacia atrás, miraba a ambos lados, levantaba la cabeza y venía hacia mí con una sonrisa menguante en los labios. Por otra parte, me encantaba –tal vez porque me recordaba su primera e inolvidable confesión– el modo como suspiraba «¡Oh, Dios mío!», en una especie de jocosa, pero melancólica, sumisión a su sino, o emitía un largo «¡Nooo!», en voz baja y ronca, casi refunfuñando, cada vez que caía sobre ella el mazazo del destino. Y, sobre todo –puesto que hablamos de movimientos y juventud–, me gustaba verla pedalear arriba y abajo por la calle Thayer en su hermosa y joven bicicleta: se encaramaba en los pedales para trabajar sobre ellos vigorosamente, y después volvía a sentarse en actitud lánguida mientras la máquina iba perdiendo velocidad gradualmente; luego se detenía en nuestro buzón y, aún a horcajadas, hojeaba una revista que había encontrado en él, la dejaba, se pasaba la lengua por un lado del labio superior, pisaba nuevamente los pedales y partía otra vez entre el sol y la pálida sombra.

En general, Lolita me pareció más adaptada al nuevo ambiente de lo que esperaba, considerando el genio de aquella mimada niña-esclava y su conducta durante el invierno anterior, en California. Aunque nunca he podido habituarme a ese estado constante de ansiedad en que viven los culpables, los grandes hombres y los tiernos de corazón, intuía en aquella época que lo fingía de modo bastante verosímil. Cuando yacía en la estrecha cama de mi estudio, después de una sesión de adoración y desesperación en el frío dormitorio de Lolita, solía revisar el día recién terminado examinando mi propia imagen cuando vagaba, más que pasaba, ante el semáforo rojo de mi mente. Observaba al doctor Humbert, moreno y atractivo, con cierto aire celta y aspecto de pertenecer al movimiento anglocatólico, *mucho* aspecto de pertenecer a ese movimiento, despedir a su hija cuando iba a la escuela. Le observaba saludar con su lenta sonrisa y sus cejas oscuras, espesas, agradablemente arqueadas, a la buena señora Holigan, cuyo aliento apestaba (y que bebería a morro, lo sabía muy bien, de la botella de ginebra de su patrono así que tuviera la menor oportunidad). Junto con el señor de la casa de la izquierda, verdugo retirado o escritor de opúsculos religiosos –¿qué importancia tiene?–, veía al vecino en cuestión, creo que es francés, o suizo, hombre de rostro delgado y de perfil anguloso, con un flequillo, que le da cierto aire vagamente hitleriano, sobre la pálida frente, meditando en su estudio de amplias ventanas sobre la máquina de escribir. Los sábados, con un abrigo de excelente corte y guantes pardos, veía al profesor H. dirigirse con su hija a la Posada Walton, lugar famoso por sus conejillos de porcelana con cintas violeta y sus bomboneras también de porcelana, entre los cuales uno se sienta y espera una «mesa para dos» aún cubierta con las migajas de los anteriores clientes. En los días laborables, alrededor de la una, le veía saludar dignamente a la señorita de la casa de la derecha –que tenía cien ojos, como Argos– mientras maniobraba para sacar el automóvil del garaje sin aplastar las malditas siemprevivas y partir por la calle resbaladiza. Y en la sofocante biblioteca de la Universidad de Beardsley le veía pasear la mirada desde un libro al reloj, entre corpulentas muchachas atrapadas y petrificadas por el diluvio del saber humano. Y le veía cruzar el campus de la universidad con su capellán, el reverendo Rigger (que también enseñaba la Biblia en la escuela para señoritas). «Alguien me ha dicho que su madre era una celebrada actriz, muerta en un accidente aéreo... ¿Ah...? Error mío, supongo. ¿Conque así fue? Comprendo... ¡Qué triste...!» (Conque sublimando a su madre, ¿eh?) Y le veía empujando su carrito por el laberinto del supermercado, a la zaga del profesor W., también un viudo amable, de movimientos lentos y con ojos de gamo. O quitando la nieve del camino de su garaje, en mangas de camisa y con una voluminosa bufanda blanca y negra en torno al cuello. O siguiendo sin muestras de prisa rapaz (incluso deteniéndose para limpiarse la suela de los zapatos en el felpudo) a su hija colegial que entraba en casa. O llevando a Dolly al consultorio del dentista. Una hermosa enfermera sonreía a la niña. Revistas viejas. *Ne montrez pas vos chambes.* Y durante las cenas con Dolly, en la ciudad, veía al señor Edgar H. Humbert comiendo su bistec, manejando cuchillo y tenedor a la europea. O disfrutando, en duplicado, un concierto: dos tranquilos franceses de caras marmóreas, sentados el uno junto al otro, con la musical hija de *monsieur* H. H. a la derecha del padre, y el musical hijo del profesor W. (su padre pasaba una higiénica noche en Providence,[1] Rhode Island) a la izquierda del señor G. G. O abriendo el garaje, un cuadro de luz que se traga el automóvil y se extingue. O, con un vistoso pijama, bajando aceleradamente el estor en el dormitorio de Dolly. O en la mañana del sábado, invisible, pesando solemnemente en el baño a su chiquilla, blanca como la nieve a causa del invierno. O en la mañana del domingo, visible y audible –ya se sabe que no es excesivamente religioso–, diciéndole a Dolly, que va al servicio en la escuela, que no se retrase. O recibiendo a una compañera de escuela de Dolly, que le miraba extrañada: «Es la primera vez que veo a un hombre con esmoquin, señor... excepto en las películas, claro.»

---

1. Ciudad famosa en aquella época por sus numerosos prostíbulos. (*N. del T.*)

9

Las amigas de Lo, a las que tanto había deseado conocer, resultaron ser, en general, muy decepcionantes. Entre ellas estaban Opal Nosecuántos, y Linda Hall, y Avis Chapman, y Eva Rosen, y Mona Dahl (salvo uno, todos esos apellidos son aproximativos, desde luego). Opal era una criatura tímida, informe, llena de granos, con gafas, que adoraba a Dolly, quien se aprovechaba de ello para dominarla. Con Linda Hall, campeona de tenis de la escuela, Dolly jugaba partidos, por lo menos, dos veces por semana; sospecho que Linda era una verdadera nínfula, pero, por motivos que ignoro, no vino nunca a nuestra casa (quizás le prohibieron visitarnos); por eso sólo la recuerdo como un rayo de sol natural en una pista de tenis cubierta. Entre las demás, ninguna podía aspirar al título de nínfula, salvo Eva Rosen. Avis era una niña rechoncha, de esas que han crecido más a lo ancho que a lo largo, y de piernas velludas, mientras que Mona, con un atractivo vulgarmente sensual y sólo un año mayor que mi cada vez más crecida amante, hacía mucho que había dejado de ser una nínfula, suponiendo que lo hubiera sido en alguna época de su vida. Eva Rosen, una francesita huida de su país a causa de la guerra, era, por su parte, un excelente ejemplo de niña desprovista de belleza llamativa, pero que revelaba al aficionado perspicaz algunos de los elementos básicos del encanto ninfúlico, tales como un tipo pubescente perfecto, ojos de mirada insistente y pómulos salientes. Su brillante pelo cobrizo era tan sedoso como el de Lolita, y los rasgos de su delicado rostro, blanco como la leche, de labios rosados y pestañas argentinas y vivaces como pececillos de plata, no eran tan taimados como los de sus semejantes, las integrantes del clan de las pelirrojas interraciales; ni vestía el uniforme verde de estas últimas, sino que solía llevar, si no recuerdo mal, muchas prendas negras y de color cereza oscuro —un jersey negro muy elegante, por ejemplo—, zapatos negros con tacones altos y esmalte granate en las uñas. Yo le hablaba en francés (con gran disgusto de Lo). Su entonación era aún admirablemente pura, pero para los términos escolares y deportivos recurría al argot norteamericano más vulgar, y, además, su habla dejaba traslucir un leve acento de Brooklyn, lo cual resultaba bastante divertido en una pequeña parisiense que iba a una selecta escuela privada de Nueva Inglaterra con fallidas aspiraciones de asemejarse a sus homólogas británicas. Por desgracia, a pesar de que «el tío francés» de aquella chica era «millonario», Lo se apartó de ella, no sé por qué, antes de que pudiera disfrutar, con mi habitual modestia, de su presencia fragante en la siempre acogedora mansión de los Humbert. El lector ya sabe qué importante era para mí reunir en torno a mi Lolita a un enjambre de niñas, a modo de pajes, que fueran nínfulas, pero no tanto como ella; que hubieran recibido el premio de consolación en el concurso de Miss Nínfula, por así decirlo. Durante algún tiempo procuré interesar mis sentidos en Mona Dahl, a la cual veíamos con frecuencia, sobre todo, durante el trimestre escolar de primavera, cuando Lo y ella se entusiasmaron con el arte dramático. Muchas veces me pregunté qué secretos era capaz de haber revelado la vilmente traicionera Dolores Haze a Mona, teniendo en cuenta que —después de una serie de preguntas imperiosas y bien remuneradas— me explicó algunos detalles realmente increíbles sobre una aventura que Mona había tenido en la playa con un infante de marina. Era muy propio de Lo escoger como amiga íntima a aquella muchacha elegante, fría, lasciva, astuta y desenvuelta, a la que en cierta ocasión le oí decir alegremente en el vestíbulo de casa, después que Lo le explicó que el jersey que llevaba era de pura lana virgen: «¡Chica, debe de ser lo único virgen que tienes!» (Lo juraba que lo entendí mal.) Su voz era curiosamente ronca, llevaba el cabello, de color negro mate, rizado artificialmente, sus saltones ojos eran ambarinos, tenía los labios gruesos y sensuales, y llevaba pendientes. Lo decía que las profesoras le habían reprochado en más de una ocasión que llevara encima tanta bisutería. Le temblaban las manos. Pesaba sobre ella como una losa el hecho de tener un cociente intelectual de ciento cincuenta. Yo sabía que tenía en la espalda, una espalda de mujer hecha y derecha, un tremendo lunar de color chocolate, pues la inspeccioné una noche en la que ella y Lolita se pusieron vaporosos y escotadísimos vestidos de noche de color pastel para ir a un baile de la Academia Butler.

Me anticipo un poco, pero no puedo evitar que mi memoria se deslice por el teclado de aquel año escolar. Cuando trataba de sonsacarle cómo eran los chicos a los que conocía Lo, la señorita Dahl se mostraba elegantemente evasiva. Mi amada había ido a jugar al tenis al club de campo de Linda; acababa de telefonear para comunicarme que volvería media hora más tarde de lo previsto y pedirme que me ocupara de Mona, que vendría a ensayar con ella una escena de *La fierecilla domada*. Utilizando las modulaciones más seductoras de su voz, y haciendo los gestos más zalameros que se le ocurrían, al mismo tiempo que me miraba a los ojos con lo que me pareció –¿me equivoqué, tal vez?– un leve destello de cristalina ironía, me replicó: «Bueno, señor, la verdad es que a Dolly no le interesan los chavales de su edad. Resulta que somos rivales. Las dos estamos locas por el reverendo Rigger.» (Bromeaba, claro. Ya he mencionado a ese personaje; tenía cara de caballo, y era muy alto y de conversación soporífera; casi me mató de aburrimiento con sus impresiones de Suiza durante un té para padres que no puedo situar exactamente en el tiempo.)

¿Qué tal el baile? ¡Oh, chipén! ¿Qué? ¡Virguero! Estupendo, en una palabra. ¿Había bailado mucho Lo? Bueno, no demasiado; sólo hasta que no pudo aguantar más. ¿Qué pensaba ella, la lánguida Mona, acerca de Lo? ¿Señor...? ¿Creía que Lo iba bien en la escuela? Caramba, era una chica fenomenal. ¿Pero su conducta, en general, era...? Oh, era una chica formidable. Sí, pero... «Es una chica como no hay dos», concluyó Mona. Suspiró bruscamente, cogió un libro que estaba al alcance de su mano, cambió de expresión, frunció el ceño y me preguntó: «Dígame una cosa acerca de Ball Zack, señor. ¿Es tan bueno como dicen?» Se acercó tanto a mi silla, que, a través de cremas y lociones, percibí el olor insípido de su piel. Un pensamiento súbito y extraño pasó por mi mente: ¿estaría Lo oficiando de alcahueta? En ese caso, no había dado con la reemplazante adecuada. Evitando la fría mirada de Mona, hablé de literatura durante un minuto. Entonces llegó Lo y fijó sus pálidos ojos en nosotros. Dejé a las dos amigas para que hablaran de sus cosas con libertad. Daba luz a la escalera una ventana de celosía de cristales translúcidos; todos eran blancos, excepto uno, de color rubí; y su incongruencia entre el resto de los rectángulos, ya que semejaba una herida sangrante, y su posición asimétrica –de hecho, recordaba la que habría ocupado un caballo sobre el tablero tras haber realizado su primera jugada– me turbaban de un modo desconcertante.

10

A veces... Veamos, ¿cuántas fueron exactamente, Bert? ¿Puedes recordar cuatro, cinco o más experiencias de esa clase? ¿O crees que ningún corazón humano habría sido capaz de sobrevivir ni siquiera a dos o tres? A veces (nada puedo contestar a esas preguntas), cuando Lolita se disponía, simplemente, a hacer sus deberes escolares y chupaba un lápiz y se recostaba de lado, en un sillón, con ambas piernas sobre el brazo, olvidaba todo mi pedagógico comedimiento, así como nuestras riñas, dejaba de lado mi orgullo masculino y me arrastraba, literalmente, de rodillas hasta tu sillón, Lolita. Tú me mirabas con un gris signo de interrogación en tus ojos. «¡Oh, no, otra vez no!» (Incredulidad, exasperación.) Pues nunca quisiste creer que yo pudiera sentir, sencillamente, el deseo de hundir mi rostro en tu falda plisada, amor mío, sin segundas intenciones. ¡Qué frágiles eran tus brazos desnudos...! ¡Cómo anhelaba abrazarlos, abrazar tus cuatro límpidos y encantadores miembros, abrazarte igual que si hubieras sido un potrillo acurrucado, y tomar tu cabeza entre mis manos indignas y estirar hacia atrás la piel de tus sienes y besar tus ojos achinados y...! «¡Déjame en paz, por favor!», exclamabas. «¡Por el amor de Dios, déjame en paz!» Y yo me levantaba del suelo mientras tú me mirabas crispando el rostro en una imitación deliberada de mi *tic nerveux.* Pero no importa, no importa, soy un animal, no importa, sigamos con mi miserable historia.

11

Un lunes por la mañana, creo que en diciembre, Pratt me pidió que fuera a la escuela para conversar con ella. Últimamente, las notas de Dolly eran malas, lo sabía. Pero, en vez de contentarme con esa explicación plausible para la cita, imaginé toda suerte de horrores y debí fortificarme con un buen vaso de mi combinado habitual antes de afrontar la entrevista. Lentamente, con la nuez y el corazón palpitándome aceleradamente, subí los escalones del patíbulo.

Era una mujer corpulenta, de pelo gris, mal peinada, de nariz ancha y roma y ojos pequeños tras unas gafas de montura negra.

—Siéntese —me dijo señalando un vulgar y humillante puf, mientras ella se apoyaba con brusca pesadez en el brazo de un sillón de roble. Durante uno o dos segundos me escrutó con sonriente curiosidad. Recuerdo que había hecho lo mismo durante nuestro primer encuentro, pero entonces podía devolverle la mirada. Sus ojos se apartaron de mí. Se concentró en sus pensamientos, o, más probablemente, lo fingió. Mientras decidía cómo iniciar la entrevista, frotó pliegue tras pliegue de su falda de franela gris, sobre la rodilla, para quitar una huella de tiza o lo que fuera. Después dijo, siempre frotando, sin mirarme—: Permítame hacerle una pregunta franca, señor Haze. Es usted un padre anticuado, a la europea, ¿no es cierto?

—¡No, qué va! —exclamé—. Conservador, quizás, pero no lo que se suele llamar anticuado.

La mujer suspiró, frunció el ceño y después juntó las grandes manos regordetas con aire de «vayamos al grano» y volvió a fijar en mí sus ojos, ahora radiantes y benignos.

—Dolly Haze —dijo— es una niña encantadora, pero el comienzo de su maduración sexual parece perturbarla.

Asentí ligeramente. ¿Qué otra cosa podía hacer?

—Aún va y viene —dijo la señorita Pratt, que me explicó cómo con sus manos sembradas de cloasmas— entre las zonas anal y genital de desarrollo. Esencialmente, es una encantadora cri...

—Perdón —interrumpí—. ¿Qué zonas?

—¡Ya salió el europeo anticuado que hay en usted! —exclamó la Pratt, que palmeó ligeramente mi reloj de pulsera y descubrió de repente su dentadura postiza—. Quiero decir que las tendencias psicológicas y biológicas..., ¿fuma usted...?, no se funden en Dolly, no forman, por así decirlo, una... una estructura redonda.

Por un instante sus manos sostuvieron un melón invisible.

—Es atractiva e inteligente, aunque descuidada...

Respirando pesadamente, sin abandonar el brazo del sillón, la mujer hizo una pausa para mirar el informe sobre la niña encantadora, colocado en el escritorio a su derecha.

—Sus notas empeoran cada vez más. Ahora bien, yo me pregunto, señor Haze...

De nuevo un instante de falsa meditación.

—Bueno, por mi parte —siguió con brío—, debo reconocer que fumo y, como solía decir el bueno del doctor Pierce, no me enorgullezco de ello, pero me gusta.

Encendió un cigarrillo y exhaló el humo por la nariz, lo que hizo que durante unos instantes pareciera que tenía colmillos, igual que los elefantes.

—Permítame darle unos cuantos detalles, sólo me llevará un instante. Veamos... —Buscó entre sus papeles—. Es altanera con la señorita Redcock y terriblemente grosera con la señorita Cormorant. Y oiga usted ahora uno de nuestros informes especiales: le gusta cantar en grupo en clase, aunque su mente parece en otra parte. Cruza las piernas y lleva el ritmo con la izquierda. Muletillas habituales en su vocabulario: doscientos cuarenta y dos vulgarismos de los más comunes en el argot de la adolescencia temprana, enmarcados por cierto número de polisílabos de evidente origen europeo. Veamos... Sí. Aquí tenemos el informe de la última semana de noviembre. Mastica chicle con vehemencia. Suspira frecuentemente en clase. No se come las uñas, aunque el hecho de que lo hiciera se correspondería mejor con su carácter biotipológico general... científicamente hablando, desde luego. Menstruación normal, según la interesada. Actualmente no pertenece a ninguna organización religiosa. A propósito, señor Haze, ¿su madre era...? Oh, comprendo. ¿Y usted...? Sí, supongo que no le importan a nadie sus relaciones con Dios. Era una de las cosas que nos interesaba saber. Según parece, no realiza tareas domésticas, habitualmente, al menos. Está usted haciendo una princesa de su Dolly, ¿no es cierto, señor Haze? Bueno... ¿qué más hay aquí? Trata sus libros cuidadosamente. Voz agradable. A menudo se ríe tontamente. Algo soñadora. Le gusta inventarse chistes y hacer juegos de palabras, cambiando, por ejemplo, las primeras letras de los apellidos de algunas profesoras. Corn en lugar de Horn, y Hole en lugar de Cole.[1] Cosas así. Pelo fino y castaño oscuro, brillante... bueno —risa tonta—, eso ya lo sabe usted, supongo. Nariz sin obstrucciones, pies de arco pronunciado, ojos... veamos, en alguna parte tengo un informe aún más reciente. ¡Ajá, aquí está! La señorita Gold dice que Dolly juega al tenis magníficamente, mejor aún que Linda Hall, pero su concentración y acumulación de puntos son «de malas a regulares». La señorita Cormorant no acaba de decidir si Dolly tiene un dominio emocional absoluto o carece por completo de él. La señorita Horn informa que ella, me refiero a Dolly, claro, es incapaz de manifestar sus emociones, mientras que, según la señorita Cole, la eficiencia metabólica de Dolly es maravillosa. La señorita Molar cree que Dolly es miope y debería consultar a un buen oftalmólogo, pero la señorita Redcock insiste en que la niña simula cansancio visual para excusar su incompetencia escolar. Y para terminar, señor Haze, nuestras investigadoras andan en pos de una cosa realmente importante. Ahora quiero preguntarle algo. Quiero saber si su pobre esposa, o usted, o al-

---

1. Lo cual da el verbo *to cornhole*: «poner un rabo», «encular». *(N. del T.)*

guien de la familia... Tengo entendido que Dolly tiene varias tías y un abuelo en California... Ah, *los tenía*... Bueno, lo siento... Todas nos preguntamos si alguien en la familia ha instruido a Dolly sobre el proceso de la reproducción entre los mamíferos. La impresión general es que Dolly, de quince años, sigue morbosamente desinteresada ante las cuestiones sexuales o, para ser exactos, reprime su curiosidad para salvaguardar su ignorancia y su propia dignidad. Es verdad... catorce años. Como comprenderá usted, señor Haze, nuestra escuela no cree en abejas, coles ni cigüeñas, pero sí tiene la firme convicción de que debe preparar a sus alumnas para que lleven una vida matrimonial satisfactoria y críen con éxito a sus hijos. Opinamos que Dolly podría hacer excelentes progresos si pusiera atención en su trabajo. En este sentido, el informe de la señorita Cormorant es significativo. Dolly tiene tendencia a ser descarada e insolente, y soy muy indulgente al usar estos términos. Pero todas opinamos: *primo,* que debe pedirle a un médico de cabecera que le explique las realidades de la vida sexual; *secundo,* que debe autorizarla a gozar de la compañía de los hermanos de sus compañeras en el Club Juvenil, en la organización del doctor Rigger o en las encantadoras casas de nuestros padres...

—Puede disfrutar de la compañía de los jóvenes en su propia y encantadora casa —dije.

—Espero que así sea —dijo la señorita Pratt vivamente—. Cuando la interrogamos acerca de sus problemas, Dolly se negó a discutir la situación familiar, pero hemos hablado con algunas de sus amigas, y, realmente... Bueno, por ejemplo, insistimos en que autorice su participación en el grupo dramático. Debe permitirle que tome parte de *Los encantadores cazados.* En las pruebas de aptitud se reveló como una ninfa perfecta. Durante la primavera el autor permanecerá unos días en la Universidad de Beardsley, y esperamos que asista a alguno de los ensayos en nuestro nuevo auditorio. Quiero decir que todo eso forma parte de la alegría de ser joven y hermosa y estar llena de vida. Debe usted comprender...

–Siempre me he considerado un padre muy comprensivo –dije.

–Oh, sin duda, pero la señorita Cormorant piensa, y me inclino a aprobar su juicio, que Dolly está obsesionada por unos pensamientos sexuales para los que no encuentra salida, y por ello se burla de las demás niñas y las atormenta, y no sólo a ellas, sino incluso a nuestras profesoras más jóvenes, porque *pueden* salir inocentemente con chicos.

Me encogí de hombros. No era más que un deleznable *émigré*.

–A ver si entre los dos podemos llegar a descubrirlo, señor Haze. ¿Qué es lo que no va bien con esa niña?

–Yo la encuentro perfectamente normal y feliz –dije.

¿Había llegado al fin el desastre? ¿Me habían descubierto? ¿Habían recurrido a algún hipnotizador?

–Lo que me preocupa –dijo la señorita Pratt tras mirar su reloj en tono de disponerse a empezar de nuevo desde el principio– es que tanto las profesoras como sus compañeras se quejan de que Dolly es agresiva, se muestra insatisfecha y no se franquea con nadie... Y todas se preguntan por qué se opone usted con tanta firmeza a esas diversiones naturales en una niña normal.

–¿Se refiere usted a los jugueteos sexuales? –pregunté con presteza, desesperado, sintiéndome como una vieja rata acorralada.

–Bueno... apruebo esa terminología civilizada –dijo la señorita Pratt con una mueca irónica–. Pero ése no es, exactamente, el problema. Las representaciones teatrales, los bailes u otras actividades naturales que se realizan bajo los auspicios de nuestra escuela no son, técnicamente, jugueteos sexuales, aunque las niñas tienen relación con chicos, si eso es lo que usted objeta.

–Está bien –dije mientras mi puf gemía de cansancio–. Ha ganado usted. Dolly puede tomar parte en la representación. Siempre que los papeles masculinos sean encarnados por alumnas de la escuela.

—Siempre me fascina —dijo la señorita Pratt— el modo admirable en que los extranjeros, o, por lo menos, los norteamericanos naturalizados, emplean nuestra rica lengua. Estoy segura de que la señorita Gold, que dirige el grupo dramático, se sentirá muy complacida. Advierto que es una de las pocas profesoras a las que parece caerles bien... Quiero decir que encuentran tratable a Dolly. Y, ahora que hemos solucionado un problema general, quiero hablarle de algo muy particular. Tenemos dificultades más serias.

Hizo una truculenta pausa, y después se restregó el labio superior con el índice de su mano derecha, tan vigorosamente, que su nariz pareció agitarse en una danza guerrera.

—Soy una persona franca —dijo—, pero las convenciones son las convenciones, y me resulta difícil... Permítame que se lo explique sin ambages... Los Walker, que viven en lo que llamamos por aquí la Mansión del Duque... ya sabe, la gran casa gris sobre la colina... mandan a sus dos hijas a nuestra escuela, y tenemos también como alumna a la sobrina del presidente Moore, una niña verdaderamente encantadora, para no mencionar a otras niñas de familias muy importantes. Bueno, en ese contexto, no deja de producir asombro que Dolly, que parece toda una señorita, emplee palabras que usted, como extranjero, quizás no conozca ni comprenda. Tal vez sería mejor... ¿Quiere que mande llamar a Dolly y discutimos el asunto? ¿No? Comprenderá usted... Oh, bueno, dejémoslo. Dolly ha escrito una palabrota, que, según nuestro psiquiatra, el doctor Cutler, es un término vulgar mexicano que significa urinario, con lápiz labial en unos folletos acerca de temas higiénicos distribuidos entre las niñas por la señorita Redcock, que se casará en junio. Hemos pensado que Dolly debería quedarse después de las clases, por lo menos, media hora más. Pero si usted prefiere...

—No —dije—. No quiero oponerme a las reglas. Hablaré después con ella. Acabaré con esa costumbre.

—Hágalo —dijo la directora al mismo tiempo que se incorporaba del brazo de su sillón—. Y quizás podamos volver a reunirnos pronto. Y, si las cosas no mejoran, podríamos hacerla analizar por el doctor Cutler.

¿Debía casarme con la señorita Pratt para estrangularla?

—... Y, tal vez, su médico de cabecera debería examinarla físicamente, una simple revisión, como las que todo el mundo se hace periódicamente. Dolly está en la clase Hongo, la última aula por ese pasillo.

Debo explicar que la Escuela para Señoritas de Beardsley imitaba a una famosa escuela privada inglesa en los apodos «tradicionales» que había puesto a sus diversas aulas: Hongo, Rumiante, Retama, Rumba, etcétera. La clase Hongo olía a aire viciado; había en ella una incongruente reproducción en color sepia de *La edad de la inocencia,* de Reynolds, y varias filas de pupitres que parecían bastante incómodos. En uno de ellos mi Lolita leía el capítulo sobre el «Diálogo» en *Técnicas dramáticas,* de Baker. Reinaba una gran quietud y había otra niña de cuello desnudo, blanco como porcelana, y un maravilloso pelo rubio platino, que, sentada en un pupitre, delante del de Dolly, leía también, absolutamente alejada del mundo y enrollando y desenrollando sin cesar un suave rizo en un dedo. Me senté junto a Dolly, detrás de aquel cuello y aquella cabellera, y desabotoné mi abrigo; a cambio de sesenta y cinco céntimos, más el permiso de participar en la representación teatral, conseguí que Dolly metiera su mano de rojos nudillos, manchada de tinta y de tiza, debajo del pupitre. ¡Oh, fue una estúpida temeridad por mi parte, sin duda, pero, después de la tortura que había padecido, tenía que sacar partido de una combinación de circunstancias favorables que no creía que volviera a presentarse!

12

Poco antes de Navidad, Dolly cogió un serio resfriado y fue examinada por una amiga de la señorita Lester, la doctora Ilse Tristramson (te estoy agradecido, Ilse: fuiste amabilísima, no hiciste preguntas innecesarias y no tocaste a mi palomita más de lo debido). Diagnosticó bronquitis, palmeó a Lo en la espalda (con todo su fino vello erecto a causa de la fiebre) y le hizo guardar cama durante una semana o más. Al principio «tuvo mucha temperatura», como suelen decir los norteamericanos, y no pude resistir la tentación de disfrutar de los insospechados placeres que me deparaba el exquisito calorcillo de su piel —*Venus febriculosa*—, pero fue una Lolita muy lánguida la que gimió, tosió y tiritó en mis brazos. No bien se curó, di una fiesta con chicos.

Quizás bebí demasiado a fin de prepararme para aquel mal trago. Quizás me comporté de modo ridículo. Las niñas habían decorado un pequeño abeto —costumbre alemana, salvo que bombillas coloreadas habían reemplazado las velas de cera—. Trajeron discos para escucharlos en el tocadiscos de mi casero. Dolly, muy *chic*, llevaba un vestido gris de corpiño ajustado y falda amplia. Me retiré a mi estudio, y cada quince o veinte minutos bajaba como un idiota, sólo unos segundos, ostensiblemente para coger mi pipa de la chimenea o buscar el diario. Con cada nueva visita esas simples acciones se hacían más difíciles y me recordaban los días tremendamente distantes en que sacaba fuerzas de flaqueza para entrar como aquel que no quería la cosa en la habitación de la casa de Ramsdale donde sonaba *La pequeña Carmen*.

La fiesta no fue un éxito. De las tres niñas invitadas, una falló, y uno de los jóvenes trajo consigo a su primo Roy, de modo que sobraron dos chicos, y los primos sabían todos los pasos, y los demás chavales apenas sabían bailar, y casi toda la reunión consistió en revolver la cocina y discutir incesantemente sobre juegos de naipes a elegir, y algo después dos niñas y cuatro chicos se sentaron en el suelo y empezaron un juego de adivinar palabras que Opal no consiguió entender, mientras Mona y Roy, un mozo muy atractivo, alto y delgado, bebían ginger ale en la cocina, sentados en la mesa y meciendo las piernas, enzarzados en una acalorada discusión sobre la predestinación y el teorema de Bernoulli. Cuando todos se marcha-

ron, mi Lo exclamó «¡Uf!», cerró los ojos, se dejó caer en un sillón con los cuatro miembros extendidos para expresar su profundo disgusto y cansancio, y juró que nunca había visto un
hatajo de chicos más asquerosos. Esa observación le valió una
raqueta de tenis nueva.

Enero fue húmedo y tibio, y febrero engañó a las plantas:
nadie en la ciudad había *visto* nunca semejante tiempo. Hubo
más regalos. Para su cumpleaños le compré una bicicleta, esa
encantadora máquina semejante a una gacela que ya he descrito, y añadí a ella una *Historia de la pintura norteamericana moderna*. Todo lo relacionado con su manera de ir en bicicleta, es
decir, el modo como la sostenía, el movimiento de su cadera al
montarse en ella, su gracia al pedalear, me proporcionó un placer supremo; pero mi intento de refinar su gusto pictórico resultó un fracaso. Lo quiso saber si el tipo que dormía la siesta
en el heno en el cuadro de Doris Lee era el padre de la joven
pseudovoluptuosa, y que parecía un tanto revoltosa, que figuraba en primer plano, y no pudo entender mis razones para afirmar que Grant Wood o Peter Hurd eran buenos, y Reginald
Marsh o Frederick Waugh malos.

13

Cuando la primavera pintó de amarillo, verde y rosa la calle Thayer, Lolita estaba irrevocablemente atrapada por las tablas. La señorita Pratt, a quien vi de lejos un domingo comiendo con varias personas en la Posada Walton, me vio a su vez y
aplaudió de modo simpático y discreto cuando Lo no miraba.
Detesto el teatro porque lo considero una forma literaria primi-
tiva y despreciable, históricamente hablando; una forma literaria que deriva de rituales de la Edad de Piedra y se basa en la
falta de sentido común del común de los mortales, por más
aportaciones que haya recibido de genios individuales, como
las de los poetas de la época isabelina inglesa, por ejemplo, que
el lector avisado sabe separar sin dificultades de la morralla.

Dado que por aquel entonces estaba muy ocupado en mis propias tareas literarias, no me tomé el trabajo de leer el texto completo de *Los cazadores encantados,* la farsa en que Dolores Haze desempeñaba el papel de la hija de un granjero que se cree una bruja de los bosques, o la diosa Diana, o algo así, y que, gracias a un manual de hipnotismo, hace caer a unos cuantos cazadores perdidos en varios divertidos trances, hasta que sucumbe a su vez al encanto de un poeta vagabundo (Mona Dahl). Eso fue cuanto deduje de unas cuantas hojas mal mecanografiadas y arrugadas del texto de la farsa que Lo dejaba desparramadas por toda la casa. La coincidencia del título de aquella obra con el nombre de un hotel inolvidable era agradable y triste a la vez: curándome en salud, pensé que era mejor no recordársela a mi encantadora, pues no sabía si me heriría más que me tachara rudamente de sensiblero o que me confesara que había olvidado lo que allí ocurrió por completo. Imaginé que la farsa no era más que una nueva versión, prácticamente anónima, de alguna leyenda trivial. Nada impedía suponer, desde luego, que, en busca de un nombre atractivo, el fundador del hotel lo hubiera bautizado inspirado por el fantasioso mural realizado por el pintor de tres al cuarto al que había contratado para decorarlo, y que después el nombre del hotel hubiera sugerido el título de la obra. Pero mi mente simple, crédula, benévola, siguió otro camino, y, sin pensar demasiado todo aquello, di por sentado que mural, nombre y título derivaban de una fuente común, de una tradición local que yo, extranjero poco versado en el folklore de Nueva Inglaterra, no tenía por qué conocer. Por consiguiente, tenía la impresión (todo esto me parecía intrascendente, entiéndase bien, pues lo consideraba fuera de la esfera de mis intereses) de que la obra en cuestión pertenecía a un género literario destinado, sobre todo, al público juvenil, y que consiste en la reelaboración de cuentos tradicionales, como *Hansel y Gretel* por Richard Roe, o *La bella durmiente* por Dorothy Doe, o *El traje nuevo del emperador* por Maurice Vermont y Marion Rumpelmeyer, piezas que pueden encontrarse en *Obras para actores escolares* o *¡Representemos una* *obra!*[1] En otras palabras, no sabía –ni me habría importado, de saberlo– que, en realidad, *Los cazadores encantados* era una obra reciente y original estrenada sólo tres o cuatro meses antes por un grupo teatral la mar de intelectual de Nueva York. En la medida en que podía juzgarla por el papel de mi encantadora, me parecía una pieza bien poco imaginativa, con ecos de Lenormand y Maeterlinck y algunos apacibles soñadores británicos.[2] Los cazadores, con gorras rojas y vestidos de manera uniforme –el primero era banquero, el segundo fontanero, el tercero policía, el cuarto sepulturero, el quinto asegurador, el sexto un preso fugitivo (¡imaginen ustedes qué posibilidades!)–, en el pequeño y boscoso valle de Dolly cambiaban por completo de personalidad y recordaban sus vidas verdaderas sólo como sueños o pesadillas de los que habían sido despertados por la pequeña Diana. Pero el séptimo cazador (con gorra *verde,* el necio) era un joven poeta, y aseguraba, con gran exasperación de Diana, que ella y la diversión que proporcionaba (ninfas danzantes, elfos, monstruos) no existían realmente, sino que eran suyas, fruto de su invención poética. Creo que al fin, harta de su pedantería, la descalza Dolores conducía a Mona, que llevaba pantalones a cuadros, a la granja de su padre para demostrar al fanfarrón que no era una creación poética, sino una muchacha campesina con los pies firmemente asentados sobre la parda tierra. Un beso final resaltaba el profundo mensaje de la obra: que fantasía y realidad se confunden en el amor. Consideré más sensato no criticar la farsa en presencia de Lo: estaba muy absorta en sus «problemas de expresión», y, además, juntaba sus delgadas manos florentinas de manera encantadora, parpadeaba y me rogaba que no fuera a los ensayos, como hacían algunos padres ridículos, porque deseaba deslumbrarme con

1. Los autores de las reelaboraciones y los títulos de las antologías son invención de Nabokov. *(N. del T.)*
2. Henri-René Lenormand (1882-1951), dramaturgo francés. Maurice Maeterlinck (1862-1949), dramaturgo belga. Los «apacibles soñadores británicos» son James M. Barrie (1860-1937), autor de *Peter Pan,* y Lewis Carroll, el autor de *Alicia en el País de las Maravillas. (N. del T.)*

una noche de estreno perfecta (y porque, por otra parte, yo no hacía más que entrometerme y decir tonterías y hacer que se cortara en presencia de otras personas).

Hubo un ensayo muy especial... corazón mío, corazón mío..., hubo un día de mayo señalado por un torrente de alegre entusiasmo —todo pasó más allá del alcance de mi vista, inmune a mi memoria—, y, cuando volví a ver a Lo, al atardecer, mientras ella se acercaba pedaleando en su bicicleta y yo apoyaba la palma de la mano contra la húmeda corteza de un joven abedul al extremo de nuestro jardín, me impresionó tanto la radiante ternura de su sonrisa, que, por un instante, creí solucionadas todas nuestras dificultades.

—¿Recuerdas —dijo— el nombre de aquel hotel... *ya sabes* —frunció el ceño—, venga, claro que lo sabes... con aquellas columnas blancas y un cisne de mármol en el vestíbulo? Oh, tienes que recordarlo... —ruidosa aspiración—, el hotel donde me violaste... De acuerdo, olvidémoslo. ¿No era —casi con un susurro— Los Cazadores Encantados? Sí que lo era, ¿verdad? —Pensativa—. ¿Verdad que sí?

Y con un jubiloso grito de amorosa risa primaveral dio una palmada al reluciente tronco del árbol y partió calle arriba, hasta la esquina, y después regresó, con los pies apoyados en los pedales inmóviles, en una postura de abandono, con una mano soñadora sobre el regazo lleno de flores estampadas.

14

Dada su relación con el interés de Lo por la danza y el arte dramático, la autoricé a tomar lecciones de piano con una tal señorita Emperador (apellido muy apropiado para nosotros, los intelectuales franceses),[1] hacia cuya casa blanca con persianas

1. Emma, la protagonista de *Madame Bovary*, de Gustave Flaubert, toma lecciones de piano de la señorita Lempereur, que se salta para reunirse con su amante. *(N. del T.)*

azules, a poco más de kilómetro y medio de Beardsley, iba pedaleando dos veces por semana. Un viernes por la noche, a fines de mayo (y más o menos una semana después de aquel ensayo tan especial al que Lo no me había permitido asistir), sonó el teléfono de mi estudio (donde yo atacaba el flanco del rey de Gustave, quiero decir de Gaston) y la señorita Emperador me preguntó si Lo iría a su casa el martes próximo, pues había faltado a clase el martes anterior y aquel viernes. Dije que no faltaría... y seguí jugando. Como supondrá el lector, mis facultades estaban embotadas, y dos jugadas después, cuando correspondió mover a Gaston, comprendí, a través de la bruma de mi angustia, que podía comerme la reina. También él lo advirtió, pero, suponiendo que era una trampa de su astuto adversario, vaciló durante casi un minuto, en el curso del cual jadeó con una especie de estertor, le temblaron los carrillos de la emoción, me dirigió miradas furtivas e hizo movimientos indecisos con sus dedos rechonchos, muriéndose de ganas de comerse aquella jugosa reina y sin atreverse a hacerlo, hasta que, por fin, se precipitó sobre ella (¿quién sabe si eso no le enseñó algunas audacias posteriores?), y yo hube de pasar una interminable hora hasta conseguir hacer tablas. Terminó su coñac y, por fin, se marchó, muy satisfecho con aquel resultado. (*Mon pauvre ami, je ne vous ai jamais revu, et quoiqu'il y ait bien peu de chance que vous voyiez mon livre, permettez-moi de vous dire que je vous serre la main bien cordialement, et que toutes mes fillettes vous saluent.*) Encontré a Dolores Haze sentada a la mesa de la cocina, consumiendo una ración de pastel, fijos los ojos en su papel en la farsa. Esos ojos se alzaron para mirarme con una especie de celeste vacuidad. Al enterarse de mi descubrimiento, permaneció singularmente impávida y dijo *d'un petit air faussement contrit* que sabía que era una niña muy mala, pero que había sido incapaz de resistirse al encanto y había empleado aquellas horas destinadas a la música –¡Oh, lector, mi lector!– para ensayar en un parque público la escena en el mágico bosque con Mona. Dije «Muy bien» y me dirigí hacia el teléfono. La madre de Mona contestó: «Oh, sí, está en casa», y se apartó con una risa neutra de amabilidad materna para gritar fuera de escena: «¡Te llama Roy!», y, un instante después, Mona cogió el auricular y empezó a reñir a Roy con voz monótona, pero no sin ternura, por algo que él había dicho o hecho, y yo interrumpí, y Mona dijo en su más humilde registro de contralto: «Sí, señor», «Sin duda, señor», «Soy la única culpable de lo que ocurrió» (¡Qué elocución, qué aplomo!), «De veras, no sabe cuánto lo siento» y todo el repertorio característico de esas putillas.

Bajé, pues, la escalera aclarándome la garganta y conteniendo los latidos de mi corazón. Lo estaba ahora en la sala, en su sillón favorito, demasiado mullido para mi gusto. Al verla allí, repantigada, mordisqueándose una uña, burlándose de mí con sus ojos vagos y crueles, y meciendo un taburete sobre el cual había posado el talón de su pie descalzo, advertí de pronto, con una especie de náusea, cuánto había cambiado desde que la conocí, dos años antes. ¿O el cambio había ocurrido en las dos últimas semanas? *Tendresse?* Sin duda, el mito se había venido abajo. Estaba sentada exactamente en el centro del haz de mi ira incandescente. La neblina levantada por la lujuria se había esfumado, y había dejado tras de sí una terrible lucidez. ¡Oh, cómo había cambiado! Su cutis era ahora el de una vulgar adolescente desaliñada que se aplica cosméticos compartidos con sus amigas con dedos sucios en la cara sin lavar y no repara en que ello puede poner su fino cutis en contacto con tejidos infectados y epidermis pustulosas. Antaño sus suaves y sonrosadas mejillas eran encantadoras, sobre todo, cuando deslizaba, juguetonamente, su cabeza despeinada por mi rodilla, y se llenaban de brillantes lágrimas. Un vulgar arrebol reemplazaba ahora aquella inocente y sonrosada lozanía, y un resfriado había pintado de rojo llameante las aletas de su desdeñosa nariz. Presa de una especie de terror, bajé la mirada, que se deslizó maquinalmente por el interior de su muslo desnudo, tenso a causa de la posición que tenía. ¡Qué finas y musculosas se habían vuelto sus piernas! Clavaba en mí sus grandes ojos, grises como el cristal empañado, ahora levemente inyectados en sangre, y pude ver agazapado en ellos el pensamiento de que tal vez Mona tuviera razón, después de todo, y pudiera denunciarme sin exponerse a ser castigada. ¡Qué equivocado había estado! ¡Qué loco había sido! Todo en ella pertenecía al mismo orden exasperante e impenetrable: la fuerza de sus tensas piernas bien formadas, la planta sucia de su calcetín blanco, el grueso jersey que llevaba a pesar del calor que hacía en aquella habitación, su putesco perfume y, sobre todo, el óvalo de su cara, con su arrebol artificial y sus labios recién pintados. El rojo había dejado rastros en la parte delantera de sus dientes, y ello me trajo a la memoria el triste recuerdo de una joven prostituta —no se trataba de Monique— a la que encontré en un burdel de mala muerte, muchísimo tiempo atrás, y cuyos servicios fueron requeridos por un ansioso cliente mientras yo me debatía en la duda de si el solo hecho de que fuera tan joven merecía que me arriesgara a contraer alguna espantosa enfermedad; aquella jovencita tenía, al igual que Lo, prominentes y rojizas *pommettes*, y una *maman* muerta, y grandes dientes, y llevaba un pedazo de roja cinta mugrienta en el pelo castaño.

—Bueno, habla —dijo Lo—. ¿Ha sido satisfactoria la corroboración?

—Oh, sí —dije—. Perfecta. Sí. Y no dudo que os habéis puesto de acuerdo los dos. Es más, estoy seguro de que le has contado lo nuestro.

—¿Ah, sí...?

Contuve la respiración y dije:

—Dolores, esto tiene que acabar ahora mismo. Estoy dispuesto a sacarte de la Escuela para Señoritas de Beardsley y a encerrarte ya sabes dónde, pero esto tiene que acabar. Estoy dispuesto a llevarte allí en cuanto hayas hecho tu maleta. Esto tiene que acabar, o puede ocurrir cualquier cosa.

—¿Puede ocurrir cualquier cosa, de veras?

Di una patada al taburete que mecía con su talón, y su pie cayó ruidosamente al suelo.

—¡Eh, tómatelo con calma! —gritó.

—¡Para empezar, vas a irte arriba! —grité a mi vez mientras la agarraba por la muñeca y la obligaba a levantarse.

A partir de ese momento ya no contuve mi voz, y ambos nos gritamos, y ella dijo cosas que no pueden imprimirse. Dijo que me odiaba. Me hizo muecas monstruosas inflando los carrillos y emitiendo diabólicos sonidos que recordaban ventosidades. Dijo que había intentado violarla varias veces cuando era inquilino de su madre. Dijo que estaba segura de que había asesinado a su madre. Dijo que se acostaría con el primero que pasara y que no podría impedírselo. Le dije que subiríamos a su cuarto y me mostraría todos sus escondrijos. Fue una escena estridente y odiosa. Seguía agarrándola por la nudosa muñeca, y ella se retorcía de un lado para otro y pugnaba tratando de encontrar un punto débil en mi presión que le permitiera zafarse de mi garra a la primera ocasión favorable, pero yo apretaba todo lo que podía, y lo cierto es que le hice bastante daño, por lo que merezco que se pudra mi corazón; una o dos veces, Lolita contorsionó su brazo con tanta violencia, que temí que se me escapara; mientras ocurría todo esto, me miraba con aquellos ojos inolvidables en los que luchaban la fría ira y las lágrimas ardientes, y nuestras voces cubrían el timbre del teléfono; cuando advertí que sonaba, se escurrió y desapareció en un santiamén.

Parezco compartir con los personajes de las películas los servicios de la *machina telephonica* y la imprevisible y temperamental deidad que la gobierna. Ésta se había encarnado, en aquella ocasión, en una vecina enfurecida. Daba la casualidad de que la ventana de la sala de estar que daba al este se hallaba abierta —felizmente, con la persiana bajada—, y más allá de ella una negra y húmeda noche de una destemplada primavera de Nueva Inglaterra nos había escuchado conteniendo el aliento. Siempre había creído que la solterona peluda y metijona era un arquetipo literario, producto de la considerable endogamia que se da en la novela moderna, pero ahora estoy convencido de que la gazmoña y libidinosa señorita de la derecha —o, para disipar su incógnito, la señorita Fenton Lebone— había asomado tres cuartas partes de su humanidad por la ventana de su dormitorio, ansiosa por enterarse del motivo de nuestra riña.

–... Este alboroto... carece de cualquier sentido de... –graznaba el auricular–. No vivimos en un bloque de pisos... Debo hacer hincapié en...

Le rogué que disculpara lo chillones que eran los amigos de mi hija. Los jóvenes, ya se sabe... Y colgué en medio de una nueva sarta de graznidos.

De la calle me llegó el ruido de la puerta de tela metálica al cerrarse de golpe. ¿Lolita? ¿Habría huido?

Por la ventana que daba luz al rellano, que estaba entreabierta, entreví a un pequeño e impetuoso fantasma que se deslizaba entre los arbustos, y luego un círculo blanco en la oscuridad –la rueda de una bicicleta–, que se movió tembloroso y desapareció.

Resulta que el coche pasaba aquella noche en un taller mecánico de la ciudad. No tenía otra alternativa que perseguir a pie a la alada fugitiva. Aún hoy, a tres años de distancia, no puedo evocar aquella calle en aquella noche de primavera, aquella calle de árboles ya llenos de hojas, sin un estremecimiento de pánico. Frente a su porche iluminado, la señorita Lester paseaba el hidrópico teckel de la señorita Fabian. El señor Hyde casi tropezó con él. Caminaba tres pasos y corría otros tres. Una lluvia tibia empezó a tamborilear sobre las hojas de los castaños. En la esquina siguiente, apretando a Lolita contra una verja de hierro, un joven borroso la abrazaba y la besaba... no, no me equivocaba, no era ella. Todavía con una comezón en mis garras, seguí la carrera.

A cosa de ochocientos metros al este del número catorce, la calle Thayer termina en la confluencia con un pasaje particular y una calle transversal; esta última conduce al centro de la ciudad. Frente al primer bar vi –¡con qué melodioso suspiro de alivio!– la hermosa bicicleta de Lolita, que estaba aguardándola. Empujé la puerta, en vez de tirar de ella, tiré de ella, la volví a empujar y, al fin, tiré de una vez de ella y entré. A unos diez pasos de mí vi a Lolita a través del cristal de una cabina telefónica (la coriácea deidad seguía acompañándonos); se agachaba confidencialmente sobre el auricular, que protegía con la otra mano para que no se oyera lo que decía; al verme de refilón, me volvió la espalda sin soltar su tesoro, colgó apresuradamente y salió de la cabina con paso vivo.

—Trataba de llamarte a casa —dijo alegremente—. He tomado una gran decisión. Pero antes invítame a un refresco, papá.

Observó a la indiferente camarera que, al otro lado de la barra, puso el hielo en el vaso, después la Coca-Cola y luego el jarabe de cereza; mientras tanto, mi corazón ardía de ansia y amor. ¡Qué infantil era su muñeca! ¡Qué encantadora era mi niña! Tiene usted una hija encantadora, señor Humbert. Siempre la admiramos cuando pasa. El señor Pim observaba cómo Pippa sorbía su refresco.[1]

J'ai toujours admiré l'œuvre ormonde du sublime Dublinois.[2] Mientras tanto, la lluvia se había convertido en una ducha voluptuosa.

—Oye —me dijo Lo, que avanzaba a mi lado haciendo rodar la bicicleta y arrastrando un pie sobre la acera de oscuro brillo—. He decidido algo. Quiero dejar esa escuela. La odio. Odio la representación. ¡La odio de veras! No quiero volver nunca, encontraremos otra. Vayámonos enseguida. Empecemos un largo viaje de nuevo. Pero esta vez iremos adonde *yo* quiera, ¿vale?

Asentí con la cabeza. Mi Lolita.

—Soy yo quien elige. *C'est entendu?* —dijo mientras seguía avanzando, bamboleándose un poco, a mi lado. Sólo practicaba el francés cuando era una niñita muy buena y obediente.

—Bueno, *entendu*. Ahora, ¡hala!, ¡hala!, Lenore,[3] o te empaparás.

1. Doble alusión: a la comedia *Mr. Pim Passes By,* de A. A. Milne (1882-1956), y al poema *Pippa Passes,* de Robert Browning (1812-1889). *(N. del T.)*

2. El «sublime dublinés» es James Joyce. El adjetivo *ormonde (hors du monde)* no existe en francés; fue creado por Nabokov como tributo de admiración hacia el escritor irlandés. *(N. del T.)*

3. Alusión al poema *Lenore,* del escritor alemán G. A. Bürger (1747-1794), y, en particular, a la escena en que la protagonista se marcha con el fantasma de su difunto amante, quien aguijonea a su montura diciéndole: «¡Hala, hala!» *(N. del T.)*

Una tempestad de sollozos colmaba mi pecho.

Lo descubrió sus dientes en un adorable mohín de colegiala, se inclinó adelante y se marchó pedaleando, mi pichoncito.

La mano cuidada de la señorita Lester abría la puerta del porche a un perro viejo de andar derrengado *qui prenait son temps*.

Lo me esperaba cerca del espectral abedul.

—Estoy hecha una sopa —declaró con voz aguda—. ¿Estás contento? ¡Al diablo con la representación! ¿Entiendes?

La garra de una bruja invisible cerró una ventana de un primer piso.

En nuestro vestíbulo, rebosante de luces acogedoras, mi Lolita se quitó el jersey, sacudió su pelo cubierto de diamantes, tendió hacia mí sus brazos desnudos y levantó una rodilla.

—Súbeme en brazos. Esta noche me siento romántica.

Quizás interese saber a los psicólogos, ahora que viene a cuento, que tengo la capacidad —caso harto singular, supongo— de verter torrentes de lágrimas mientras doy rienda suelta a los torrentes de mi lujuria.

15

Se rectificaron los frenos, se limpió el radiador, se ajustaron las válvulas y Humbert, ignorante de cuanto se refiriera a la mecánica, pero prudente papá, abonó ésas y otras reparaciones y mejoras, de modo que el automóvil de la difunta señora Humbert quedó en estado respetable y listo para emprender un nuevo viaje.

Habíamos prometido a la Escuela para Señoritas de Beardsley, a la buena y antigua Escuela para Señoritas de Beardsley, que regresaríamos no bien terminara mi compromiso con Hollywood (el imaginativo Humbert insinuó que sería asesor principal de una película relacionada con el «existencialismo», que por entonces hacía furor). En realidad, acariciaba la idea de escurrirme por la frontera mexicana —ya era más valiente que un año antes– y decidir allí qué hacer con mi pequeña concubina, que medía ya un metro cincuenta y pesaba cuarenta kilos. Recurrimos de nuevo a nuestras guías y mapas turísticos. Lo trazó el itinerario con cuidado infinito. ¿Había que agradecer a su afición por el teatro el hecho de que pareciera haber perdido su displicente aire juvenil y se mostrara tan adorablemente dispuesta a explorar la rica variedad de la realidad? En aquella pálida pero tibia mañana dominical experimenté la extraña levedad de los sueños cuando dejamos la desconcertada casa del profesor de química y avanzamos por la calle Mayor camino de la autopista de cuatro carriles. El vestido de algodón a rayas blancas y negras de mi amor, su vistosa gorra azul, sus calcetines blancos, sus mocasines pardos, no casaban demasiado bien con la gran aguamarina hermosamente tallada y pendiente de una cadenilla de plata que brillaba en su pecho: se la había regalado como recuerdo de un día de lluvia primaveral. Cuando pasamos ante el Nuevo Hotel, Lo se echó a reír.

–Te doy un centavo por tus pensamientos –dije.

Me tendió inmediatamente la palma abierta, pero tuve que frenar, algo bruscamente, ante un semáforo en rojo. Mientras esperábamos, otro automóvil se deslizó junto al nuestro; lo conducía una joven guapísima, delgada, aunque atlética, de tez morena y cabello brillante y broncíneo que le llegaba hasta los hombros. (La había visto antes, pero ¿dónde?)

–¡Hola! –exclamó, radiante, dirigiéndose a Lolita; acto seguido, me miró, alegre y efusiva (¡ya sabía quién era!), y dijo, poniendo especial énfasis en ciertas palabras–: ¡Qué *vergüenza* eso de *arrancar* a Dolly de la representación... *si hubiera usted oído* al autor... cómo la *elogió* después de aquel ensayo...!

–Luz verde, pedazo de tonto –susurró Lo.

Simultáneamente, agitando en fulgurante adiós un brazo lleno de brazaletes, Juana de Arco (en una representación que habíamos visto en el teatro local) se alejó a toda velocidad de nosotros para precipitarse en la avenida del Campus.

–¿Quién es? ¿Vermont o Rumpelmeyer?

–No, Edusa Gold, la tía que nos dirigía.

–No me refería a ella. ¿Quién es el autor de esa obra?

–Ah, sí, desde luego. Una vieja. Clare Nosecuántos. Había un montón de gente allí.

–¿De modo que te elogió?

–No, no me elogió, pero besó mi casta frente –dijo mi amada, y emitió de nuevo aquella risita afectada con la cual manifestaba su alegría desde hacía algún tiempo; tal vez fuera una muletilla adquirida a causa de sus experiencias teatrales.

–Eres una criatura sorprendente, Lolita –dije, quizás con otras palabras–. Desde luego, me alegra que hayas olvidado esa idea absurda del teatro. Pero lo extraño es que abandones todo justo una semana antes de que ocurra el gran acontecimiento. Oh, Lolita, deberías ser más cuidadosa con tus entusiasmos. Recuerdo que abandonaste Ramsdale por el campamento, y el campamento por un viaje de placer, y podría citarte otros cambios violentos en tu estado de ánimo. Debes ser más cuidadosa. Hay cosas que nunca se han de abandonar. Debes ser perseverante. Deberías tratar de ser un poco más amable conmigo, Lolita. Y también deberías vigilar tu dieta. La circunferencia de tus muslos nunca debería pasar de los cuarenta centímetros. Más podría ser fatal. –Bromeaba, desde luego–. Ahora emprendemos un largo y dichoso viaje. Recuerdo...

16

Recuerdo que, cuando era niño y vivía en Europa, me pasaba las horas muertas contemplando un mapa de Norteamérica en el que los Montes Apalaches corrían en letras negras muy grandes desde Alabama hasta Nueva Brunswick, de modo que toda la región que atravesaban –Tennessee, Virginia y Virginia Occidental, Pensilvania, Nueva York, Vermont, Nueva Hampshire y Maine– era vista por mi imaginación como una Suiza enorme, o incluso un Tíbet; allí todo eran montañas, una sucesión de picos gloriosamente facetados igual que diamantes, coníferas gigantes, *le montagnard émigré*[1] vestido con una magnífica piel de oso, *Felis tigris goldsmithi*[2] y pieles rojas bajo las catalpas. Que todo ello se redujera a una incesante sucesión de deprimentes zonas residenciales suburbanas con jardines llenos de césped y alguna que otra humeante planta incineradora de basuras resultaba desolador. ¡Adiós, Apalaches! Tras dejarlos, cruzamos Ohio, los tres estados seguidos cuyo nombre empieza por i[3] y Nebraska. ¡Ah, por fin podíamos oler el Oeste! Viajábamos sin prisas, pues teníamos más de una semana para llegar a Wace, en la divisoria de aguas continental, donde Lolita deseaba apasionadamente asistir a las danzas ceremoniales que festejan la apertura estacional de la Cueva Mágica, y tres semanas, por lo menos, para llegar a Elphinstone, la joya de un estado del Oeste, donde mi amada esperaba anhelante poder subir hasta la cima de la Roca Roja, desde la cual se había arrojado al vacío no hacía mucho, tras una violenta discusión con su gigoló de turno —ambos estaban como cubas–, una madura estrella de la pantalla.

De nuevo desangelados moteles nos recibieron con carteles semejantes a éste: «Deseamos que se sienta como en casa durante su estancia entre nosotros. *Todos* los objetos que contiene esta cabaña fueron cuidadosamente inventariados antes de su llegada. Hemos anotado la matrícula de su coche. Utilice el agua caliente con moderación. Nos reservamos el derecho de expulsar sin previo aviso a cualquier persona indeseable. No

---

1. Se denominó *émigrés* a los realistas que abandonaron Francia tras la Revolución de 1789. *Le montagnard émigré* es el título de un poema del escritor francés François-René de Chateaubriand publicado en 1806 y recogido luego, sin título, en su narración *Les aventures du dernier Abencerage* (1826). *(N. del T.)*

2. *Felis tigris goldsmithi* («tigre de Goldsmith», literalmente) es un nombre científico inventado por Nabokov. Alude al poema «The Deserted Village» («La aldea desierta»), del escritor inglés Oliver Goldsmith (h. 1730-1774), en concreto, al verso que dice «donde tigres agazapados esperaban a sus indefensas presas», aunque parece que no se refería exactamente a tigres, sino a pumas. *(N. del T.)*

3. Son, de este a oeste: Indiana, Illinois y Iowa. *(N. del T.)*

tire desperdicios de *ninguna clase* en la taza del retrete. Muchas gracias. Vuelva a visitarnos. La Dirección. P. D.: Consideramos a nuestros clientes las Mejores Personas del Mundo.»

En esos lugares espantosos pagamos diez dólares por habitaciones con dos camas, las moscas revoloteaban más allá de las puertas de tela metálica que carecían de tela metálica y, al fin, lograban meterse en el cuarto, la ceniza de nuestros predecesores aún permanecía en los ceniceros, pelos de mujer serpenteaban en la almohada, oíamos a nuestro vecino cuando colgaba su chaqueta en el armario, las perchas estaban ingeniosamente atadas a la barra por medio de alambres, para evitar robos, y, supremo insulto, los cuadros sobre las camas gemelas eran, asimismo, gemelos. También advertí que la moda comercial cambiaba. Las cabañas tendían a reunirse, a formar, gradualmente, caravasares; el cambio consistía (a Lo no le interesaba, pero es posible que el lector lo encuentre curioso) en que se agregaba a las cabañas un segundo piso, después un vestíbulo, los automóviles se llevaban a un garaje común y el motel se convertía en un hotel decente y a la antigua usanza.

He de advertir al lector que no se ría de mi ofuscación mental. *Ahora* es fácil para él y para mí descifrar un destino pasado; pero un destino en formación no es, créaseme, uno de esos honrados relatos policíacos donde todo cuanto debe hacer uno es prestar atención a las claves. Cuando era joven leí una narración policíaca francesa en la cual todas las claves estaban en letra cursiva. Pero no es así como procede McFate, aunque uno no deje de reconocer ciertas oscuras indicaciones.

Por ejemplo: no podría jurar que no hubo, por lo menos, una ocasión, antes de empezar la etapa de nuestro viaje en que cruzamos el Medio Oeste, o en el mismísimo momento en que se iniciaba, en la cual Lo se las arregló a fin de transmitir cierta información a uno o varios desconocidos, o de ponerse en contacto de algún modo con él o ellos. Habíamos parado en una estación de servicio, bajo el signo de Pegaso,[1] y ella se des-

---

1. Emblema de la empresa petrolera Mobil Oil. *(N. del T.)*

lizó del asiento y huyó a la parte posterior del edificio mientras la capota (levantada por el mecánico, y bajo la cual me había inclinado para observar sus manipulaciones) me la ocultó por un momento; propenso a mostrarme indulgente, no hice más que menear mi benévola cabeza, aunque, hablando con propiedad, aquellas visitas estaban prohibidas, ya que intuía que los aseos –y también los teléfonos– eran, por motivos indiscernibles, los puntos donde mi destino podía jugarme una mala pasada. Todos tenemos esos objetos que nos son fatídicos –un paisaje reiterado en unos casos, un número en otros–, cuidadosamente elegidos por los dioses a fin de suscitar acontecimientos de especial significación para nosotros: aquí tropezará siempre John, allí se le partirá el corazón siempre a Jane.

Lo cierto es que mi automóvil estaba listo, y lo retiré de los surtidores para que atendieran a una camioneta de reparto; fue entonces cuando el volumen cada vez más grande de su ausencia empezó a pesar sobre mí en aquella inmensa extensión grisácea azotada por el viento. No era la primera vez, ni sería la última, en que contemplaba con los alicaídos ojos de la mente aquellas inmóviles trivialidades que parecían casi sorprendidas, igual que rústicos que se sintieran desconcertados por el hecho de encontrarse en el campo de visión del viajero inmovilizado a su pesar: el gran cubo de basura de color verde, los negrísimos neumáticos, con una blanquísima franja que reseguía el lateral, expuestos para su venta, las brillantes latas de aceite para motor, la roja nevera, con su surtido de bebidas, las cuatro o cinco –o seis o siete– botellas vacías colocadas al azar en las casillas de una caja de madera, de tal modo que le daban la apariencia de un crucigrama, el insecto que subía pacientemente por el interior del cristal de la ventana de la oficina. Por la abierta puerta de ésta salía música, procedente de una radio, y, como su ritmo no armonizaba con la ondulación, el estremecimiento y otros gestos de las plantas agitadas por el viento, uno tenía la impresión de presenciar una vieja escena cinematográfica que vivía su propia vida mientras el piano o el violín seguían una línea musical completamente ajena a la flor estremecida, la rama oscilante. El último sollozo de Charlotte vibró de manera incongruente cuando vi que Lolita venía hacia mí, titubeando, procedente de una dirección del todo inesperada; su falda, que revoloteaba agitada por el viento, tampoco seguía el ritmo de la música. Dijo que había encontrado ocupado el lavabo de señoras, y se había dirigido a la señal de la Concha,[1] en la manzana siguiente. Decían allí que estaban orgullosos de sus acogedoras instalaciones. Tenían postales con franqueo pagado, decían, a disposición de los clientes para que hicieran sus comentarios. Pero no había postales. Ni jabón. Nada. Sin comentarios.

Ese mismo día o el siguiente, después de una marcha tediosa a través de tierras cultivadas, llegamos a un encantador pueblecito llamado Kasbeam, y nos alojamos en el Motel Los Castaños —cabañas agradables, grandes extensiones de césped, verdes y húmedas, manzanos, un viejo columpio y un crepúsculo tremendo que mi agotada niña ignoró—. Lolita decidió pasar por Kasbeam en el curso de nuestro viaje porque se hallaba a sólo cincuenta kilómetros al norte de la ciudad donde había nacido, pero, a la mañana siguiente, se mostró particularmente apática y no manifestó ningún deseo de volver a ver las aceras en las que había jugado a rayuela apenas cinco años antes. Por motivos obvios, no me hacía ninguna gracia aquella excursión que nos desviaba de nuestra ruta, aunque estábamos de acuerdo en no llamar la atención de ninguna manera, permanecer en el coche y no tratar de hablar con antiguos amigos. Mi alivio por el hecho de que abandonara aquel proyecto se vio enturbiado por la idea de que, si Lo hubiera intuido que estaba totalmente en contra de las posibles consecuencias nostálgicas de la visita a Pisky —como me había ocurrido hacía un año—, no habría renunciado a ella tan fácilmente. Cuando se lo dije, con un suspiro, suspiró a su vez y se quejó de estar indispuesta. Quería quedarse en la cama, por lo menos, hasta la hora del té, con un montón de revistas; si para entonces se sentía mejor, seguiríamos viaje hacia el Oeste. Debo decir que parecía muy

---

1. Emblema de la empresa petrolera Shell Oil. *(N. del T.)*

postrada y deseaba comer fruta, por lo que decidí ir a comprar provisiones a Kasbeam, a fin de obsequiarla con una merienda al aire libre. Nuestra cabaña estaba en la cima arbolada de una colina, y desde la ventana se veía la carretera, que serpenteaba ladera abajo y después corría entre dos hileras de castaños, recta como la raya de un peinado, hacia el bonito pueblo que, en aquella límpida mañana, se divisaba claramente en lontananza y daba la sensación de ser de juguete. Podía distinguir a una niña que parecía un elfo sobre una bicicleta semejante a un insecto, así como a un perro, que, en proporción, daba la impresión de ser demasiado grande; los distinguía con tanta claridad como se distinguen esos peregrinos y sus mulas que ascienden por tortuosos caminos pálidos como la cera en los viejos cuadros llenos de colinas azules y pequeños seres de color rojo. Conservo la costumbre europea de no coger el coche cuando puedo ir a pie, de modo que eché a andar tranquilamente; al cabo de un rato, me crucé con la ciclista, una niña regordeta, feúcha y con trenzas, a la que seguía un gran San Bernardo que tenía las cuencas de los ojos de un color que recordaba el de los pensamientos. En Kasbeam un decrépito barbero me cortó el pelo de manera harto mediocre. Parloteaba acerca de un hijo suyo jugador de béisbol, y cada vez que pronunciaba una consonante explosiva me escupía en el cuello; de cuando en cuando se limpiaba las gafas en mi peinador, o interrumpía sus trémulos tijeretazos para mostrarme recortes de diario de pliegues amarillentos; tan distraído estaba, que me sobresalté al comprender, mientras me enseñaba una fotografía enmarcada que tenía en medio de las viejas lociones grisáceas, que el joven jugador de béisbol llevaba treinta años muerto.

Bebí una taza de café insípido y caliente, compré unos plátanos para mi monita y pasé diez minutos más en una mantequería. Debió de pasar, por lo menos, una hora y media antes de que este peregrino, de regreso a su hogar, apareciera en la sinuosa carretera que subía hasta el castillo entre los castaños.

La niña que había visto cuando iba al pueblo estaba ahora cargada de ropa de cama limpia, y ayudaba a un hombre deforme, de cabeza gruesa y facciones vulgares, el cual me recordó el personaje de «Bertoldo» de la baja comedia italiana. Arreglaban la docena de cabañas que había en aquella colina cubierta de castaños, las cuales estaban agradablemente espaciadas en medio de la abundante vegetación. Era mediodía, y la mayoría habían sido abandonadas por sus ocupantes con un último golpe de las puertas de tela metálica. Una pareja de ancianos, tan viejos que casi parecían momificados, salía en un automóvil de último modelo de uno de los garajes, que estaban agrupados. De otro de ellos sobresalía el morro de un coche rojo, cuya capota recordaba, por su forma, esas braguetas triangulares que lucen los hombres en los cuadros renacentistas italianos; cerca ya de nuestra cabaña, un hombre joven, fuerte y apuesto, de ojos azules y abundante y greñuda cabellera negra, metía una nevera portátil en el maletero de una rubia. No sé por qué, me dirigió una tímida sonrisa cuando pasé frente a él. Al otro lado de la carretera había una amplia extensión de césped, sombreada por las largas ramas de los lujuriantes árboles, y allí estaban el familiar San Bernardo, vigilando la bicicleta de su ama, y, cerca de él, una mujer joven, con evidente vocación maternal, que había sentado a un niño de menos de un año, cuyo rostro estaba extático, en uno de los extremos del columpio, y lo subía y bajaba con suavidad; mientras tanto, otro niño, éste de unos tres años y que no podía ocultar que se moría de celos, incordiaba sin parar tratando de agarrar el otro extremo del columpio, hasta que, por fin, lo tiró de espaldas al suelo, y se puso a berrear, pero su madre no le hizo caso y siguió sonriendo sin dirigirse, al parecer, a ninguno de sus hijos presentes. Probablemente, recuerdo todas esas minucias con tanta claridad porque tuve que verificar mis impresiones a fondo sólo unos minutos después. Además, algo me hacía estar en guardia desde aquella terrible noche en Beardsley. Así pues, traté de que no me hiciera disminuir la vigilancia la sensación de bienestar producida por mi caminata, por la joven brisa estival que envolvía mi cuello, por el suave crujido de la grava húmeda, por el jugoso pedacito de carne que al fin había conseguido succionar de una muela cariada y hasta por el agradable peso de mis provisiones, que el estado general de mi·corazón no hubiera debido permitirme llevar; pero incluso esa miserable bomba que acarreaba dentro de mí parecía trabajar apaciblemente, y me sentía *adolori d'a-moureuse langueur,* para citar al viejo Ronsard, cuando llegué a la cabaña donde había dejado a mi Dolores.

Con gran sorpresa, la encontré vestida con unos pantalones anchos y una camiseta de manga corta. Estaba sentada al borde de la cama, y me miró como sin reconocerme. La delgadez de su camiseta, que pendía lacia, acentuaba, más que ocultaba, la suave, pero evidente, rotundidad de sus pequeños pechos, y esa franqueza me irritó. No se había lavado, pero tenía los labios recién pintados, aunque muy descuidadamente, y sus dientes anchos brillaban como marfil manchado de vino, o como esas fichas rosadas que se usan en el póquer. Permanecía sentada, con las manos en el regazo, y emanaba de ella un diabólico resplandor, que comprendí que nada tenía que ver conmigo.

Dejé mi pesada bolsa de papel sobre la mesa y miré los tobillos desnudos de sus pies calzados con sandalias, después su frívolo rostro, después otra vez sus pies pecaminosos.

–Has salido –dije.

Había restos de grava en sus sandalias.

–Acabo de levantarme –contestó–. He salido un segundo –agregó, interceptando mi mirada a sus pies–. Quería ver si volvías.

Advirtió los plátanos, se levantó y se dirigió hacia la mesa.

¿Qué motivo concreto tenía para sospechar? Ninguno, en verdad... Pero aquellos ojos melancólicos, preocupados, aquel diabólico resplandor que emanaba de ella... No dije nada. Miré los meandros de la carretera, claramente visibles a través del marco de la ventana... Era ésta una espléndida atalaya para cualquiera que hubiera deseado gozar de aquella en cuyo tutor me había constituido. Con apetito creciente, Lo daba buena cuenta de las frutas. De repente, recordé la sonrisa propiciatoria de nuestro apuesto vecino. Me abalancé fuera de la cabaña. Todos los coches habían desaparecido, salvo su rubia. Su encinta esposa se acomodaba en ella junto con sus hijos; el mayorcito parecía ahora algo más calmado.

—¿Qué pasa, adónde vas? —gritó Lo desde el porche.

No dije nada. Empujé su blandura dentro del cuarto y la seguí. Le arranqué la camiseta. Le bajé la cremallera de los pantalones. Acabé de desnudarla. Le quité las sandalias. Salvajemente, fui tras las huellas de su infidelidad; pero el rastro que seguí era tan tenue, que resultaba imposible distinguirlo de los desatinados pensamientos de un loco.

17

El *gros* Gaston era aficionado a hacer regalos, unos regalos que, dada su afeminada manera de ser, tenían que estar un poco afeminadamente por encima de lo común; o, al menos, eso pensaba él a causa de su afeminamiento. Una noche advirtió que la caja donde guardaba las piezas de ajedrez estaba rota, y al día siguiente me envió por uno de sus chicuelos una caja de cobre: tenía un complicado diseño oriental sobre la tapa y podía cerrarse con llave. Una mirada me bastó para comprobar que era una de esas huchas baratas, llamadas *luizettas*,[1] no sé por qué, que uno compra en Argel, así como en otros muchos lugares, y con las cuales después no sabe qué hacer. Resultó demasiado chata para albergar mis voluminosas piezas, pero la conservé, aunque la destiné a un fin totalmente distinto.

Para alterar las pautas de conducta que me imponía el destino, o que tenía la íntima sensación de que me imponía, decidí —con evidente fastidio de Lo— pasar otra noche en el Motel Los Castaños. Me levanté a las cuatro de la mañana, me cercioré de que Lo estaba aún dormida como un tronco (con la boca abierta, y con una expresión que parecía de embotada perplejidad por la vida curiosamente inane que entre todos le había-

---

1. La palabra *luizetta* no existe en ninguna lengua; es invención de Nabokov, derivada de *louis d'or*, moneda francesa de veinte francos. *(N. del T.)*

mos deparado) y comprobé que el precioso contenido de la *lui-zetta* estaba a salvo. Allí, envuelta con todo cuidado en una bufanda de lana blanca, había una pistola automática del calibre treinta y dos, con cargador para ocho cartuchos, de longitud algo menor que la novena parte de la estatura de Lolita, cachas de nogal y pavonada. La había heredado del difunto Harold Haze, juntamente con un catálogo de 1938, que en uno de sus párrafos decía, para animar al comprador: «Particularmente cómoda para su uso en el hogar y el coche, así como contra personas.» Allí estaba, pues, dispuesta para ser usada en cualquier instante contra una o más personas, cargada y con el seguro puesto, a fin de evitar un disparo accidental. Debemos recordar que la pistola es el símbolo freudiano del miembro viril del padre primordial.

Me alegraba de tenerla, y más aún de haber aprendido a utilizarla dos años antes, en el bosque de pinos que rodeaba nuestro cristalino lago, el de Charlotte y mío. Farlow, con quien había errado por aquellos bosques remotos y solitarios, era un tirador admirable, capaz de alcanzar a un colibrí con su treinta y ocho, aunque debo decir que la prueba de su hazaña era harto precaria: apenas una pelusilla iridiscente. Un corpulento ex policía llamado Krestovski, que unos veinte años antes había matado a dos presidiarios fugitivos, se unió a nosotros y abatió a un minúsculo pájaro carpintero –en plena temporada de veda, todo sea dicho–. Comparado con aquellos deportistas, yo no era más que un novato, por descontado, y fallaba siempre, aunque en cierta ocasión en que salí solo herí a una ardilla. «Sigue aquí tranquila», le susurré a mi ligera y sólida compañerita, y después me bebí un trago de ginebra a su salud.

18

El lector debe olvidar ahora los castaños y las pistolas, y seguirnos cada vez más hacia el Oeste. Los días que siguieron se caracterizaron por una serie de grandes tormentas, aunque tal vez fuera una sola, que recorría el país dando saltos imponentes, igual que una rana, y de la cual nos era imposible librarnos, del mismo modo que no parecía haber manera de esquivar al detective –con un gran parecido con mi tío Gustave Trapp, por cierto– que nos seguía. Pues fue entonces cuando empezó a plantéarseme cada vez más el problema del descapotable Aztec de color rojo, hasta el punto de que casi hizo pasar a segundo plano el tema de los amantes de Lo.

¡Qué extraño fue aquello! ¡Que yo, celoso de todos los varones con los que nos cruzábamos...! ¡Qué extraño fue que no entendiera ninguna de las indicaciones del trágico destino que me aguardaba! Quizás me había adormecido el buen comportamiento de Lo durante el invierno, y, por otra parte, habría sido demasiado absurdo, incluso para un loco, suponer que otro Humbert perseguía ávidamente a Humbert y a su nínfula por las grandes y feas llanuras lanzando sobre ellos haces de rayos, igual que Júpiter. Supuse, *donc,* que el coche rojo que nos seguía obstinadamente, a cierta distancia –igual que, en las caravanas himalayas, un yak sigue al que va delante de él–, kilómetro tras kilómetro, era conducido por un detective contratado por algún entrometido para averiguar qué hacía Humbert Humbert con su hijastra menor de edad. Como suele ocurrirme durante los períodos de perturbaciones atmosféricas acompañadas de gran aparato eléctrico, tenía alucinaciones. Quizás fueran algo más que alucinaciones. No sé qué fue lo que ella o él, o ambos a la vez, echaron en mi alcohol, pero una noche tuve la seguridad de que alguien llamaba a la puerta de nuestra cabaña, y la abrí de golpe, y advertí dos cosas: la primera, que estaba desnudo, y la segunda, que, en medio de la oscuridad, bajo una intensa lluvia, relucía la blanca figura de un hombre que estaba de pie y sostenía ante su rostro una máscara de Jutting Chin, un grotesco detective, protagonista de una tira cómica entonces popular. Soltó una risita y desapareció; y yo volví al interior de la habitación y no tardé en estar de nuevo profundamente dormido, y aún no estoy seguro de si se trató de una visita real o de un sueño inducido por alguna droga: he estudiado a fondo el sentido del humor de aquel hombre que se parecía a Gustave Trapp, y era muy capaz de montar aquel número. ¡Oh, era cruel y basto hasta la exageración! Supongo que por aquel entonces alguna empresa se hacía de oro vendiendo máscaras de aquellos monstruosos personajes que parecían retrasados mentales. ¿Vi a la mañana siguiente a dos pilluelos que revolvían un cubo de basura, sacaban de él una máscara de Jutting Chin y se la ponían? Aún me lo pregunto. Es posible que todo fuera pura coincidencia, consecuencia de las condiciones atmosféricas, supongo.

Como soy un asesino de memoria sensacional, pero incompleta y heterodoxa, no puedo decirles, damas y caballeros, el día exacto en que comprendí que el descapotable rojo nos seguía. Pero recuerdo la primera vez que vi con claridad a su conductor. Yo conducía lentamente una tarde, a través de torrentes de lluvia, contemplando de reojo en el retrovisor a aquel fantasma rojo que nadaba tembloroso, como si lo consumiera la lujuria, detrás de mí cuando, de repente, el diluvio se convirtió en llovizna y, al final, cesó por completo. Acompañado de lo que me pareció un ruido silbante, un rayo de sol barrió la carretera, y, como necesitaba un nuevo par de gafas de sol, paré en una estación de servicio. Lo que estaba ocurriendo era una enfermedad, un cáncer que no podía evitarse, de modo que ignoré, sencillamente, el hecho de que nuestro tranquilo perseguidor, ahora con la capota levantada, se había detenido en un café o bar cuyo nombre, por idiota que parezca, era: El Polisón: Un Engañoso Caderamen. Después de satisfacer las necesidades de mi automóvil, entré en la tienda para comprarme unas gafas y pagar la gasolina. Al ir a firmar un cheque de viaje, y mientras me preguntaba sobre mi paradero exacto, miré distraídamente por una ventana lateral y vi algo terrible. Un hombre de anchas espaldas, medio calvo, con chaqueta color avena y pantalones marrón oscuro, escuchaba a Lo, que, asomada por la ventanilla del automóvil, le hablaba muy rápidamente agitando su mano con los dedos extendidos, como hacía cuando estaba muy seria y enfática. Lo que me impresionó con fuerza arrolladora fue... cómo decirlo... la voluble familiaridad de su actitud, como si se conocieran desde hacía mucho tiempo. Vi que el hombre se rascaba la barbilla y asentía; después se volvió y se dirigió a su descapotable. Era ancho de espaldas, como he dicho, más bien grueso y de mi edad; fue entonces cuando noté que se parecía bastante a Gustave Trapp, un primo suizo de mi padre: la misma cara suavemente tostada, más llena que la mía, con bigotillo negro y boca de labios purpúreos, lo que le daba cierto aire depravado. Lolita estudiaba un mapa turístico cuando regresé al automóvil.

—¿Qué te ha preguntado ese hombre, Lo?

—¿Qué hombre? Ah, ése... Ah, sí. No sé... Me ha preguntado si tenía un mapa. Se ha perdido, supongo.

Cuando volvimos a la carretera, le dije:

—Escúchame, Lo: no sé si me mientes o no, y no sé si estás loca o no, y no me importa, por ahora. Pero ese individuo nos ha seguido todo el día, y su automóvil estaba ayer en el motel, y creo que es un policía. Sabes perfectamente bien qué ocurrirá, y adónde irás a parar, si la policía descubre ciertas cosas. Ahora dime exactamente qué te ha dicho y qué le has dicho.

Se rio.

—Si es de veras un policía —chilló, con una argumentación que no carecía de lógica—, lo peor que podemos hacer es demostrarle que tenemos miedo. Ignóralo, *papá*.

—¿Te ha preguntando adónde íbamos?

—Oh, ya lo sabe.

Se burlaba.

—De todos modos, ahora le he visto la cara —dije para cambiar de tema—. No es guapo. Se parece muchísimo a un pariente mío llamado Trapp.

—Quizás sea Trapp. En tu lugar... ¡Oh, mira, todos los nueves se transforman en el millar siguiente! Cuando era pequeña —siguió inesperadamente—, creía que los números se detendrían y volverían a ser nueves si mi madre ponía la marcha atrás, pero nunca quiso probarlo.

Era la primera vez, creo, que hablaba espontáneamente de

su niñez prehumbertiana. Quizás el teatro le hubiera enseñado aquel ardid. Seguimos viaje en silencio, sin perseguidores.

Pero al día siguiente, como el dolor que acompaña a una enfermedad fatal, el cual vuelve cuando el medicamento y la esperanza se agotan, la reluciente bestia roja estaba de nuevo a nuestra espalda. Ese día el tránsito era escaso en la carretera; nadie adelantaba a nadie, y nadie intentó deslizarse entre nuestro humilde automóvil azul y su inexorable sombra roja. Era como si el espacio que nos separaba estuviera hechizado, como si fuera una zona en la que reinaran una magia y una alegría diabólicas, una zona tan precisa y estable, que, por ello mismo, daba la sensación de ser de cristal y casi parecía una obra artística. El conductor que iba a mi zaga, con sus hombreras prominentes y su bigotillo que recordaba el de Trapp, parecía un maniquí en un escaparate, y su descapotable daba la sensación de moverse sólo porque una invisible cuerda de silenciosa seda lo ligaba a nuestro mísero vehículo. La nuestra era mucho menos potente que aquella máquina espléndida y resplandeciente, de modo que no intenté acelerar y dejarla atrás. *O lente currite noctis equi!*[1] ¡Oh, con qué lentitud corren las pesadillas! Subimos por largas cuestas hasta lo alto de colinas y descendimos por la ladera opuesta, y observamos los límites de velocidad, y perdonamos la vida de niños distraídos, y reprodujimos el negro dibujo de las curvas que aparecía en las señales amarillas, y en todo momento aquel encantado espacio intermedio permaneció intacto, matemático, como un espejismo, como el equivalente vial de una alfombra mágica. Y en todo momento yo era consciente de que una íntima hoguera ardía a mi derecha: sus ojos brillaban alegres, sus mejillas estaban encendidas.

Un agente de tráfico, hundido en la pesadilla de las calles que se entrecruzaban —a las cuatro y media de la tarde en una ciudad fabril— fue la mano del azar que interrumpió el hechizo.

---

1. Frase latina que significa «¡Oh, con qué lentitud corren las yeguas de la noche!». Juego de palabras con las expresiones inglesas *night mares,* «yeguas de la noche», y *nightmares,* «pesadillas». *(N. del T.)*

Me indicó que pasara y después, con la misma mano, me separó de mi sombra. Entre los dos coches se interpuso una riada de automóviles, y yo corrí, y viré hábilmente hacia una calleja. Un gorrión atareado con una colosal migaja de pan fue atacado por otro y la perdió. Después de unas cuantas paradas y varios giros deliberados, cuando regresamos a la carretera, nuestra sombra había desaparecido.

Lo rio socarronamente y dijo:

—Si es lo que crees, ha sido una tontería despistarle.

—Ahora tengo otras sospechas —dije.

—Deberías comprobarlas no alejándote de él, querido papá —dijo Lo en tono sarcástico y con evidente regodeo—. ¡Jo, qué *mal pensado* eres! —añadió acto seguido con su voz habitual.

Pasamos una noche lúgubre en un mal motel, bajo un sonoro diluvio, mientras unos truenos que parecían prehistóricos retumbaban sobre nuestras cabezas.

—No soy una dama y no me gustan los relámpagos —dijo Lo, cuyo miedo a las tormentas eléctricas me proporcionaba un poco de patético solaz.

Desayunamos en la ciudad de Soda, población 1.001 habitantes.

—A juzgar por la última cifra —dije—, Caragorda ya está aquí.

—Tus chistes, querido papá, son cada vez peores —dijo Lo.

Para entonces ya estábamos en las tierras cubiertas de artemisa, y tuvimos un par de días de encantadora paz (yo había sido un tonto, todo andaba bien, aquella molestia no era más que una flatulencia retenida). Al fin, las mesetas dieron paso a verdaderas montañas y llegamos a tiempo a Wace.

¡Oh, desastre! ¡Lolita había leído mal una fecha en la guía turística, y las ceremonias de apertura de la Cueva Mágica ya habían terminado! Debo admitir que lo tomó con calma, y, cuando descubrimos que había en Wace —importante centro de veraneo— un teatro estival en plena temporada, como es natural, fuimos a él una noche límpida, a mediados de junio. No podría contar el argumento de la obra que vimos. Un asunto trivial, sin duda, con rebuscados efectos de luz y una actriz mediocre en el papel principal. El único detalle que me agradó fue una guirnalda de siete pequeñas gracias, más o menos inmóviles, bellamente pintadas y de miembros desnudos: siete absortas niñas pubescentes envueltas en gasas de colores que eran, al parecer, de la ciudad (a juzgar por la conmoción que causó su aparición en diversos sectores del público), las cuales se suponía que representaban un arco iris viviente, que duraba todo el tercer acto, y —para mi fastidio— se ocultaban tras una serie de vaporosos velos. Recuerdo que pensé que la idea de representar los colores por niñas debían de haberla tomado los autores, Clare Quilty y Vivian Darkbloom, de un pasaje de James Joyce, y que dos de ellas eran exasperadamente hermosas: la que hacía de Anaranjado, que no se estuvo quieta ni un instante, y la que interpretaba el Verde, que, una vez sus ojos se habituaron a la negrura de la platea donde nos sentábamos incómodamente, sonrió de pronto a su madre o a su protector.

Cuando acabó la función y los aplausos —un sonido que mis nervios no pueden resistir— comenzaron a resonar a mi alrededor, empecé a empujar a Lo hacia la salida, movido por mi natural impaciencia amorosa de llevarla a nuestra cabina azul-neón en la noche estrellada y emocionada: siempre digo que la naturaleza se emociona a causa de los espectáculos que ve. Pero Dolly-Lo se resistía a seguirme; presa de una especie de gozosa obnubilación, entrecerraba los ojos, de mirada complacida, y la disminución de su campo visual parecía haberse extendido al resto de sus sentidos, pues sus manos apenas llegaban a tocarse en el acto mecánico de aplaudir que aún seguía realizando. Había visto antes estados de éxtasis semejantes en otros niños, pero juro por Dios que el suyo era un caso especialmente grave, pues seguía con la vista fija, igual que si fuera miope, en el cada vez más lejano escenario, donde tuve una breve visión de parte de los autores: el esmoquin de un hombre y los hombros desnudos de una mujer parecida a un gavilán, de pelo negro y altísima.

—¡Has vuelto a hacerme daño en la muñeca, animal! —dijo Lo en voz baja al deslizarse en el automóvil.

—¡Lo siento en el alma, amor mío, mi único y ultraviolado amor! —dije al mismo tiempo que trataba de cogerle el codo, pero no me dejó—. Vivian es una mujer poco común —agregué para cambiar de conversación. ¡Ojalá hubiera podido cambiar el curso del destino! ¡Dios mío! ¡Dios mío!—. Estoy seguro de que ayer la vimos en aquel restaurante de Soda.

—A veces —dijo Lo— eres un idiota rematado. Primero, Vivian es el hombre; la mujer es Clare. Segundo, tiene cuarenta años, está casada y por sus venas corre sangre negra.

—Pensé que Quilty era un antiguo amor tuyo —dije bromeando—, de los días en que me querías, en la dulce y vieja Ramsdale.

—¿Qué? —dijo Lo frunciendo el ceño—. ¿Aquel dentista gordo? Debes de confundirme con otra niña fácil.

Y yo consideré para mis adentros con qué rapidez lo olvidan todo las niñas fáciles, todo, mientras nosotros, los viejos amantes, atesoramos cada partícula de su ninfulidad.

19

Decidimos encargar a la oficina de correos de Beardsley que nos enviara la correspondencia a las listas de correos de Wace y Elphinstone. A la mañana siguiente, visitamos la primera y debimos hacer una cola breve, pero lenta. La impasible Lo estudió la galería de malhechores. El apuesto Bryan Bryanski, alias Anthony Bryan, alias Tony Brown, ojos color avellana, tez blanca, era buscado por rapto. El *faux-pas* de un viejo caballero de ojos tristes era estafar por medio del correo, y, como si eso no hubiera bastado, tenía la maldición del pie valgo. El cartel de Sullen Sullivan contenía una advertencia: se le cree armado, y debe considerársele muy peligroso. Si alguien quiere hacer una película basada en este libro, haga que el rostro de uno de esos facinerosos se convierta lentamente en el mío mientras yo contemplo la escena. Además, había una borrosa instantánea de una niña perdida, de catorce años, que llevaba zapatos marrones la última vez que fue vista. Por favor, informen al sheriff Buller.

He olvidado cuáles eran mis cartas. Para Dolly había su informe escolar y un sobre de aspecto muy especial. Lo abrí deliberadamente y examiné su contenido. Deduje que hacía lo previsto, ya que no pareció importarle y se dirigió hacia el quiosco de periódicos, que estaba cerca de la entrada.

Dolly-Lo: Bueno, la representación fue todo un éxito. Los tres perros permanecieron inmóviles, supongo que porque Cutler los drogó un poco, y Linda se sabía todo tu papel. Estuvo bien, actuó con vivacidad y dominio, pero le faltó un poco de *sensibilidad,* de *vitalidad contenida,* del encanto de *mi* –y del autor– Diana. Pero el autor no pudo venir a aplaudirnos, como la última vez, y una terrible tormenta eléctrica apagó nuestro modesto trueno, que también tenía que sonar fuera del escenario. ¡Dios mío, qué deprisa pasa la vida! Ahora que todo ha acabado, la escuela, la obra teatral, el lío con Roy, el parto de mamá (¡nuestro niño, por desgracia, no sobrevivió!), todo eso parece ya muy remoto, aunque, en realidad, aún me quedan restos de maquillaje.

Pasado mañana nos marchamos a Nueva York, y creo que no podré librarme de acompañar a mis padres a Europa. Y tengo noticias aún peores para ti, Dolly-Lo... Quizás no me encuentres en Beardsley cuando regreses, si es que regresas. Entre una cosa y la otra –la una es tú sabes quién, y la otra alguien que crees saber, pero que no es quien crees–, papá quiere que estudie un año entero en una escuela de París, mientras él y Fullbright no me pierden de vista.

Como era de esperar, el pobre Poeta vaciló, se equivocó y tartamudeó en la escena III, al llegar a esa tontería en francés. ¿Recuerdas? *Ne manque pas de dire à ton amant, Chimène, comme le lac est beau, car il faut qu'il t'y mène.* ¡Afortunado amante! *Qu'il t'y...* ¡Qué trabalenguas! Bueno, pórtate bien, Lolita. Recuerdos de tu Poeta, y recuerdos a tu padre de mi parte. Tu Mona. P. D. Por un motivo u otro, mi correspondencia es severamente controlada. De manera que ten paciencia hasta que te escriba de Europa.

(Nunca lo hizo, que yo sepa. Estoy demasiado cansado hoy para analizar las misteriosas y sórdidas insinuaciones contenidas en esa carta. Mucho después la encontré guardada en una de las guías turísticas, y la presento aquí *à titre documentaire*. La leí dos veces.)

Levanté los ojos de la carta y me disponía a... Pero Lolita no estaba allí para escuchar mis comentarios. Aprovechando que me hallaba absorto en la lectura de la fascinante carta de Mona, se esfumó. «¿Ha visto usted a...?», pregunté a un jorobado que barría el piso cerca de la entrada. Sí, aquel viejo salaz la había visto. Suponía que Lo había visto a un amigo, pues había salido corriendo. También yo corrí. Me detuve... No podía haber visto a nadie... Volví a correr. Volví a detenerme. Por fin había ocurrido. Se había marchado para siempre.

En los años que siguieron me pregunté por qué *no* se marchó para siempre aquel día. ¿Fue por la atracción ejercida por sus nuevos vestidos de verano, encerrados en mi automóvil? ¿Fue sólo un encuentro imprevisto, porque necesitaba aclarar algún punto dudoso del plan general? ¿Fue, sencillamente, porque, pensándolo bien, podía utilizarme para llevarla hasta Elphinstone —el destino secreto de su viaje—? Sólo sé que entonces estuve seguro de haberla perdido para siempre. Por las impasibles montañas de color malva que rodeaban la ciudad parecían pulular infinitas Lolitas que jadeaban, trepaban, reían, jadeaban y acababan disolviéndose en la bruma. Una gran uve doble hecha con piedras blancas en un talud empinado, en la lejana perspectiva que se veía más allá del final de una calle transversal, me pareció la mismísima inicial de *woe*.[1]

La nueva y hermosa oficina de correos de donde acababa de salir se alzaba entre un cinematógrafo dormido y un jardincillo en el que había un grupo de álamos. La hora era las nueve

---

1. En inglés, «dolor, angustia». *(N. del T.)*

de la mañana. El lugar, la calle Mayor. Caminé por la acera todavía azul observando la opuesta: le daba un encanto que hacía que casi pareciera hermosa una de esas frágiles mañanas de principios de verano que hacen brillar el cristal de una ventana aquí y allá, y que parecen traer consigo un aire general de desaliento, que te hace desfallecer, ante la perspectiva de un intolerablemente tórrido mediodía. Crucé la calle y recorrí despacio la larga acera de la manzana opuesta, hojeándola, por así decirlo: Farmacia, Inmobiliaria, Modas, Recambios para Coches, Café, Artículos Deportivos, Inmobiliaria, Muebles, Electrodomésticos, Oficina de Telégrafos, Tintorería, Colmado. ¡Agente, agente, mi hija se ha escapado! ¡Confabulada con un detective, enamorada de un chantajista! Se aprovechó de que estaba completamente desprevenido. Atisbé en el interior de las tiendas. Pensé si debía preguntar a los pocos transeúntes. No lo hice. Me senté un momento en el coche aparcado. Inspeccioné los jardines públicos del lado este de la calle. Volví a las Modas y los Recambios para Coches. Me dije con furioso sarcasmo –*un ricanement*– que era absurdo sospechar de ella, que volvería dentro de un minuto...

Volvió.

Giré sobre mis talones y me quité de encima la mano que había apoyado sobre mi manga con una sonrisa tímida e imbécil.

–¡Sube al coche! –exclamé.

Obedeció, y yo me puse a andar arriba y abajo a lo largo del vehículo, luchando con inexpresables pensamientos, tratando de hallar algún modo de averiguar su duplicidad.

Finalmente, bajó del automóvil y se puso a mi lado. Mi sentido auditivo registró gradualmente la presencia de Lo, y al final me di cuenta de que me explicaba que se había encontrado con una antigua amiga.

–¿Sí? ¿Cuál?

–Una chica de Beardsley.

–Muy bien. Conozco todos los nombres de tu grupo. ¿Alice Adams?

—Esa chica no estaba en mi grupo.

—Bueno. Tengo una lista completa de las alumnas. Dime cómo se llama esa amiga, por favor.

—No iba a la escuela. No es más que una chica que conocí en Beardsley.

—Bueno. También tengo la guía telefónica de Beardsley.

—Sólo sé su nombre de pila.

—¿Mary o Jane?

—No... Dolly, como yo.

—Así que hemos llegado a un callejón sin salida —dije. Me sentía igual que si hubiera chocado contra una invisible puerta de cristal y me hubiera partido las narices—. Bueno, probemos por otro lado. Has estado ausente veintiocho minutos. ¿Qué habéis hecho durante ese tiempo?

—Hemos ido a un bar.

—¿Y qué habéis tomado?

—Oh, un par de Coca-Colas.

—Cuidado, Dolly, puedo comprobarlo, ¿sabes?

—Bueno, ella ha bebido Coca-Cola. Yo he pedido un vaso de agua.

—Muy bien. ¿En aquel bar?

—Sí.

—De acuerdo, le preguntaremos al camarero.

—Espera un minuto. Pensándolo bien, creo que ha sido más allá, al doblar la esquina.

—Iremos, de todos modos. Entra, por favor. Bien, veamos. —Abrí la guía telefónica unida por una cadena a la pared de la cabina—. Funeraria El Eterno Descanso... No, todavía no la necesitamos. Aquí están los bares: Bar de la Colina, Bar Larkin... Y dos más. Es cuanto parece haber en Wace en materia de bares. Al menos, que empiecen con ese nombre. Bueno, iremos a todos.

—¡Vete al diablo! —dijo.

—Lo, las groserías no te llevarán a ninguna parte.

—De acuerdo —dijo—. Pero no me atraparás. Está bien, no hemos bebido nada. No hemos hecho más que hablar y mirar vestidos en los escaparates.

—¿Cuáles? ¿Este escaparate, por ejemplo?

—Sí, éste, por ejemplo.

—¡Oh, Lo! Veámoslo.

Era, en verdad, un hermoso espectáculo. Un joven atractivo estaba limpiando con una aspiradora un tapiz raído sobre el cual había dos figuras que parecían acabar de sufrir los efectos de una explosión. Una estaba completamente desnuda, no llevaba peluca y le faltaban los brazos. Su estatura relativamente baja y su sonrisilla sugerían que, vestida, había representado —y volvería a representar— a una niña de la edad de Lolita. Pero en el estado en que se encontraba entonces carecía de sexo. Junto a ella, una novia velada, mucho más alta, perfecta, virginal e intacta, aunque le faltaba un brazo. En el suelo, a los pies de esas damiselas, donde el joven trajinaba con su aspiradora, yacían tres brazos delgados y una peluca rubia. Dos de los brazos estaban entrelazados y parecían sugerir un crispado abrazo de horror y súplica.

—Mira, Lo —dije serenamente—. Mira bien. ¿No es éste un símbolo bastante bueno de algo, sea lo que sea? Sin embargo —agregué mientras volvíamos al automóvil—, he tomado ciertas precauciones. Aquí —abrí delicadamente la guantera—, en esta libreta, tengo anotada la matrícula de ese amigo nuestro que nos sigue como un enamorado.

¡No se me había ocurrido aprendérmela de memoria, tonto de mí! Cuanto recordaba de ella eran la letra inicial y la última cifra, como si los seis signos formaran un anfiteatro dispuesto tras un vidrio coloreado, demasiado opaco para dejar traslucir las cifras centrales, pero lo bastante transparente para descubrir las extremas: una pe mayúscula y un seis. Debo mencionar estos detalles (que en sí mismos sólo pueden interesar a un psicólogo profesional), porque, de lo contrario, el lector (¡ah, cómo me gustaría que fuera un estudioso de barba rubia y labios rosados que sorbe *la pomme de sa canne* mientras hojea mi manuscrito!) podría no entender el sobresalto que tuve al advertir que la pe había adquirido el polisón de la be mayúscula y que el seis había desaparecido. El resto, con borrones que revelaban el precipitado empleo del extremo de goma de un lápiz, y con algunos números desfigurados o reconstruidos por una mano infantil, oponía una barrera de alambre de espino a cualquier intento de interpretación lógica. Todo cuanto sabía era el estado, vecino de aquel en que se encontraba Beardsley.

No dije nada. Volví a guardar la libreta, cerré la guantera, y salimos de Wace. Lo cogió unas revistas de historietas del asiento posterior y, con su blusa blanca agitada por el viento y sacando un codo bronceado por la ventanilla, se concentró en la trivial aventura de algún detective o algún payaso. Tres o cuatro kilómetros más allá de Wace, viré hacia la sombra de una zona de descanso donde la mañana había vertido su carga de luz sobre una mesa vacía. Lo levantó la vista con una tenue sonrisa de asombro, y, sin decir palabra, le di un tremendo revés que la alcanzó en el pómulo duro y cálido.

Y después el remordimiento, la punzante dulzura de la expiación entre sollozos, el amor rastrero, el inútil intento de reconciliación sensual. En la noche aterciopelada, en el Motel Mirana (¡Mirana!), besé las plantas amarillentas de sus pies de largos dedos, me inmolé... Pero fue inútil. Ambos estábamos condenados por el destino. Y yo pronto habría de iniciar un nuevo ciclo de persecución.

En una calle de Wace, en sus arrabales... Oh, estoy seguro de que no fue una alucinación. En una calle de Wace había distinguido el descapotable Aztec rojo, o su hermano gemelo. En vez del tipo que se parecía a Trapp, iban en él cuatro o cinco jóvenes ruidosos de ambos sexos, pero no dije nada. Después de Wace se produjo una situación completamente distinta. Durante un par de días disfruté del énfasis mental con que me decía que nadie nos seguía ni nos había seguido nunca; y entonces se me revolvió el estómago al darme cuenta de que el sosias de Trapp había cambiado de táctica, de que seguía detrás de nosotros, pero en automóviles alquilados.

Verdadero Proteo de la carretera, cambiaba de vehículo con asombrosa facilidad. Esta técnica suponía la existencia de garajes especializados, de verdaderas «casas de postas de automóviles», pero nunca pude descubrir las empresas donde alquilaba sus coches. Al principio parecía inclinado al Chevrolet: empezó con un descapotable verde campus, pasó luego a un pequeño sedán azul horizonte y se desvaneció en un gris oleaje y un gris madera arrojada a la playa por el mar. Después pasó a otras marcas y recorrió un pálido arco iris de matices, y un buen día me sorprendí tratando de discernir la sutil diferencia entre nuestro Melmoth[1] azul sueño y el Oldsmobile azul celeste que había alquilado. Pero los grises eran su criptocromatismo preferido, y en pesadillas de agonía procuré en vano reconocer fantasmas como Chrysler gris concha, Chevrolet gris cardo, Dodge gris francés...

La necesidad de estar constantemente al acecho de su bigotillo y su camisa abierta, o su cabeza semicalva y sus anchos hombros, me impuso un estudio profundo de todos los automóviles de la carretera (los que teníamos delante, los que nos seguían, los que nos adelantaban, los que iban, los que venían, cada vehículo que pasaba bajo el sol): el automóvil del tranquilo turista de vacaciones, con su caja de pañuelos de papel en la ventanilla trasera; el cacharro a velocidad temeraria, lleno de niños pálidos, con un perro lanudo que asoma la cabeza y un guardabarros abollado; el coquetón sedán del soltero, atestado de trajes en perchas; la inmensa caravana que avanza con lentitud, inmune a la hirviente furia que la sigue en fila india; el automóvil con la joven pasajera elegantemente reclinada en medio del asiento delantero para estar más cerca del joven conductor; el automóvil que lleva en el techo un bote rojo invertido... El automóvil gris que aminora la marcha ante nosotros, el automóvil gris que nos persigue hasta darnos alcance.

Estábamos en una región montañosa, en algún lugar entre Snow y Champion, y bajábamos una cuesta casi imperceptible, cuando volví a tener una visión precisa del detective o amante que se parecía a Trapp. La niebla gris que nos seguía se profundizó y concentró en la densidad de un sedán azul zafiro. Y, de

1. Modelo de automóvil inventado por Nabokov. (*N. del T.*)

281

repente, como si mi automóvil respondiera a los jadeos de mi pobre corazón, empezamos a deslizarnos a uno y otro lado, mientras una especie de desesperado plap-plap-plap surgía de debajo de nosotros.

—¡Tienes un pinchazo, capullo! —exclamó Lo alegremente.

Detuve la marcha al borde de un precipicio. Lo se cruzó de brazos y apoyó un pie en el salpicadero. Bajé y examiné la rueda derecha. La base del neumático estaba vergonzosa, horriblemente chata. El sosias de Trapp se había detenido a unos cincuenta metros de nosotros. Su cara distante era una regocijada mancha grasienta. Ésa era mi oportunidad. Caminé hacia él con la brillante idea de pedirle un gato, aunque ya tenía el mío. Retrocedió un poco. Tropecé con una piedra, y tuve la sensación de una risa general. Entonces un camión tremendo apareció detrás de nuestro perseguidor y pasó rugiendo junto a mí. Inmediatamente después lo oí emitir un bocinazo convulsivo, me giré y vi que mi automóvil arrancaba suavemente. Distinguí a Lo sentada al volante. El motor funcionaba, sin duda (recordaba haberlo apagado, aunque no había puesto el freno de mano). Y durante el breve lapso de fuertes latidos que tardé en llegar hasta la máquina rugiente, que por fin se había detenido, comprendí que durante los últimos dos años la pequeña Lo había tenido tiempo de sobra para aprender los rudimentos de la conducción. Cuando abrí la puerta estaba completamente seguro de que había puesto en marcha el automóvil para impedir que me acercara al sosias de Trapp. Pero su ardid resultó innecesario, pues, mientras la perseguía, éste había cambiado de sentido y se había marchado. Descansé un instante. Lo me preguntó si no pensaba darle las gracias —el automóvil había empezado a deslizarse por sí solo y...—. Al no obtener respuesta, se concentró en el estudio del mapa. Bajé nuevamente y empecé la «dura prueba de cambiar la rueda», como decía Charlotte. Quizás estaba perdiendo la cabeza.

Seguimos nuestro grotesco viaje. Después de una depresión desamparada e inútil, subimos y subimos. En una cuesta empinada me encontré detrás del camión gigantesco que nos había dado alcance. De su cabina partió un óvalo de papel plateado —envoltura interior de goma de mascar— y chocó contra nuestro parabrisas. Se me ocurrió que, si perdía definitivamente la cabeza, acabaría matando a alguien. En realidad —le espetó Humbert el impasible a Humbert el vacilante— sería muy astuto preparar las cosas, trasladar el arma de su caja al bolsillo, para aprovechar el acceso de locura cuando se presentara.

20

Al permitir que Lolita estudiara arte escénico, le di pie —tonto enamorado— para que cultivara el arte del engaño. Por aquel entonces comprendí que no se había limitado a aprender las respuestas a preguntas tales como: cuál es el conflicto básico en *Hedda Gabler,* o cuáles son los momentos culminantes de *El amor bajo los tilos,*[1] o qué revela un análisis de los sentimientos predominantes en *El jardín de los cerezos.* En realidad, lo que hizo fue aprender a traicionarme. Cuánto deploré, cuando comprendí mi error, los ejercicios de simulación sensorial que le había visto practicar tan a menudo en nuestra sala de estar en Beardsley, cuando la observaba desde algún punto estratégico mientras ella, igual que si estuviera hipnotizada o ejecutara un rito místico, realizaba sofisticadas versiones de esos juegos infantiles que consisten en representar teatralmente lo que se indica; por ejemplo, oír un lamento en la noche, ver por primera vez a la joven que acaba de convertirse en tu madrastra, paladear algo que odias —como, en su caso, el suero de la leche—, oler la hierba que crece lozana en un lujuriante jardín o tocar espejismos de objetos con sus manos gráciles, hechiceras, de adolescente que apenas ha dejado de ser niña. Aún conservo entre mis papeles una hoja mimeografiada que sugiere:

1. Esta obra teatral no existe; es invención de Nabokov. *(N. del T.)*

Ejercicios táctiles: imagínese que coge y sostiene una pelota de ping-pong, una manzana, un dátil pegajoso, una pelota de tenis nueva, con la pelusa todavía sin aplastar, una patata caliente, un cubito de hielo, un gatito, un perrito, una herradura, una pluma, una linterna.

Palpe con sus dedos las siguientes cosas imaginarias: un mendrugo, un trozo de caucho, la sien dolorida de un amigo, una muestra de terciopelo, un pétalo de rosa.

Es una niña ciega. Acaricie el rostro de: un joven griego, de Cyrano, de Santa Claus, de un niño, de un fauno riéndose, de un desconocido dormido, de su padre.

¡Sin embargo, qué hermosa estaba cuando realizaba aquellos delicados sortilegios, cuando ejecutaba, soñadora, aquellos encantamientos en el cumplimiento de sus deberes! Durante más de una alocada noche, en Beardsley, le había pedido, asimismo, que bailara para mí, a cambio de algún regalo o una pequeña retribución, y, aunque sus saltos, mecánicos y todos iguales, con las piernas abiertas recordaban más las bruscas contorsiones de una animadora de equipo de fútbol americano que los lánguidos movimientos de una *petit rat*[1] parisiense, el ritmo de sus miembros aún no del todo núbiles me causaba un profundo placer. Pero todo eso no era nada, absolutamente nada, comparado con el indescriptible paroxismo de gozo que me producían sus partidos de tenis, una sensación deliciosa y delirante de asomarme tembloroso al mismísimo borde de una harmonía y un esplendor sobrenaturales.

A pesar de lo que había crecido, para mí era más nínfula que nunca, con aquellas piernas y brazos color melocotón y aquel equipo de tenis para adolescente. ¡Me recordaba los ángeles del cielo! Después de aquella inefable visión, ninguna de las imágenes de Lolita que acuden a mi mente me resulta acepta-

1. Nombre con que se conoce a las jovencitas –de nueve a catorce años de edad– que aspiran a ingresar en el cuerpo de baile de la Ópera de París. (*N. del T.*)

ble si no es capaz de presentármela como era entonces, en aquel lugar de Colorado, entre Snow y Elphinstone, con todos los detalles: los amplios pantalones cortos de niño, la levedad de su cintura, su abdomen de color melocotón, el pañuelo pasado por la espalda que tapaba sus pechos y cuyas puntas ataba en la nuca de modo que formaban un nudo colgante, sus adorables omóplatos suavemente bronceados, cubiertos de fino vello, sus bellos hombros, la encantadora curva de su espalda. Su gorra tenía la visera blanca. Su raqueta me había costado una pequeña fortuna. ¡Idiota, más que idiota! ¡Pude haberla filmado! ¡Ahora estaría conmigo, ante mis ojos, en la sala de proyecciones de mi dolor y mi desesperación!

Antes de servir sabía esperar y relajarse durante unos instantes de un tiempo que me parecía envuelto en blanco lino, y a menudo botaba la pelota un par de veces o pisoteaba el suelo, siempre tranquila, siempre despreocupada en cuanto a la puntuación, siempre alegre, sentimiento que pocas veces manifestaba en la vida desangelada que llevaba en nuestro hogar. Su tenis era el punto más alto al que puedo imaginar que una joven criatura lleve el arte de representar teatralmente aquello que ha visto, aunque me atrevería a decir que, para ella, constituía la mismísima geometría de la realidad básica.

La exquisita claridad de todos sus movimientos tenía su equivalente audible en el puro sonido de cada uno de sus golpes. Cuando entraba en el aura de su dominio, la pelota se volvía más blanca, y su elasticidad era más viva, y el instrumento de precisión que Lo empleaba sobre ella parecía desmedidamente prensil y deliberado en el momento de establecer contacto. Su estilo era, sin lugar a dudas, imitación perfecta del de la más perfecta campeona, pero sin ningún resultado útil. Como me dijo en cierta ocasión Electra Gold –hermana de Edusa, y una entrenadora maravillosamente joven–, mientras yo, sentado en un duro banco que parecía latir debajo de mi cuerpo, miraba jugar a Dolores Haze contra Linda Hall (que le ganaba): «Dolly tiene un imán en el centro de su raqueta, pero ¿por qué diablos es tan cortés?» ¡Ah, Electra, qué importaba eso, con semejante gracia! Recuerdo que ya en el primer partido suyo que contemplé me sentí agitado por una serie de convulsiones casi dolorosas a medida que iba asimilando tanta belleza. Mi Lolita tenía un modo peculiar de levantar la rodilla izquierda, que hasta entonces mantenía doblada, al iniciar el amplio y elástico servicio, durante el cual se desarrollaría y se recortaría contra el sol, a lo largo de unos segundos, una concatenación fundamental de equilibrio entre el pie de puntillas, el virginal sobaco, el bronceado brazo y la raqueta lanzada hacia atrás, mientras ella sonreía con dientes centelleantes al globo minúsculo, suspendido en lo alto, en el cenit del cosmos poderoso y lleno de gracia que había creado con el expreso fin de caer sobre él con un límpido zumbido de su látigo dorado.

Aquel servicio tenía belleza, juventud y precisión, así como una trayectoria de pureza clásica; y, a pesar de su tremenda velocidad, era muy fácil devolverlo, ya que en su vuelo largo y elegante no había el menor desvío.

Gimo de frustración cuando pienso que hoy podría tener inmortalizados en cintas de celuloide cada uno de sus reveses, cada uno de sus hechizos. ¡Serían muchísimo más que las instantáneas que quemé! Su volea se relacionaba con el servicio tan estrechamente como el envío con la balada, pues habían enseñado a mi cachorrillo a dar unos rápidos pasos hacia la red con sus pies ágiles, vivaces, calzados de blanco. Nada diferenciaba su golpe directo de su revés: ambos parecían la imagen reflejada en un espejo del otro. Mis entrañas aún se estremecen al recordar aquellos golpes secos como disparos de pistola, repetidos por el eco y subrayados por los gritos de entusiasmo de Electra. Una de las perlas del estilo de Dolly era una media volea que Ned Litman[1] le había enseñado en California.

Prefería actuar a nadar, y nadar a jugar al tenis; pero insisto en que si algo no se hubiera roto en su interior, por su relación

---

1. Anagrama con que firmaba sus obras literarias William T. Tilden II, famoso jugador de tenis de los años treinta y cuarenta del siglo pasado. (*N. del T.*)

conmigo –¡cómo no lo advertí entonces!–, la voluntad de ganar habría coronado su forma perfecta y habría sido una verdadera campeona. Dolores con dos raquetas bajo el brazo en Wimbledon. Dolores promocionando los cigarrillos de la marca Dromedario. Dolores pasándose al profesionalismo. Dolores actuando como joven campeona en una película. Dolores y su marido y entrenador, el viejo, gris, humilde y silenciosos Humbert.

No había en el espíritu de su juego nada avieso o torcido, a menos que consideráramos una finta de nínfula su alegre indiferencia por los resultados. Ella, tan cruel y astuta en la vida cotidiana, mostraba en sus servicios una inocencia, una franqueza y una amabilidad que permitían a un jugador de tres al cuarto, pero resuelto, abrirse paso hacia la victoria por inepto que fuera. A pesar de su estatura baja, cubría con maravillosa facilidad toda la extensión de su mitad de la pista cuando adquiría el ritmo del partido, y en la medida en que podía gobernarlo. Pero cualquier ataque repentino y cualquier súbito cambio de táctica por parte de su adversario la dejaban indefensa. Al llegar a la pelota de partido, su segundo servicio, que, por lo general, era más fuerte y de estilo más firme que el primero (pues carecía de las inhibiciones características en los ganadores cautelosos), hacía vibrar las cuerdas de la red y botaba fuera de la pista. La pulida gema de su envío era rechazada por un adversario que parecía tener cuatro piernas y blandir un canalete en vez de una raqueta. Sus espectaculares reveses y encantadoras voleas caían candorosamente a los pies de aquel contrario. Una y otra vez enviaba la pelota a la red, y fingía una alegre desesperación adoptando posturitas de bailarina de ballet y sacudiendo sus mechones. Tan estériles eran su elegancia y su revés, que ni siquiera habría ganado a un jugador como yo, anticuado y jadeante, que practicaba aún el tiro rasante.

Supongo que soy especialmente susceptible a la magia de los juegos. En mis partidas de ajedrez con Gaston veía el tablero como un estanque cuadrado de agua limpia, lleno de conchas extrañas y estratagemas rosadamente visibles en el fondo teselado que para mi ofuscado adversario era todo fango y tinta de calamar. De manera semejante, las lecciones iniciales de tenis que obligué a soportar a Lolita —anteriores a las revelaciones que fueron para ella las grandes lecciones de California— subsistieron en mí como recuerdos opresivos y angustiosos, no sólo porque Lo se mostraba irremediable, exasperadamente exasperada ante cada una de mis sugerencias, sino, también, porque la preciosa simetría de la pista, en vez de reflejar las armonías latentes en mi cachorrillo, se mezclaba de manera inextricable con la torpeza y lasitud de la reacia niña a la que no lograba adiestrar. Ahora las cosas eran diferentes, y aquel día especial, en el puro aire de Champion, Colorado, en aquella pista admirable al pie de las escaleras de piedra que llevaban al Hotel Champion, donde habíamos pasado la noche, sentí que podía descansar de la pesadilla de traiciones ignoradas gracias a la inocencia de su estilo, de su alma, de su innata elegancia.

Golpeaba con fuerza y limpieza, empleando aquel habitual amplio movimiento del brazo que no parecía requerir esfuerzo, y me enviaba pelotas zumbantes, con un ritmo tan inalterable, que reducía el movimiento de mis pies a un balanceo oscilante (los buenos jugadores entenderán muy bien esto). Mis servicios, más bien efectistas —aprendidos de mi padre, que a su vez los había aprendido de Decugis o Borman, viejos amigos suyos y grandes campeones—, habrían desconcertado por completo a mi Lo, de habérmelo propuesto. Pero ¿quién podía burlar a alguien tan entrañablemente conmovedor? ¿He dicho ya que su brazo llevaba la señal de la vacuna? ¿Que la amaba con desesperación? ¿Que tenía sólo catorce años?

Una mariposa curiosa pasó revoloteando entre nosotros.

Dos personas con pantalones de tenis (un tipo pelirrojo que debía de ser tan sólo ocho años menor que yo, de brillantes pantorrillas rosadas, bronceadas por el sol, y una indolente chiquilla morena de boca malhumorada y ojos duros, unos dos años mayor que Lolita) parecieron surgir de la nada. Como suele ocurrir con los principiantes, se tomaban al pie de la letra las normas, y sus raquetas estaban cuidadosamente enfundadas; además, no las llevaban como si fueran las prolongaciones cómodas y naturales de algunos músculos especializados, sino martillos, trabucos o taladros, o mis terribles y abrumadores pecados. Se sentaron, un tanto descuidadamente, junto a mi preciosa chaqueta, en un banco próximo a la pista, y se pusieron a admirar con grandes exclamaciones una serie ininterrumpida de más de cincuenta voleas que Lolita, inocentemente, me ayudó a conseguir con sus reveses; al final, un revés por encima de su cabeza envió la pelota fuera de la pista, y la serie se interrumpió; mi dorado cachorrillo estalló en carcajadas.

Entonces sentí sed y me dirigí hacia una fuente. Allí se me acercó el pelirrojo y, con toda humildad, sugirió un partido de dobles. «Me llamo Bill Mead –dijo–, y ella es *ma fiancée*, Fay Page, actriz teatral», agregó señalando con su raqueta ridículamente enfundada a la refinada Fay, que ya conversaba con Dolly. Estaba a punto de contestar «Lo siento...» (pues odiaba que mi chiquilla se mezclara con chapuceros), cuando un grito notablemente melodioso desvió mi atención: un botones bajaba las escaleras del hotel hacia nuestra pista y me hacía señas. Me llamaban por teléfono, y la llamada era tan urgente, que mantenían la comunicación. Muy bien. Me puse la chaqueta (en el bolsillo interior pesaba la pistola) y dije a Lo que regresaría en un instante. Ella recogía una pelota –siguiendo el estilo europeo pie-raqueta, que era una de las pocas habilidades aprendidas de mí– y sonrió... ¡Me sonrió!

Una terrible serenidad mantenía a flote mi corazón mientras seguía al botones escaleras arriba camino del hotel. Para emplear una expresión usual, había llegado *la hora de la verdad,* ese momento decisivo en que eres consciente de que vas al encuentro de la vergüenza pública, el castigo, la tortura, la muerte y la eternidad. La había dejado en muy pobre compañía, pero eso poco importaba ahora. Lucharía, desde luego. ¡Vaya si lucharía! Antes que entregarla, prefería destruirlo todo. Sí, me sentía como si subiera una montaña.

En el mostrador de recepción un hombre de aire digno, nariz romana y, supuse, un pasado harto oscuro que habría sido merecedor de una investigación, me tendió un mensaje escrito de su puño y letra. Al final, no habían mantenido la comunicación. La nota decía:

Señor Humbert: Ha llamado la directora de la Escuela para Señoritas de Birdsley (sic!). Residencia de verano: Birdsley 2-8282. Por favor, llámela inmediatamente. Es muy importante.

Me metí, tras una serie de contorsiones, en una cabina, me tomé una pastilla y durante unos veinte minutos bregué con lo que parecían extraterrestres. Poco a poco fue haciéndose audible un cuarteto de oraciones gramaticales: soprano: no existía ese número en Beardsley; contralto: la señorita Pratt estaba de viaje hacia Inglaterra; tenor: la Escuela para Señoritas de Beardsley no había telefoneado; bajo: ¿cómo podían haberme llamado, si no sabían que estaba en Champion, Colorado? Cediendo a mi insistencia, el romano se tomó el trabajo de averiguar si me habían puesto realmente una conferencia. No. Cabía, pues, la posibilidad de una broma gastada desde un teléfono local. Le di las gracias. Me respondió que a mandar. Después de una visita al rumoroso lavabo de caballeros y de un rápido trago en el bar, inicié el regreso. Desde la primera terraza vi a lo lejos, en la pista de tenis, que parecía la pizarra mal borrada de un niño, a mi adorada Lolita, que jugaba un partido de dobles. Se movía como un ángel en medio de tres monstruos del Bosco. Uno de ellos, su compañero, al cambiar de lado la golpeó familiarmente en el trasero con su raqueta. Tenía una curiosa cabeza redonda y llevaba unos incongruentes pantalones marrones. Hubo una momentánea confusión cuando me vio: tiró al suelo su raqueta —¡la mía!— y subió la cuesta. Agitaba puños y codos en lo que parecía la cómica imitación de un par de alas —comicidad acentuada por el hecho de que era patizambo— mientras corría hacia la calle, donde le esperaba su automóvil gris. Un momento después él y aquella masa grisácea habían desaparecido. Cuando llegué a la pista, el trío restante recogía y seleccionaba las pelotas.

—Señor Mead, ¿quién era ese hombre?

Bill y Fay, ambos con aire muy solemne, menearon la cabeza.

Aquel absurdo intruso se había ofrecido para jugar un partido de dobles, ¿verdad, Dolly?

Dolly. El mango de mi raqueta estaba aún repulsivamente tibio. Antes de volver al hotel la empujé hacia un sendero medio oculto por fragantes arbustos de flores pardogrisáceas, y estaba a punto de ponerme a derramar abundantes lágrimas, a fin de horadar la coraza de imperturbable indiferencia hacia mí de que se había revestido y obtener alguna explicación, por falsa que fuera, que disipara la angustia que me abrumaba, cuando vimos delante de nosotros a la pareja Mead-Page; parecía uno de esos encuentros fortuitos en un idílico escenario característicos de las antiguas comedias. Bill y Fay se desternillaban de risa; habíamos llegado al final de la broma que se traían entre manos. Pero lo cierto era que no importaba.

Hablando como si, ciertamente, no importara, y dando por sentado, en apariencia, que la vida seguía proporcionando automáticamente todos sus placeres habituales, Lolita dijo que le apetecía ponerse el bañador y pasar el resto de la tarde en la piscina. Hacía un día espléndido. ¡Lolita!

21

«¡Lo, Lola, Lolita!» Me oigo llamar desde una puerta, dirigiéndome al sol, con la acústica del tiempo, un tiempo cupuliforme, la cual proporciona a mi llamada, de reveladora ronquera, una ansiedad, una pasión y un dolor tales, que habrían conseguido abrir la cremallera de su saco de nilón, de haber estado muerta. ¡Lolita! Al fin la encontré sobre el cuidado césped de una terraza. Había salido antes de que yo estuviese listo. ¡Oh, Lolita! Jugaba con un maldito perro en vez de hacerlo conmigo. El animal, un terrier, parecía, perdía una y otra vez una pequeña pelota roja muy mojada, la volvía a coger y trataba de mantenerla entre las mandíbulas. Sus patas delanteras trazaban rápidos surcos en el elástico césped, lo que daba a éste el aspecto de la pana, y luego saltaba hacia atrás. Yo sólo quería ver dónde estaba Lo, pues con mi corazón en aquel estado no podía nadar –aunque esto ¿a quién le importaba?–, y allí estaba ella, y allí estaba yo, envuelto en mi bata. Dejé de llamarla. Pero, de repente, me sorprendió algo que vi en la manera como se movía, de aquí para allá, vestida con su brevísimo biquini, del mismo color rojo de aquel coche que nos seguía: había en todos sus movimientos un éxtasis y una locura tales, que me sentí todavía más miserable. Incluso el perro parecía desconcertado por la extravagancia de sus reacciones. Me puse con suavidad una mano en el pecho mientras contemplaba aquella escena. La piscina azul turquesa, situada detrás del césped y a cierta distancia de éste, ya no se hallaba allí, sino dentro de mi tórax, y mis órganos nadaban en ella igual que excrementos en el mar azul de Niza. Uno de los bañistas acababa de salir de la piscina y, semioculto por la sombra de las copas de los árboles, que se abrían como la cola de un pavo real, permanecía inmóvil, asiendo las puntas de la toalla que le rodeaba el cuello y siguiendo a Lolita con ojos ambarinos. Así permaneció en el camuflaje de sol y sombra, desfigurado por el claroscuro y por su propia desnudez, con el negro cabello, o lo que subsistía de él, mojado y pegado en la redonda cabeza, el bigotito convertido en un húmedo manchón, la lana de su pecho extendida como un trofeo simétrico, el ombligo palpitante y las piernas hirsutas y cubiertas de gotas luminosas; su empapado bañador negro ceñía sus nalgas y empujaba hacia arriba su vientre, el cual sobresalía igual que si quisiera ocultar la evidente insinuación de los atributos de su lujuriosa bestialidad. Y mientras miraba su cara, oval y atezada, comprendí que me había fijado en él porque su rostro tenía idéntica expresión que el de mi hija: el mismo aire extático, el mismo gesto complacido; sólo que, en el caso del hombre, su masculinidad hacía que el conjunto resultara desagradable. También comprendí que la niña, mi niña, se sabía observada, que gozaba con la rijosidad de aquella mirada y le correspondía con un alarde de risitas chillonas y lascivos movimientos. ¡Qué depravada era mi adorada zorra! Se le escurrió la pelota cuando trataba de cogerla, cayó de espaldas y se puso a pedalear en el aire y a menear el trasero. Hasta el lugar donde estaba de pie, contemplando la escena, llegaba el olor de su excitación. Y entonces vi (petrificado por una especie de sagrado disgusto) que el hombre cerraba los ojos y descubría sus dientes pequeños, horriblemente pequeños y uniformes, mientras se apoyaba en un árbol cuyas ramas temblorosas parecían otros tantos enhiestos falos. Inmediatamente después ocurrió una maravillosa transformación: aquel hombre dejó de parecerme un sátiro para convertirse en un nuevo sosias de cierto primo mío suizo, el bondadoso y ridículo Gustave Trapp, de quien he hablado ya en más de una ocasión, el cual solía contrarrestar sus «excesos etílicos» (bebía cerveza con leche, el muy guarro) haciendo verdaderas proezas en el levantamiento de pesos, proezas que realizaba, entre jadeos y bufidos, en alguna playa junto a un lago, vestido con un holgado traje de baño completo, cuyo único atrevimiento era que sólo tenía un tirante, por lo que le dejaba un hombro al descubierto. El nuevo sosias de Trapp me vio de lejos y, como aquel que no quiere la cosa, me volvió la espalda y se dirigió a la piscina restregándose el cogote con la toalla. Al punto, como si el sol acabara de apagarse, Lo dejó de hacer monerías y se levantó lentamente sin hacer caso de la pelota que el perro había depositado en ella. ¿Se ha parado alguien a considerar el trauma que se le puede causar a un chucho al dejar de jugar con él de manera tan abrupta? Empecé a decir algo, pero me senté en el césped con un dolor monstruoso en el pecho y vomité un torrente de cosas verdes y pardas que no recordaba haber comido.

Vi los ojos de Lolita: más que asustados, parecían calculadores. Le oí decirle a una amable señora que su padre tenía un ataque. Después yací largo rato en una *chaise longue,* trasegando copa tras copa de ginebra. Y a la mañana siguiente me sentí lo bastante fuerte para volver a la carretera (cosa que en estos últimos años ningún médico ha querido creer).

22

La cabaña de dos habitaciones que habíamos reservado en el Motel de la Espuela de Plata, de Elphinstone, resultó pertenecer al tipo de construcciones de lustrosos troncos pardos de pino, que tanto gustaba a Lo en los días de nuestro despreocupado primer viaje. ¡Oh, qué diferentes eran las cosas ahora! Y no me refiero al sosias, o los sosias, de Trapp. Después de todo... Bueno, en realidad... Después de todo, señores, se hacía cada vez más evidente que todos aquellos detectives idénticos en automóviles de colores cambiantes como los de un prisma eran figuraciones fruto de mi manía persecutoria, imágenes recurrentes basadas en la coincidencia y el parecido casual. *Soyons logiques,* cacareaba el gallo que ocupaba la parte gala de mi cerebro, hasta hacerme desechar la idea de que un viajante de comercio o un gángster de comedia, con una pandilla de secuaces y una red de informadores, chiflado por Lolita, me perseguía y se burlaba de mí aprovechándose despiadadamente de mi ambigua relación con la ley. Recuerdo que conseguí desechar el pánico que me acongojaba. Recuerdo que incluso creí encontrar una explicación para la llamada telefónica de «Birdsley»... Pero, si bien podía desechar la idea de la existencia del sosias, o los sosias, de Trapp, del mismo modo que había alejado de mi mente el arrechucho que sentí en el jardín de Champion, no podía hacer lo mismo con la angustia de saber que Lolita, mi amada, a la que tan dolorosamente deseaba, seguía, para mi pesar, tan lejos de mí como siempre, y justo en el umbral de una nueva era, cuando mis alambiques me decían que estaba a punto de dejar de ser una nínfula y de torturarme.

En Elphinstone me aguardaba una nueva preocupación, abominable, por completo gratuita y preparada con todo cuidado. Lo había permanecido silenciosa y como apagada durante nuestra última etapa, trescientos kilómetros de carretera montañosa sin que nos siguiera ningún detective en un coche gris humo ni zigzaguearan a nuestro alrededor automóviles conducidos por individuos con pinta de payaso. Lolita apenas si miró la famosa roca, de hermoso color rojo y forma inconfundible, que se proyectaba por encima de las montañas y desde la cual se había lanzado hacia el nirvana aquella temperamental estrella de la pantalla. La ciudad de Elphinstone, de reciente construcción, o reconstrucción, se asienta en el fondo de un valle, a más de dos mil metros de altitud, y confiaba en que Lo pronto se aburriera de ella y nos dirigiéramos a California, a la frontera mexicana, a míticas ensenadas, a desiertos sembrados de cactus y de espejismos. José Lizarrabengoa, como recordarán ustedes, había planeado llevarse a su Carmen a los *États-Unis*. Concebí mentalmente un campeonato de tenis centroamericano en el que participarían Dolores Haze y otras fascinantes nínfulas, campeonas de diversos trofeos escolares californianos. Esas giras de buena voluntad se desarrollan en un nivel lleno de sonrisas que elimina las distinciones entre el deporte y el pasaporte. ¿Por qué esperaba que seríamos felices en el extranjero? Porque un cambio de ambiente es la falacia tradicional en la que confían los amores —y los pulmones— condenados.

La señora Hays, la encargada del motel, una viuda vivaz, de ojos azules y que acababa de aplicarse tanto colorete que sus mejillas parecían de ladrillo, me preguntó si era suizo, porque su hermana se había casado con un profesor de esquí de esa nacionalidad. Sí, lo era, pero mi hija era medio irlandesa. Firmé, la señora Hays me entregó la llave con una sonrisa trémula y, aún sonriendo, me indicó dónde aparcar el coche. Lo bajó y se estremeció ligeramente: el luminoso aire del crepúsculo era, sin la menor duda, fresco. No bien entró en la cabaña, se derrumbó en una silla ante una mesita de centro y apoyó la cabeza en el ángulo de su brazo doblado. Dijo que se sentía muy mal. Mientes, pensé; mientes para evitar mis caricias. Yo ardía de deseo carnal, pero ella empezó a sollozar con insólita intensidad cuando intenté magrearla. Lolita enferma. Lolita moribunda. ¡Le ardía la piel! Le tomé la temperatura por vía oral, y después consulté una fórmula que, por fortuna, había anotado en una libreta. Tras convertir laboriosamente los grados Fahrenheit —incomprensibles para mí— en los íntimos grados centígrados de mi niñez, me encontré con que estaba a cuarenta grados y cuatro décimas de fiebre, cosa que por fin significaba algo. Sabía que las nínfulas histéricas pueden tener toda clase de temperaturas, incluso las que superan con creces el límite de lo que se considera fatal. De modo que le habría dado un vaso de vino caliente con canela y dos aspirinas, y le habría besado, sin más, la frente ardorosa si, tras un examen de su encantadora úvula –uno de los tesoros de su cuerpo–, no hubiera advertido que estaba demasiado roja. La desnudé. Su aliento era agridulce. Su piel de color pardo rosado sabía a sangre. Temblaba de la cabeza a los pies. Se quejó de una dolorosa rigidez de las vértebras superiores, y pensé, como habría hecho cualquier padre norteamericano, en la poliomielitis. Desechada, al fin, cualquier esperanza de copular, la envolví en una manta de viaje y la llevé al automóvil. La amable señora Hays había avisado al médico local, mientras tanto. «Tiene usted suerte de que haya ocurrido aquí», me dijo: no sólo el doctor Blue era el mejor de la comarca, sino que el hospital de Elphinstone era todo lo moderno que cabía imaginar, a pesar de su capacidad limitada. Y hacia allí me dirigí, perseguido por un Erlkönig[1] heterosexual, deslumbrado por un regio crepúsculo en las tierras bajas y guiado por una vieja mujeruca, una bruja portátil –quizás hija del Erlkönig– a quien me había encomendado la señora Hays y a la que nunca volvería a ver. El doctor Blue, cuya ciencia era, sin duda, infinitamente inferior a su reputación, me aseguró que era una infección vírica, pero, en cuanto le comenté que hacía poco había pasado la gripe, dijo, lacónicamente, que ése era otro cantar. Había tenido en sus manos cuarenta casos parecidos. Todo aquello sonaba como las «cuartanas» de los antiguos. Me pregunté si debía mencionar, con una risilla, que mi hija de quince años había sufrido un accidente sin importancia al abrir

1. Alusión a la poesía «Der Erlkönig» («El rey de los silfos»), de Goethe, escrita en 1782. Relata la historia de un niño hermosísimo que viaja con su padre; el rey de los silfos los persigue con la intención de raptarlo y regalárselo a sus hijas, para que jueguen con él. *(N. del T.)*

demasiado las piernas mientras trataba de saltar una incómoda cerca en compañía de su novio, pero, sabiéndome borracho, decidí callarme esa información y proporcionarla tan sólo si resultaba necesario. A una antipática rubia con cara de sargento, que hacía las funciones de secretaria, le aseguré que mi hija tenía «prácticamente dieciséis años». ¡Y, aprovechando que yo no miraba, se la llevaron! Insistí en vano para que me permitieran pasar la noche en un colchón, en cualquier rincón de aquel maldito hospital. Subí corriendo una escalera constructivista, y traté de localizar a mi amada para decirle que no hablara con nadie, en especial, si notaba que deliraba, cosa que parecía ocurrirnos a todos en aquel lugar. En un momento dado, fui terriblemente grosero con una enfermera muy joven, de carrillos hinchados, glúteos superdesarrollados y deslumbrantes ojos negros. Me enteré de que era de origen vasco. Su padre era un pastor importado, un adiestrador de perros ovejeros. Al fin volví al automóvil y me quedé allí no sé cuántas horas, acurrucado en la oscuridad, perplejo por mi soledad, que era algo nuevo para mí, mirando boquiabierto ya el edificio del hospital, confusamente iluminado, rectilíneo y bajo, rodeado por el césped por los cuatro lados, ya las estrellas y los bordes serrados de la *haute montagne* donde en aquel instante el padre de Mary, el solitario Joseph Lore, soñaba con Olorón, Lagore, Rolas –*que sais-je!*–, o con seducir a una oveja. Esa clase de pensamientos volanderos siempre han sido un solaz para mí en momentos de insólita desazón, y sólo cuando, a pesar de generosas libaciones, me sentí entumecido por la noche infinita, pensé en volver al motel. La vieja había desaparecido, y no recordaba bien el camino. Amplios senderos de grava atravesaban soñolientas sombras rectangulares. Percibí lo que parecía la silueta de una horca en lo que debía de ser el patio de una escuela; en otra manzana surgió en cupuliforme silencio el pálido templo de una secta local. Al fin encontré la carretera, y después el motel donde millones de efímeras revoloteaban en torno al letrero de neón que decía COMPLETO. A las tres de la mañana, después de una de esas intempestivas duchas calientes que sólo ayudan a fijar la desesperación y el cansancio, me tendí en la cama de Lo, que olía a castañas y rosas, a menta, a aquel delicado y peculiar perfume francés que desde hacía un tiempo le permitía usar. Me sentía incapaz de asimilar el hecho de que, por primera vez en dos años, estaba separado de mi Lolita. De pronto, se me ocurrió que su enfermedad era como el desarrollo de un tema, que tenía las mismas características y el mismo tono que la serie de impresiones encadenadas que me habían atormentado y desconcertado durante nuestro viaje. Imaginé a aquel agente secreto, o amante secreto, o alucinación, o lo que fuera, rondando el hospital... Y la Aurora apenas «se había calentado las manos», como dicen los recolectores de lavanda en mi tierra natal, cuando me sorprendí tratando de volver a entrar en aquella cárcel y llamando a sus puertas verdes, sin haber desayunado, sin haber evacuado, desesperado.

Eso ocurrió el martes, y el miércoles o el jueves Lo reaccionó maravillosamente, como la maravilla que era, a cierto «suero» (esperma de gorrión o excremento de dugong). El médico dijo que en un par de días estaría «brincando» de nuevo.

De las ocho veces que la visité, sólo la última quedó nítidamente grabada en mi recuerdo. Fue toda una proeza para mí, porque ya me sentía debilitado por la infección que empezaba a socavarme. Nadie sabrá nunca qué esfuerzo tuve que hacer para llevar aquel ramillete, aquella carga de amor, aquellos libros que había comprado después de viajar más de cien kilómetros: las *Obras dramáticas* de Browning, la *Historia de la danza, Payasos y colombinas, El ballet ruso, Flores de las Montañas Rocosas, Antología de The Theatre Guild, Tenis,* por Helen Wills, que había ganado el campeonato nacional juvenil femenino a los quince años. Mientras me arrastraba hacia la puerta del cuarto privado de mi hija (trece dólares por día), Mary Lore, la joven y desagradable enfermera, que me había cogido una manifiesta antipatía, salió por ella con una bandeja de desayuno, la depositó con un rápido ademán sobre una silla en el corredor y volvió a entrar en la habitación meneando sus gruesas nalgas, quizás para advertir a la pobre Dolores que su tiránico padre se acercaba arrastrando sus zapatos con suelas de crepé y cargado con un montón de libros y un ramillete: había formado este último con flores silvestres y hermosas hojas recogidas con mis propias manos enguantadas en un paso de la montaña, al amanecer (durante aquella semana fatal apenas dormí).

¿Alimentaban bien a mi Carmencita? Eché una mirada a la bandeja. Sobre un plato manchado de huevo vi un sobre arrugado. Había contenido algo, puesto que un lado estaba roto, pero no había dirección en él. Sólo el membrete del Motel Ponderosa: un presuntuoso dibujo heráldico con el nombre del establecimiento en letras verdes. Así pues, realicé un rápido *chassé-croisé* casi ante las mismísimas narices de Mary, que volvió a salir de la habitación —es maravillosa la rapidez con que se mueven y lo poco que hacen esas jóvenes enfermeras de grandes traseros—. Miró el sobre, que había puesto nuevamente encima del plato, pero que ahora estaba alisado.

—Será mejor que no lo toque —dijo señalándolo con la cabeza—. Podría quemarse los dedos.

Una respuesta mordaz habría sido rebajar mi dignidad. Todo lo que dije fue:

—*Je croyais que c'était* una factura, no un *billet-doux*.

Después entré en la soleada habitación y saludé a Lolita:

—*Bonjour, mon petit.*

—Dolores —dijo Mary Lore, que entró conmigo, se me adelantó, la gorda ramera, parpadeó y empezó a doblar muy rápidamente una manta blanca, siempre parpadeando—, tu papá cree que recibes cartas de mi novio. Soy yo —continuó diciendo mientras se palmeaba con insolencia una crucecilla de oro que llevaba en el pecho— quien las recibe. Y mi papá sabe tanto franchute como usted.

Salió del cuarto. Dolores, rosada y broncínea, con los labios recién pintados, el reluciente cabello cepillado y los brazos desnudos extendidos sobre el limpio cobertor, yacía inocentemente, sonriendo, no sé muy bien si a mí o a la nada. Sobre la mesilla de noche, junto a una servilleta de papel y un lápiz, su anillo de topacio ardía al sol.

–Qué flores tan fúnebres –dijo–. Gracias, de todas formas. ¿Te importaría dejar de decir chorradas en francés? Fastidias a todo el mundo.

Con su ímpetu habitual volvió a entrar la maldita enfermera. Olía a orines y ajos, y llevaba el *Deseret News*,[1] que su bella paciente aceptó con presteza, sin hacer caso de los volúmenes suntuosamente ilustrados que le había comprado.

–Mi hermana Ann –dijo Mary– trabaja en el Motel Ponderosa.

Al parecer, se lo había pensado mejor y había decidido completar su información. ¡Pobre Barba Azul! ¡Qué brutalidad la de aquellos hermanos! *Est-ce que tu ne m'aimes plus, ma Carmen?* Nunca me había querido. En aquel instante comprendí que mi amor seguía siendo tan desesperado como siempre, y también que las dos muchachas conspiraban, se confabulaban, en vascuence o en caló, contra mi amor desesperado. Más aún, diré que Lo hacía doble juego, puesto que también engañaba a la tonta y sentimental Mary, a quien tal vez había dicho que quería irse a vivir con su encantador tío, porque no podía soportar mi crueldad y mi melancolía. Otra enfermera, que nunca identifiqué, y el tonto del pueblo –que acarreaba camillas y ataúdes hasta el ascensor–, y los imbéciles periquitos verdes en una jaula de la sala de espera... todos conspiraban en aquella sórdida trama. Supongo que Mary creía que el profesor Humbertoldi, padre de comedia, se oponía a los amores entre Dolores y el sustituto freudiano de su padre, el rollizo Romeo (porque *eras* más bien regordete Romeo, a pesar de la coca que te inyectabas y de las grandes dosis de quitapenas que te echabas entre pecho y espalda).

Me dolía la garganta. Permanecí frente a la ventana, tragando saliva con dificultad, contemplando las montañas y la romántica roca que se alzaba contra el cielo sonriente y conspirador.

1. Órgano de la Iglesia Mormona. Deseret es la «tierra de leche y de miel» para los mormones. *(N. del T.)*

—Carmen —dije (solía llamarla así, a veces)— saldremos de esta ciudad horrible y aburrida en cuanto te levantes...

—Por cierto —me interrumpió la gitanilla al mismo tiempo que alzaba las rodillas y volvía otra página—, necesito todos mis vestidos.

—... porque, en realidad —continué—, no tenemos nada que hacer aquí.

—No tenemos nada que hacer en ninguna parte —dijo Lolita.

Me dejé caer en una silla con tapizado de cretona, abrí el atractivo libro sobre botánica e intenté, en el silencio lleno de febril actividad de aquella habitación, identificar mis flores. Resultó imposible. Al fin sonó en algún punto del pasillo un timbre musical.

No creo que hubiera en aquel ostentoso hospital más de una docena de pacientes (tres o cuatro estaban majaras, según me había informado Lo, alegremente, en una de mis visitas anteriores). El personal no tenía demasiado trabajo, pero, también por mera ostentación, las normas eran rígidas. Debo reconocer que siempre iba a visitarla en las horas prohibidas. No sin un imperceptible dejo de soñadora *malice*, la visionaria Mary (la próxima vez lo haría *une belle dame toute en bleu* que caminaría sobre las aguas de un arroyo tumultuoso) me cogió de una manga y me hizo salir. Le miré la mano. La dejó caer. Mientras salía, mientras salía por mi propia voluntad, Dolores Haze me recordó que a la mañana siguiente debía llevarle... No recordaba dónde estaban las diversas cosas que necesitaba...

Ya fuera del alcance de mi vista, mientras la puerta se movía, se cerraba, se había cerrado, gritó:

—¡Tráeme la maleta nueva gris y el baúl de mamá!

Pero a la mañana siguiente temblaba, y me emborrachaba, y me moría en la cama del motel, que Lo había usado unos minutos apenas, y lo mejor que pude hacer dada la realidad que me rodeaba, circular y que parecía irse alejando de mí como las ondas que provoca una piedra al caer en un estanque, fue enviarle dos paquetes por medio de Frank, un robusto y amable camionero, novio de la viuda encargada del motel. Imaginé a Lo mostrando sus tesoros a Mary... Sin duda, deliraba un poco... y al día siguiente, más que un sólido, mi cuerpo parecía un flan, por lo que temblaba, y mi mente no estaba nada clara, pues cuando miré por la ventana del cuarto de baño hacia el terreno adyacente creí ver la hermosa y juvenil bicicleta de Lo erecta sobre sus soportes, con la rueda delantera en el extremo más alejado de mí, como siempre, y un gorrión posado en el asiento. Pero era la bicicleta de la encargada. Sonreí levemente, meneé la cabeza para disipar agradables fantasías y volví bamboleándome a la cama; allí me quedé quieto como un bendito.

¡Y tan *bendito!* Mientras tanto, la morena Dolores,
sentada en un retazo de césped iluminado por el sol,
comentaba con su amiga las noticias acerca de los amores
de las estrellas del cine, que leía en las revistas del corazón.

Dondequiera que estuviera Dolores había siempre numerosos ejemplares de esas publicaciones. Y mientras tanto, además, en la ciudad debía de celebrarse una gran fiesta nacional, a juzgar por los fuegos de artificio, verdaderas bombas que estallaban sin cesar; a las dos menos cinco de la tarde oí silbar ante la puerta entreabierta de mi cabaña, y después llamaron a ella.

Era el corpulento Frank. Permaneció en el vano de la puerta, con una mano sobre la jamba y el cuerpo un poco inclinado hacia adelante.

Cómo está. La enfermera Lore llamaba por teléfono. Quería saber si estaba mejor y si iría aquella tarde.

A veinte pasos, Frank parecía una montaña de salud. A cinco, como entonces, era un rubicundo mosaico de cicatrices: una explosión lo había proyectado a través de una pared en ultramar; a pesar de las consecuencias de sus heridas, era capaz de manejar un camión tremendo, pescar, cazar, beber y retozar alegremente con las damas que encontraba junto a la carretera. Aquel día, ya porque fuera una gran festividad o porque deseara entretener a un hombre enfermo, se quitó el guante que solía llevar en la mano izquierda (la que tenía apoyada en el marco de la puerta) y reveló al fascinado doliente no sólo la falta completa del cuarto y el quinto dedos, sino también una muchacha desnuda, con pezones color cinabrio y pubis color índigo, encantadoramente tatuada en el dorso de una mano mutilada; el índice y el dedo medio eran las piernas, mientras la muñeca mostraba su cabeza coronada de flores. Oh, era deliciosa... reclinada contra el marco, como una hada traviesa...

Le pedí que dijera a Mary Lore que pasaría el resto del día en la cama y que en algún momento de la mañana siguiente me pondría en contacto con mi hija si, como esperaba, me sentía con fuerzas para volver a ejercer mis funciones de *pater familias*.

Advirtió la dirección de mi mirada e hizo que la cadera derecha de la muchacha se contoneara amorosamente.

—De acuerdo —dijo el corpulento Frank.

Palmeó el marco de la puerta y, silbando, se llevó mi mensaje; yo seguí bebiendo, y a la mañana siguiente, la fiebre había desaparecido. Aunque me sentía como si mi cuerpo fuera de gelatina, me puse la bata roja sobre el pijama amarillo maíz y me dirigí a la cabina telefónica. Todo iba bien. Una voz enérgica me informó de que, en efecto, todo iba bien: habían dado de alta a mi hija el día anterior; a eso de las dos, su tío, el señor Gustave, había ido a buscarla con un cachorro de cocker spaniel, una sonrisa para todos y un Cadillac negro; había pagado la cuenta de Dolly en efectivo, y les había encargado que me dijeran que no me preocupara y que «cociera» mi resfriado, que ellos se marchaban al rancho del abuelo, según lo convenido.

Elphinstone era, y espero que siga siendo, una ciudad pequeña y bonita. Sus árboles, que parecían de algodón verde cuidadosamente recortado, y sus casas de rojos tejados se extendían igual que una maqueta por el fondo del valle. Creo que ya he hablado de su escuela modelo y de su templo, así como de sus espaciosas manzanas rectangulares, algunas de las cuales, cosa extraña, eran insólitos pastizales en los que un mulo o un unicornio pastaba en la temprana neblina de la mañana de julio. Me ocurrió algo muy divertido: al tomar una curva, tan cerrada que las ruedas hicieron saltar la grava, choqué de refilón contra un coche aparcado, pero me dije mentalmente –y telepáticamente (o, al menos, eso esperaba), a su gesticulante propietario– que volvería más tarde, pues tenía que ir a la jaula de la que se había escapado mi pajarito. La ginebra mantenía vivo mi corazón, pero nublaba mi cerebro, y después de algunos lapsos y pérdidas de conciencia comunes en las secuencias de los sueños, me encontré en el mostrador de recepción tratando de golpear al médico, aullando a personas escondidas debajo de las sillas y pidiendo a gritos que viniera Mary, que, por fortuna para ella, no estaba presente. Manos poderosas me asieron por la bata y arrancaron un bolsillo. Creo que me senté sobre un paciente calvo de cabeza atezada (a quien confundí con el doctor Blue), al cual, cuando al fin pudo levantarse, lo primero que se le ocurrió fue hacer esta absurda pregunta: «Bueno, ¿quién es el neurótico, eh?» Después, una enfermera flaca y seria se presentó ante mí, con siete hermosos, *hermosísimos,* libros y una manta de viaje de cuadros exquisitamente doblada, y me pidió un recibo. Y en el súbito silencio advertí la presencia en el vestíbulo de un policía, al cual me señalaba el dueño del automóvil dañado. Firmé dócilmente aquel recibo tan simbólico, y entregué así a Lolita a todos aquellos monos. Pero ¿qué otra cosa podía hacer? En mi mente no había más que una idea sencilla y clara, y era ésta: «De momento, la libertad lo es todo.» Un paso en falso... y tal vez hubiera tenido que explicar toda una vida entregada al delito. De modo que simulé que volvía en mí de un acceso de ofuscación. Pagué al dueño del automóvil lo que éste consideró justo. Al doctor Blue, que para entonces ya me estrechaba amistosamente la mano, le hablé con los ojos arrasados en lágrimas, a causa del alcohol con el que animaba a mi corazón, más astuto que enfermo. Pedí disculpas al hospital, en general, con una reverencia tan profunda, que estuve a punto de darme de bruces en el suelo, si bien añadí que no estaba en muy buenas relaciones con el resto del clan Humbert. A mí me susurré que todavía tenía mi arma, que todavía era un hombre libre, libre para rastrear a la fugitiva, libre para destruir a mi hermano.

23

Casi dos mil kilómetros de carretera suave como seda separaban Kasbeam –donde había aparecido por primera vez el demonio rojo, obedeciendo, por lo que podía inferir, a un plan preconcebido– de la fatal Elphinstone, a la cual habíamos llegado una semana antes del Día de la Independencia. El viaje nos había llevado casi todo junio, pues apenas habíamos recorrido más de doscientos kilómetros por día. Pasamos el resto del tiempo –hasta cinco días, en una ocasión– en diversos lugares, todos ellos también dispuestos de antemano, sin duda. Aquél, pues, era el trayecto por el que debía buscar el rastro del demonio; ésa fue la tarea a la que me entregué después de varios días indescriptibles, durante los cuales fui de aquí para allá por el denso entramado de carreteras que rodea a Elphinstone.

Imagíname, lector, con mi timidez, mi repudio de toda ostentación, mi innato sentido del *comme il faut,* imagíname disfrazando el frenesí de mi dolor con una trémula sonrisa propiciatoria mientras urdía algún pretexto para echar una ojeada al registro del hotel. «Ah, estoy casi seguro de que me hospedé aquí en cierta ocasión», decía. «Permítame ver los registros de mediados de junio... No, creo que, después de todo, me equivoco... ¡Qué hermoso nombre para una ciudad, Kawtagain! Muchas gracias.» O: «Un cliente mío se alojó aquí... He perdido su dirección... ¿Puedo...?» De cuando en cuando, sobre todo si el encargado del lugar pertenecía a cierto sombrío tipo masculino, la inspección personal de los libros me era denegada.

Tengo aquí unas notas: entre el 5 de julio y el 18 de noviembre, cuando volví a Beardlsey por unos pocos días, me registré, aunque no pernocté en todos ellos, en trescientos cuarenta y dos hoteles, moteles y casas que alquilaban habitaciones a turistas. Esa cifra incluye unos cuantos registros entre Chestnut y Beardsley, en uno de los cuales encontré una sombra del demonio («N. Petit, Larousse, Illinois»). Debía espaciar mis investigaciones y realizarlas con toda cautela para no atraer una atención indebida. Y por lo menos en cincuenta lugares me limité a preguntar en la administración... Pero ésas eran preguntas fútiles, y prefería dar a mis averiguaciones una base de verosimilitud y buena voluntad pagando una habitación que no necesitaba. Mi investigación demostró que, de los más de trescientos cuarenta registros revisados, veinte, por lo menos, me suministraron una pauta: aquel demonio errabundo se había detenido con más frecuencia que nosotros, aunque cabía dentro de lo posible —lo creía muy capaz de ello— que se las hubiera arreglado para hacer unos cuantos registros de más, a fin de burlarse de mí proveyéndome de abundantes pistas que no me conducían a ninguna parte. Sólo en un caso había residido en el mismo motel que nosotros, a pocos pasos de la almohada de Lolita. En algunas ocasiones se había alojado en la misma manzana o en las cercanías. No pocas veces había esperado en algún punto intermedio entre dos lugares en los que parábamos nosotros. ¡Con qué nitidez recordé a Lolita, justo antes de nuestra partida de Beardsley, echada en la alfombra de la sala, estudiando guías o mapas turísticos y señalando en ellos etapas o lugares de descanso con su pintalabios!

Descubrí asimismo que aquel demonio había previsto mis investigaciones y había dejado seudónimos insultantes dirigidos a mí. En la administración del primer motel que visité, el Ponderosa, su registro, entre otros doce evidentemente humanos, decía: «Dr. Gratiano Forbeson, Mirandola, Nueva York.» Yo no podía ignorar, por descontado, que el Doctor, o Doctor Graziano, es uno de los personajes de la *commedia dell'arte*. La encargada se dignó informarme de que el caballero había permanecido en su cabaña cinco días con un fuerte resfriado, que había dejado su automóvil en algún taller para que lo repararan y que había partido el 4 de julio. Sí, una muchacha llamada Ann Lore había trabajado un tiempo en el motel, pero ahora estaba

casada con un tendero de ultramarinos y vivía en Cedar City.
Una noche de luna, cuando Mary avanzaba con sus blancos zapatos por una calle solitaria, le salí al encuentro; su primera
reacción fue ponerse a gritar como una autómata, pero logré
humanizarla cayendo de rodillas y suplicándole que me ayudara. No sabía una sola palabra, me juró. ¿Quién era el tal Gratiano Forbeson? Pareció vacilar. Puse en su mano un billete de
cien dólares. Lo comprobó a la luz de la luna. «Es su hermano», susurró al fin. Arranqué de su mano, fría como la luna, el
billete, le escupí una palabrota francesa, me volví y eché a correr. Eso me enseñó a confiar sólo en mí. Ningún detective podría descubrir las pistas dejadas por el sosias de Trapp, pues estaban adaptadas a mi mentalidad y mi manera de ser. No podía
esperar, desde luego, que dejara en ninguna parte sus verdaderos nombre y dirección, pero confiaba en que resbalara, cegado
por el brillo de su propia sutileza, por así decirlo, y se atreviera
a introducir un toque de color más intenso y personal de lo
que era estrictamente necesario, o revelara algo significativo la
suma cualitativa de una serie cuantitativa de partes que no dijeran nada. En una cosa debo reconocer que tuvo éxito: consiguió que yo y mi punzante angustia nos enfrascáramos por
completo en su demoníaco juego. Con infinita habilidad, vacilaba y se tambaleaba, pero siempre recuperaba un equilibrio
que parecía imposible y me dejaba con un palmo de narices y
la deportiva esperanza —si puedo emplear semejante palabra al
hablar de traición, furor, desolación, angustia mortal y odio—
de que la próxima vez bajara la guardia y se descubriera. Nunca
lo hizo, aunque estuvo muy cerca. Todos admiramos al acróba-
ta vestido de lentejuelas que camina con gracia meticulosa sobre la cuerda floja, iluminado por una luz blanca como el talco.
Pero ¡cuánto más extraño es el arte del que camina sobre esa
misma cuerda con ropas andrajosas, encarnando a un borracho
grotesco! ¿Quién puede saberlo mejor que yo?
    Las pistas que dejó no establecieron su identidad, pero re-
flejaron su personalidad, o, al menos, cierta personalidad homo-
génea y curiosa; su índole, su sentido del humor —o, en todo

caso, la parte mejor de dicho sentido– y su mentalidad tenían evidentes afinidades con los míos. Me imitaba y se burlaba de mí. Sus alusiones eran muy intelectuales. Había leído mucho. Sabía francés. Estaba versado en logomancia y logodedalia. Era aficionado a todo lo relacionado con la sexualidad. Tenía una caligrafía femenina. Podía ocultar su nombre, pero no disfrazar, por más que las inclinara, sus peculiares tes, uves dobles y eles. Quelquepart Island era una de sus residencias preferidas. No usaba estilográfica, cosa que habría significado –como explicaría cualquier psicoanalista– que era un ondinista reprimido. Espero que, misericordiosamente, haya ninfas acuáticas en la Estigia.

Su rasgo principal era su pasión por hacerme pasar las de Caín. ¡Cómo le gustaba fastidiarme a aquel desgraciado! Desafiaba mi erudición. Me enorgullezco lo bastante de lo que sé para aceptar con modestia que hay muchas cosas que ignoro, y me atrevería a decir que se me escaparon algunos datos durante aquella persecución criptográmica por medio del papel. ¡Qué estremecimiento de triunfo y odio sacudía mi cuerpo debilitado cuando entre los nombres insulsos e inocentes del registro de un hotel me saltaba a los ojos alguno de sus demoníacos juegos de palabras! Advertí que cuando temía que sus enigmas empezaban a ser demasiado recónditos, aun para un experto como yo, me convencía de que no desfalleciera en mi búsqueda con uno fácil. «Arsène Lupin» era obvio para un francés que recordaba las historias detectivescas de su juventud. Y casi no era preciso conocer a Coleridge para apreciar el dudoso chiste de «A. Person, Porlock, Inglaterra». De gusto horrible, pero sugiriendo, esencialmente, una personalidad culta –no la de un policía, ni la de un vulgar tontaina, ni la de un salaz viajante– eran nombres falsos como «Arthur Rainbow», evidentemente, el autor travestido de *Le bâteau bleu* –permítanme que yo también me ría un poco, señores–, y «Morris Schmetterling», de *L'oiseau ivre*[1] *(touché,* lector). El tonto, pero divertido, «D. Or-

---

1. *Le bâteau ivre* es de Arthur Rimbaud, y *L'oiseau bleu,* de Maurice Maeterlinck. *(N. del T.)*

gon, Elmira, Nueva York» provenía de Molière, desde luego, y como yo había tratado de interesar poco antes a Lolita en una famosa obra del siglo XVIII, recibí como a un viejo amigo el «Harry Bumper, Sheridan, Wyoming». Una enciclopedia corriente me informó de quién era el insólito «Phineas Quimby, Lebanon, Nueva Hampshire»; y cualquier buen freudiano de apellido alemán y con cierto interés por la prostitución religiosa reconocerá de inmediato la alusión de «Dr. Kitzler, Eryx, Mississippi». Hasta aquí lo había entendido todo. Esa clase de diversión era ostentosa, pero impersonal y, por ende, inocua. Entre los registros que retuvieron mi atención como pistas indudables *per se,* pero que me desconcertaron con respecto a sus sutilezas, mencionaré sólo unos pocos, pues siento que voy a tientas en una niebla fronteriza donde fantasmas verbales se convierten quizás en turistas reales. ¿Quién era «Johnny Randal, Ramble, Ohio»? ¿O era una persona de verdad que tenía una caligrafía similar a la de aquel demonio el autor de «N. S. Aristoff, Catagela, Nueva York»? ¿Significaba algo eso de «Catagela»? ¿Y «James Mavor Morell, Hoaxton, Inglaterra»? «Aristófanes», «hoax»...[1] eso estaba claro, pero ¿cuántas cosas se me habían escapado?

Había en todos esos seudónimos una tensión que me provocaba palpitaciones especialmente dolorosas. Cosas como «G. Trapp, Geneva, Nueva York» demostraban la traición de Lolita. «Aubrey Beardsley, Quelquepart Island» sugería, más lúcidamente que el mensaje telefónico, que los comienzos de la aventura debían situarse en el Este. «Lucas Picador, Merrymay, Pensilvania» insinuaba que mi Carmen había revelado mi patético sentimentalismo al impostor. Horriblemente cruel, por cierto, era «Will Brown, Dolores, Colorado». El lúgubre «Harold Haze, Tombstone,[2] Arizona» (que en otras épocas me habría hecho reír) sugería familiaridad con el pasado de la niña e insinuaba, como una pesadilla, que mi atormentador era un amigo

1. «Impostura, engaño», en inglés. *(N. del T.)*
2. «Lápida sepulcral», en inglés. *(N. del T.)*

de la familia, quizás antiguo amor de Charlotte, quizás un «desfacedor de entuertos» («Donald Quix, Sierra, Nevada»). Pero el dardo más punzante fue el anagrama escrito en el registro del motel El Castaño: «Ted Hunter, Cane, Nueva Hampshire.»[1]

Los números de las matrículas de sus automóviles garabateados por todos aquellos Person y Orgon y Morell y Trapp sólo me confirmaron que los encargados de los establecimientos hoteleros omiten verificar si los coches de sus huéspedes están correctamente registrados. Desde luego, las referencias —indicadas de manera incompleta o incorrecta— a los automóviles alquilados por aquel demonio para sus etapas entre Wace y Elphinstone eran inútiles. Por lo que respecta a la matrícula del Aztec rojo inicial, las diversas versiones registradas eran un rompecabezas de números traspuestos, omitidos o alterados, pero formando combinaciones con referencias mutuas (tales como «WS1564», y «SH1616», y «Q32888» o «CU88322»),[2] tan hábilmente urdidas, empero, que nunca revelaban un común denominador.

Se me ocurrió que, después de entregar aquel descapotable a sus cómplices en Wace y pasar a conducir coches alquilados, sus sucesores tal vez fueran menos cuidadosos y registraran en la administración de algún hotel el arquetipo de aquellas cifras relacionadas entre sí. Pero si localizar a aquel demonio a lo largo de una carretera por la que me constaba que había viajado había sido un empeño tan complicadamente vago e infructuoso, ¿qué podía esperar de cualquier intento de seguir la pista de unos automovilistas desconocidos que viajaban por carreteras no menos desconocidas?

---

1. Anagrama de *Enchanted Hunter*, «cazador encantado». *(N. del T.)*
2. 1564 y 1616 son, respectivamente, los años del nacimiento y la muerte de William Shakespeare, a quien también aluden las siglas WH y SH. Por otra parte, la suma de los dígitos de los guarismos 32888 y 88322 da cincuenta y dos, que es el número de semanas que Lolita y Humbert pasaron en la carretera, así como el de versos del poema que este último dedicó a aquélla y que empieza en la pág. 315. *(N. del T.)*

24

Cuando llegué a Beardsley, en el transcurso de la terrible recapitulación que ya he discutido con bastante extensión, se había formado en mi mente una imagen completa. Y a través del siempre azaroso proceso de eliminación había reducido esa imagen a la única fuente concreta que podían darle una actividad mental morbosamente alterada y una memoria embotada.

Salvo el reverendo Rigor Mortis (como lo llamaban las niñas) y un anciano caballero que enseñaba alemán y latín (materias optativas), no había profesores varones en la Escuela para Señoritas de Beardsley. Pero, en dos ocasiones especiales, un profesor de historia del arte de la Universidad de Beardsley había visitado la escuela para mostrar a las alumnas, mediante una linterna mágica, fotografías de castillos franceses y de cuadros del siglo XIX. Yo hubiera deseado asistir a esas proyecciones y conferencias, pero Dolly, como de costumbre, me dijo que no, y punto. Recuerdo asimismo que Gaston se había referido a aquel conferenciante como un *garçon* brillante, pero eso era todo: la memoria se negaba a suministrarme el nombre del amante de los *châteaux*.

El día fijado para la ejecución, atravesé bajo la cellisca el campus de la Universidad de Beardsley hasta el mostrador de información, en el Pabellón Maker. Allí me informaron de que el apellido de aquel individuo era Riggs (muy parecido al del reverendo, por cierto), de que era soltero y de que al cabo de diez minutos saldría del «museo», donde se encontraba dando clase. En el corredor que llevaba al auditorio me senté en un nada confortable banco de mármol donado por Cecilia Dalrymple Ramble. Mientras esperaba allí, en prostática incomodidad, borracho, muerto de sueño, con el arma en mi puño en el bolsillo del impermeable, se me ocurrió, de pronto, que estaba loco y a punto de cometer una estupidez. No había ni una posibilidad entre un millón de que Albert Riggs, profesor asociado, ocultara a mi Lolita en su casa de Beardsley, situada en la calle Pritchard, número 24. No podía ser el demonio. Era absolutamente ridículo. Había perdido el sentido común, y permaneciendo allí no hacía más que perder el tiempo. Los tortolitos no estaban en Beardsley, ni mucho menos, sino en California.

Al fin advertí una vaga conmoción detrás de unas estatuas blancas; una puerta —no la que había vigilado hasta entonces— se abrió de repente, y una cabeza bastante calva y dos ojos castaños y brillantes avanzaron entre una bandada de muchachas.

Me era totalmente desconocido, pero insistió en que nos habían presentado durante una fiesta al aire libre en la Escuela para Señoritas de Beardsley. ¿Cómo estaba mi deliciosa jugadora de tenis? Tenía que dar otra clase. Me vería después.

Otro intento de identificación se resolvió con menos presteza: por medio de un anuncio en una de las revistas de Lo me atreví a ponerme en contacto con un ex boxeador convertido en detective privado, y sólo para darle cierta idea del *método* empleado por el demonio le puse al corriente de la clase de nombres y direcciones que había recopilado. Pidió un buen adelanto, y durante dos años —¡dos años!, lector— aquel imbécil cotejó aquellos datos absurdos. Ya había cortado toda relación monetaria con él cuando un día se me presentó, triunfante, con la información de que un indio de ochenta años, llamado Bill Brown, vivía cerca de Dolores, en Colorado.

25

El tema de este libro es Lolita, y ahora que he llegado a la parte que (de no habérseme anticipado otro mártir de la combustión interna) podría titularse *Dolorès Disparue,* es punto menos que inútil analizar los tres vacuos años que siguieron. Aunque debo hacer hincapié en algunos hechos importantes, la impresión general que deseo ofrecer es la de una puerta lateral que se abre de repente en pleno fluir de la vida, por la cual penetra una ráfaga de negro tiempo rugiente que sofoca con el latigazo de su viento huracanado un grito de solitaria desesperación.

Por raro que parezca, pocas veces, si es que hubo alguna, soñé con Lolita tal como la recordaba, tal como la veía, de modo constante y obsesivo, mientras soñaba despierto o me aquejaba el insomnio. Para ser más preciso, se me aparecía en sueños, pero lo hacía con ridículos y extraños disfraces, que le daban el aspecto de Valeria o de Charlotte, o de un cruce de ambas. Aquel complejo fantasma venía hacia mí cambiando sin cesar de indumentaria, en un ambiente tremendamente melancólico y desagradable, y se reclinaba con gesto de fría invitación en un estrecho catre o duro sofá, con la carne entreabierta como la válvula de goma de la cámara de una pelota de fútbol. Yo me sorprendía al encontrarme, con la dentadura postiza rota o irremisiblemente perdida, en horribles *chambres garnies* en las que no sabía cómo había entrado, en las cuales se me ofrecían tediosas sesiones de vivisección que, por lo común, terminaban con Charlotte o Valeria llorando en mis brazos ensangrentados mientras mis labios fraternales las besaban con ternura en medio de un batiburrillo onírico en el que se entremezclaban los tópicos psicoanalíticos vieneses más manidos, adquiridos de segunda mano, la lástima, la impotencia y las pelucas castañas de trágicas ancianas que acababan de ser gaseadas.

Un día saqué del automóvil y destruí un montón de revistas para adolescentes. Ya saben cómo son: de la Edad de Piedra, en el fondo; muy modernas, o, al menos, micénicas, en cuanto a la higiene. Una actriz muy hermosa y muy madura, de pestañas inmensas y labio inferior rojo y pulposo, aconsejaba usar cierto champú. Anuncios, modas. Las jóvenes universitarias se volvían locas por las faldas muy plisadas. *Que c'était loin, tout cela!* Es obligación de la señora de la casa proporcionar batas a sus invitados. Irse por los cerros de Úbeda le quita todo el brillo a la conversación. Es una falta de educación arreglarse las uñas en una reunión. Un hombre, a menos que sea muy viejo o importante, debe quitarse los guantes antes de dar la mano a una mujer. Atraiga a los hombres con la Nueva y Excitante Alisadora de Barrigas. Contiene el vientre y realza las caderas. Los amores de Tristán trasladados a la pantalla. ¡Sí, señor! El enigma marital de los Joe-Roe mantiene a sus admiradoras en suspenso. Nuevo tratamiento de belleza, rápido y barato. Las historietas: niña mala de cabello negro con padre gordo que fuma puros; niña buena, pelirroja, con padre guapo y que lleva bigotito recortado. O aquellas historietas tan repulsivas del hombre alto y simiesco y su esposa, una enana aquejada de infantilismo. *Et moi qui t'offrais mon génie...* Recordé los tontos versos sin sentido, no desprovistos de cierto encanto, que solía escribirle a Lo cuando aún era una niña. «Tienes toda la razón», me decía, burlona, «son una tontería.»

Los ratones y los ratoncitos, y las ardillas y las ardillitas,
tienen costumbres extrañas, pero que resultan muy bonitas.
Los colibríes machos son los cohetes más exquisitos.
La serpiente, cuando pasea, lleva las manos metidas
[en los bolsillitos.

Pero me resultó más difícil desprenderme de otros recuerdos de Lolita. Hasta finales de 1949 acaricié y adoré, y humedecí con mis besos y mis lágrimas de tritón, un par de zapatillas viejas, una camisa de muchacho que ella había llevado, un par de tejanos deshilachados que encontré en el maletero del coche, una arrugada gorra de la Escuela para Señoritas de Beardsley y algunos otros «tesoros» similares. Pero, cuando comprendí por fin que mi mente estaba a punto de desmoronarse, metí en cajas todos aquellos tristes recuerdos, junto con los objetos que quedaban en Beardsley —una caja de libros, su bicicleta, viejos abrigos, botas de agua—, y el día de su decimoquinto aniversario envié el lote por correo como anónimo donativo a un orfanato femenino situado a orillas de un lago ventoso junto a la frontera canadiense.

Es más que probable que, de haber recurrido a los servicios de un buen hipnotizador, éste hubiera conseguido rescatar de mi pasado y disponer de acuerdo con una pauta lógica ciertos recuerdos puramente fortuitos a los que a lo largo de este libro he atribuido mayor importancia que la que parecían tener entonces, cuando acudían a mi mente, e incluso ahora, cuando ya sé qué he de buscar en el pasado. En la época a la que me refiero lo único que sentía era, simplemente, que perdía el contacto con la realidad, y, tras pasar el resto del invierno y casi toda la primavera siguiente en un sanatorio de Quebec, donde ya había residido con anterioridad, decidí arreglar algunos asuntos pendientes que tenía en Nueva York y trasladarme después a California, a fin de llevar a cabo allí una búsqueda exhaustiva.

He aquí algo que compuse durante mi retiro:

¡Se busca!, ¡se busca!: Dolores Haze.
Cabello: castaño. Labios: escarlata.
Edad: cinco mil trescientos días.
Profesión: ninguna, o al estrellato candidata.

¿Dónde te ocultas, Dolores Haze?
¿Por qué te ocultas, mi bienamada?
(«Hablo como en sueños, camino por un laberinto,
no puedo salir», dijo la avecilla asustada.)

¿Hacia dónde te diriges, Dolores Haze?
¿Dónde estás aparcada, mi cachorrillo?
¿De qué modelo es la alfombra mágica?
¿Es la moda actual el Cougar amarillo?

¿Quién es tu héroe, Dolores Haze?
¿Aún los hombres de azul de la policía?
¡Añoro los días tranquilos, y las ensenadas con palmeras,
y los coches, y los bares, oh Carmen mía!

¡Oh, Dolores, cómo me hiere la música de esa gramola!
¿Acaso estás bailando con tu maromo?
(Los dos llevan gastados tejanos, los dos llevan gastadas
[camisetas,
y yo, mientras tanto, en un rincón me reconcomo.)

Feliz, feliz, se siente el avieso McFate,
mientras con su niña esposa recorre los Estados Unidos;
goza de ella en todos los rincones,
entre los animales que la ley considera protegidos.

¡Dolly mía, mi locura! Sus ojos eran *vair*,
y nunca los cerraba cuando la besaba.
¿Conoce un viejo perfume llamado *Soleil Vert*?
¿Es usted de París, caballero?

L'autre soir un air froid d'opéra m'alita:
son fêlé—bien fol est qui s'y fie!
Il neige, le décor s'écroule, Lolita!
Lolita, qu'ai-je fait de ta vie?

¡Me muero, Lolita Haze, me muero!
Levanto una y otra vez mi puño, desesperado,
y una y otra vez oigo tus lloros.
De odio y remordimiento se muere tu enamorado.

¡Agente, agente, por allí van!
¡Ahora pasan ante esa tienda tan iluminada!
¡Lleva calcetines blancos, y la quiero con locura!
¡Dolores Haze es el nombre de esa taimada!

¡Agente, agente, mírelos, allí están!
¡Dolores Haze y el que me la ha quitado!
¡Saque su arma, y siga a ese coche!
¡Ojo, se detiene! ¡Acérquese con cuidado!

¡Se busca, se busca!: Dolores Haze.
Sus ojos gris pálido siempre te miran de hito en hito.
Poco más de cuarenta kilos es lo que pesa,
y un metro cincuenta es la estatura de mi pajarito.

Mi coche ya no puede más, Dolores Haze,

y la última etapa es la de más dificultad;
me quedaré tirado donde se secan las hierbas,
y sólo habrá para mí putrefacción y eternidad.

Después de psicoanalizar este poema, advierto que es, sin la menor duda, la obra maestra de un maníaco. Sus versos, desnudos, directos, violentos y conmovedores, se corresponden con gran exactitud con ciertos paisajes y figuras terribles y carentes de perspectiva, así como con fragmentos especialmente significativos de ciertos paisajes y figuras, similares a los dibujados por los psicópatas cuando responden a las pruebas que les proponen sus astutos examinadores. Escribí muchos más poemas. Y me enfrasqué en la poesía de otros. Pero ni por un segundo olvidé mis ansias de venganza.

Sería un mentiroso si dijera, y el lector muy tonto si lo creyera, que la conmoción producida por la pérdida de Lolita me curó de la pasión por las nínfulas. Mi naturaleza maldita no podía cambiar, por más que hubiera cambiado mi amor por ella. En playas y zonas de juegos de parques y jardines mis ojos tristes y furtivos seguían buscando a hurtadillas, contra mi voluntad, los relucientes miembros de las nínfulas o las tímidas e incipientes manifestaciones de ninfulez de las que algún día serían sucesoras de Lolita. Pero una visión mental que había sido esencial para mí se había desvanecido: nunca volví a acariciar la esperanza de gozar de una jovencita, específica o genérica, en algún lugar tranquilo y alejado del mundo, nunca volvió mi imaginación a clavar sus garras en las hermanas de Lolita lejos, muy lejos, en las ensenadas de islas evocadas mentalmente. *Eso* se había acabado, al menos, por el momento. Por otro lado, ¡ay!, dos años de satisfacer toda clase de excesos monstruosos habían dejado en mí ciertos hábitos lujuriosos, y temía que el vacío en el que vivía por aquel entonces me hiciera zambullirme en la libertad que da un súbito acceso de locura si el azar hacía que tuviera una tentación en alguna callejuela solitaria entre la hora de salir de la escuela y la de la cena. La soledad me corrompía. Necesitaba compañía y cuidados. Mi corazón era un órgano histérico e imprevisible. Así es como entró en escena Rita.

26

Tenía el doble de la edad de Lolita y tres cuartos de la mía: era una adulta muy esbelta, de pelo oscuro y piel pálida, que pesaba cuarenta y ocho kilos, con ojos de encantadora asimetría, perfil anguloso y una atractiva *ensellure* en su flexible espalda. Creo que tenía algo de sangre española o babilónica. La conocí durante una noche de depravación en el mes de mayo, entre Montreal y Nueva York, o, más exactamente, entre Toylestown y Blake, en un bar caluroso y oscuro llamado La Mariposa Nocturna, donde se encontraba amablemente borracha; insistió en que habíamos ido juntos a la escuela y puso su manecita trémula sobre mi manaza de gorila. Mis sentidos sólo experimentaron una levísima excitación, pero resolví someterla a una prueba; lo hice, y la adopté como compañera permanente. Rita era tan amable y tan buena, que, obedeciendo a sus innatos sentimientos de camaradería y compasión, se habría entregado a cualquier criatura o falacia patéticas, a un viejo tronco caído o un puerco espín desconsolado.

Cuando la conocí, acababa de divorciarse de su tercer marido, y hacía menos tiempo aún que la había abandonado su séptimo *cavalier servant;* los demás, los pasavolantes, eran demasiados para enumerarlos. Su hermano, un hombre de tez grasienta, que llevaba tirantes y corbatas pintadas a mano, era —y supongo que lo seguirá siendo— un político destacado, alcalde y promotor de su ciudad natal, una ciudad de jugadores de béisbol, lectores de la Biblia y comerciantes en granos. Durante los últimos ocho años había pasado a su pequeña gran hermana varios cientos de dólares mensuales con la expresa condición de que no volviera a poner los pies en la pequeña gran ciudad de Grainball. Rita me dijo que, por alguna maldita casualidad, lo primero que hacía cada nuevo novio que tenía era llevarla a

Grainball, que parecía ejercer sobre ellos una atracción fatal, y, antes de que tuviera tiempo de darse cuenta, se encontraba succionada por la órbita lunar de su ciudad y siguiendo el bien iluminado cinturón de ronda que la circundaba, «dando vuelta tras vuelta», según sus palabras, «como una maldita polilla».

Tenía un elegante cupé, y en él viajamos a California, a fin de proporcionar descanso a mi venerable vehículo. La velocidad natural de Rita era de ciento sesenta kilómetros por hora. ¡Mi buena Rita! Durante dos vagarosos años erramos juntos, desde el verano de 1950 al de 1952. Rita era la persona más dulce, sencilla, amable y tonta que quepa imaginar. Comparadas con ella, Valechka era un Schlegel, y Charlotte, un Hegel. No existe el menor motivo para que me entretenga hablando de ella, pues está al margen de estas siniestras memorias, pero permítaseme decir (¡salve, Rita, dondequiera que estés... borracha o con una tremenda resaca, salve, Rita, salve!) que era la compañera más sedante y más comprensiva que he conocido nunca, y que me salvó del manicomio. Le dije que andaba buscando a una chica y que trataría de agujerear al matón que se la había llevado con coacciones. Rita aprobó solemnemente el plan, y durante una investigación que emprendió por su cuenta (a pesar de que no tenía ni idea de lo ocurrido), en los alrededores de San Humbertino, se enredó con un granuja de tomo y lomo. Me costó no poco trabajo dar con ella, pero, al fin, la encontré, dolorida y amoratada, aunque todavía con agallas. Un buen día me propuso que jugáramos a la ruleta rusa con mi sagrada automática; le dije que era imposible, que no era un revólver, y luchamos por ella hasta que, al fin, se disparó, y del agujero que abrió en la pared de la cabaña saltó un chorro de agua caliente muy delgado y cómico. Recuerdo sus agudas risotadas.

La curva extrañamente prepubescente de su espalda, su piel satinada y sus besos lentos de paloma conseguían que me abstuviera de cometer alguna barbaridad. Las aptitudes artísticas no son caracteres sexuales secundarios, como han dicho ciertos charlatanes y chamanes, sino todo lo contrario: la sexualidad está al servicio del arte. Debo referir un misterioso exceso etílico que tuvo interesantes consecuencias. Había abandonado la búsqueda: o aquel demonio se hallaba en Tartaria, o se estaba quemando en el infierno de mi cerebelo (cuyas llamas eran alimentadas por mi imaginación y mi pesar), pero lo cierto era que no hacía que Dolores Haze participara en los campeonatos de tenis de la costa del Pacífico. Una tarde, durante nuestro viaje de vuelta al Este, en un horrible hotel, de esos donde se celebran convenciones y por los que pululan hombres sonrosados con tarjetas de identificación colgadas de la solapa, que se tutean, hablan de negocios y beben como cosacos, mi querida Rita y yo nos despertamos y descubrimos que había una tercera persona en nuestra habitación: era un joven rubio, casi albino, de pestañas blancas y grandes orejas transparentes, a quien ni Rita ni yo recordábamos haber visto en nuestras tristes vidas. Sudoroso, con gruesa y mugrienta ropa interior y unas gastadas botas militares, roncaba en nuestra cama de matrimonio al otro lado de mi casta Rita. Le faltaba un diente delantero y tenía en la frente pústulas ambarinas. Ritoschka envolvió en mi impermeable –lo primero que encontró a mano– su sinuosa desnudez y yo me puse un par de calzoncillos de rayas color caramelo, y evaluamos la situación. Se habían usado cinco vasos, lo cual suministraba una abundancia de pistas que casi resultaba vergonzosa. En el suelo había un jersey y un par de raídos pantalones marrones. Sacudimos a su poseedor hasta volverlo miserablemente consciente. Tenía una amnesia casi total. Con un acento que Rita reconoció como de lo más brooklyniano insinuó, ceñudo, que le habíamos robado su poca valiosa identidad. Lo metimos en sus ropas y lo dejamos en el hospital más cercano; mientras tanto, advertimos que, tras ignoradas vueltas y más vueltas, estábamos en Grainball. Medio año después, Rita escribió al médico que se encargaba de él para pedirle noticias. Jack Humbertson, nombre que le había sido puesto provisionalmente –con muy mal gusto, sin duda–, seguía aislado de su pasado personal. ¡Oh, Mnemósine, la más dulce y malévola de las musas!

No habría mencionado este incidente de no haber iniciado

una cadena de ideas que resultaron en la publicación (en la *Cantrip Review)* de mi ensayo «Mimir y la memoria», en el cual, entre otras cosas que parecieron originales e importantes a los benévolos lectores de esa espléndida publicación, sugería una teoría de la percepción sensorial del tiempo basada en la circulación de la sangre y que dependía desde un punto de vista conceptual (para decirlo en pocas palabras) de que la mente no sólo tuviera conciencia de la materia, sino también de sí misma, con lo que se crearían dos polos de desarrollo continuo: el futuro almacenable y el pasado almacenado. Como resultado de esa aventura intelectual –y como culminación de la impresión causada por mis *travaux* previos– me trasladé desde Nueva York, donde Rita y yo vivíamos en un pisito con vistas a radiantes niñas que se duchaban en el surtidor de una glorieta de Central Park, a la Universidad de Cantrip, a casi ochocientos kilómetros, para dictar un curso de un año. Viví en la universidad, en apartamentos especiales para poetas y filósofos, desde septiembre de 1951 hasta junio de 1952, mientras Rita, a la cual preferí no exhibir, vegetaba –me temo que no muy decorosamente– en un hotel junto a la carretera, donde la visitaba dos veces por semana. Al fin se esfumó, aunque de manera mucho más humana que su predecesora: un mes después la encontré en la cárcel local; estaba *très digne,* le habían extirpado el apéndice y se las compuso para convencerme de que las hermosas pieles azuladas que la acusaban de haber robado a la señora de Roland MacCrum habían sido un regalo espontáneo, si bien algo alcohólico, del propio Roland. Conseguí sacarla de la cárcel sin recurrir a su susceptible hermano, y poco después regresamos a Central Park West vía Briceland, donde nos habíamos detenido durante algunas horas el año anterior.

Se había apoderado de mí una curiosa ansiedad por revivir mi estancia allí con Lolita. Entraba en una etapa de mi existencia en la cual abandonaba toda esperanza de encontrar a Lolita y a su raptor. Ahora intentaba volver a lugares conocidos, a fin de salvar lo que aún podía salvarse en el sentido de *souvenir, souvenir, que me veux-tu?* El otoño vibraba en el aire. Una postal pidiendo que le reservaran una habitación con dos camas que el profesor Hamburg envió por correo obtuvo por rápida respuesta una expresión de *regret.* El hotel estaba completo. Sólo tenían un cuarto en el sótano, sin baño y con cuatro camas, que suponían que no me interesaría. Su papel de cartas estaba encabezado así:

LOS CAZADORES ENCANTADOS

IGLESIAS EN LAS CERCANÍAS   NO SE ADMITEN PERROS

Se expenden todas las bebidas legales

Me pregunté si la última afirmación sería cierta. ¿Todas? ¿Tendrían, por ejemplo, granadina, como la que se expendía en los puestos callejeros? También me pregunté si un cazador, encantado o no, no necesitaría más un perro de muestra que un reclinatorio, y con un espasmo doloroso recordé una escena digna de un gran artista: *petite nymphe accroupie.* Pero aquel sedoso cocker spaniel quizá estuviera bautizado. No... sentí que no podía soportar la angustia de volver a ver aquel vestíbulo. Había posibilidades mucho mejores de recuperar los días de antaño en la suave, otoñal y profusamente coloreada Briceland. Dejé a Rita en un bar y me dirigí a la biblioteca de la ciudad. Una vieja solterona se mostró encantada de ayudarme a desenterrar los tomos correspondientes a mediados de agosto de 1947 en la colección encuadernada de la *Briceland Gazette,* y después, en un rincón tranquilo, y bajo una bombilla sin pantalla, empecé a volver las páginas enormes y frágiles de un tomo color negro ataúd, casi tan grande como Lolita.

¡Lector! *Bruder!* ¡Qué Hamburg tan tonto era ese Hamburg! Puesto que su naturaleza hipersensible se resistía a enfrentarse a la escena real, pensó que, por lo menos, podía disfrutar de una parte secreta de ella (lo cual recuerda al décimo o vigésimo soldado en la cola de los violadores, que arroja sobre la cara blanca de la muchacha su chal negro para no ver aquellos ojos imposibles mientras satisface militarmente sus deseos en la aldea triste y saqueada). Lo que *yo* anhelaba era encontrar impresa la fotografía en la que el azar había querido que quedara recogida mi extemporánea imagen mientras el fotógrafo de la *Gazzette* enfocaba al doctor Braddock y a su grupo. Esperaba apasionadamente encontrar en aquellas páginas, preservado para la posteridad, el retrato del artista cuando era un animal más joven. ¡Una cámara inocente sorprendiéndome en mi sigilosa marcha hacia la cama de Lolita... qué imán para Mnemósine! No puedo explicar la verdadera índole del impulso incoercible que me llevaba a obrar de aquel modo. Supongo que se relacionaba con esa malsana curiosidad que nos impulsa a examinar con una lupa las figuras minúsculas –naturaleza muerta, prácticamente, y cada una de ellas a punto de vomitar– en una ejecución de madrugada, y la expresión del paciente, imposible de discernir a causa de la mala impresión. De todos modos, me costaba, literalmente, respirar, y una punta del libro del destino se me hundía en el estómago mientras escudriñaba las páginas y ojeaba los titulares... *La fuerza bruta* y *Poseída* se exhibirían el domingo 24 en los dos cines de la ciudad. El señor Purdom, subastador independiente de tabaco, decía que desde 1925 fumaba Omen Faustum.[1] Husky Hank y su joven esposa, con la que acababa de casarse, serían huéspedes del señor Reginald G. Gore y señora, avenida Inchkeith, 58. El tamaño de algunos parásitos alcanza un sexto del de su huésped. Dunkerque fue fortificada en el siglo X. Calcetines para señorita, 39 centavos. Zapatos para caballero de dos colores, 3,98 dólares. «¡Vino, vino, vino!», bromeaba el autor de *Malos tiempos,* que se había negado a dejarse fotografiar. «El vino puede inspirar a un melodioso pájaro persa,[2] pero yo diré: dadme lluvia, lluvia, lluvia sobre el tejado de tejamaniles para que surjan rosas e inspiración.» Los hoyuelos se producen por la adherencia de la piel a los tejidos más profundos. El ejército griego rechaza una amplia ofensiva de la guerrilla... y, ¡ah!, por fin, una figurilla de blanco, y el doctor Braddock de negro, pero no pude identifi-

1. «Golpe de suerte», en castellano; *lucky strike,* en inglés. *(N. del T.)*
2. Omar Khayyam. *(N. del T.)*

car como mío el hombro espectral que casi rozaba su corpulenta humanidad.

Fui en busca de Rita, que me presentó con una sonrisa de *vin triste* a un viejo marchito, tamaño bolsillo, truculentamente borracho, y me dijo que se trataba de..., ¿cómo ha dicho que se llama, muchacho?..., un antiguo compañero de colegio. El viejo trató de retenerla, y en la breve lucha que siguió me lastimé el pulgar contra su duro cráneo. En el parque silencioso y vivamente coloreado por el que la hice caminar y tomar un poco el aire, Rita sollozó y dijo que pronto, muy pronto, la dejaría, como hacían todos, y yo le canté una melancólica balada francesa y pergeñé unos cuantos versos fugitivos para divertirla:

Los Cazadores Encantados se llamaba aquel hotel. Pregunta:
¿Qué colorantes, Diana, contenía tu tina,
para conseguir que el escenográfico lago pareciera
un baño de sangre de árboles ante el hotel azul?

Ella dijo: «¿Por qué azul, si es blanco? ¿Por qué azul, por Dios?» Y empezó a llorar de nuevo, y yo la llevé hasta el automóvil, y nos fuimos a Nueva York, y pronto volvió a sentirse razonable y achispadamente feliz en la pequeña terraza de nuestro piso. Advierto que he mezclado dos sucesos: mi visita a Briceland con Rita, durante el viaje a Cantrip, y nuestro breve paso por allí de regreso a Nueva York. Pero esas yuxtaposiciones de colores que parecen hacer rodar la cabeza no son de desdeñar para el artista que recuerda.

27

Mi buzón, situado en el vestíbulo, era de esos que permiten entrever su contenido a través de una tapa de cristal. En varias ocasiones una embaucadora luz arlequinada que penetraba por el vidrio había convertido la caligrafía de un sobre en la letra de Lolita, lo cual estaba a punto de provocarme un síncope mientras me apoyaba en una urna adyacente que poco faltaba para que se convirtiera en la que contuviera mis cenizas. Cada vez que ocurría eso, cada vez que sus garabatos encantadores, intrincados, pueriles, se transformaban de un modo horrible en la letra insulsa de uno de mis escasos corresponsales, solía recordar, con angustiado regocijo, diversos momentos de mi pasado, antes de conocer a Dolores Haze, cuando la esperanza aún era posible para mí, en los que una ventana brillante como una alhaja, en la acera opuesta, exhibía ante mis ojos avizores, ante el periscopio siempre alerta de mi vicio vergonzoso, a una nínfula semidesnuda, en el acto de peinar su cabellera de Alicia en el País de las Maravillas. Aquel apasionante fantasma tenía una perfección que hacía también perfecto mi salvaje deleite precisamente porque la visión estaba más allá de mi alcance, sin posibilidad de llegar hasta ella para enturbiarla con la conciencia de un tabú transgredido. A decir verdad, es muy posible que la atracción que ejerce sobre mí la inmadurez resida no tanto en la limpidez de la belleza infantil, inmaculada, prohibida, cuanto en la seguridad de una situación en que perfecciones infinitas colman el abismo entre lo poco concedido y lo mucho prometido... aquella carne rosada que nunca conseguirás. *Mes fenêtres!* Suspendido por encima del rojo atardecer y de la negrura de la noche que se acercaba, rechinando los dientes, empujaba con todos los demonios de mi deseo la barandilla de un palpitante balcón: éste parecía disponerse a alzar el vuelo; despegaba ya... pero entonces la imagen iluminada se movía, Eva volvía a ser una costilla y sólo quedaba en la ventana un hombre obeso, en camiseta, leyendo el diario.

Como a veces yo ganaba la carrera entre mi fantasía y la realidad de la naturaleza, la decepción era soportable. El dolor insufrible empezaba cuando el azar decidía tomar cartas en el asunto y me privaba de la sonrisa destinada a mí. *Savez-vous qu'à dix ans ma petite était folle de vous?*, me dijo una mujer con la cual conversaba durante un té en París, y la *petite* acababa de casarse, a muchos kilómetros de distancia, y yo no podía recordar si había reparado en ella en aquel jardín junto a las pistas de tenis, doce años antes. Y, de modo similar, en la época a la que me refiero, el azar me había privado de aquellas radiantes visiones, de aquellas promesas de una realidad, unas promesas que no sólo debían ser simuladas de un modo seductor, sino también mantenidas con nobleza; de todo esto me había privado el azar. Bueno, el azar y los cambios que habían hecho que el pálido y amado escritor hubiera de tratar con personajes cuya importancia era cada vez menor. Si por un lado mi imaginación había llegado a ser tan rica como la de Proust, por otro se había reducido hasta resultar tan limitada como la de Procusto. Ello se puso particularmente de manifiesto una mañana de finales de septiembre de 1952 en que fui a recoger mi correo. El atildado, pero malhumorado, portero, con quien mantenía unas relaciones execrables, empezó a quejarse de que un hombre que había acompañado a casa a Rita recientemente había «vomitado como un cerdo» en los escalones de la entrada. Mientras le escuchaba, le daba una propina y volvía a escuchar una versión más cortés y enmendada del incidente, tuve la impresión de que una de las dos cartas contenidas en el bendito buzón era de la madre de Rita, una mujercita loca que nos había visitado una vez en Cape Cod y que me escribía a mis diversas direcciones diciendo que su hija y yo hacíamos una pareja estupenda y sería maravilloso que nos casáramos. La otra carta, que abrí y leí rápidamente en el ascensor, era de John Farlow.

Muchas veces he advertido que tendemos a atribuir a nuestros amigos una estabilidad similar a la que adquieren en la mente del lector los personajes literarios. Aunque abramos *El rey Lear* montones de veces, nunca encontraremos al pobre soberano apurando hasta la última gota de su jarra de cerveza la mar de contento, olvidados todos los pesares, en una alegre reunión con sus tres hijas y sus perros falderos. Nunca revivirá Emma, reanimada en el momento oportuno por las sales simpáticas contenidas en las lágrimas que Flaubert pone en los ojos de su padre. Sea cual fuere la evolución que este o aquel personaje popular ha experimentado entre las tapas de un libro, su destino está fijado en nuestra mente, y, de manera similar, esperamos que nuestros amigos se ajusten a tal o cual molde convencional que hemos acuñado para ellos. Así, X nunca compondrá la música inmortal que no armonizaría con las sinfonías de segundo orden a que nos ha habituado. Por su parte, Y jamás cometerá un asesinato. En ninguna circunstancia nos traicionará Z. Lo hemos dispuesto todo en nuestra mente, y cuanto menos vemos a una persona determinada, es tanto más satisfactorio comprobar la fidelidad con que se ajusta a la idea que nos hemos hecho de ella cada vez que nos llegan noticias suyas. Cualquier desviación del destino que hemos ordenado nos impresionaría, no sólo por anómala, sino también por su falta de ética. Preferiríamos no haber conocido a nuestro vecino, el vendedor jubilado de perritos calientes, si un buen día publica el libro de poesía más importante de su tiempo.

Digo todo esto para explicar cuánto me desconcertó la histérica carta de Farlow. Sabía que su mujer había muerto, pero esperaba que siguiera siendo, hasta el final de una viudez devota, la persona insulsa, tranquila y digna que había sido siempre. Pero me escribía que, después de una breve visita a los Estados Unidos, había vuelto a Sudamérica y había decidido que todos los asuntos que tenía entre manos en Ramsdale pasaran a las de Jack Windmuller, un abogado de esa ciudad al que ambos conocíamos. Parecía particularmente aliviado por librarse de las «complicaciones» de los Haze. Se había casado con una muchacha española. Había dejado de fumar y pesaba diez kilos más. Ella era muy joven y campeona de esquí. Pensaban pasar una tórrida luna de miel en la India. Como acababa de «formar un hogar», ya no tendría tiempo de ocuparse de mis asuntos, que encontraba «muy extraños y exasperantes». Los entrometidos –toda una asamblea de ellos, según parecía– le habían informado de que el paradero de la pequeña Dolly Haze era desconocido y yo vivía con una divorciada de muy mala fama en California. Su nuevo suegro era conde, y riquísimo. Las personas que alquilaban desde hacía varios años la casa de Charlotte deseaban comprarla. Sugería que hiciera aparecer rápidamente a Dolly. Además, se había roto una pierna. Incluía una instantánea en la que él y una mujer morena, vestida con un jersey blanco de lana, se sonreían mutuamente entre las nieves de Chile.

Recuerdo que entré en mi apartamento y empecé a decir: «Bueno, al fin hemos de encontrar sus huellas...», cuando la otra carta empezó a hablarme con una vocecilla muy segura de sí:

> Querido papá:
> ¿Cómo van las cosas? Me he casado. Voy a tener un hijo. Creo que será muy grande. Creo que nacerá para Navidad. Es difícil escribirte esta carta. Estoy medio loca, porque no podemos pagar nuestras deudas y marcharnos de aquí. Le han prometido a Dick una buena colocación en Alaska, dentro de su especialidad en la mecánica. No sé cuál es, pero tengo entendido que es muy importante. Perdona que no te dé mi dirección, pero quizás sigas enfadado conmigo, y Dick no debe saber lo ocurrido. Esta ciudad es algo increíble. El humo de las fábricas se mezcla con la niebla y no deja ver a los idiotas que viven aquí. Por favor, mándanos un cheque, papá. Podemos arreglarnos con trescientos o cuatrocientos, o quizás menos, cualquier suma vendría bien; puedes vender mis cosas viejas, pues una vez lleguemos allí nos lloverá el dinero. Escríbeme, por favor. He pasado muchas tristezas y sinsabores.
> Tu hija que espera ansiosa,
>
> DOLLY (SEÑORA DE RICHARD F. SCHILLER)

28

De nuevo en el camino, de nuevo al volante del viejo sedán azul, de nuevo solo. Rita todavía estaba muerta para el mundo cuando leí esa carta y luché contra las montañas de atroces sufrimientos que levantó en lo más íntimo de mi ser. Contemplé su sueño sonriente, le besé la húmeda frente y la dejé para siempre, con una nota de tierno *adieu* pegada al ombligo con cinta adhesiva, pues de haberla dejado en cualquier otro lugar era muy probable que le pasara inadvertida.

¿«Solo» he dicho? *Pas tout à fait.* Llevaba conmigo a mi pequeña camarada negra, y, no bien llegué a un lugar retirado, proyecté la muerte violenta del señor Richard F. Schiller. Había encontrado un viejo jersey mío de color gris, muy sucio, en el fondo del maletero, y lo colgué de una rama en un silencioso claro de un bosque, al cual llegué por un camino arbolado desde la ya remota carretera. La ejecución de la sentencia se vio algo entorpecida por cierta rigidez en el juego del gatillo, y me pregunté si debía poner una gota de aceite en el misterioso mecanismo, pero resolví que no tenía tiempo que perder. El viejo jersey muerto volvió al automóvil, ahora con perforaciones adicionales. Le puse un cargador nuevo a mi cálida compinche y proseguí el viaje.

La carta estaba fechada el 18 de septiembre de 1952 (el día en que ocurrió lo que narro era el 22), y la dirección que me indicaba Lolita era «Lista de correos, Coalmont» (omito si se hallaba en «Virginia», «Pensilvania» o «Tennessee»; aunque el nombre de la ciudad tampoco era Coalmont; lo he camuflado todo, amor mío). Averigué que era una pequeña comunidad industrial a unos mil quinientos kilómetros de Nueva York. Al principio, proyecté conducir todo el día y toda la noche, pero después lo pensé mejor y descansé un par de horas, próxima ya la madrugada, en un motel, pocos kilómetros antes de llegar a la ciudad. Mi mente había llegado a la conclusión de que aquel demonio, el tal Schiller, era un vendedor de coches que conoció a Lolita el día en que a ésta se le pinchó la rueda de la bicicleta, en Beardsley, e hizo autostop para ir a su clase de piano. Después, seguramente, se quedó sin empleo y le fueron mal las cosas. El cadáver del jersey ejecutado, a pesar de que modifiqué varias veces su silueta mientras yacía sobre el asiento trasero del automóvil, seguía mostrando ciertas características del sosias de Trapp-Schiller, en especial el aura de grosera y repugnante bonhomía que emanaba de su cuerpo. Y, para contrarrestar ese dejo de vulgar corrupción, decidí ponerme especialmente atractivo y elegante cuando apreté el botón de mi reloj despertador antes de que sonara a las seis de la mañana. Después, con el romántico cuidado de un caballero a punto de batirse en duelo, verifiqué si llevaba todos mis documentos, me bañé, perfumé mi delicado cuerpo, me afeité la cara y el pecho, elegí una camisa de seda y calzoncillos limpios, me puse calcetines transparentes color gris topo y me felicité por haber llevado conmigo, en un baúl, algunas prendas realmente exquisitas; por ejemplo, un chaleco con botones de nácar y una corbata de pálido cachemir, entre otras cosas.

Por desgracia, devolví el desayuno. Pero ignoré ese percance fisiológico como un *contretemps* trivial, me limpié la boca con un fino pañuelo que saqué de mi manga y, con un bloque de hielo azul por corazón, una píldora en la lengua y una muerte segura en el bolsillo del pantalón, me dirigí hacia una cabina telefónica de Coalmont (su puerta plegable gimió al abrirse) y llamé al único Schiller –Paul, Muebles– que encontré en la maltratada guía. El ronco Paul me dijo que conocía a un Richard, hijo de una prima suya, y que su dirección era... un instante... calle Asesino, número 10 (no me muestro demasiado brillante a la hora de inventar nombres falsos). La puerta plegable volvió a gemir al abrirse.

En el número 10 de la calle Asesino, una casa de vecinos, interrogué a unos cuantos ancianos decrépitos y a dos nínfulas de rubio cabello largo, increíblemente harapientas (de manera más bien abstracta, sólo porque sí, la antigua bestia que había en mí acariciaba la idea de encontrar a una niña medio desnuda que pudiera estrechar contra mí durante un instante, después del crimen, cuando ya nada importara y todo me estuviera permitido). Sí, Dick Schiller había vivido allí, pero se había mudado al casarse. Nadie sabía su nueva dirección. «Deben de saberla en la tienda», dijo una voz de bajo que partió de una boca de entrada al alcantarillado abierta junto a mí y las dos niñas descalzas y de brazos flacos y sus ajadas abuelas. Entré en una tienda que no era la indicada, y un viejo negro receloso negó con la cabeza antes incluso de que pudiera preguntarle nada. Crucé hacia una mísera tienda de comestibles y allí, llamada por un cliente a petición mía, una voz femenina gritó desde un abismo en el suelo (equivalente de la boca de entrada al alcantarillado): «¡Calle Cazador, última casa!»

La calle Cazador estaba a varios kilómetros de allí, en un barrio aún más deprimente, lleno de zanjas y montones de basura, de huertos con las plantas comidas por los gusanos, de chozas, de llovizna gris, de barro rojo; a lo lejos había varias «casas» de las que salía humo. Me detuve ante la última, poco más que una choza, hecha de chillas y rodeada de hierbajos secos; detrás tenía varias casuchas más, cada vez más alejadas de la calle. En la parte trasera de aquella casa se oían martillazos, y durante varios minutos permanecí inmóvil en mi viejo coche; me sentía viejo y endeble; había llegado al fin de mi viaje, mi triste meta: *finis* mis amigos, *finis* mis demonios. Eran, poco más o menos, las dos de la tarde. Mis pulsaciones eran cuarenta un minuto y cien al siguiente. La llovizna repiqueteaba contra el capó del automóvil. La automática había emigrado al bolsillo derecho del pantalón. Un perro inclasificable llegó procedente de la parte trasera de la casa, se detuvo asombrado y empezó a ladrarme lleno de buena voluntad, con los ojos entrecerrados, sucio de fango su vientre colgante; después avanzó y retrocedió varias veces y volvió a ladrar.

29

Bajé del automóvil y cerré de golpe la portezuela. ¡Qué concreto, qué rotundo, se oyó aquel portazo en el vacío día sin sol! «¡Guau!», comentó el perro mecánicamente. Apreté el timbre, que vibró por todo mi sistema nervioso. *Personne. Je resonne. Repersonne.* ¿De qué profundidades de mi mente surgían aquellas tonterías? «¡Guau!», volvió a comentar el perro. Se oyeron pasos apresurados, que se detuvieron de repente, y la puerta se abrió con un seco chasquido, que sonó igual que un nuevo ladrido.

Casi cinco centímetros más alta. Gafas de montura rosada. Nuevo peinado hacia arriba, orejas nuevas. ¡Qué inocente parecía todo! El momento, la muerte que había imaginado durante tres años, parecían tan inocentes como un pedazo de madera seca. Estaba franca, inmensamente encinta. Su cabeza parecía más pequeña (sólo habían transcurrido dos segundos, en realidad, pero permítanme asignarles toda la duración que es capaz de sobrellevar una vida), sus pálidas mejillas estaban hundidas y sus piernas y brazos desnudos habían perdido su tinte bronceado, de modo que se notaba el vello. Llevaba un vestido marrón de algodón, sin mangas, y anchas zapatillas de fieltro.

—¡Vaya! —exclamó, después de una pausa, con todo el énfasis de la sorpresa y la bienvenida.

—¿Está en casa tu marido? —grazné con el puño en el bolsillo.

Resulta evidente que no podía *matarla,* aunque algunos hayan imaginado lo contrario. ¿Es que no lo comprenden? La quería. Era un amor a primera vista, a última vista, a cualquier vista.

—Pasa —dijo con una nota de vehemente alegría en su voz. Dolly Schiller se pegó cuanto pudo (e incluso se alzó un poco de puntillas) a la astillada madera de la puerta, a fin de dejarme paso, y, por un momento, pareció que la hubieran crucificado, pues levantó hasta la altura de los hombros sus brazos, blancuzcos como la leche aguada, inclinó su rostro de mejillas hundidas y *pommettes* redondeadas y sonrió al umbral. Pasé sin rozar a su prominente criatura. Seguía oliendo a Dolly, aunque con un tufillo de fritanga. Me castañetearon los dientes—. No, quédate fuera —añadió dirigiéndose al perro. Cerró la puerta y nos siguió a mí y a su barriga hasta la sala de estar de aquella casa de muñecas.

—Dick está allí —dijo señalando con una raqueta de tenis invisible, lo que hizo que mi mirada viajara desde el ocre dormitorio-sala donde estábamos, a través de la cocina y la puerta trasera, más allá de la cual, en un paisaje bastante primitivo, un joven desconocido de pelo oscuro, que llevaba un mono, y al cual, inmediatamente, absolví de la pena de muerte, me volvía la espalda subido a una escalera mientras clavaba algo en el techo, o sus aledaños, de la choza de su vecino, un tipo más rechoncho, con un solo brazo, que miraba hacia arriba.

Lolita explicó desde lejos la situación, como si tratara de disculparla («Los hombres siempre serán hombres»). ¿Quería que lo llamara?

No.

De pie, en medio de aquella habitación de techo inclinado, Lolita se puso a emitir una sarta de gruñidos interrogativos al mismo tiempo que con puños y manos hacía una serie de ademanes, que parecían copiados de las danzas familiares javanesas, a fin de ofrecerme, en una breve exhibición de jocosa cortesía, las alternativas de una mecedora y un diván (su cama, después de las diez de la noche). He dicho «familiares» porque un buen día me recibió con aquella misma danza durante su fiesta en Beardsley. Los dos nos sentamos en el diván. Entonces me ocurrió algo curioso: aunque, a decir verdad, su encanto se había marchitado bastante, me di cuenta —un poco tarde, sin duda— de cuánto se parecía —se había parecido siempre— a la rosada Venus de Botticelli: la misma nariz suave, la misma belleza difusa. En mi bolsillo, mis dedos tocaron, dentro del pañuelo en que estaba envuelta, mi arma todavía sin usar.

—No es él el individuo al que busco —dije.

La difusa expresión de bienvenida desapareció de sus ojos. Frunció el ceño como en los viejos, tristes días.

—¿*Quién* es, pues?

—¿Dónde está? ¡Rápido!

—Oye —dijo inclinando la cabeza y meneándola en esa posición—. No sacarás a relucir aquello...

—Sí, lo haré.

Y durante un instante —cosa extraña, el único instante agradable y soportable de toda la entrevista— nos miramos llenos de ira, como si aún fuera mía.

Era una chica sensata, y se dominó.

Dick no sabía una palabra de aquel embrollo. Creía que yo

era su padre. Creía que había escapado de una familia de la alta sociedad sólo para lavar platos en un restaurante de carretera. Creía cualquier cosa que ella le dijera. ¿Por qué pretendía hacer las cosas todavía más difíciles revolviendo toda aquella porquería?

Pero le dije que debía ser sensata, que debía comportarse como una chica sensata (con aquel bombo desnudo bajo el delgado vestido marrón), que debía comprender que, si esperaba de mí la ayuda que había ido a llevarle, yo necesitaba tener, por lo menos, una idea clara de la situación.

—¡Vamos, dime su nombre!

Creía que ya lo había averiguado mucho tiempo atrás. Era un nombre tan sensacional... (lo dijo con una sonrisa melancólica y malévola). Nunca lo creería. Incluso ella apenas podía creerlo.

Su nombre, mi ninfa caída.

¿Qué importaba? Sugirió que lo olvidara. ¿Un cigarrillo? No. Su nombre.

Negó con la cabeza, llena de firme resolución. Dijo que era demasiado tarde para provocar un escándalo y que yo nunca creería lo increíblemente increíble...

Dije que me marchaba, recuerdos, encantado de haberla visto.

Dijo que era realmente inútil, que nunca lo diría, pero, por otro lado, después de todo...

—¿De veras quieres saber quién fue? Bueno, fue...

Arqueó las finas cejas, proyectó hacia delante los resecos labios en un delicioso mohín, lo cual le dio cierto aire burlón, y, no sin ternura, en tono confidencial y con voz que fue bajando de volumen hasta convertirse en una especie de contenido susurro, pronunció el nombre que el avispado lector, seguramente, ha adivinado hace mucho tiempo.

Sumergible. ¿Por qué apareció en mi mente, por un instante, la imagen del lago del Reloj de Arena? Porque yo también lo había sabido, sin saberlo, durante todo aquel tiempo. La fusión se realizó tranquilamente, sin alharacas, y todo ocupó el lugar que le correspondía, todo se colocó en el punto exacto que le estaba destinado en el conglomerado de ramas que yo había ido entrelazando a lo largo de estas memorias con el expreso propósito de que el fruto cayera en el momento justo. Sí, con el expreso y perverso propósito de alcanzar –Lo hablaba, pero yo me fundía en mi paz dorada–, de alcanzar, como iba diciendo, esa paz monstruosa y dorada mediante la satisfacción del reconocimiento lógico, que incluso el más contrario a mí de mis lectores debe de experimentar ahora.

Lo seguía hablando, como he dicho. Sus palabras me llegaban ahora en un flujo relajado. Aquel hombre era el único por el cual había perdido la cabeza. ¿Y Dick? Oh, Dick era un corderito, y vivían felices, pero ella se refería a algo muy diferente. Y *yo* nunca había contado, ¿verdad?

Me observó como si, de pronto, cayera en la cuenta del increíble –y, en cierto modo, tedioso, confuso e innecesario– hecho de que aquel distante, elegante, esbelto y valetudinario cuarentón que llevaba una chaqueta de terciopelo y estaba sentado junto a ella había conocido y adorado cada poro y folículo de su cuerpo pubescente. En sus ojos gris pálido, tras las extrañas gafas, nuestros pobres amores se reflejaron un instante, y fueron valorados y descartados como algo aburrido, como una reunión pesada, como una merienda campestre a la que sólo hubieran acudido las personas más insulsas y que, encima, hubiera sido interrumpida por la lluvia, como un pedazo de barro seco que se hubiera adherido a su niñez y del cual no hubiera podido desprenderse.

Apenas pude desviar mi rodilla para que no la alcanzara su palmada (uno de sus ademanes adquiridos).

Me pidió que tratara de aceptarlo. El pasado era el pasado. Había sido un buen padre, suponía... Bueno, al menos, me concedía *eso*. Adelante, Dolly Schiller.

Bien, ¿sabía que aquel hombre conocía a su madre? ¿Que era, prácticamente, un viejo amigo? ¿Que había visitado a su tío en Ramsdale –oh, años antes–, que había hablado en el Club de Madres, que la había cogido del brazo desnudo, que la había sentado en su regazo delante de todo el mundo, que la había besado en la cara, que ella tenía diez años y le había odiado? ¿Sabía que me había visto con ella en aquel hotel, donde, precisamente, escribía la obra que ensayaría en Beardsley dos años después? ¿Sabía que...? Había sido una temeridad por su parte hacerme creer que Clare era una anciana, tal vez pariente de aquel hombre, o incluso su compañera sentimental. ¡Oh, se había escapado por los pelos cuando el *Wace Journal* publicó su fotografía! La *Briceland Gazette* no la publicó. Sí, muy divertido.

Sí, dijo Lolita, este mundo era una sucesión de escenas cómicas; si alguien escribía algún día su vida, nadie la creería.

En aquel instante llegaron ruidos hogareños desde la cocina, donde Dick y Bill habían entrado en busca de cerveza. A través de la puerta abierta distinguieron al visitante, y Dick entró en la sala.

—¡Dick, éste es papá! —exclamó Dolly con voz resonante y violenta que me impresionó como totalmente extraña, y nueva, y alegre, y vieja, y triste, porque aquel joven, veterano de una guerra remota, era duro de oído.

Ojos de un palidísimo azul, pelo negro, mejillas rojas, mentón sin afeitar. Nos dimos la mano. El discreto Bill, que, evidentemente, se enorgullecía de hacer maravillas con una sola mano, trajo las latas de cerveza que había abierto. Quería irse. La cortesía exquisita de las gentes sencillas. Le hicieron quedarse. Un anuncio de cerveza. En realidad, yo lo prefería así, y los Schiller también. Me deslicé hacia la mecedora. Dolly, que mascaba ávidamente, me ofreció pastas caseras y patatas chips. Los hombres miraban a su padre, frágil, *frileux,* que parecía encogido, europeo, de aspecto juvenil, pero enfermizo, que llevaba una chaqueta de terciopelo y un chaleco beige, quizás un vizconde...

Tenían la impresión de que pensaba quedarme, y Dick, tras fruncir repetidamente el ceño, lo que sugería que le costaba pensar, insinuó que Dolly y él podían dormir en la cocina, sobre un colchón que les sobraba. Agité levemente la mano y dije a Dolly —que se lo transmitió con un alarido especial— que sólo estaba de paso, que iba camino de Readsburg, donde me aguardaban amigos y admiradores. Entonces advertí que el pulgar que le quedaba a Bill sangraba (después de todo, no hacía tantas maravillas). ¡Qué madura, qué desconocida, me pareció la sombría división entre sus pálidos pechos cuando Lo se inclinó sobre la mano del hombre! Fue a curarla a la cocina. Durante unos minutos, tres o cuatro breves eternidades que se colmaron de cordialidad artificial, Dick y yo nos quedamos solos. Estaba sentado en una silla de asiento de madera, y se restregaba las manos y fruncía el ceño. Y yo sentía el absurdo prurito de apretarle los barrillos que tenía en las aletas de la nariz con mis largas garras de ágata. Sus ojos eran agradables y tristes, con hermosas pestañas, y sus dientes eran blanquísimos. Tenía la nuez prominente y llena de pelos bastante crecidos. ¿Por qué no se afeitaban más a menudo aquellos fornidos mocetones? Él y su Dolly habían copulado a su antojo en aquel sofá cama ciento ochenta veces, por lo menos, aunque tal vez hubieran sido muchísimas más; y antes de eso... ¿Cuánto hacía que Dolly lo conocía? No sentí rencor. Por extraño que parezca, no sentí el menor rencor, sólo dolor y asco. Dick se frotó la nariz. Estaba seguro de que cuando, por fin, abriera la boca, diría (meneando ligeramente la cabeza): «Sí, es una buena chica, señor Haze. Sí que lo es. Y será una buena madre.» Abrió la boca... y bebió un sorbo de cerveza. Eso le dio más dominio de sí. Siguió bebiendo hasta que la espuma cubrió sus labios. Era un corderito. Había tenido en sus manos los pechos florentinos de Dolly. Sus uñas eran negras y estaban roídas, pero las falanges, el carpo, las fuertes muñecas, eran mucho más finos que los míos, muchísimo más. He causado demasiadas heridas a demasiados cuerpos con mis pobres manos retorcidas para enorgullecerme de ellas. Epítetos franceses, nudillos de campesino de Dorset, dedos de lisas yemas de sastre austríaco: eso es Humbert Humbert.

Bueno. Si él callaba, también podía callar yo. A decir verdad, no me vendría nada mal un poco de descanso en aquella mecedora sumisa y aterrorizada a causa de mi peso antes de dirigirme a la guarida de aquella bestia —dondequiera que estuviera— y, una vez allí, tirar hacia atrás del prepucio de la automática y luego gozar del orgasmo de su gatillo al ser apretado: siempre he sido seguidor, modesto, pero fiel, del brujo vienés. Pero, de pronto, sentí lástima por Dick, al que, de algún modo hipnótico, impedía hacer la única observación que podía ocurrírsele («Es una buena chica...»).

—¿De modo que os vais a Canadá? —dije.

En la cocina, Dolly se reía por algo que Bill había hecho o dicho.

—¿De modo —aullé— que os vais a Canadá? No, a Canadá no... —Volví a aullar—. Quiero decir a Alaska, claro.

Dick sostuvo su vaso con ambas manos y, asintiendo cortésmente, contestó:

—Bueno, supongo que se cortó con la punta de un alambre. Perdió el brazo derecho en Italia.

Encantadores almendros en flor de color malva. Un brazo surrealista arrancado por una explosión colgando entre el encaje malva. Una muchacha como una flor tatuada en la mano. Dolly y Bill, vendado, reaparecieron. Se me ocurrió que la belleza ambigua, pálida y morena, de Lo excitaba al manco. Con una mueca de alivio, Dick se puso en pie. Suponía que era mejor que él y Bill acabaran de clavar aquellos alambres. Suponía que el señor Haze y Dolly tenían montones de cosas que decirse. Suponía que me vería antes de que me marchara. ¿Por qué suponen tantas cosas esos tipos, y se afeitan tan poco, y desdeñan olímpicamente los audífonos?

—Siéntate —dijo Dolly al mismo tiempo que se golpeaba audiblemente las caderas con las manos.

Volví a dejarme caer en la negra mecedora.

—¿De modo que me traicionaste? ¿Adónde fuiste? ¿Dónde está ahora este tipo?

Cogió una fotografía cóncava y brillante que había sobre la repisa del hogar. Una vieja de blanco, corpulenta, sonriente, de piernas combadas y vestido muy corto; un viejo en mangas de camisa, con mostacho colgante y reloj de bolsillo con leontina. Sus suegros. Vivían con el hermano de Dick y su familia en Juneau.

—¿De veras no quieres fumar?

Encendió un cigarrillo. Era la primera vez que la veía fumar. *Streng verboten*[1] bajo Humbert el Terrible. Airosamente, envuelta en un vaho azulado, Charlotte Haze surgió de su tumba. Ya lo encontraría por medio del tío Ivor, si ella se negaba a decírmelo...

—¿Que te he traicionado? No.

Arrojó la ceniza de su cigarrillo, con un rápido golpe del índice, hacia el hogar, exactamente como solía hacerlo su madre. Y después, como su madre, ¡oh, Dios mío!, se quitó con la uña un fragmento de papel de cigarrillo pegado al labio. No. No me había traicionado. Yo estaba entre amigos. Edusa la había prevenido de que a Cue[2] le gustaban las niñas, de que había estado a punto de ir a la cárcel, de veras (encantadora verdad), y él sabía que ella estaba enterada. Sí... El codo en la palma de una mano, una calada, una sonrisa, el humo exhalado, la ceniza hacia el hogar. Crecientes reminiscencias. Cue —sonrisa— calaba a las personas y penetraba sus intenciones más ocultas, porque no era como ella ni como yo: era un genio. Un gran tipo. Divertidísimo. Se partió de risa cuando le contó lo nuestro, y dijo que ya se lo imaginaba. Dadas las circunstancias, no había ningún peligro en contarle...

Bien, Cue... Todos lo llamaban Cue...

Su campamento, hacía cinco años. Curiosa coincidencia... La llevó a un rancho para turistas a un día de Elephant (así pro-

---

1. «Terminantemente prohibido», en alemán. *(N. del T.)*

2. *Cue,* que se pronuncia «quiu», significa «pista», «conjunto de indicios o señales que pueden conducir a la averiguación de algo». «Quiu» es también la pronunciación de la letra cu en inglés. De ahí que se apode, familiarmente, Cue a Clare Quilty, el gran amor de Lolita, por la inicial de su apellido. Por otra parte, a lo largo de la novela, Nabokov da una serie de pistas, jugando con la pronunciación «quiu», acerca de la identidad de este personaje, las cuales van desde las alusiones de las primeras páginas hasta las letras Q y CU (también se pronuncian «quiu») de las matrículas del coche o coches perseguidores, pasando por la biografía tomada de un anuario teatral o la indicación de Campamento Q. *(N. del T.)*

nunció Elphinstone). ¿Cómo se llamaba? Oh, un nombre tonto... Rancho Duk Duk[1] –qué nombre más tonto, ¿verdad?–;
pero eso poco importaba ahora, porque había desaparecido, se
había desintegrado. De verdad, lo decía muy en serio, no podía
imaginarme lo lujoso que era aquel rancho; lo decía muy en serio, lo tenía todo, lo que se dice todo, incluso una cascada en su
interior. ¿Recordaba a aquel tipo pelirrojo con quien nosotros
(«nosotros»: esto sonaba bien) habíamos jugado a dobles al tenis? Bueno, pues el rancho era del hermano del pelirrojo, que se
lo había prestado a Cue para el verano. Cuando aparecieron ella
y Cue, los demás les hicieron pasar por una ceremonia de coro-
nación y después metieron la cabeza bajo el agua, como cuando
se cruza el Ecuador. *Tú* debes de saberlo por experiencia propia.
    Levantó los ojos con sintética resignación.
    –Sigue, por favor.
    Bueno. La idea era que Cue la llevara en septiembre a
Hollywood para hacerle una prueba, a ver si podía intervenir
en una escena de tenis en la versión cinematográfica de *Sublime
coraje,* una de sus obras, o incluso doblar a alguna de las estrellas en la pista brillantemente iluminada. Pero, ¡ay!, nada de eso
ocurrió.
    –¿Dónde está ese cerdo ahora?
    No era un cerdo. Era un gran tipo, en muchos sentidos,
pero no hacía más que emborracharse y drogarse. Y, desde luego, sus gustos sexuales eran de lo más estrafalario, y sus amigos
eran sus esclavos. No podía imaginarme (¡yo, Humbert, no podía imaginarme!) las cosas que hacían en el Rancho Duk Duk.
Se negó a tomar parte en ellas porque le quería, y la echó.
    –¿Qué cosas?
    –Oh, rarísimas, guarrísimas, anormales. Quiero decir que
tenía allí a dos chicas y a dos muchachos, y a tres o cuatro
hombres, y pretendía que todos nos mezcláramos desnudos
mientras una vieja nos filmaba.

    1. En el argot de ciertos pueblos de Irán y de Pakistán, «follar».
(N. del T.)

(La Justine de Sade tenía doce años cuando empezó.)

—¿Qué cosas, exactamente?

—Oh, cosas... Oh, yo... realmente, yo...

Profirió ese «yo» como un grito contenido mientras trataba de averiguar el origen de su dolor. Falta de palabras, extendió los cinco dedos y movió arriba y abajo su mano angulosa. No, no podía decirlo, se negaba a dar detalles con aquella criatura en su vientre.

Era comprensible.

—Nada de eso importa ahora —dijo; esponjó con el puño un almohadón gris, reclinó la espalda en él y colocó el resto del cuerpo en el diván—. Locuras, guarradas. Le dije que no, que no pensaba —empleó con absoluta despreocupación un repulsivo término vulgar que, en traducción literal francesa, sería *souffler*— a aquellos tíos tan animales, porque sólo le quería a él. Bien, pues me echó con cajas destempladas.

No había mucho más que contar. Aquel invierno, el de 1949, Fay y ella encontraron trabajo. Durante casi dos años anduvo de aquí para allá trabajando en restaurantes de pueblos pequeños. Después conoció a Dick. No, no sabía dónde estaba aquel hombre. En Nueva York, suponía. Desde luego, era tan famoso, que habría dado con él enseguida, si hubiera querido. Fay trató de volver al rancho, pero se encontró con que ya no existía: se había quemado hasta los cimientos, no quedaba *nada*, sólo un montón de restos chamuscados. Era *muy raro, rarísimo*...

Cerró los ojos y abrió la boca; seguía reclinada sobre el almohadón, con un pie apoyado en el suelo, dentro de su zapatilla. El piso de madera estaba inclinado: una bolita de acero habría rodado hacia la cocina. Ya sabía cuanto quería saber. No tenía la intención de torturar a mi amada. En algún lugar, más allá de la casucha de Bill, una radio festejaba el trabajo terminado cantando acerca del destino y la pasión; y allí estaba mi Lo, con su belleza marchita, sus manos adultas y llenas de gruesas venas, sus brazos blancos con la carne de gallina, sus orejas lisas, sus axilas descuidadas. Allí estaba mi Lolita, definitivamente ajada a los diecisiete años, con aquella criatura que ya soñaba en su vientre con tener éxito en la vida, hacer mucho dinero y retirarse hacia el 2020 después de Cristo. La miré y la remiré, y comprendí, con tanta certeza como que me he de morir, que la quería más que a nada en este mundo. Ya no era más que el vago aroma a violeta y el eco, débil como el de las hojas muertas, de la nínfula con la que me había revolcado lanzando alaridos de pasión en el pasado; un eco a la orilla de un barranco rojo, con un bosque lejano bajo un cielo blanco, y hojas pardas ahogándose en el arroyo, y un último grillo sobre la crespa maleza..., pero, gracias a Dios, no era sólo ese eco lo que yo había venerado. Lo que yo solía acariciar entre las zarzas enmarañadas de mi corazón, *mon grand péché radieux,* se había reducido a su esencia: un vicio estéril y egoísta, del que renegaba y al que maldecía. Pueden ustedes burlarse de mí y amenazar con despejar la sala, pero hasta que esté amordazado y medio estrangulado seguiré gritando mi pobre verdad. Insisto en que el mundo sepa cuánto quería a mi Lolita, a *esta* Lolita, pálida y profanada, con otra niña en el vientre, pero todavía con sus ojos grises, todavía con sus pestañas negras, todavía castaña y almendra, todavía mi Carmencita, todavía mía. *Changeons de vie, ma Carmen, allons vivre quelque part où nous ne serons jamais séparés.* ¿Ohio? ¿Los solitarios bosques de Massachusetts? Poco importaría que sus ojos se marchitaran hasta convertirse en los de un pez miope, que sus pezones se hincharan y agrietaran, que su pubis delicado, encantador, aterciopelado, joven, se ensuciara y desgarrara... aun así enloquecería de ternura con sólo ver tu querido rostro pálido, con sólo oír tu voz juvenil y ronca, mi Lolita.

–Lolita –dije–, esto quizás no tenga pies ni cabeza, pero debo decírtelo. La vida es muy corta. De aquí a ese viejo automóvil que conoces tan bien hay sólo un trecho de veinte, veinticinco pasos. Es un trecho muy corto. Da esos veinticinco pasos. Ahora. Ahora mismo. Vente así, como estás. Y viviremos felices el resto de nuestras vidas.

Carmen, voulez-vous venir avec moi?

–¿Quieres decir...? –dijo abriendo los ojos e irguiéndose un poco, como una serpiente a punto de morder–. ¿Quieres decir que nos –nos– darás ese dinero sólo si me voy contigo a un motel? *¿Eso* es lo que quieres decir?

–No. Has entendido mal. Quiero que dejes a tu Dick, que no es más que un incidente, que dejes este horrible agujero, que te vengas a vivir conmigo, que mueras conmigo, que lo hagas todo conmigo.

(Si no lo dije con estas palabras, utilicé otras muy semejantes.)

–Estás loco –dijo, y puso mala cara.

–Piénsalo, Lolita. No pasará nada si te vienes conmigo. Salvo, quizás... bien, no importa. –Hubiera querido decirle que, si lo hacía, salvaría su vida, pero callé–. De todos modos, aunque rehúses, te daré tu... *trousseau.*

–¿En serio? –preguntó Dolly.

Le tendí un sobre con cuatrocientos dólares en efectivo y un cheque por tres mil seiscientos más.

Recibió mi *petit cadeau* recelosa, desconcertada; después su frente adquirió un hermoso tinte rosado.

–¿Quieres decir –dijo con énfasis entrecortado por la emoción– que nos das *cuatro mil* dólares?

Me cubrí la cara con la mano y estallé en el llanto más ardiente que había conocido en mi vida. Sentía que las lágrimas caían a través de mis dedos, por la barbilla, y me quemaban, y la nariz se me tapó, y no podía parar, y entonces ella me tocó la muñeca.

–Me moriré si me tocas –dije–. ¿De veras no quieres venir conmigo? ¿No puedo tener ninguna esperanza de que lo hagas algún día? Dime sólo que sí.

–No, querido, no.

Nunca me había llamado querido con aquel tono hasta entonces.

–No –dijo–, ni pensarlo. Antes volvería con Cue. Quiero decir...

No encontró las palabras. Se las proporcioné mentalmente («*Él* me destrozó el corazón. *Tú* destrozaste mi vida»).

–Creo que... –empezó a decir, pero se interrumpió, pues el sobre se deslizó y cayó al suelo; lo recogió–. Creo que es *formidable* de tu parte darnos este montón de dinero. Esto lo arregla todo; podremos empezar la semana próxima. Deja de llorar, por favor. Tienes que comprender. Toma un poco de cerveza. Oh, no llores. No sabes cuánto siento haberte defraudado, pero así son las cosas.

Me sequé la cara y los dedos. Ella sonrió al *cadeau*. Estaba radiante. Quería llamar a Dick. Dije que tenía que marcharme enseguida; no quería verlo. Tratamos de encontrar algún tema de conversación. Sin saber por qué, seguía viendo –temblaba y brillaba con fulgor satinado en mi retina húmeda– a una luminosa niña de doce años sentada en un umbral y tirando piedras a una lata vacía. Estuve a punto de decir, en mis esfuerzos por hallar un tema trivial de conversación: «Me pregunto a veces qué habrá sido de la pequeña McCoo... ¿mejoró su aspecto físico?» Pero me detuve a tiempo, por temor a que me replicara: «Me pregunto a veces qué habrá sido de la pequeña Haze...» Al fin volví a las cuestiones monetarias. Aquella suma, dije, representaba más o menos las rentas netas de la casa de su madre; ella dijo: «¿No la habías vendido hace años?» No (admito que se lo *dije,* para cortar todas nuestras conexiones con Ramsdale); un abogado le enviaría después un informe detallado de la situación financiera. Era muy buena. Algunos de los títulos comprados por su madre habían subido sin parar. Sí, seguro que debía irme. Debía irme, y encontrarle, y acabar con él.

Como no habría sobrevivido al roce de sus labios, empecé a retroceder bailando una danza absurda. Y a cada paso que daba hacia atrás, ella y su barriga avanzaban hacia mí.

Me despidió junto a su perro. Me sorprendió (éste es un efecto retórico: no lo hizo en absoluto) que ver el viejo automóvil en que había viajado durante su niñez y su ninfulez la dejara tan indiferente. Sólo observó que en algunos puntos comenzaban a oxidarse los guardabarros. Le dije que era suyo, que yo podía viajar en autobús. Me dijo que no fuera tonto, que volarían a Júpiter y se comprarían un automóvil allí. Le dije que se lo compraba por quinientos dólares.

—A este paso, pronto seremos millonarios —le comentó Dolly al extático perro.

Carmencita, lui demandais-je...

—Una última palabra —dije en mi inglés abominable y cuidadoso—. ¿Estás completamente segura...? Bueno, no mañana, desde luego, ni pasado mañana, pero... Bueno, algún día, si quieres venirte a vivir conmigo... Crearé un nuevo Dios, y se lo agradeceré con gritos desgarradores, si me das una esperanza, aunque sólo sea microscópica.

—No —dijo sonriendo—. No.

—Habría hecho que todo fuera distinto —dijo Humbert Humbert.

Entonces saqué la pistola... Ésa es la tontería que más de un lector supone que hice. Pero no se me ocurrió siquiera.

—¡Adióooooos! —cantó mi dulce, inmortal y difunto amor norteamericano.

Porque estará muerta y será inmortal si ustedes leen esto. Quiero decir que éste es el acuerdo al que he llegado con las llamadas autoridades.

Después, mientras me alejaba, oí que llamaba con voz vibrante a su Dick. Y el perro empezó a trotar junto a mi automóvil como un delfín gordo, pero era demasiado pesado y viejo, y pronto abandonó.

Y al fin me encontré en medio de la llovizna del día moribundo, con los limpiaparabrisas en pleno funcionamiento, pero incapaces de apartar mis lágrimas.

30

Como salí de Coalmont a eso de las cuatro de la tarde (por la carretera X, no recuerdo el número), hubiera podido llegar a Ramsdale al amanecer, pero un atajo me tentó. Tenía que tomar la carretera Y. El mapa me mostró, como si deseara quedar bien conmigo, que más allá de Woodbine, adonde llegué al anochecer, podía salir de la asfaltada X y llegar a la asfaltada Y siguiendo una carretera transversal sin asfaltar. Sólo tenía unos setenta kilómetros, según el mapa. De lo contrario, debía seguir otros ciento ochenta kilómetros por X y desviarme por la lenta y llena de curvas Z para llegar hasta Y y mi destino. Sin embargo, el atajo en cuestión empeoró sin cesar, cada vez había en él más baches y fango, y cuando intenté volver atrás después de unos veinte kilómetros de marcha ciega, tortuosa y con lentitud de tortuga, mi viejo y débil Melmoth se empantanó. Todo estaba oscuro, húmedo, solitario. Mis faros alumbraban una ancha zanja llena de agua. El campo que me rodeaba —si es que existía— era un páramo. Quise zafarme, pero las ruedas sólo gimieron en el lodo. Maldiciendo mi situación, me quité la ropa elegante, me puse unos pantalones viejos y el suéter agujereado y chapoteé casi ocho kilómetros hasta una granja. Durante el camino empezó a llover, pero no tuve fuerzas para retroceder en busca de un impermeable. Tales incidentes me han persuadido de que mi corazón, fundamentalmente, está bien, a pesar de recientes diagnósticos. A eso de medianoche, una grúa desempantanó mi automóvil. Navegué de regreso a la carretera X y seguí mi viaje. Una hora después me abatió un cansancio supremo en una ciudad pequeña. Me detuve junto a la acera, en la oscuridad, y bebí largos tragos de una amigable petaca.

La lluvia había cesado muchos kilómetros antes. Era una noche negra y tibia, en algún punto de los Apalaches. De cuando en cuando, pasaba un coche junto al mío; veía alejarse las luces rojas y acercarse las blancas. Pero la ciudad permanecía muerta. Nadie paseaba o reía en las calles como hacen los burgueses en la dulce, madura, podrida Europa. Yo era el único que disfrutaba de la noche inocente y de mis terribles pensamientos. Un receptáculo de alambre, sobre la acera, era muy exigente en cuanto a lo que se podía tirar en el: PAPEL SÍ. BASURAS NO. Rojas letras de luz anunciaban un comercio de fotografía. Un gran termómetro con el nombre de un laxante se exhibía tranquilamente en la fachada de una farmacia. La joyería Rubinov ofrecía diamantes artificiales reflejados en un espejo rojo. Un luminoso reloj verde flotaba en las profundidades de la lavandería de Jiffy Jeff, atestada de ropa. Al otro lado de la calle, un garaje decía en sueños GENUFLEXIÓN LÚBRICA, pero se corrigió, y pasó a decir LUBRICANTES GULFLEX. Un aeroplano, también enjoyado por Rubinov, pasó rugiendo por los cielos aterciopelados. ¡Cuántas ciudades dormidas había visto! Y aquélla no sería la última.

Permítaseme entretenerme unos instantes; de todos modos, ese tipo puede considerarse muerto. Un poco más allá, en la misma calle, unas luces de neón titilaban dos veces más despacio que mi corazón: la silueta del anuncio de un restaurante, una gran cafetera, se animaba a cada segundo con una vida esmeralda y, cada vez que desaparecía, letras rosadas que decían BUENA COMIDA la reemplazaban. Pero la cafetera aún podía distinguirse como una sombra latente que los ojos discernían antes de su inmediata resurrección esmeralda. Hacíamos sombras chinescas. Aquella ciudad furtiva no estaba lejos de Los Cazadores Encantados. Lloraba de nuevo, borracho de pasado imposible.

31

En aquel solitario restaurante, entre Coalmont y Ramsdale (entre la inocente Dolly Schiller y el jovial tío Ivor), examiné de nuevo mi caso. Entonces nos vi, a mí mismo y a mi amor, con más simplicidad y claridad que nunca. En comparación, todos los intentos anteriores parecían desenfocados. Un par de años antes, guiado por un inteligente confesor de habla francesa al que había recurrido, en un momento de curiosidad metafísica —para lo cual había renunciado a un insulso ateísmo protestante—, a fin de obtener una anticuada cura papista, esperaba deducir de mi sentido del pecado la existencia de un Ser Supremo. En aquellas heladas mañanas de la escarchada Quebec, el buen sacerdote trabajó en mí con las mayores ternura y comprensión. Les estoy infinitamente agradecido a él y a la gran institución que representaba. Pero, ¡ay!, me sentí incapaz de trascender el simple hecho humano de que ningún solaz espiritual que pudiera encontrar, ninguna eternidad más o menos convincente que pudiera ofrecérseme, nada, pues, podría hacer que mi Lolita olvidara cuán torpemente la había utilizado para satisfacer mi lujuria. A menos que se me pruebe —a mí tal como soy ahora, con mi corazón y mi barba y mi putrefacción— que, en términos de eternidad, importa un comino que una niña norteamericana llamada Dolores Haze fuera privada de su niñez por un maníaco, a menos que se me pruebe eso (y, si tal cosa es posible, la vida es una broma), no concibo para mi miseria otro tratamiento que el melancólico y muy local paliativo del arte expresado con claridad y concisión. Para citar a un viejo poeta:

El sentido moral de los mortales es el precio
que debemos pagar por nuestro sentido mortal de la belleza.[1]

32

Hubo un día, durante nuestro primer viaje —nuestro primer viaje circular, por así decirlo, por el interior del paraíso—, en que, para gozar en paz de mis fantasmas, decidí firmemente ignorar lo que no podía dejar de percibir: el hecho de que para Lolita no era un novio, ni un hombre arrebatador, ni un adolescente, ni siquiera una mera persona, sino tan sólo dos ojos y un palmo de congestionado cuerpo cavernoso, para mencionar únicamente cosas mencionables. Hubo un día en que, después de faltar a la funcional promesa hecha a Lo la víspera (no recuerdo en qué había puesto ella su cómico corazoncito, si era una visita a una pista de patinaje con un peculiar suelo de ma-

1. No existe el «viejo poeta». Estos versos son de Nabokov. *(N. del T.)*

terial plástico o una matinal cinematográfica a la que deseaba ir sola), pude ver desde el cuarto de baño, mediante una combinación fortuita de espejos y puerta abierta, una expresión de su rostro. No puedo describirla con exactitud, pero manifestaba un desamparo tan absoluto, que parecía diluirse en una nueva expresión, ésta más bien de confortable inanidad, precisamente porque ése era el límite de la injusticia y la frustración —y cada límite presupone algo tras él—; de ahí aquella actitud de neutralidad espiritual. Y si se tiene presente que aquellas eran las cejas arqueadas y los labios abiertos de una criatura, se apreciará mejor qué abismos de calculada carnalidad, qué reflexiva desesperación, me impedían caer a sus adorados pies y disolverme en lágrimas humanas y sacrificar mis celos a cualquier placer que Lolita esperara obtener mezclándose con niños sucios y peligrosos en un mundo exterior que era real para ella.

Y tengo otros recuerdos sofocados que ahora se desarrollan hasta formar monstruos informes de dolor. Una vez, en una calle de Beardsley iluminada por las últimas luces del crepúsculo, Lo se volvió hacia la pequeña Eva Rosen —yo llevaba a las dos nínfulas a un concierto y caminaba tras ellas, tan cerca que casi las rozaba con mi cuerpo—, y, con gran serenidad y seriedad, en respuesta a algo que había dicho su amiga acerca de que prefería morirse a tener que escuchar las opiniones sobre cuestiones musicales de Milton Pinski, un chaval de la ciudad de su misma edad al que conocía, observó:

—Lo terrible de morirse, ¿sabes?, es que ya no puedes contar con la ayuda de nadie.

Y, mientras mis piernas de autómata seguían andando, me impresionó el hecho de que, sencillamente, no sabía una palabra acerca de la mente de mi niña querida, y, que sin duda, más allá de los estúpidos clichés juveniles, había en ella un jardín y un crepúsculo y el portal de un palacio: regiones vagarosas y adorables, completamente prohibidas para mí, ajenas a mis sucios andrajos y a mis miserables convulsiones. Y es que a menudo había advertido que al vivir, como vivíamos, en un mundo de mal absoluto, nos sentíamos extrañamente avergonzados cada vez que yo intentaba conversar acerca de algo que ella y una amiga mayor, que ella y uno de sus progenitores, que ella y un novio sano y de verdad, que yo y Annabel, que Lolita y un Harold Haze sublimado, purificado, analizado, divinizado, habrían podido discutir con toda naturalidad: una idea abstracta, un cuadro, la poesía efectista de Hopkins o la imaginativa de Baudelaire, Dios o Shakespeare, cualquier cosa genuina. ¡Ojalá Dios lo hubiera permitido! Lolita acorazaba su vulnerabilidad mediante vulgares desplantes y aburrimiento, mientras que yo, al formular mis comentarios desesperadamente inconexos, utilizaba un tono de voz artificial que provocaba dentera en los pocos dientes que me quedaban y hacía que ella me respondiera con una rudeza que imposibilitaba todo diálogo entre nosotros. ¡Oh, mi pobre niña profundamente herida!

Te quería. Era un monstruo pentápodo, pero te quería. Era despreciable, y brutal, y lascivo, y cuanto pueda imaginarse, *mais je t'aimais, je t'aimais!* Y había momentos en que sabía todo cuanto sentías, y saberlo era un infierno, pequeña mía. La niña Lolita, convertida en la corajuda Dolly Schiller.

Recuerdo ciertos momentos, llamémoslos icebergs en el paraíso, en los que, tras haber gozado de ella —tras fabulosos y enloquecidos excesos que me dejaban desfallecido y envuelto en una especie de neblina azul—, la estrechaba entre mis brazos, al fin con un mudo gemido de ternura humana (su piel brillaba, iluminada por la luz de neón que llegaba del patio pavimentado del motel a través de los listones de la persiana, sus negras pestañas estaban enredadas, sus graves ojos grises parecían más ausentes que nunca: cualquiera que la hubiera visto, habría pensado que era una pequeña paciente que acababa de sufrir una importante operación y estaba todavía bajo los efectos de la anestesia), una ternura que aumentaba hasta convertirse en vergüenza y desesperación, y adormecía a mi solitaria y ligera Lolita acunándola en mis brazos marmóreos, y gemía en su cálido cabello, y le prodigaba mis caricias, y le pedía mudamente su bendición; y cuando llegaba el momento culminante de aquella ternura humana angustiosamente desinteresada (en el que mi alma, lo digo muy en serio, vagaba alrededor de su cuerpo desnudo, lista para el arrepentimiento), de repente, irónica, horriblemente, la lujuria volvía a apoderarse de mí, y Lolita exclamaba «¡Oh, no!», con un suspiro y levantando los ojos al cielo, y en un instante la ternura y la nube azul se desvanecían.

Las ideas en boga a mediados del siglo XX sobre las relaciones entre hijos y padres están considerablemente corrompidas por la jerigonza pedante y los símbolos estandarizados de los timadores psicoanalistas, pero supongo que me dirijo a lectores imparciales. Una vez en que el padre de Avis tocó el claxon de su automóvil, en la calle, para avisar de que papá había ido a recoger a su hijita para llevarla a casa, me sentí obligado a invitarlo a pasar a la sala. Se quedó unos minutos, y, mientras conversábamos, Avis, una niña poco atractiva, gordita y cariñosa, se acercó a él y apoyó su rolliza anatomía en una de sus rodillas. No recuerdo si he dicho que Lolita tenía siempre para los extraños una sonrisa encantadora, un dulce calorcillo que fluía de sus ojos entornados, una soñadora irradiación que emanaba de todos sus rasgos. Nada de ello tenía el más mínimo significado, nada, desde luego, pero era tan hermoso, tan enternecedor, que resultaba difícil reducirlo a un gen mágico que iluminaba automáticamente su rostro en atávico recuerdo de un antiguo rito de bienvenida –prostitución hospitalaria, dirá tal vez el lector grosero–. Bueno, Lolita estaba allí, de pie, mientras el señor Byrd hacía girar su sombrero y hablaba, y... ¡Vaya estupidez la mía! No he explicado la principal característica de la famosa sonrisa de Lolita; era ésta: aquella tierna, almibarada y encantadora emanación que brotaba de sus labios no iba dirigida a la visita que estaba en la sala de estar, sino que vagaba por su propio vacío, remoto y florido, por así decirlo, o se posaba al azar, con miope suavidad, en los más diversos objetos; y eso era lo que ocurría aquel día: mientras la rolliza Avis se acercaba furtivamente a su padre, Lolita sonreía amablemente a un cuchillo de postre con el que jugueteaba junto al borde de la mesa, en la que se apoyaba, a muchos kilómetros de mí. De pronto, cuando Avis se colgó del cuello de su padre y aplicó su boca a su oreja, lo cual tuvo como consecuencia que aquél abrazara, un tanto mecánicamente, a su regordete y bien desarrollado retoño, vi que la sonrisa de Lo perdía todo su brillo y se convertía en una sombra congelada de sí misma, y el cuchillo de postre se cayó de la mesa, y su mango de plata le dio un buen golpe en el tobillo a Lolita, que gimió, bajó la cabeza y, saltando a la pata coja, con el rostro afeado por esa mueca preparatoria que mantienen los niños hasta que se ponen a llorar de verdad, se marchó a la cocina, adonde la siguió para consolarla la buena de Avis, que tenía aquel papá tan rosado, tan gordo y tan maravilloso, y un hermano pequeño igual de regordete que ella, y una hermanita recién nacida, y un hogar, y dos perros sonrientes, mientras que Lolita no tenía nada. Y tengo un hermoso *pendant* para esta pequeña escena, también en el decorado de Beardsley. Lolita, que estaba leyendo junto al fuego, se desperezó y, con los codos todavía levantados, me preguntó con un gruñido:

—¿Dónde la enterraron?

—¿A quién?

—Oh, ya sabes a quién, a mi asesinada mamaíta.

—*Sabes* dónde está su tumba —dije conteniéndome. Después nombré el cementerio, situado en las afueras de Ramsdale, entre el ferrocarril y la colina que dominaba el lago.

—Además —agregué—, el epíteto que se te ha ocurrido aplicar a ese accidente menoscaba lo que tiene de trágico. Si lo que en realidad deseas es vencer mentalmente a la idea de la muerte...

—¡Jo! —exclamó Lo, y salió lánguidamente del cuarto.

Durante largo rato miré con ojos fijos el hogar. Después cogí su libro. Era una tontería para jóvenes. Hablaba de una melancólica y depresiva niña llamada Marion y de su desconocida madrastra, quien, al contrario de lo que todos suponen, resulta ser una pelirroja joven, comprensiva y alegre, que explica a Marion que su difunta madre había sido una mujer realmente heroica, ya que disimuló adrede el gran amor que sentía por su hija porque sabía que se iba a morir, y no quería que la añorara. No corrí a su habitación con los ojos arrasados en lágrimas. Siempre preferí la higiene mental de la no interferencia. Ahora, hurgando en mi memoria, recuerdo que en aquella ocasión, al igual que en todas las similares, obré según mi costumbre, que era ignorar los estados de ánimo de Lolita y consolar las heridas que causaban a mi alma envilecida. Cuando mi madre, con un lívido vestido húmedo, envuelta por la niebla, que descendía con rapidez (así de vivos eran los tonos con los que imaginaba la escena), corrió, extática y jadeante, ladera arriba hasta aquel saliente de la montaña encima de Moulinet, en los Alpes Marítimos, donde la fulminó un rayo, yo era un niño, y, al mirar atrás, veo que no sentí la menor añoranza de aquella pérdida en ningún momento de mi juventud, por más que los psicoanalistas me lo preguntaron con salvaje insistencia en mis períodos de depresión posteriores. Pero admito que un hombre con mi capacidad de imaginación no puede alegar una ignorancia personal de las emociones universales. Tal vez di demasiada importancia a las relaciones anormalmente frías entre Charlotte y su hija. Con todo, la causa fundamental de esto que acabo de exponer era algo muy triste para mí: a lo largo de nuestra singular y bestial cohabitación se había hecho cada vez más claro, para mi convencional Lolita, que aun la más miserable de las vidas familiares era preferible a aquella parodia de incesto que, en definitiva, fue lo único que pude ofrecer a la pobre huérfana.

33

De vuelta en Ramsdale. Llegué hasta allí por el lado del lago. El soleado mediodía era todo ojos. Mientras me acercaba en mi automóvil salpicado de barro podía distinguir destellos de agua diamantina entre los pinos lejanos. Giré para entrar en el cementerio y caminé entre los monumentos de piedra, unos largos, otros cortos. *Bonchur*, Charlotte. En algunas tumbas había pequeñas banderas nacionales, pálidas y transparentes, que colgaban lacias en el aire sin viento, bajo las siemprevivas. ¡Vaya, Ed, qué mala suerte la tuya! –Me refiero a G. Edward Grammar, gerente de una empresa neoyorquina, de treinta y cinco años, acusado por aquel entonces de haber asesinado a su mujer, Dorothy, de treinta y tres años–. Ed planeó el crimen perfecto: golpeó a su mujer hasta matarla y la metió en su automóvil. El pastel se descubrió cuando dos policías municipales, mientras realizaban su ronda, vieron que el enorme y flamante Chrysler azul de la señora Grammar –regalo de cumpleaños de su marido– bajaba a una velocidad increíble por la ladera de una colina. (¡Dios bendiga a nuestros buenos agentes de la ley!) El automóvil rozó un poste, subió un terraplén cubierto de cincoenramas, enredaderas y frambuesas silvestres, y volcó. Las ruedas aún giraban silenciosas, iluminadas por el sol, cuando los policías sacaron el cadáver de la señora Grammar. Al principio lo tomaron por un accidente común. Pero, ¡ay!, los golpes que presentaba el cuerpo de la mujer no concordaban con los daños insignificantes sufridos por el automóvil. Yo fui más afortunado.

Reanudé la marcha. Era divertido ver de nuevo la esbelta iglesia blanca y los enormes álamos. Olvidando que en una calle suburbana de los Estados Unidos un peatón solitario es más llamativo que un conductor solitario, dejé el automóvil en la avenida para caminar libremente hasta el 342 de la calle Lawn. Antes del gran derramamiento de sangre creía merecer unos momentos de solaz, un espasmo catártico de regurgitación mental. Las blancas contraventanas de la mansión del chatarrero estaban cerradas, y alguien había atado una cinta de terciopelo negra, sin duda encontrada en la calle, al letrero blanco, inclinado hacia la acera, que decía EN VENTA. Ningún perro ladró. Ningún jardinero telefoneó. Ninguna señorita de la acera de enfrente estaba sentada en el porche lleno de enredaderas, donde –para gran confusión del solitario peatón– dos mujeres jóvenes, con idénticas colas de caballo e idénticos delantales moteados, dejaron de hacer lo que estaban haciendo para mirarle: la anciana señorita debía de haber muerto hacía tiempo, y aquellas chicas eran, seguramente, sus sobrinas gemelas de Filadelfia.

¿Debía entrar en mi antigua casa? Como en un cuento de Turguéniev, un torrente de música italiana llegó desde una ventana abierta: la de la sala de estar. ¿Qué alma romántica tocaba el piano donde no había sonado aquel instrumento, para envolvernos con sus notas, cierto domingo mágico en que el sol caía sobre sus piernas adoradas? De pronto advertí, en el césped que yo había segado, una nínfula de nueve o diez años (piel dorada, pelo castaño, pantalones cortos blancos), que me contemplaba con una mirada de extática fascinación en sus grandes ojos de color azul negro. Dije algo agradable, inocente, un cumplido europeo, qué bonitos ojos tienes, pero la niña se retiró a toda prisa y la música cesó de repente. Un hombre moreno, de aire violento, brillante de sudor, salió de la casa y clavó en mí sus ojos de mirada feroz. Estaba a punto de identificarme cuando, con una punzada de avergonzado dolor, como si despertara de un sueño, tuve conciencia de mis pantalones enlodados, de mi jersey mugriento y roto, de mi barbilla sin afeitar, de mis ojos de vagabundo borracho, inyectados de sangre... Sin decir una sola palabra, me volví y rehíce el camino. Una flor anémica parecida a un aster crecía en una grieta de la acera que recordaba muy bien. Tras una serena resurrección, la señorita de la casa de enfrente salió al porche en su silla de ruedas, empujada por sus sobrinas, como si aquello fuera un escenario y yo el artista invitado. Recé porque no me llamara y me precipité hacia el automóvil. ¡Qué empinada era aquella calle estrecha! ¡Qué larga era la avenida! Entre el limpiaparabrisas y el cristal había un papel rojo. Lo rompí cuidadosamente en dos, cuatro, ocho pedazos.

Sentí que estaba perdiendo el tiempo y avancé con energía hacia el hotel, situado en el centro de la ciudad, al que más de cinco años antes había llegado con una flamante maleta. Alquilé una habitación, concerté dos citas por teléfono, me afeité, me bañé, me puse un traje negro y bajé al bar a tomar un trago. Nada había cambiado. El bar seguía sumergido en la misma luz difusa, de un increíble color granate, que hace años, en Europa, era característica de lugares deshonestos, pero que aquí pretendía crear un espacio dotado de cierta atmósfera acogedora en un hotel familiar. Me senté a la misma mesa en la que, nada más convertirme en el huésped de Charlotte, había considerado apropiado festejar la ocasión con ella y media botella de champán, lo que había conquistado fatalmente su pobre corazón rebosante de ansias de amor. Como entonces, un camarero con cara de luna llena disponía sobre una bandeja redonda, con celo astral, cincuenta cócteles para el banquete de una boda. En esta ocasión los combinados recibían el nombre de Murphy-Fantasia, por los apellidos de los contrayentes (Stella, la novia, había sido compañera de colegio de Lolita). Eran las tres menos ocho minutos. Al cruzar el vestíbulo hube de sortear un grupo de damas que con *mille grâces* se despedían de un almuerzo. Una de ellas me reconoció y se lanzó sobre mí con un súbito grito. Era una mujer baja y corpulenta, vestida de color gris perla, con una pluma delgada, larga, gris, en el sombrero minúsculo. Era la señora Chatfield. Me atacó con una sonrisa ficticia, resplandeciente de aviesa curiosidad. (¿Y si yo había hecho con Dolly lo mismo que Frank Lasalle, un mecánico de cincuenta años, hizo en 1948 con Sally Horner, de once?) Pronto conseguí refrenar sus jubilosas ganas de chismorrear. Creía que vivía en California. ¿Cómo estaba...? Con gran placer la informé de que mi hijastra acababa de casarse con un brillante ingeniero de minas que tenía un excelente empleo en el Noroeste. Contestó que desaprobaba los casamientos a edades tan tempranas, que nunca permitiría que Phyllis, que ya tenía dieciocho años...

–Oh, sí, desde luego –dije serenamente–. Recuerdo a Phyllis. Phyllis y el Campamento Q. Sí, desde luego. A propósito, ¿le contó que Charlie Holmes pervertía a las niñas que estaban a cargo de su madre?

La sonrisa de la señora Chatfield, ya tenue, se desintegró por completo.

—¡Qué vergüenza! —exclamó—. ¡Qué vergüenza, señor Humbert! Al pobre muchacho lo mataron hace poco en Corea.

Le pregunté si no le parecía que el giro francés *vient de* seguido de infinitivo expresaba con más fuerza la inmediatez de un suceso que la construcción pretérito indefinido más «hace poco». Pero tenía que marcharme enseguida, agregué.

Sólo dos manzanas me separaban de la oficina de Windmuller. Me saludó con un apretón de manos lento, fuerte, inquisidor, envolvente. Creía que estaba en California. ¿No había vivido durante algún, tiempo en Beardsley? Su hija acababa de ingresar en la Universidad de Beardsley. ¿Y cómo estaba...? Le di toda la información necesaria sobre la señora Schiller. Sostuvimos una agradable conferencia de negocios. Salí al cálido resplandor del sol de septiembre convertido en un hombre pobre, pero satisfecho.

Ahora que todo estaba en regla, podía dedicarme libremente al objeto principal de mi visita a Ramsdale. De acuerdo con el metódico modo de obrar del que siempre me he enorgullecido, había mantenido la cara de Clare Quilty cubierta por una máscara en mi negro calabozo, donde aguardaba mi aparición, juntamente con la del barbero y el sacerdote: *«Réveillez-vous, Laqueue, il est temps de mourir!»* Ahora no tengo tiempo para discutir la mnemotécnica de la fisiognomización —voy a casa de su tío y camino con rapidez—, pero permítaseme observar esto: había conservado en el alcohol de una memoria borrosa la imagen de un rostro que me resultaba repelente. En el curso de dos o tres fugaces visiones había advertido su ligero parecido con un comerciante en vinos alegre y bastante repulsivo, pariente mío, que vivía en Suiza. Aquel tunante, que hacía gimnasia con pesas vestido con un bañador que hedía a sudor, era calvo, tenía los brazos gruesos y velludos y vivía con una criada-concubina de cara porcina, era realmente inofensivo. Demasiado inofensivo, a decir verdad, para ser confundido con mi presa. En el estado mental en que me encontraba entonces había perdido contacto con la imagen de Trapp. Se la había tragado por completo la cara de Clare Quilty tal como la representaba, con ar-

357

tística precisión, una fotografía enmarcada colocada sobre el escritorio de su tío.

En Beardsley me puse en manos del encantador doctor Molnar para someterme a una operación dental bastante seria que me dejó tan sólo unos pocos dientes delanteros de ambos maxilares. Los dientes arrancados fueron reemplazados por un sistema de prótesis y puentes y un alambre invisible que corría por mis encías superiores. El arreglo era una obra maestra de comodidad, y mis caninos gozaban de perfecta salud. Sin embargo, para suministrar a mi oculto propósito un pretexto verosímil, dije al doctor Quilty que, con la esperanza de aliviar mi neuralgia facial, había decidido hacerme arrancar todos los dientes. ¿Cuánto me costaría una dentadura postiza completa? ¿Cuánto duraría el proceso, suponiendo que fijáramos mi primera visita en noviembre? ¿Dónde estaba ahora su famoso sobrino? ¿Sería posible que me los arrancara todos en una dramática sesión?

El doctor Quilty (chaqueta blanca, pelo gris, cortado a cepillo, mejillas grandes y colgantes de político), apoyado en el ángulo de su escritorio, mecía un pie seductoramente, como en sueños, mientras elaboraba un espléndido plan a largo plazo. Primero me colocaría unas prótesis provisionales, hasta que se asentaran las encías. Después me haría una dentadura permanente. Le gustaría echar una ojeada a mi boca. Usaba zapatos calados, bicolores. No había visto a aquel canalla desde 1949, pero suponía que podía encontrarlo en su mansión, llamada Grimm, no lejos de Parkington. El sueño del doctor estaba lleno de nobleza. Su pie se mecía, su mirada mostraba profunda inspiración. Sugirió tomar las medidas en el acto y hacer la primera prótesis provisional antes de iniciar las operaciones. Mi boca era para él una espléndida caverna llena de tesoros inapreciables. Pero le prohibí la entrada.

—No —dije—. Pensándolo mejor, recurriré al doctor Molnar. Me cobrará más, pero, sin duda, es mucho mejor dentista que usted.

Ignoro si alguno de mis lectores tendrá la oportunidad de decir una cosa así. Es una sensación deliciosa, de fábula. El tío de Clare siguió apoyado en el escritorio, aún con su expresión soñadora, pero su pie dejó de mecer la cuna de sus agradables y prometedoras esperanzas económicas. Por otro lado, su enfermera, una muchacha marchita y flaca como un esqueleto, con los ojos trágicos de las rubias sin éxito, corrió detrás de mí como para poder cerrar la puerta de golpe a mis espaldas.

Métase el cargador en la culata. Empújese hasta oír o notar que encaja en el mecanismo de disparo y expulsión. Un ajuste deliciosamente perfecto. Capacidad: ocho cartuchos. Acabado pavonado. Se muere de ganas de ser disparada.

34

Un empleado de una estación de servicio, en Parkington, me explicó muy claramente cómo llegar hasta la Mansión Grimm. Deseoso de cerciorarme de que Quilty estaba en casa, intenté llamarlo, pero resultó que su teléfono privado estaba desconectado desde hacía un tiempo. ¿Significaba eso que había salido de viaje? Inicié la marcha hacia la mansión, situada veinte kilómetros al norte de la ciudad. Para entonces la noche había eliminado ya casi todo el paisaje, y mientras seguía la estrecha y tortuosa carretera una serie de postes bajos, espectralmente blancos, con reflectores, pedían prestada la luz de mis faros para indicarme las curvas que se sucedían sin cesar. Pude discernir un valle oscuro a un lado de la carretera y una ladera arbolada al otro. Frente a mí, como copos de nieve indecisos, las mariposas nocturnas surgían de la negrura atraídas por el halo inquisitivo de mis faros. A los veinte kilómetros, como se me había anunciado, un curioso puente techado me cubrió durante unos instantes. Más allá de él, una roca blanqueada surgía a la derecha, y un poco más adelante, al mismo lado, giré para tomar el camino de grava que conducía a la casa. Durante un par de minutos todo fue humedad, oscuridad, denso bosque. Y, de repente, la que tal vez muy pronto podría cambiar de nombre, para convertirse en la Mansión del Terror, una casa de madera, con una torrecilla, apareció en un claro circular. El camino de acceso estaba colapsado por media docena de automóviles. Me detuve bajo la marquesina de los árboles y apagué mis faros para calcular serenamente qué había que hacer. Aquel demonio debía de estar rodeado por sus secuaces y sus rameras. No pude menos que imaginar el interior de aquel festivo y destartalado castillo tal como describía un edificio similar «Adolescencia difícil», un relato publicado en una de aquellas revistas que tanto agradaban a Lolita: vagas «orgías», un siniestro adulto que fumaba largos y gruesos habanos de connotaciones fálicas, drogas, guardaespaldas. Al menos, sabía que estaba allí. Regresaría por la mañana, temprano, para aprovecharme de la torpeza que se apodera de cuerpos y mentes a esas horas del día.

Volví sin prisa a la ciudad, en aquel viejo y fiel automóvil que trabajaba para mí con serenidad y casi con alegría. ¡Lolita! En las profundidades de la guantera aún quedaba una horquilla suya, que debía de llevar allí tres años. De nuevo una corriente de pálidas mariposas nocturnas pareció ser succionada de las profundidades de la noche por la luz de mis faros. Oscuros graneros aparecían aquí y allá junto a la carretera. La gente iba al cine. Mientras buscaba alojamiento para aquella noche, pasé ante un autocine. En medio de un resplandor selénico, verdaderamente místico, por el contraste que ofrecía con la negra noche sin luna, en una gigantesca pantalla, dispuesta en sentido oblicuo con respecto a la carretera por donde yo circulaba, en medio de campos oscuros y soñolientos, un delgado fantasma levantó una pistola; tanto él como su arma fueron quedando reducidos a agua temblorosa de fregar platos por el ángulo oblicuo de aquel mundo que se alejaba de mí, y, al instante siguiente, una hilera de árboles ocultó aquella gesticulación.

35

Dejé el que bien hubiera podido llamarse Motel del Insomnio a la mañana siguiente, alrededor de las ocho, y pasé algún tiempo en Parkington. Tenía obsesivos presagios de que se frustraría la ejecución. Temeroso de que los cartuchos se hubieran estropeado durante una semana de inactividad, los sustituí por otros nuevos. Di tal baño de aceite a mi amiguita, que no podía librarme de él. La vendé con un trapo, igual que si hubiera sido un miembro mutilado, y envolví con otro un puñado de cartuchos de repuesto.

Una tormenta de truenos me acompañó durante casi todo el trayecto, pero cuando llegué a la Mansión del Terror el sol había salido de nuevo y calentaba con fuerza, y los pájaros chillaban en los árboles empapados y humeantes. La casa, decrépita y recargada, semejaba aturdida, lo cual parecía reflejar, por así decirlo, mi estado de ánimo, pues no pude menos que advertir —cuando mis pies se posaron en el suelo elástico e inseguro— que había exagerado la dosis de estímulo alcohólico.

Un silencio cautelosamente irónico me respondió cuando llamé al timbre. En el garaje, sin embargo, se veía su automóvil, que en aquel momento era un descapotable negro. Probé con la aldaba. Requetenadie. Con un gruñido petulante, empujé la puerta y... ¡qué maravilla!: se abrió como en los cuentos de hadas medievales. Después de cerrarla suavemente tras de mí, atravesé un vestíbulo espacioso y muy feo; atisbé en una sala de estar adyacente; advertí unos cuantos vasos sucios que parecían crecer en la moqueta; deduje que el amo aún debía dormir en su habitación.

De modo que avancé con pasos elásticos escaleras arriba. Mi mano derecha asía a mi embozada amiguita, en mi bolsillo, mientras que la izquierda se agarraba al pegajoso pasamanos. Inspeccioné tres dormitorios; uno de ellos, evidentemente, había sido utilizado la noche anterior. Había una biblioteca llena de flores. Había una habitación casi vacía con grandes y profundos espejos y una piel de oso polar sobre el suelo resbaladizo. Había más habitaciones todavía. Se me ocurrió una idea feliz. Por si el señor de la casa regresaba de su salutífero paseo matutino por los bosques o emergía de algún cubil secreto, sería más seguro que el inseguro tirador —al que aguardaba una larga tarea– impidiera a su contrincante la posibilidad de encerrarse en su cuarto. Así, durante cinco minutos por lo menos, anduve por la casa –lúcidamente loco, frenéticamente tranquilo, como un cazador encantado y alerta– echando la llave en cuantas cerraduras veía y guardándome las llaves en el bolsillo con la mano libre. La mansión, muy vieja, tenía más posibilidades de intimidad que las engañosamente sofisticadas casas modernas, en las que el cuarto de baño –único lugar con cerradura– debe usarse para las furtivas necesidades de una paternidad planificada.

Y, a propósito de cuartos de baño, estaba a punto de visitar el tercero cuando el señor de la casa salió de él dejando tras de sí el sonido de la cisterna al vaciarse. El ángulo de un pasillo no me ocultaba del todo. Tenía la cara gris y los ojos abotargados, y estaba todo lo desgreñado que era posible con su semicalvicie, pero le reconocí perfectamente cuando me rozó con su bata púrpura, muy semejante a la mía. O no me vio, o me descartó como una alucinación habitual e inocua. Mostrándome sus pantorrillas velludas, bajó la escalera como un sonámbulo. Guardé en mi bolsillo la última llave y le seguí al vestíbulo. Había entreabierto la boca y la puerta delantera para atisbar por una hendidura luminosa, pensando, sin duda, que había oído llamar y alejarse a un visitante. Después, siempre indiferente al fantasma cubierto con un impermeable que se había detenido en mitad de la escalera, se dirigió hacia un acogedor *boudoir* situado al otro lado del vestíbulo, enfrente de la sala de estar, y yo –con absoluta tranquilidad, sabiendo que no se me escaparía–, crucé esta última y me alejé de él para ir a desenvolver cuidadosamente mi sucia amiguita a la cocina, en la que había también una pequeña barra de bar. Tuve la precaución de no dejar manchas de aceite sobre el cromado; creo que compré un producto erróneo, pues era negro y terriblemente pegajoso. Con mi habitual minuciosidad, trasladé a mi amiguita a un lugar limpio de mi persona y me dirigí hacia el pequeño *boudoir*. Mis pasos, como he dicho, eran elásticos –demasiado, quizás, para asegurarme el éxito–. Pero mi corazón latía con fiero gozo, e hice añicos un vaso de cóctel con mi pie.

Por fin, en la sala de estar oriental, el señor de la casa dio muestras de advertir mi presencia.

—¡Eh! ¿Quién es usted? —me pregunto con voz fuerte y ronca; llevaba las manos en los bolsillos de la bata, y clavaba los ojos en algún punto situado al noreste de mi cabeza—. ¿Es usted Brewster, por casualidad?

Era evidente que estaba bastante achispado y completamente a mi poco generosa merced. Podía empezar la gozada.

—Así es... —respondí amablemente—. *Je suis monsieur Brustère.* Charlemos un momento antes de empezar.

Pareció complacido. Su bigote canoso se contrajo involuntariamente. Me quité el impermeable. Llevaba un traje oscuro y camisa negra, sin corbata. Nos sentamos en confortables sillas tapizadas.

—¿Sabe? —me dijo mientras se rascaba la gris mejilla, carnosa y rasposa, de un modo audible, y mostraba sus dientes, menudos y perlados, en una mueca torva—. Usted no se parece a Jack Brewster. Quiero decir que el parecido no es muy evidente... Alguien me dijo que tenía un hermano que trabajaba en la misma compañía telefónica.

Haberlo atrapado, después de todos aquellos años de remordimientos y furor... Mirar los pelos negros en el dorso de sus manos regordetas... Errar con cien ojos sobre la púrpura bata de seda y el hirsuto pecho, gozando de antemano de los orificios, los destrozos y la sangre, los musicales alaridos de dolor... Saber que aquel canalla medio idiotizado, infrahumano, era quien había sodomizado a mi amada... ¡Oh, amada mía, qué intolerable gozo me embargaba en aquel instante!

—No, lo siento, pero no soy ninguno de los Brewster.

Inclinó la cabeza; parecía aún más complacido que antes.

—Pruebe de nuevo, a ver si lo adivina, hombre.

—Ah, ¿no ha venido a fastidiarme acerca de esas conferencias telefónicas? —dijo el hombre.

—Alguna pondrá de vez en cuando, ¿no?

—¿Cómo?

Le respondí que le había dicho que me había parecido deducir de sus palabras que él nunca ponía...

—La gente —dijo—, la gente en general... No le acuso a usted, Brewster, pero es absurdo cómo la gente invade esta maldita casa sin tomarse siquiera el trabajo de llamar, ¿sabe? Usan el *vaterre,* usan la cocina, usan el teléfono, Phil llama a Filadelfia, Pat llama a la Patagonia... Me niego a pagar. Tiene usted un acento curioso, capitán.

—Quilty —dije—. ¿Se acuerda de una niña llamada Dolores Haze, Dolly Haze? ¿Llamó Dolly a Dolores, en Colorado?

—Claro... debió de hacer esa llamada, sin duda... A cualquier lugar, al paraíso, a Washington, al cañón del Infierno... ¿A quién le importa?

—A mí, Quilty. Soy su padre, ¿sabe?

—¡Tonterías! —exclamó—. ¡Qué va! Usted es un agente literario extranjero. Un francés que tradujo mi drama *Su niño bonito* lo tituló *Son fils thon.* Absurdo.

—Era mi hija, Quilty.

En el estado en que se encontraba, nada podía amilanarlo. Pero sus alardes de seguridad en sí mismo no eran del todo convincentes. Una especie de cauteloso recelo animó sus ojos con un remedo de vida. Pero enseguida volvieron a nublarse.

—Me gustan mucho los niños —dijo—, y hay numerosos padres entre mis mejores amigos.

Volvió la cabeza, buscando algo. Se palpó los bolsillos. Intentó levantarse de la silla.

—¡Quieto! —dije, quizás en voz más alta de lo que me había propuesto.

—No tiene por qué gritarme —se quejó de un modo curiosamente femenino—. Sólo quería un cigarrillo. Me muero por fumarme uno.

—Es usted hombre muerto, de todos modos.

—¡Déjese de tonterías! —exclamó—. Empieza a aburrirme. ¿Qué quiere? ¿Es usted francés? *Voulez-vous boire?* Vamos al bar y tomemos un...

Vio la pequeña arma negra que tenía en la palma de mi mano, como ofreciéndosela.

—¡Vaya! —exclamó, y añadió, arrastrando las vocales (ahora imitaba la supuesta jerga del hampa de las películas)—. ¡Qué pipa más chachi! ¿Se la pule?

Golpeé la mano que me tendía, y, de rebote, volcó una caja colocada sobre una mesa de centro que tenía al lado. De ella salió un puñado de cigarrillos.

—¡Aquí están! —dijo jubilosamente—. ¿Recuerda la frase de Kipling: *Une femme est une femme, mais un Caporal est une cigarette?* Ahora necesitamos fósforos.

—Quilty —dije—. Quiero que se concentre. Morirá dentro de un instante. Lo que siga, por cuanto sabemos, podría muy bien ser un estado eterno de locura increíblemente dolorosa. Ayer fumó su último cigarrillo. Concéntrese. Trate de comprender lo que va a ocurrirle.

Se puso a romper el Dromedario y a mascar los pedazos.

—Estoy dispuesto a tratar de comprenderlo —dijo—. Usted es australiano, o un judío alemán refugiado. ¿Tengo que ser yo quien le ayude? Ésta es la casa de un cristiano, ¿sabe? Será mejor que se largue de aquí. Y deje de exhibir esa pistola. En el cuarto de música tengo una Stern-Luger.

Apunté mi amiguita a la zapatilla que cubría uno de sus pies y apreté el gatillo. Hizo clic. Se miró el pie, miró la pistola, miró de nuevo el pie. Hice otro penoso esfuerzo, y, con un sonido ridículo, débil y juvenil, el arma se disparó. La bala agujereó la espesa alfombra rosada, y tuve la paralizante impresión de que me había gastado una broma, y, en cualquier momento, saldría de aquel escondrijo.

—¿Ve lo que ha hecho? —dijo Quilty—. Debería tener más cuidado. ¡Déme eso, por Dios!

Se levantó para asir la pistola. Lo volví a sentar de un empellón. Mi alegría exuberante se desvanecía. Ya era tiempo de que acabara con él, pero Quilty tenía que saber por qué. Su obnubilación etílica debía de habérseme contagiado, pues sostenía el arma con blandura y torpeza.

—Concéntrese en Dolly Haze, la niña que raptó...

—¡Yo no la rapté! —gritó—. En eso se equivoca por completo. La salvé de un bestial pervertido. ¡Muéstreme su placa en vez de disparar contra mis pies, pedazo de animal! ¿Dónde está esa placa? Yo no soy responsable de las violaciones cometidas por otros. ¡Absurdo! Reconozco que fue una tontería por mi parte ofrecerle que me acompañara en aquel viaje de placer. Pero, al final, volvió con usted, ¿no es cierto? Venga, tomemos un trago.

Le pregunté si quería ser ejecutado de pie o sentado.

—¡Uf! Déjeme pensar —dijo—. No es una pregunta fácil de responder. Por cierto, y aunque no venga a cuento, cometí un error que lamento de veras. ¿Sabe una cosa? No hice nada con su Dolly. Soy prácticamente impotente, para decir la melancólica verdad. Y le proporcioné unas vacaciones espléndidas. Conoció a unas cuantas personas notables. ¿Conoce usted a...?

Con impulso tremendo, cayó sobre mí. La pistola fue a parar bajo una cómoda. Por fortuna, era más impetuoso que fuerte, y no me costó demasiado esfuerzo devolverlo a la silla. Me quedé de pie delante de él. Jadeó un poco y cruzó los brazos sobre el pecho.

—Bueno, me parece que la ha cagado —dijo—. *Vous voilà dans de beaux draps, mon vieux.*

Su francés mejoraba.

Miré a mi alrededor. Quizás si... Quizás pudiera... Sobre las manos y las rodillas... ¿Me arriesgaría?

—*Alors, que fait-on?* —me preguntó. Me observaba con profunda atención.

Me agaché. No se movió. Me agaché aún más.

—Mi estimado señor —dijo—, déjese usted de jugar con la vida y la muerte. Soy autor teatral. He escrito comedias, tragedias, fantasías. He filmado películas privadas basadas en *Justine* y otras novelas pornográficas francesas del siglo XVIII. Se me deben cincuenta y dos guiones de éxito. Me sé todos los trucos. Permítame resolver esta situación. En alguna parte debe de haber un atizador; si me deja buscarlo, podremos recuperar ese objeto de su propiedad.

Aquel remilgado, metementodo y artero mamón había vuelto a incorporarse mientras hablaba. Tanteé debajo de la cómoda, procurando al mismo tiempo no perderlo de vista. De pronto, comprendí que había advertido que yo no parecía haberme dado cuenta de que mi amiguita asomaba por debajo del otro ángulo de la cómoda. De nuevo nos enzarzamos en una pelea cuerpo a cuerpo. Rodamos por el suelo, cada uno en los brazos del otro, como dos grandes niños indefensos. No llevaba nada debajo de la bata, y su cuerpo parecía el de un macho cabrío. Su peso me ahogaba cuando rodaba sobre mí. Rodé sobre él. Nosotros rodamos sobre mí. Ellos rodaron sobre él. Nosotros rodamos sobre nosotros.

Calculo que, en su forma impresa, este libro será leído en los primeros años del siglo XXI después de Cristo (1935 y unos ochenta o noventa años más: te deseo una larga vida, amor mío); llegados a este punto, los lectores más ancianos redordarán, sin duda, la inevitable escena de las películas del Oeste de su niñez. Pero en nuestra pelea faltaban aquellos puñetazos que derribarían a un buey y no volaban muebles. No éramos más que dos grandes maniquíes rellenos de algodón sucio y harapos. Era una pelea muda, blanda, informe, entre dos literatos, uno de los cuales estaba profundamente obnubilado por las drogas, mientras que el otro padecía del corazón y se hallaba bajo los efectos de un exceso de ginebra. Cuando por fin conseguí recuperar a mi preciosa amiguita, y obligué al guionista a sentarse de nuevo en su confortable silla, los dos jadeábamos como no había jadeado nunca un vaquero o un ovejero después de una pelea.

Decidí examinar la pistola —nuestro sudor podía haber estropeado algo— y recobrar el aliento antes de pasar al número principal del programa. Para llenar la pausa, le propuse que leyera su sentencia, en la forma poética que yo le había dado. El término «justicia poética» podría utilizarse con toda propiedad a este respecto. Le tendí una hoja de papel pulcramente mecanografiada.

—Sí, espléndida idea —dijo—. Déjeme buscar mis gafas para leer.

Intentó incorporarse.

–No.

–Como usted diga. ¿Quiere que la lea en voz alta?

–Sí.

–Empecemos. Veo que está en verso.[1]

Porque sacaste ventaja de un pecador
porque sacaste ventaja
porque sacaste
porque sacaste ventaja de mi desventaja...

–Esto es bueno, ¿sabe? Muy bueno.

... cuando estaba desnudo cual Adán
ante una ley federal y todas sus estrellas punzantes

–¡Oh, magnífico!

... Porque sacaste ventaja de un pecado
cuando estaba indefenso húmedo y tierno
como un insecto durante la muda
cuando acariciaba grandes esperanzas
soñaba con una boda en un estado de las Rocosas
me veía padre de un montón de Lolitas...

–Esto no lo pesco.

Porque sacaste ventaja de mi íntima
esencial inocencia
porque me estafaste

1. Sardónica imitación del poema «Ash Wednesday» («Miércoles de ceniza»), publicado en 1930, en el que T. S. Eliot explica su conversión al anglicanismo, y, más en concreto, al movimiento anglocatólico en el seno de dicha confesión religiosa. *(N. del T.)*

—Se repite un poco, ¿no cree? Y ¿qué tengo que ver *yo* con todo esto?

Porque me estafaste mi redención
porque te la llevaste
a esa edad en que los niños
juegan con mecanos y muñecas

—Nos ponemos repipis, ¿eh?

una tierna niña que aún llevaba caracoles en el pelo
que aún comía palomitas en la penumbra coloreada
donde indios atezados se cargaban a colonos y soldados
porque se la robaste
a su noble protector de céreo rostro
y escupiste en sus ojos dormidos cerrados por pesados
       [párpados y desgarraste su leonada toga y al alba
lo dejaste revolcándose como un cerdo en su nueva
                                  [desgracia
horriblemente perdidos el amor y las violetas
lleno de remordimientos y desesperación mientras que tú
hacías trizas a una muñeca carente de sentimientos
y tirabas a un lado su cabeza
por todo lo que hiciste
por todo lo que no hice
mereces la muerte.

—Bien, señor, éste es un poema bueno de veras. El mejor que ha escrito, en mi opinión.

Dobló la hoja y me la devolvió.

Le pregunté si tenía algo serio que decir antes de morir. La pistola estaba de nuevo lista para ser usada contra personas. La miró y exhaló un largo suspiro.

—Pues sí, hay algunas cosas serias que quiero decirle, buen hombre —dijo—. Usted está borracho y yo estoy enfermo. Dejemos este asunto para otro momento. Necesito tranquilidad. Tengo que conservar mis fuerzas, a causa de mi impotencia. Por la tarde llegarán amigos con los que me entregaré a cierto jueguecito. Esta farsa de la pistolita se está volviendo pesada y peligrosa. Somos hombres de mundo, en todos los sentidos: sexo, verso libre, puntería. Si cree que le he ofendido, estoy dispuesto a ofrecerle reparaciones muy poco corrientes. Hasta una *rencontre* a la antigua, a espada o pistola, en Río o en cualquier otra parte; no excluyo nada. Mi memoria y mi elocuencia no están hoy en su mejor momento, pero, de veras, mi querido señor Humbert, usted no era el padrastro ideal, y yo no obligué a su pequeña hijastra a seguirme. Fue ella quien me pidió que la llevara a una casa donde fuera feliz. Esta casa no es tan moderna como el rancho que compartimos con encantadores amigos. Pero es amplia, fresca en verano, y también en invierno, cómoda, en una palabra; de modo que le sugiero que se instale aquí, puesto que proyecto retirarme para siempre a Inglaterra o Florencia. Es suya, gratis. Con la única condición de que deje de apuntarme con esa pistola de... —dijo una palabrota repulsiva—. Por cierto, no sé si es amigo de las experiencias insólitas, pero, de ser así, puedo ofrecerle, también gratis, una mascota, un cachorrillo, para su uso personal; se trata de un monstruito realmente excitante, una joven dama con tres pechos, algo en verdad exquisito, un raro y delicioso capricho de la naturaleza. Vamos, *soyons raisonnables*. Sólo conseguirá causarme unas horribles heridas, y después se pudrirá en la cárcel mientras yo me recobraré en un ambiente tropical. Se lo prometo, Brewster, será muy feliz aquí, con una magnífica bodega y todos los derechos de autor de mi próxima obra... No tengo demasiado en el banco ahora, pero me propongo pedir prestado, como dice el Bardo, con la cabeza fría: pedir prestado, pedir prestado, pedir prestado. Hay otras ventajas. Tenemos aquí a una fiable y sobornable asistenta, la señora Vibrissa, curioso apellido, que viene del pueblo dos veces por semana, hoy no, por desgracia, y tiene hijas y nietas; una o dos cosas que sé del jefe de policía lo hacen mi esclavo. Soy autor teatral. Me han llamado el Maeterlinck norteamericano. Maeterlinck-Schmetterling, digo yo. ¡Vamos! Todo esto es muy humillante, y no estoy demasiado seguro de lo que hago o digo. No tome nunca herculanita con ron. Venga, sea generoso y guarde la pistola. Conocí a su pobre mujer. Puede usar mi guardarropa. Ah, otra cosa... seguro que le gustará: arriba tengo una colección de objetos eróticos absolutamente única. Le pondré un ejemplo: la edición de lujo, tamaño folio, de *La isla de Bagration,* de la exploradora y psicoanalista Melanie Weiss, una dama notable, y una obra notable... ¿Por qué no guarda esa pistola, hombre? Contiene las fotografías de los más de ochocientos órganos masculinos que la doctora Weiss examinó y midió en 1932 en la isla de Bagration, en el mar de Bardas,[1] con gráficos muy ilustrativos, realizados con verdadero amor y bajo un cielo clemente... ¡Guarde la pistola! Y, además, puedo conseguirle permiso para asistir a ejecuciones; no todos saben que la silla está pintada de amarillo...

Feu. Esa vez di contra algo duro. Di contra el respaldo de una mecedora negra —no muy diferente de la de Dolly Schiller—. La bala se estrelló contra la superficie interna del respaldo, y la mecedora empezó a moverse, tan deprisa, y con tanta energía, que, si alguien hubiese entrado en el cuarto, se habría quedado boquiabierto ante el doble milagro: el de que la mecedora se meciera por sí misma a causa del pánico y el de que la silla donde hasta entonces había estado sentado mi blanco vestido de rojo se hallara ahora vacía de cualquier contenido vivo. Agitando los dedos en el aire y meneando rápidamente el trasero, había volado al cuarto de música, y un segundo después ambos forcejeábamos y jadeábamos, uno a cada lado de la puerta, la cual tenía una llave de la que me había olvidado. Vencí de nuevo, y, con otro violento movimiento, Clare el Imprevisible se sentó al piano y tocó varios acordes atrozmente vigorosos, fundamentalmente histéricos. Le temblaba el mentón, dejaba caer con todas sus fuerzas las manos extendidas y emitía por las narices aquellos resoplidos de banda sonora que habían faltado durante nuestra pelea. Sin dejar de producir aquellas sonoridades increíbles, hizo un vano intento de abrir con los

1. Lugares inventados por Nabokov. *(N. del T.)*

pies una especie de cofre de marino que había cerca del piano. Mi siguiente bala le dio en un costado, y se levantó de su taburete cada vez más alto, más alto, como un Nijinski más viejo, más gris y más loco, como Old Faithful,[1] como alguna vieja pesadilla mía, hasta alcanzar una estatura fenomenal, o eso me pareció; daba la impresión de hender el aire –que todavía temblaba con los ecos de aquella vigorosa música negra– mientras se elevaba con la cabeza echada atrás y soltando un alarido, con una mano apretada contra la frente y frotándose con la otra el sobaco, como si le hubiera picado una avispa; después, volvió a apoyar los talones en el suelo, y, convertido de nuevo en un hombre normal envuelto en una bata, se escabulló hacia el vestíbulo.

Me veo siguiéndolo por el vestíbulo, con una especie de doble, triple salto de canguro, luego brincando dos veces a su zaga, muy tieso sobre mis rectas piernas, y después dando un bote para situarme entre él y la puerta de la calle en una especie de tenso salto de ballet, con el propósito de tomarle la delantera, ya que no estaba cerrada con llave.

De repente, adoptó un aire muy digno y como enfadado, y empezó a subir la amplia escalinata; cambié de posición, aunque no lo seguí escaleras arriba, y, en rápida sucesión, disparé tres o cuatro tiros, todos los cuales lo hirieron; y cada vez que le acertaba, que cometía con él aquel acto tan horrible, contraía el rostro con una mueca ridícula, como de payaso, igual que si exagerara el dolor que sentía; cada vez que una bala lo hería, se detenía por un instante, ponía los ojos en blanco al mismo tiempo que los entrecerraba, exclamaba «¡Ah!», con voz femenina, y temblaba igual que si le hiciera cosquillas; y, cada vez que lo hería una de mis lentas, torpes y ciegas balas, al mismo tiempo que temblaba de un modo terrible y hacía muecas espantosas, sonreía, como a su pesar, y exclamaba, en voz baja, con falso acento británico y un tono curiosamente indiferente, incluso amistoso:

1. El más famoso géiser de los Estados Unidos. Se halla en el Parque Nacional de Yellowstone, en Wyoming. *(N. del T.)*

—¡Ah, señor, eso duele! ¡Basta! ¡Ah, eso duele de un modo atroz, mi querido amigo! Le ruego que desista. ¡Ah, esto es muy doloroso, muy doloroso, sin duda! ¡Joder! ¡Ay! ¡Esto es abominable, usted no debería...!

Su voz era cada vez más débil, y calló por completo cuando llegó al descansillo, pero subió las escaleras con decisión, a pesar del plomo que había metido en su cuerpo abotargado. Desesperado, aterrado, comprendí que, lejos de matarlo, mis balas inyectaban choros de energía a aquel desgraciado, igual que si fueran cápsulas en las que burbujeara un poderoso elixir.

Volví a cargar la cosa con manos negras y rojas: había tocado algo que se había manchado con su sangre espesa. Después subí en su busca. Las llaves tintineaban en mis bolsillos como si fueran de oro.

Se arrastraba de cuarto en cuarto, sangrando majestuosamente, tratando de encontrar una ventana abierta, meneando la cabeza, todavía procurando convencerme de que no lo asesinara. Apunté a su cabeza y se retiró al dormitorio principal con un estallido de púrpura real donde había estado una de sus orejas.

—¡Váyase!, ¡váyase de aquí! —dijo tosiendo y escupiendo.

Asombrado, vi, como en una pesadilla, que aquella persona cubierta de sangre, pero todavía capaz de tenerse en pie, se metía en la cama y se envolvía en las caóticas cobijas. Disparé una vez más desde muy cerca, a través de las ropas en las que se arrebujaba, y entonces se tendió de espaldas y en sus labios se formó una gran burbuja roja, con connotaciones juveniles, que aumentó hasta el tamaño de una pelota de juguete y estalló.

Quizás perdí el contacto con la realidad durante uno o dos segundos, pero no se trató, ni mucho menos, de ese estado de enajenación mental transitoria al que recurren, invariablemente, los criminales normales y corrientes; por el contrario, quiero hacer hincapié en el hecho de que me considero responsable de todas las gotas y las burbujas de sangre que brotaron de su cuerpo; con todo, hubo una especie de momentáneo cambio de escenario, y me sentí como si me hallara en nuestro dormitorio conyugal y Charlotte guardara cama, enferma. Pero era

Quilty quien estaba muy mal. En mi mano tenía una de sus zapatillas, en vez de la pistola. Precisamente, estaba sentado sobre mi amiguita. Después busqué una mayor comodidad en una silla que había junto a la cama y consulté mi reloj de pulsera. Había perdido el cristal, pero todavía funcionaba. Había pasado más de una hora. Quilty estaba quieto, por fin. Lejos de sentirme aliviado, una carga aún más pesada que aquella de la que esperaba librarme me abrumaba, me envolvía, me ahogaba. No podía decidirme a tocarlo para cerciorarme de que estaba realmente muerto. Lo parecía: le faltaba un cuarto de cara y tenía encima dos moscas que daban la impresión de no caber en sí de gozo, porque empezaban a barruntar su increíble buena suerte. Mis manos apenas estaban en mejores condiciones que las suyas. Me lavé como pude en el cuarto de baño contiguo. Ya podía marcharme. Cuando salí al descansillo de la escalera, descubrí, con sorpresa, que un zumbido continuado que había creído obra de mis oídos era, en realidad, una mezcla de voces y música de radio que provenía de la sala, escaleras abajo.

Encontré allí a unas cuantas personas que parecían haber llegado hacía un instante y se bebían alegremente el alcohol de Quilty. Había un hombre gordo en una poltrona. Dos jóvenes bellezas, morenas y pálidas, hermanas, sin duda, una mayor y otra menor (casi una niña), estaban sentadas con mucho recato en un canapé. Un tipo de cara rubicunda y ojos azul zafiro salía con dos vasos de la cocina-bar, donde dos o tres mujeres charlaban y hacían rechinar cubitos de hielo. Me detuve en el vano de la puerta y dije:

—Acabo de matar a Clare Quilty.

—¡Lo felicito! —exclamó el tipo rubicundo mientras tendía uno de los vasos a la muchacha que parecía de más edad.

—Alguien hubiera debido hacerlo hace mucho tiempo —observó el gordo.

—¿Qué dice, Tony? —preguntó una rubia bastante ajada desde el bar.

—Dice que ha matado a Cue —respondió el tipo rubicundo.

—Bueno, supongo que cualquiera de nosotros lo habría hecho cualquier día –dijo otro hombre desconocido para mí que se incorporó en un rincón donde había examinado, en cuclillas, algunos discos.

–De todos modos –dijo Tony–, convendría que bajara. No podemos esperar demasiado si queremos llegar a tiempo para ese juego.

–Que alguien dé un trago a este hombre –dijo el gordo.

–¿Quieres una cerveza? –preguntó una mujer en pantalones mostrándome una desde lejos.

Sólo callaban las dos muchachas sentadas en el canapé; ambas vestían de negro; la más joven jugueteaba con algo brillante que tenía alrededor del cuello; ambas permanecían mudas; ¡qué jóvenes parecían!, ¡y qué lascivas! Cuando la música se detuvo un instante, se oyó un ruido que llegaba desde la escalera. Tony y yo salimos al vestíbulo. Era nada menos·que Quilty: se las había arreglado para arrastrarse hasta el descansillo de la escalera. Lo vimos sacudirse para desmoronarse al fin –esta vez para siempre– en un amasijo de ropa purpúrea y carne sanguinolenta.

–Apresúrate, Cue –dijo Tony riéndose–. Creo que todavía está...

Volvió a la sala mientras la música sofocaba el final de sus palabras.

Aquél era el final de la ingeniosa obra que Quilty había puesto en escena para mí, me dije. Con el corazón rebosante de tristeza, salí de la casa y caminé hacia mi automóvil bajo los rayos de sol que caían a través de las copas de los árboles. Había un coche aparcado a cada lado del mío, y tuve ciertas dificultades para meterme en él.

36

Lo que sigue es un poco más vulgar e insulso. Bajé lentamente ladera abajo y después me encontré marchando con el mismo ritmo perezoso en dirección opuesta a Parkington. Había dejado el impermeable en el *boudoir* y a mi amiguita en el cuarto de baño. No, no era una casa donde me hubiera gustado vivir. Me pregunté, ociosamente, si algún cirujano de genio sería capaz de cambiar el curso de su carrera, y, tal vez, el destino de la humanidad, reviviendo al acribillado Quilty, a Clare el Oscuro. No es que me importara. En general, quería olvidar todo aquello; y, cuando supe que estaba muerto, la única satisfacción que me dio la noticia fue el alivio de saber que no necesitaba acompañar mentalmente, y durante meses, una convalecencia penosa y repugnante, interrumpida por toda clase de operaciones inimaginables y recaídas, y quizás rematada por una visita suya, con la consiguiente molestia para mí de tener que racionalizarlo como un ser concreto, y no como un espectro. Tomás el Dídimo no andaba desencaminado. Es extraño que el sentido del tacto, tan infinitamente menos precioso para los hombres que el de la vista, se convierta en ciertos momentos críticos en nuestro principal —si no único— asidero de la realidad. Me sentía completamente cubierto por Quilty, por la sensación del peso de su cuerpo sobre el mío durante nuestra pelea, antes de que lo matara.

La carretera se extendía ahora por campo abierto. Se me ocurrió —no como protesta, no como símbolo ni nada por el estilo, sino tan sólo como experiencia inédita— que, habiendo violado todas las leyes de la humanidad, podía violar también las normas de circulación. De modo que me deslicé hacia la izquierda de la carretera, a ver qué sentía, y la sensación era buena. Era una placentera fusión diafragmática con elementos de vaga tangibilidad, aumentada, si cabe, por la idea de que nada podía estar más cerca de una eliminación de las leyes físicas esenciales que conducir deliberadamente por el lado prohibido de la carretera. En cierto modo, era una comezón muy espiritual. Suavemente, como en sueños, seguí avanzando por aquel lado insólito sin pasar de los cuarenta kilómetros por hora. El tránsito era escaso. Los automóviles que, de cuando en cuando, pasaban por el lado que les había dejado sólo para ellos hacían sonar brutalmente sus bocinas. Los coches que venían hacia mí vacilaban, me regateaban y tocaban el claxon de un modo plañidero. Al fin me encontré en la cercanía de lugares poblados. Saltarme un semáforo en rojo fue como beber un sorbo de prohibido borgoña durante mi niñez. Mientras tanto, fueron surgiendo complicaciones. Era seguido y escoltado. Al fin vi frente a mí dos automóviles situados de tal manera que interceptaban por completo mi camino. Con un gracioso movimiento salí de la carretera y, después de dos o tres bandazos, subí por una pendiente cubierta de hierba, entre vacas perplejas, hasta que el coche se detuvo y tembló suavemente unos instantes. Una especie de meditabunda síntesis hegeliana entre dos mujeres muertas.

Pronto me sacarían del automóvil. (¡Adiós, Melmoth! ¡Muchas gracias, viejo amigo!) Anticipé mi entrega a muchas manos; no haría nada para cooperar mientras aquellas manos se movieran y me llevaran, perezosamente abandonado, cómodo, como un paciente, y mientras disfrutara del extraño goce de mi inmovilidad y de la absoluta seguridad de que policías y enfermeros no me dejarían caer. Y en tanto que aguardaba que se arrojaran sobre mí en la empinada cuesta, evoqué un último espejismo de asombro y desamparo. Un buen día, poco después de la desaparición de Lo, un acceso de abominables náuseas me obligó a detenerme en el espectro de una vieja carretera de montaña que unas veces acompañaba y otras cruzaba una carretera de reciente construcción con su población de asteres que se bañaban en la tibieza indiferente de un pálido atardecer azul, a fines de verano. Después de arrojar hasta las entrañas, o eso me pareció, descansé un rato sentado en una roca, y luego, pensando que el agradable airecillo me sentaría bien, anduve el corto trecho que me separaba del bajo pretil colocado en el lado del precipicio de aquella carretera. Pequeños saltamontes surgían entre la maleza agostada, a ambos lados de la carretera. Una nube muy leve abría sus brazos y se movía hacia otra ligeramente mayor que pertenecía a un sistema más lento y que parecía más cargado de humedad. A medida que me acercaba al amistoso abismo, adquiría cada vez más conciencia de una melodiosa unidad de sonidos que subía, como vapor, de una pequeña ciudad minera tendida a mis pies, en un pliegue del valle. Se divisaba la geometría de las calles, entre manzanas de tejados grises y rojos, y los verdes penachos de los árboles, y un arroyo sinuoso, y el rico centelleo mineral del vertedero de la ciudad, y, más allá de ésta, caminos que se entrecruzaban sobre la absurda manta formada por campos pálidos y oscuros, y, todavía más allá de todo eso, grandes montañas arboladas. Pero aún más luminosa que todos aquellos colores apaciblemente alegres –pues hay colores y sombras que parecen divertirse en buena compañía–, más brillante y soñadora para el oído que para los ojos, era aquella vaporosa vibración de sonidos acumulados que se elevaba sin cesar ni por un instante hasta el saliente de granito junto al cual me secaba la boca manchada. Y pronto comprendí que todos aquellos sonidos tenían una misma naturaleza, que eran los únicos sonidos provenientes de las calles de la ciudad transparente, donde las mujeres estaban en casa y los hombres trabajando en la mina. ¡Lector! Lo que oía no era más que la melodía de los niños que jugaban, sólo eso. Y tan límpido era el aire, que, dentro de aquel vapor de voces mezcladas, majestuosas y minúsculas, remotas y mágicamente cercanas, francas y divinamente enigmáticas, podía oír de cuando en cuando, como liberado, un estallido de risa viviente casi articulado, o el bote de una pelota, o el traqueteo de un carro de juguete; pero, en realidad, todo estaba demasiado lejos para distinguir un movimiento determinado en las calles apenas esbozadas. Me quedé de pie durante un rato escuchando desde mi elevado saliente aquella vibración musical, aquellos estallidos de gritos aislados con una especie de tímido murmullo como fondo. Y entonces comprendí que lo más dolorosamente lacerante no era que Lolita no estuviera a mi lado, sino que su voz no formara parte de aquel concierto.

Ésta es, pues, mi historia. La he releído. Se le han pegado pedazos de médula, y costras de sangre, y hermosas moscas de color verde brillante. En tal o cual recodo del relato siento que mi yo evasivo se me escapa, que se zambulle en aguas más oscuras y profundas, que no me atrevo a sondear. He camuflado cuanto he podido, para no herir a las gentes. Y he jugueteado con muchos seudónimos antes de dar con uno que se me adaptara convenientemente. En mis notas figuran «Otto Otto», «Mesmer Mesmer» y «Lambert Lambert», pero, no sé por qué, creo que el escogido es el que mejor expresa todo lo malo que hay en mí.

Hace cincuenta y seis días, cuando empecé a escribir *Lolita,* primero en la sala de observación para psicópatas, después en esta reclusión bien caldeada, aunque sepulcral, pensé que emplearía estas notas *in toto* durante mi juicio, no para salvar mi cabeza, desde luego, sino mi alma. En plena tarea, sin embargo, comprendí que no podía mostrar en público las interioridades de Lolita mientras ésta viviera. Quizás use partes de estos recuerdos en sesiones herméticas, pero su publicación ha de diferirse.

Por motivos que quizás parezcan más evidentes de lo que son en realidad, me opongo a la pena capital, y confío en que el juez que me sentencie comparta esta actitud. De haber comparecido ante mí, de ser yo quien me juzgara, habría condenado a Humbert a treinta y cinco años por violación y habría desechado el resto de las acusaciones. Pero, aun así, Dolly Schiller me sobrevivirá, sin duda, muchos años. He tomado la siguiente resolución, con todo el sostén y el impacto legal de un testamento firmado: deseo que estos recuerdos no se publiquen hasta que Lolita ya no viva.

Ninguno de los dos vivirá, pues, cuando el lector abra este libro. Pero mientras palpite la sangre en mi mano que escribe, tú y yo seguiremos siendo parte de la bendita materia, y me será posible hablarte desde aquí, aunque estés en Alaska. Sé fiel a tu Dick. No dejes que otros hombres te toquen. No hables con desconocidos. Espero que quieras a tu hijo. Espero que sea varón. Ojalá que tu marido te trate siempre bien, porque, de lo contrario, mi espectro se le aparecerá, como negro humo, como un gigante demente, y le arrancará nervio tras nervio. Y no tengas lástima de Clare Quilty. Tenía que elegir entre él y

Humbert Humbert, y quería que éste viviera, al menos, un par de meses más, para que tú vivieras después en la mente de las generaciones venideras. Pienso en bisontes y ángeles, en el secreto de los pigmentos perdurables, en los sonetos proféticos, en el refugio del arte. Y ésta es la única inmortalidad que tú yo podemos compartir, Lolita mía.

ACERCA DE UN LIBRO TITULADO «LOLITA»

Después de atribuirme la falsa personalidad del afable John Ray, el personaje en *Lolita* que escribe el prólogo, es posible que todo comentario que proceda directamente de mí pueda parecerle a alguien –incluso a mí, de hecho– una atribución por mi parte de la personalidad de un falso Vladimir Nabokov para hablar sobre su propio libro. Sin embargo, hay algunos puntos que es necesario comentar, y el recurso a lo autobiográfico puede inducir a que se combinen modelo e imitación.

Los profesores de literatura tienden a plantear problemas tales como: «¿Cuál es el propósito del autor?», o, peor aún: «¿Qué trata de decir este tipo?» Ahora bien, ocurre que pertenezco a esa clase de autores que al empezar a escribir un libro no tienen otro propósito que librarse de él y que, cuando les piden que expliquen su origen y desarrollo, deben valerse de términos tan antiguos como interreacción de inspiración y combinación... todo lo cual, lo admito, recuerda la actitud de un mago que explicara un truco llevando a cabo otro.

El primer débil latido de *Lolita* vibró en mí a fines de 1939 o principios de 1940, en París, cuando estaba en cama con un severo ataque de neuralgia intercostal. Si no recuerdo mal, el estremecimiento inicial de la inspiración fue provocado, en cierta medida, por un relato periodístico acerca de un chimpancé del Jardin des Plantes que, después de meses de pacientes esfuerzos por parte de un científico, hizo el primer dibujo realizado nunca por un animal: mostraba los barrotes de la jaula de la pobre criatura. El impulso del que ahora doy cuenta no tuvo relación textual con el subsiguiente flujo de ideas, el cual resultó, sin embargo, en un prototipo de la novela actual: un cuento breve, de unas treinta páginas. Lo escribí en ruso, lengua en la que escribo novelas desde 1924 (las mejores no están traducidas al inglés, y todas están prohibidas, por razones políticas, en Rusia).[1] El protagonista era centroeuropeo, la anónima nínfula era francesa, y los lugares donde se desarrollaba la acción eran París y Florencia. Hice que el protagonista se casara con la madre de la niña, muy enferma y que moría pronto, y, tras un frustrado intento de aprovecharse de la huérfana en un cuarto de hotel, Arthur (éste era su nombre) se arrojaba bajo las ruedas de un camión. Una noche, en tiempos de guerra, leí el relato a un grupo de amigos –Mark Aldanov, dos miembros exiliados del Partido Social-Revolucionario Ruso y una médica–; pero la cosa no me gustó, y la destruí algo después de trasladarme a Norteamérica, en 1940.

Hacia 1949, en Ithaca, en el estado de Nueva York, el latido –que nunca había cesado del todo– empezó a importunarme otra vez. Combinación e inspiración se unieron con renovada energía y me indujeron a un nuevo tratamiento del tema, esta vez en inglés, la lengua de Rachel Home, mi primera institutriz en San Petersburgo, hacia 1903. La nínfula, ahora con una gota de sangre irlandesa, era, en lo esencial, la misma chiquilla, y también subsistió la idea del casamiento con su madre. Pero en todo lo demás la historia era nueva y había desarrollado en secreto las garras y las alas de una novela.

El libro avanzaba lentamente, con muchas interrupciones y digresiones. Me había llevado unos cuarenta años inventar a Rusia y la Europa Occidental, y ahora debía inventar a Norteamérica; obtener los ingredientes locales que me permitieran

---

1. Este epílogo a *Lolita* fue escrito en 1957. Desde entonces prácticamente toda la obra en ruso de Nabokov ha sido traducida al inglés; y, por descontado, circula libremente por Rusia. *(N. del T.)*

agregar una pizca de «realidad» (palabra que no significa nada sin comillas) corriente al fermento de la fantasía individual resultó ser a los cincuenta años un proceso mucho más difícil que en Europa, durante mi juventud, cuando la retentiva y la receptividad estaban en su apogeo. Otros libros se entrometieron. Una o dos veces estuve a punto de quemar el manuscrito incompleto, e incluso había llevado a mi Juanita Dark hasta la sombra del incinerador inclinado sobre el inocente césped del jardín cuando me detuvo la idea de que el espectro del libro destruido rondaría por mis archivos durante el resto de mi vida.

Todos los veranos mi mujer y yo vamos a cazar mariposas. Los ejemplares están depositados en instituciones científicas, como el Museo de Zoología Comparada de la Universidad de Harvard, o la colección de la Universidad de Cornell. Las indicaciones de lugar pinchadas bajo esas mariposas serán un regalo para algún estudioso del siglo XXI aficionado a la biografía recóndita. En varios cuarteles generales nuestros, tales como Telluride, Colorado; Afton, Wyoming; Portal, Arizona, y Ashland, Oregón, reanudaba enérgicamente *Lolita* durante las noches o en días nublados. Terminé de copiar a mano la novela en la primavera de 1954, e inmediatamente empecé a buscarle editor.

Al principio, por consejo de un viejo amigo muy cauteloso, fui lo bastante dócil para estipular que el libro apareciera en forma anónima. No creo que me arrepienta nunca de haberme decidido, poco después, cuando comprendí hasta qué punto los tapujos podían perjudicar a mi causa, a firmar *Lolita*. Los cuatro editores norteamericanos, W, X, Y y Z, a quienes ofrecí el original y que lo pusieron en manos de sus consejeros editoriales, se escandalizaron a causa de *Lolita* hasta un punto que ni siquiera mi viejo y cauteloso amigo F. P. hubiera podido imaginar.

Aunque es cierto que en la antigua Europa, y hasta muy avanzado el siglo XVIII (en Francia hay ejemplos obvios), la salacidad deliberada no era incompatible con la comedia, ni con la sátira vigorosa, ni con el numen de un poeta de nota que se dejara llevar por un ramalazo de traviesa inspiración, no es menos cierto que en la época actual el término «pornografía» sugiere mediocridad, lucro y ciertas normas estrictas de narración. La obscenidad debe ir acompañada de la trivialidad, porque cualquier índole de placer estético ha de reemplazarse por entero por la simple estimulación sexual que exige el término tradicional, a fin de ejercer una acción directa sobre el paciente. El pornógrafo tiene que seguir esas viejas normas rígidas para que su paciente sienta la misma seguridad de satisfacción que, por ejemplo, los aficionados a los relatos policiacos —relatos en que, si no se anda uno con cuidado, el verdadero asesino puede ser, con gran disgusto del aficionado, la originalidad artística (por ejemplo: ¿quién desearía un relato policiaco sin un solo diálogo?)—. Así, en las novelas pornográficas, la acción debe limitarse a la copulación de clichés. Estilo, estructura, imágenes, nunca han de distraer al lector de su tibia lujuria. La novela debe consistir en una alternancia de escenas sexuales. Los pasajes intermedios se reducirán a suturas de sentido, puentes lógicos del diseño más simple, breves exposiciones y explicaciones que el lector, probablemente, omitirá, pero cuya existencia debe reconocer para no sentirse defraudado (una mentalidad que emana de la rutina de los cuentos de hadas «verdaderos» de la niñez). Además, las escenas sexuales del libro han de ir *in crescendo,* con nuevas variantes, nuevas combinaciones, nuevos sexos y un continuo incremento en el número de participantes (en una obra teatral de Sade incluso llaman al jardinero); por lo tanto, el final del libro debe estar más repleto de lascivia que los capítulos iniciales.

Algunas técnicas al comienzo de *Lolita* (el diario de Humbert, por ejemplo) hicieron pensar a mis primeros lectores que sería un libro obsceno. Esperaban esa sucesión de escenas eróticas cada vez más fuertes; cuando éstas se detuvieron, también se detuvieron los lectores, aburridos, y abandonaron el libro. Sospecho que éste es uno de los motivos por los cuales en ninguna de las cuatro empresas editoras leyeron el original hasta el fin. No me importó que lo consideraran o no pornográfico. Su negativa a comprar el libro no se basaba en mi tratamiento del tema, sino en el tema mismo, pues hay, por lo menos, tres temas absolutamente prohibidos para casi todos los editores norteamericanos. Los otros dos son: un casamiento entre negro y blanca, o viceversa, armonioso y feliz, que fructifique en montones de hijos y nietos, y el ateo total que lleva una vida feliz y útil y muere mientras duerme a los ciento seis años.

Algunas reacciones fueron muy divertidas. Un consejero de una de las editoriales sugirió que su empresa podía considerar la publicación si convertía a Lolita en un chiquillo de doce años al que seducía Humbert, un granjero, en un pajar, en un ambiente agreste y árido, todo ello expuesto con frases breves, fuertes, «realistas» («Se comporta como un loco. Todos nos comportamos como locos, supongo. Dios se comporta como un loco, supongo», etcétera). Aunque parece que todo el mundo debería saber que detesto los símbolos y las alegorías (cosa que, en parte, se debe a mi vieja enemistad con el vuduismo freudiano y, en parte, a mi odio hacia las generalizaciones fraguadas por sociólogos y mitólogos literarios), un consejero –por lo demás inteligente– que hojeó la primera parte describió a Lolita como «el Viejo Mundo que pervierte al Nuevo», mientras que otro vio en ella a «la joven América pervirtiendo a la vieja Europa». El editor X, cuyos consejeros se aburrieron tanto con Humbert que nunca pasaron de la página 174, tuvo el candor de escribirme que la segunda parte era demasiado larga. El editor Y, por su lado, lamentó que no hubiera personas buenas en el libro. El editor Z dijo que, si publicaba Lolita, nos meterían a los dos en la cárcel.

En un país libre no debe esperarse que ningún escritor se inquiete por el límite exacto entre lo sensual y lo voluptuoso. Eso es ridículo. No puedo menos que admirar, pero no tengo ningún deseo de emularla, la exactitud del juicio de quienes hacen posar a las bellas y jóvenes hembras de mamífero para las fotografías que publican en las revistas de tal modo que la línea de su escote sea lo bastante baja para provocar un gruñido de admiración por parte de los lectores, y lo bastante alta para que los responsables del servicio de correos no frunzan el ceño.[1] Presumo que existirán lectores que encontrarán excitante la exhibición de palabras rimbombantes que ofrecen esas novelas enormes y desesperadamente triviales escritas a máquina por los pulgares de densas mediocridades y consideradas «fuertes» o «duras» por la grey de los críticos. Hay gentes sencillas que declararán sin sentido a *Lolita* porque no les enseña nada. No soy lector ni autor de novelas didácticas, y, a pesar de lo que diga John Ray, *Lolita* carece de pretensiones moralizantes. Para mí, una obra de ficción sólo existe en la medida en que me proporciona lo que llamaré, lisa y llanamente, placer estético, es decir, la sensación de que es algo, en algún lugar, relacionado con otros estados de ánimo en que el arte (curiosidad, ternura, bondad, éxtasis) es la norma. Todo lo demás es hojarasca temática o lo que algunos llaman la Literatura de Ideas, que a menudo no es más que hojarasca temática solidificada en inmensos bloques de yeso cuidadosamente transmitidos de época en época, hasta que al fin aparece alguien con un martillo y le hace una buena raja a Balzac, a Gorki, a Mann.

Otro reparo, hecho a *Lolita* por algunos lectores, es el de ser antinorteamericana. Esto me duele considerablemente más que la idiota acusación de inmoralidad. Consideraciones de profundidad y perspectiva (el césped de un jardín en una urbanización residencial suburbana, una pradera montañesa) me llevaron a fraguar cierto número de ambientes norteamericanos. Necesitaba un medio estimulante. Nada es más estimulante que la vulgaridad filistea. Pero, con respecto a esta vulgaridad, no hay diferencia entre las maneras paleárticas y las neárticas. Cualquier proletario de Chicago puede ser tan burgués (en el sentido flaubertiano) como un duque. Escogí los

1. Si los responsables del servicio de correos de los Estados Unidos consideran que una publicación es nociva desde un punto de vista político, social o moral, pueden impedir su difusión negándose a aceptarla. *(N. del T.)*

moteles norteamericanos, en lugar de los hoteles suizos o las posadas inglesas, sólo porque trato de ser un escritor norteamericano y aspiro a los mismos derechos de que gozan otros escritores norteamericanos. Por otro lado, mi personaje, Humbert, es un extranjero anarquista, y hay muchas cosas, además de las nínfulas, con respecto a las cuales no estoy de acuerdo con él. Y todos mis lectores rusos saben que mis viejos mundos —el ruso, el inglés, el germano, el francés— son tan fantásticos y personales como el nuevo.

Para que estas declaraciones no se tomen como una ventilación de quejas o agravios, me apresuraré a agregar que, además de las almas de cántaro que leyeron el original de *Lolita*, o su edición de la Olympia Press, con un espíritu de «¿Por qué tuvo que escribir esto?», o «¿Por qué tengo que leer historias acerca de maníacos?», hubo algunas personas sensatas, sensibles y de sólidos principios que entendieron mucho mejor mi libro que cuanto pueda explicar aquí acerca de su mecanismo.

Todo escritor serio, me atrevo a decir, tiene conciencia de que este o aquel de los libros que ha publicado constituye para él una presencia constante y alentadora. Su luz piloto arde sin cesar en algún punto del sótano, y un simple toque en el termostato privado se traduce inmediatamente en una tranquila explosión de ternura familiar. Esa presencia, ese fulgor del libro en un alejamiento siempre accesible, es un sentimiento altamente sociable, y cuanto más se ha conformado el libro a su contorno y color previstos, tanto mayor es la suavidad con que refulge. Pero, aun así, hay algunos puntos, digresiones e imágenes favoritas que evocamos con más viveza y de los cuales disfrutamos con más ternura que del resto del libro. No he releído *Lolita* desde que corregí sus pruebas en la primavera de 1955, pero lo reconozco como una presencia deleitosa ahora que se extiende serenamente sobre la casa como un día de verano que, más allá de la bruma, sabemos resplandeciente. Y, cuando pienso en *Lolita*, siempre parezco escoger, para mi especial deleite, imágenes como la del señor Taxistovich, o la de la lista de alumnas de Ramsdale, o la de Charlotte diciendo «Sumergible», o la de Lolita avanzando a cámara lenta hacia los regalos de Humbert, o la de las fotografías que decoraban la estilizada buhardilla de Gaston Godin, o la del barbero de Kasbeam (que me costó un mes de trabajo), o la de Lolita jugando al tenis, o la del hospital de Elphinstone, o la de la pálida, embarazada, amada, irrecuperable Dolly Schiller muriéndose en Gray Star (la ciudad capital del libro), o la de los sonidos procedentes de la ciudad situada en el fondo del valle, que ascendían hasta la carretera de montaña en que me hallaba (en la cual atrapé la primera hembra conocida de la mariposa *Lycaeides sublivens Nabokov)*. Ésos son los nervios de la novela. Ésos son los puntos secretos, las coordenadas subliminales mediante las cuales se urdió el libro, aunque comprendo muy bien que leerán distraídamente esas escenas o las pasarán por alto quienes empiecen la lectura de este libro pensando que se trata de algo en la línea de *Fanny Hill, o recuerdos de una mujer del partido,* o *Los amores de Milord Grosvit.* Es muy cierto que mi novela contiene varias alusiones a las necesidades fisiológicas de un pervertido. Pero, después de todo, no somos niños, ni delincuentes juveniles analfabetos, ni alumnos de escuelas públicas inglesas que, tras una noche de juegos homosexuales, deben soportar la paradoja de leer a los clásicos en versiones expurgadas.

Es pueril estudiar una obra de ficción sólo para informarse acerca de un país, o una clase social, o el autor. Y, sin embargo, uno de mis amigos más íntimos, después de leer *Lolita,* se mostró sinceramente preocupado (!) de que yo viviera «entre gentes tan deprimentes», cuando la única incomodidad que he experimentado de veras ha sido la de vivir en mi taller, entre miembros descartados y torsos incompletos.

Después que Olympia Press publicó mi libro en París, un crítico norteamericano sugirió que *Lolita* era el relato de mis aventuras amorosas con la novela romántica. Sustituir «novela romántica» por «lengua inglesa» habría sido más correcto. Pero siento que mi voz se alza hasta un punto demasiado estridente. Ninguno de mis amigos norteamericanos ha leído mis libros en ruso, y, por consiguiente, cualquier apreciación de los escritos en inglés estará completamente desenfocada. Mi tragedia privada, que no puede ni debe, en verdad, interesar a nadie, es que tuve que abandonar mi idioma natural, mi libre, rica, infinitamente dócil lengua rusa, por un inglés mediocre, desprovisto de todos esos aparatos –el espejo falaz, el telón de terciopelo negro, las asociaciones y tradiciones implícitas– que el ilusionista nativo, mientras agita los faldones de su frac, puede emplear mágicamente para trascender a su manera la herencia que ha recibido.

VLADIMIR NABOKOV
12 de noviembre de 1956